LA CIUDAD DEL POLVO DE ESTRELLAS

LA
CIUDAD
DEL ☾
POLVO
DE
ESTRELLAS

Georgia
Summers

Traducción de José Monserrat Vincent

☾ UMBRIEL

Argentina · Chile · Colombia · España

Estados Unidos · México · Perú · Uruguay

Título original: *The City of Stardust*
Editor original: Hodderscape, un sello de Hodder & Stoughton
Traducción: José Monserrat Vincent

1.ª edición: abril 2024

ISBN: 978-84-19030-96-2
E-ISBN: 978-84-10159-01-3
Depósito legal: M-5.602-2024

Fotocomposición: Urano World Spain, S.A.U.
Impreso por Romanyà Valls, S.A. – Verdaguer, 1 – 08786 Capellades (Barcelona)

Impreso en España – *Printed in Spain*

Para mi madre.

«Dio un paso adelante, con el ceño fruncido. Su boca era una conspiración de emociones secretas. Su pie se elevaba cada vez más y entonces echó a volar con unas alas de golondrina, hermosa. Era el espectáculo más maravilloso de aquella noche cubierta de estrellas. ¿Qué era más natural que volar para aquellas criaturas de caprichos tan peculiares? Nuestro mayor pesar, el de los simples mortales, era no poder unirnos a ellas».

Hyancinth Watson, *The Fairy
Knight's Daughter & Other Stories*

Non est ad astra mollis e terris via.
«No existe un camino fácil hacia las estrellas desde la Tierra».

Séneca el Joven, *Hercules Furens*

PRÓLOGO

En París desaparece un niño.

Un bebé, para ser más exactos. Está en el carrito, con los puñitos regordetes apretados, mientras su madre lo pasea de un lado a otro por el supermercado. Durante un instante («Solo un instante», insistirá ella más tarde), la madre le echa un vistazo a la lista de la compra, convencida de que ha olvidado algo, pero incapaz de recordar el qué. Y entonces, de repente, el bebé desaparece; unas manos firmes y decididas se lo han llevado. Cuando la madre agacha la mirada hacia donde estaba el niño, ya no hay ni rastro del culpable. En esos segundos aterradores entre los que se da cuenta de lo que ha pasado y un grito le brota de la garganta, la mujer percibe un extraño aroma a vainilla en el ambiente.

En Viena, la niña tiene dos años y es la primera vez que va a una galería de arte. La niña se ve atraída por una canción que suena como el recuerdo de estar en el útero, como una melodía que no ha escuchado nunca y que, al mismo tiempo, lleva escuchando toda la vida. Mientras sus padres se detienen para admirar un cuadro, la niña se adentra entre la multitud, hacia unos brazos que la esperan, y desaparece. Se llama a la policía, se llevan a cabo acusaciones y, por último, se interpone una demanda. Los inspectores revisan con detenimiento las grabaciones de las cámaras de seguridad, pero descubren que estas se han dañado y que es imposible recuperar las imágenes. Alguien menciona a una mujer que olía a vainilla, pero no se le presta atención a ese detalle, y la niña no aparece.

En Praga desaparece un niño con los ojos grises, del color del cristal marino. Murmura en sueños; no es más que otro niño en el orfanato. Una mujer que huele a vainilla se acerca a él con la mirada calculadora y las manos decididas, con la conciencia tranquila por el crimen que está a punto de cometer. La mujer contempla cómo será la vida de este niño si ella no interviene: ordinaria, carente de amor, puede que incluso traumática. Una vida en la que no existen los héroes ni nadie que acuda al rescate de este niño en el último momento. No hay padres sacados de un cuento de hadas que vayan a llevárselo de vuelta a casa; no es un príncipe al que han confundido con un mendigo. En Praga, vivirá y morirá siendo un don nadie.

Sin embargo, en el lugar al que se dirige la mujer, el chico será más de lo que nadie podría imaginarse.

—Te oigo cantar, mi pequeño soñador —le susurra la mujer al niño, inclinándose sobre su cama—. Y he respondido a tu llamada.

Marianne Everly se adentra en una tormenta.

Es una noche que promete el desastre: el azote de la lluvia golpea los cristales como si la casa hubiera cometido un crimen, las nubes magulladas resplandecen con una furia blanca y los charcos amenazantes ocultan sus profundidades traicioneras. Sería mejor si hubiera esperado hasta el amanecer, piensa Marianne, con el sol y la benevolencia a su espalda. Pero no es capaz de seguir ignorando la canción que le tamborilea los huesos ni el susurro de que ha llegado el momento de despedirse de esa casa destartalada y de quienes la habitan.

Las siluetas de sus hermanos se enmarcan en la puerta; no hay forma de descifrar la expresión de sus rostros. Culpa, tristeza, ira... Ya las han sentido todas y lo único que queda es la certeza de que ya no hay vuelta atrás.

Salvo por la casa, no es mucho lo que abandona: un libro de cuentos encuadernado en seda con los bordes magullados; un par de pulseras que brillan con un lustre extraordinario; una espada antigua e inservible con el filo romo, transmitida de un antiguo ancestro a otro, a través de varias generaciones.

Una hija, ya puestos a ser meticulosa con todo lo que se deja.

La luz del cuarto de su hija destaca entre las sombras de la casa, aunque la niña estaba dormida cuando Marianne se ha despedido de ella con un beso en la frente.

Marianne se detiene durante un instante y clava la mirada en la ventana iluminada. Puede que esté dudando porque, pese a todo lo que la ha conducido hasta este momento, la llamada de su hija es casi más intensa que la llamada de otros lugares.

Aunque puede que, en realidad, no lo sea. Puede que se esté desprendiendo de la maternidad con alivio, que esté dejando una carga que nunca quiso portar.

No es fácil de decir, observándola bajo la lluvia.

La oscuridad se cierra en torno a ella. Marianne Everly se descuelga una llave antigua del cuello, la gira en el aire... y desaparece.

Una maldición puede ser muchas cosas. Puede ser un deseo abandonado a la intemperie bajo el sol, blando y podrido, del que al final no quedan más que el anhelo endurecido y la envidia oxidada. Puede ser un cáliz envenenado, un error tatuado a través de todo el árbol genealógico de una familia que, generación tras generación, promete y jura no dar un sorbo de dicho cáliz hasta que al fin alguien lo hace. A veces es un trato y la mala suerte, que conspiran como viejos estafadores para acorralar a una presa fácil.

Para la familia Everly, la maldición empieza con polvo de estrellas.

PARTE
UNO

CAPÍTULO

UNO

Dentro de muchos años, esto es lo que recordará Ambrose Everly.

No recordará la lluvia que cae por las ventanas, que se cuela por cada hueco que ha olvidado tapar y que llena la casa de la familia Everly con un ligero *ploc, ploc, ploc* por cada gota que cae en diversos recipientes, ni tampoco los destellos blancos de los rayos, que no tardan en provocar un cortocircuito que lo obliga a rebuscar velas y una caja de cerillas en los armarios, sino la tranquilidad insoportable que se respira en el ambiente, como si la casa entera estuviera conteniendo el aliento, a la espera.

Ambrose casi siente alivio cuando alguien llama a la puerta con la fuerza de un trueno, aunque se trata de un golpe efímero. Debe de tratarse de una coincidencia, nada más, pero, aun así, se le forma un nudo en el estómago mientras avanza por el largo pasillo oscuro y pasa junto a los retratos de sus ancestros, que lo observan con una indiferencia melancólica. No hay muchas personas que sepan dónde se encuentra la casa, y menos aún que les parezca lo bastante acogedora como para llamar a la puerta. Abre, inquieto.

Al principio lo único que ve es la lluvia plomiza que cae del saliente del techo. Después, el mundo queda iluminado durante un segundo por el destello de un relámpago. Hay un hombre vestido con una chaqueta de cuero frente a la puerta, empapado de la cabeza a los pies. Oculta la mirada tras un par de gafas de sol tintadas, aun cuando fuera está oscuro como boca de lobo. Tras él, en el camino de entrada, hay un deportivo naranja chillón, elegante y amenazador.

—Has cambiado la cerradura —protesta el hombre.

—¿Gabriel? —pregunta Ambrose, y luego vuelve a preguntarlo de nuevo, porque le cuesta creerse que el hombre que tiene ante él no sea un espectro.

—Tenemos que hablar, hermanito —responde Gabriel con tono sombrío.

Ambrose no se mueve. Inspira hondo e intenta comprender la situación. No debería ser posible. De hecho, le parece imposible. Sin embargo, aquí está su hermano mayor, en el camino de entrada, como si no se hubiera ido nunca, aun cuando en realidad hace dos años que se fue. Lo único que ha cambiado es el coche, que aun así posee todos los rasgos que caracterizan el gusto de su hermano: es un coche ostentoso, estridente e increíblemente feo; un corte de mangas llamativo hacia el mundo entero.

—¿Qué estás haciendo aquí? —le pregunta Ambrose.

Gabriel se aparta el pelo de la frente y mira hacia atrás, hacia el camino de entrada, como si esperara que algo (o alguien) apareciera por allí.

—Deberíamos hablar dentro —responde.

—¿Crees que te han seguido? —pregunta Ambrose, con todo el cuerpo en tensión.

—No, he tenido cuidado. Aun así...

—¿Deberías estar aquí siquiera entonces? —replica, y no quería que sonara como una acusación, pero Ambrose oye la dentellada en su tono de voz y se encoge.

—Es importante —le dice Gabriel.

No hay muchas razones por las que Gabriel correría el riesgo de volver a casa, pero todas son alarmantes. La espantosa ansiedad que siente Ambrose en las entrañas aflora de nuevo a la superficie.

—De acuerdo —le dice, rindiéndose.

Cuando Gabriel cruza la puerta, la casa suspira a modo de bienvenida: un Everly descarriado que al fin ha regresado. Ambrose lo conduce por el pasillo; pasan junto a las goteras, el papel clareado de la pared y las pulgadas de polvo que cubren todos los muebles que no se utilizan. Para Ambrose, la casa tiene exactamente el mismo aspecto que cuando él era pequeño (como mucho, está un poco más descuidada, como si necesitara cariño), pero ahora que la mirada crítica de Gabriel recorre las habitaciones se avergüenza del pésimo trabajo que ha hecho como cuidador, con todas esas reparaciones para las que no ha encontrado el momento de encargarse. El pensamiento lo irrita. ¿A quién le importa el aspecto que tenga la casa? Como si su hermano hubiera estado por allí para echarle una mano…

Gabriel tropieza con algo en la oscuridad y suelta una palabrota. Ambrose lo recoge del suelo: es una de las muñecas de su sobrina, vestida con una armadura de papel de aluminio y con una espada que ha hecho con palillos de cóctel. Sonríe con cariño. Hay un buen puñado de muñecas desperdigadas por toda la casa y, aunque Violet afirma que ya es demasiado mayor para jugar con ellas, Ambrose se las sigue encontrando portando objetos inusuales. Hadas vestidas con armadura, caballeros que portan rosas, princesas que alzan la espada con gesto triunfal.

—¿Es de la niña? —pregunta Gabriel.

—Sí, es de Violet —responde Ambrose, alisando la armadura arrugada.

Gabriel la mira un buen rato con detenimiento, pero no hace ningún comentario.

Tan solo hay luz en la biblioteca, donde han conservado las lámparas de aceite originales en soportes enganchados a la pared. Gabriel juguetea con el cuaderno que hay sobre el escritorio mientras Ambrose enciende las lámparas con las últimas cerillas que le quedan. Un resplandor cálido ilumina la estancia y se refleja en las bandas de aluminio grabadas en los lomos de los libros.

Ambrose se apoya en el antiguo armario del fondo de la biblioteca e intenta contener todas las preguntas que quiere formular. Nunca han sido de esos hermanos que se abrazan, de modo que se mantiene alejado, con las manos en los bolsillos. Han pasado dos largos años desde que Gabriel se marchó de aquí y, si bien ambos estuvieron de acuerdo en que era lo mejor (aunque en ningún momento se discutió qué hermano debía quedarse y cuál marcharse), le cuesta no sentir una punzada de resentimiento. Se ha pasado dos años fabricando armaduras de papel de aluminio, pero también ha estado aprendiendo a ser padre en el peor momento posible, manteniendo discusiones sobre la hora de acostarse y la comida, ofreciéndole algo parecido a una educación a su sobrina mientras sus propios estudios languidecían… Gabriel no ha tenido que lidiar con nada. Pero, claro, Gabriel era el que tenía un trabajo lucrativo con el que mantener la casa a flote, no una carrera a medias y unas aspiraciones poco claras sobre querer dedicarse al mundo académico. Además, solo hacía falta que se quedara uno de ellos.

Su hermano lo descubre observándolo.

—¿Dónde está Violet? —le pregunta.

—Durmiendo —responde Ambrose, aunque la verdad es que no tiene ni idea de dónde está su sobrina. Seguramente Violet crea que su tío no se ha dado cuenta de que por las noches sale de su cuarto, pero la casa interpreta una sinfonía de crujidos cada vez que lo hace—. ¿Qué es lo que quieres, Gabriel?

Silencio. Gabriel se queda mirando por las ventanas oscuras antes de echar las cortinas, que tienen los bordes deshilachados porque la tela se está pudriendo. Una vez más, la sensación de que algo se está torciendo regresa. Ambrose comienza a moverse de un lado a otro para librarse de ese malestar incómodo por las extremidades.

—Mira, he hecho todo lo que he podido —se defiende—. Es feliz, está bien alimentada, está a salvo…

—En realidad, hermanito, en eso último te equivocas.

Ambrose se detiene.

—¿A qué te refieres?

—La existencia de Violet ya no es un secreto. No sé qué es lo que ha hecho Marianne ni con quién habrá hablado, pero no ha sido lo bastante precavida.

El nombre de su hermana cae como una roca entre ellos. Ambrose se nota el pulso en los oídos. El miedo le retuerce las tripas.

—¿Estás seguro? —susurra, y Gabriel asiente—. Joder.

Joder.

¿Qué otra cosa puede decir si no? Lleva años preocupado por que lo peor pudiera ocurrir y ha ocurrido. *La existencia de Violet ya no es un secreto.* En su imaginación, una sombra se extiende sobre su sobrina peleona y, de repente, el miedo se apodera de él.

—¿Seguro que no ha sido culpa tuya? —pregunta Ambrose, que de repente sospecha de su hermano—. Quizá se te haya escapado algo mientras viajabas, vete tú a saber haciendo qué...

—Si de verdad piensas que pondría en peligro la seguridad de la niña... —lo interrumpe Gabriel.

—¡Si te preocuparas por ella, hace años que te habrías dejado de tonterías con los académicos!

Los truenos retumban en el cielo mientras los hermanos se miden con la mirada. Ambrose se pasa una mano por el pelo, nervioso; el pecho se le agita por la ira acumulada. Intenta inspirar hondo varias veces, pero lo único que siente es que el pánico se apodera de su mente. ¿Qué van a hacer ahora, joder?

—También es mi sobrina. Me preocupo por ella —responde Gabriel con la voz firme—. Además, todo esto no lo hago por el dinero. ¿Cómo te crees que me he enterado de los rumores sobre Marianne? ¿Y sobre los de Violet? —pregunta, enarcando una ceja—. No soy tan orgulloso como para no hacer lo que se debe. ¿Y tú?

Ambrose vuelve a inspirar hondo y esta vez le cuesta un poco menos. Tiene que calmarse, por el bien de Violet. Poco a poco comienza a barajar las distintas opciones con una lógica metódica, obligando al pánico de su mente a retroceder.

—Podríamos mandarla a otra parte —reflexiona en alto—. A algún lugar oculto. Tú tienes contactos... Podrías llevártela —sugiere, aunque detesta la idea.

—Ya es demasiado tarde —responde Gabriel con pesar—. Dime, ¿a quién le confiarías la protección de Violet? ¿Cuál de mis «contactos» se jugaría el cuello por ayudarnos? —pregunta, alzando la ceja con ironía—. ¿Me la confiarías a mí siquiera?

Ambrose guarda silencio. No hay una respuesta correcta a esa pregunta.

—Como mucho ganaríamos unos pocos meses de ventaja, hermanito, y nos va a hacer falta mucho más tiempo.

Y venga con llamarlo «hermanito». Hace mucho que Ambrose ya no se siente joven e ingenuo como para soportar paternalismos.

—Violet se merece una vida —responde—. A Marianne le habría gustado que…

—Marianne se largó y dejó a la niña aquí, joder —estalla Gabriel—. No puede importarme menos lo que le habría gustado.

—No tuvo alternativa. Se marchó por Violet, y lo sabes.

—Ah, ¿sí? —Gabriel lo fulmina con la mirada—. Cuando parece que alguien está huyendo, suele ser porque eso es justo lo que está haciendo. Y luego nos toca a nosotros deshacer el entuerto. Como siempre.

Ambrose contiene una réplica. Para Gabriel, Marianne es como una herida que duele a la mínima presión.

—Entonces… —Ambrose no es capaz de decir su nombre; teme que, al decirlo, invoque a la fuerza de la que ha estado protegiendo a Violet durante todo este tiempo—. ¿Cuándo va a venir?

Gabriel sacude la cabeza y aprieta la boca con seriedad.

—Imagino que más pronto que tarde.

Ambrose vuelve a repasar todas sus opciones. Debe de haber algo en lo que no está cayendo. Sin embargo, sus pensamientos, que normalmente están organizados como el mecanismo de un reloj, le fallan. Solo puede pensar en Violet y en la larga sombra oscura que se extiende sobre la familia Everly. Necesita tiempo para pensar. Lo único que necesita es… tiempo.

—Vamos a invitarla —dice de improviso—. Haremos un trato con ella. Has dicho que necesitamos tiempo. Así que vamos a ganarlo para poder meditar nuestros siguientes pasos, para trazar un plan o para lo que sea.

Por Marianne, añade para sus adentros.

Espera que Gabriel eche por tierra su plan, pero este se frota el dorso de la muñeca y asiente despacio a la vez que trata de captar la idea.

—Nos preguntará por Marianne —le advierte.

—Lo sé.

Gabriel se recoloca la chaqueta de cuero y juguetea con algo que guarda en el bolsillo.

—Y yo no puedo quedarme; llego tarde a una reunión con la familia Verne. Tendrás que hablar en nombre de ambos.

—También lo sé.

Después de que Gabriel se haya marchado, Ambrose se desploma frente al escritorio y el alma se le cae los pies ante la inmensidad de la tarea que se le ha encomendado. Además, no sabe qué diablos va a decirle a la preguntona de su sobrina; siempre está haciéndole preguntas, y hace tiempo que Ambrose se ha quedado sin respuestas fáciles.

Se queda despierto hasta las primeras horas del amanecer y se dedica a escribir cartas, a limpiar el polvo de las encimeras de la cocina, a lavar todas las sábanas para las que al fin ha encontrado un hueco… Lo que sea con tal de mantener la mente ocupada y no pensar en lo que ocurrirá.

En el interior de un armario antiguo, en el fondo de la biblioteca, Violet Everly se aferra a su libro y se aprieta la boca con el jersey para ahogar el sonido de su respiración agitada.

CAPÍTULO

DOS

Violet Everly tiene doce años y sueña con otros mundos.

Para ello, normalmente, se mete en el antiguo armario del fondo de la biblioteca y cierra la puerta, con lo que levanta un remolino con olor a cedro y polvo. Se queda allí sentada, sosteniendo una linterna delgada entre los dientes, con un gran libro abierto sobre el regazo; un libro grueso con páginas de color crema y lleno de frases relucientes, escritas con una tipografía antigua, que le susurran aventuras.

Los mundos brotan tras sus párpados: ciudades de oro y plata con edificios delicados; tierras repletas de canales entrelazados por cuyas aguas navegan botes de colores; un bosque lleno de brujas con tonos de piel que van desde el azul hasta el color del crepúsculo más intenso y los hombros cubiertos de constelaciones. En conjunto, forman un canto de sirena al que Violet no se puede resistir.

La culpa de que haya acabado escondida en el armario, justo cuando Ambrose da vueltas de un lado a otro acompañado de un extraño, la tienen esas ganas de querer perderse en un buen libro.

—¿Qué es lo que quieres, Gabriel? —pregunta entonces su tío.

Gabriel. Su otro tío casi nunca viene por aquí, pero, cuando viene de visita, las estancias parecen más luminosas y cálidas, como si la casa reconociera el regreso de un habitante caprichoso. Además, nunca se presenta con las manos vacías; siempre trae regalos mágicos a la par que hermosos: estatuillas mecánicas de príncipes y caballeros, hadas y reinas con mecanismos intrincados y alas de gasa estiradas sobre un alambre fino. Para su sexto cumpleaños le regaló una matrioska que siempre escondía un objeto distinto tras la última muñeca. La última vez que vino a verlos le regaló una linterna para leer que, por lo visto, no se gasta nunca ni necesita pilas.

Por lo que ha podido averiguar escuchando conversaciones telefónicas a hurtadillas por las noches, Gabriel se dedica a algo un poco ilegal, pero Ambrose no suelta prenda sobre los pormenores. Más de la mitad de los libros de viajes que hay en la biblioteca pertenecen a Gabriel. Debe de haber recorrido el mundo entero.

Viviendo aventuras, piensa Violet, y un escalofrío de emoción le recorre el cuerpo entero.

Entonces Gabriel pronuncia el nombre de su madre y Violet casi se cae del armario. Marianne Everly.

Hace ya mucho tiempo que su madre se ha disuelto de su vida, como la sal del mar. O sea, que es imposible encontrarla y, sin embargo, está por todas partes: los restos de un perfume en abrigos que han devorado las polillas, un relojito de oro que abandonó en el tocador, la silla en la que ya nadie se sienta. En general, Violet se imagina a su madre en los huecos en blanco que hay entre los párrafos, y también en la inhalación imperceptible que se toma antes de iniciar una frase. Su padre, por el contrario, es un libro del que no hay ni rastro; un libro cuya llave conserva su madre, si es que conserva algo siquiera. Es un agujero con forma de padre que Ambrose ha intentado llenar como bien ha podido.

Después ya no es capaz de concentrarse en nada. Además, para frustración suya, no se entera de gran parte de la conversación. Más de la mitad queda ahogada por la madera del armario, los pasos de Ambrose sobre los tablones chirriantes y el sonido de su propio corazón, que le late con furia en los oídos mientras trata de encajar todas las piezas.

Tan solo tres días después de la misteriosa visita de su tío, reciben a otro visitante. En lugar del jersey arrugado y los vaqueros que lleva siempre, Ambrose se ha puesto una camisa que ha planchado y unos pantalones un poco elegantes. También se ha pulido los zapatos para que brillen.

—Violet, ven —le ordena, retorciéndose las manos con gesto nervioso—. Hay alguien que quiere conocerte.

La mujer se encuentra en la sala de estar, sentada en el sillón favorito de Ambrose. Tiene el pelo claro, como el lino dorado, cortado a la altura de las orejas, donde se le riza un poco; en las manos suaves no lleva anillos ni tiene callos. Su ropa es anodina, pero le queda como un guante, y el material parece sedoso y caro. La mujer le sonríe con amabilidad y extiende la mano a modo de saludo. Un leve aroma a vainilla impregna el aire.

Violet se estremece y se aleja.

—Hola, mi pequeña soñadora —la saluda la mujer con una voz dulce y tan modesta como su aspecto—. Es un placer conocerte al fin.

Vuelve a extender la mano fina, pero Violet no se mueve de su sitio. Ambrose, que está a su espalda, le coloca una mano en el hombro para reconfortarla.

—Es un poco tímida. Hace mucho que no viene nadie a visitarnos —comenta con ese tono de voz suave y cálido suyo.

Ambrose le da un empujoncito y Violet, a regañadientes, cruza la estancia para estrecharle la mano a la mujer. Sin embargo, lo que hace ella es agarrársela con ambas manos y apretar los pulgares contra la palma. Tras un instante, suelta a Violet y junta las manos, encantada.

—Vaya, sí que te pareces a tu madre —comenta, y luego se dirige a Ambrose—. Es clavadita a Marianne cuando tenía su edad. Además, estoy segura de que tiene el mismo talento que ella. Qué descubrimiento tan fortuito. Y pensar que me la has estado ocultando durante todo este tiempo… La de tarjetas de cumpleaños que no he podido mandar.

Ambrose frunce el ceño, pero, antes de que le dé tiempo a decir nada, una figura menuda pasa furtivamente por su lado y se coloca tras la mujer. Se trata de un chico un poco mayor que Violet, con un pelo rizado y oscuro que le cubre la nuca. Tiene los ojos grises, como el cristal marino, casi transparentes. Permanece recto como un palo y lleva ropa anticuada: un viejo chaleco rojo de lana con el dobladillo deshilachado y una camisa con el cuello dado de sí por culpa del paso de los años.

—Ay, mi ayudante —comenta la mujer, señalando al niño—. Os presento a Aleksander.

El chico le dedica una mirada cargada de sospecha a Violet, como si fuera ella la que ha irrumpido en su sala de estar. Ella lo desafía con la mirada.

—Vi, ¿por qué no le enseñas la casa a Aleksander? —sugiere Ambrose, distrayéndola—. Estaría bien, ¿no? Penelope y yo tenemos que ponernos al día con muchas cosas.

—Desde luego —responde la mujer, revelando los dientes con una sonrisa—. ¿Aleksander?

Con el mismo sigilo con el que ha llegado, el chico se separa de Penelope con la desgana de un niño mayor al que han obligado a hacer de canguro. A Violet no le apetece en absoluto irse con él, sobre todo cuando sabe que van a hablar de ella; cuando sabe que podría subir a la planta superior, apartar los dos tablones de madera que Ambrose siempre amenaza con reparar y meterse en un hueco que hay sobre el techo de la sala de estar, desde donde la conversación ascendería hasta ella con total claridad.

Violet le dedica una mirada sombría a Ambrose.

—Venga, Vi —le susurra él, inclinándose—. Por favor.

Parece que de momento las respuestas deberán aguardar. Con un largo suspiro, Violet se lleva al chico de la sala de estar y cierra la puerta tras ellos.

Ambrose no es un anciano ni de lejos. De hecho, desde hace años, parece que se ha sumido en un enlentecimiento físico, aun cuando su trigésimo cumpleaños ya pasó y ahora empieza a acercarse a los cuarenta.

Sin embargo, hoy se siente agotado por culpa de la responsabilidad y, sobre todo, por el pánico espantoso que lo invade por el lío en el que se ha metido.

Todos los planes que había trazado con tanto esmero se han volatilizado en solo un instante.

—Ha pasado mucho tiempo —dice Penelope, sentados el uno frente al otro en la sala de estar—. Empezaba a creer que os estabais escondiendo de mí.

—Esta es el hogar de la familia Everly —responde Ambrose con un encogimiento de hombros que se encuentra entre el filo entre la bravuconería y la estupidez—. ¿Dónde íbamos a estar si no?

No hace falta decirle que, hace doce años, la casa estaba destrozada y abandonada, ni que los campos de Inglaterra se la habían tragado, ni que ninguno de ellos quería quedarse en el hogar de su infancia cuando esta había sido tan amarga. Ambrose era el hermano más joven. Fue el último en marcharse y el primero en jurar que no volvería jamás, y aquí esta, a pesar de todo. Qué irónico y qué terrible haber tenido que volver para cuidar de Violet, montarse de nuevo en la rueda del destino, de la que ha tratado de escapar con semejante desesperación.

Entre que no vivía nadie en ella y el estado ruinoso en el que estaba sumida, la casa prácticamente ha desaparecido de los mapas. Desde luego no aparecía en la correspondencia ni en los archivos ni en cualquier clase de documento de los que pudieran adueñarse los hermanos Everly. Siempre y cuando Ambrose no llamara la atención, Gabriel llevara a cabo sus negocios en otra parte y Violet no saliera de la casa… ¿quién habría sospechado que estaban escondiendo a una niña aquí? Penelope no podía buscar lo que no sabía que existía.

Hasta ahora.

Si insiste, siempre puede decir que buscaban paz y tranquilidad, pero ambos saben que tanta soledad puede parecer secretismo.

—No sé si recuerdas que tenéis una deuda pendiente conmigo —dice Penelope dando golpecitos en el reposabrazos del sillón con los dedos.

—Eso dices tú —responde Ambrose—, pero yo no recuerdo haberte pedido ningún favor.

Es peligroso hablarle de ese modo, pero Ambrose no va a rendirse sin pelear. Puede que sea porque esta es la primera vez que siente un atisbo de paz, una recompensa exigua por haber tenido que dejar pasar el tiempo en esta casa. Puede que sea porque no cree que su familia se merezca que la entreguen a un monstruo.

—No voy a negociar contigo, Ambrose —responde Penelope con una calma que lo saca de sus casillas.

—Es el apellido Everly el que tiene una deuda contigo, no yo —contesta él.

—¿Y acaso no eres un Everly? —pregunta ella.

—No hagas como si esto fuera lo mismo…

—Ambrose.

No hace falta que ella pronuncie su apellido para que Ambrose lo oiga como un eco cercano, como lleva oyéndolo toda su vida. Cabezota como un Everly, valiente como un Everly, maldito como un Everly, pero sigue siendo un Everly. Ojalá pudiera meterse las manos en el pecho y arrancarse el apellido, tan tierno e intangible como el material del que están hechos los sueños. Ojalá pudiera acabar con esa parte de sí mismo de una vez por todas; es decir, con todo su ser.

No se lo pensaría dos veces si con ello pudiera salvarlos.

—Vale —responde él con desdén—, pero eso no significa que…

—Contrajiste una deuda, y tu sobrina también. Si lo prefieres, podría llevarme a la niña directamente —prosigue ella—. Te aseguro que tanto me vale la niña como la madre.

Se le encoge el estómago solo de pensarlo.

—Podemos encontrar a Marianne —responde, deprisa—. Gabriel la está buscando en este mismo momento.

Lo único que está haciendo es ganar tiempo, se dice a sí mismo. Todo el que se atreve a ganar. Y, si con ello pone en peligro a Marianne, si vuelven a verse en esta encrucijada dentro de dos meses, madre e hija en ambos extremos de una balanza y sin forma de huir…

Ambrose no es de los que les gusta apostar, pero aquí está, apostándose hasta la última moneda a que su hermana sea más lista que ellos y sus maquinaciones torpes. *Perdóname*, piensa, desesperado.

—Confías mucho en tu hermano. ¿Estás seguro de que no la está ocultando? —le pregunta Penelope con voz tranquila.

—Sí —responde Ambrose, y luego añade—: Ni siquiera sabemos por qué se fue.

Es mentira, por supuesto, pero Ambrose ha practicado y ha pronunciado estas mismas palabras frente al espejo hasta que se han convertido en un puñado de sílabas sin sentido, hasta que se han convertido en una especie de verdad por sí solas.

—Violet no es más que una niña —añade, continuando con la mentira—. No vale nada para ti.

A Penelope se le ensancha la sonrisa y Ambrose siente que el suelo se sacude bajo sus pies, que se abocan al desastre. Sin embargo, ninguno de ellos pronuncia la palabra que pende entre ellos: Violet no vale nada *aún*.

Penelope exagera la pretensión de educación dándole un sorbo a su taza de té; cada segundo es agonizante.

—Bueno, haré un trato contigo, Ambrose Everly. Si encuentras a Marianne, dejaré en paz a Violet, pero no pienso esperar eternamente —añade, entrecerrando los ojos—. Creo que diez años es tiempo de sobra, ¿no crees?

—Diez años —repite él—. ¿Y no le harás daño a Violet en todo ese tiempo?

—No tengo motivos —responde Penelope.

—Qué... —traga saliva— generoso por tu parte.

Ambrose se fija, como siempre, en lo eterna que parece Penelope, como una rosa que ha alcanzado el punto álgido de su floración y que luego han congelado para conservar su belleza sobrenatural, como un cristal justo ante de romperse.

—Entonces tenemos un trato —se obliga a responder Ambrose.

Penelope extiende la mano y él se apresura a estrechársela. Ya ha hecho bastantes tratos con el diablo a lo largo de toda su vida y no le apetece en absoluto alargar este. Sin embargo, Penelope lo agarra con fuerza y un dolor le recorre la muñeca y le trepa por el brazo. Las luces parpadean, se desvanecen, y las sombras se agrupan a sus pies.

Ambrose se apoya en una rodilla y luego en las dos; algo le arrebata el aire de los pulmones. Pero Penelope no lo suelta. A alguien (puede que a él) se le escapa un «por favor» vergonzoso. Siente un cortocircuito en la mente, que todo se vuelve rojo y se agita de dolor.

Entonces Penelope lo libera y Ambrose cae al suelo. La madera fría le alivia la piel palpitante. Toma varias bocanadas de aire porque no puede hacer otra cosa. Tiene el rostro surcado de lágrimas. Cuando al fin reúne fuerzas para alzar la mirada, Penelope lo observa con frialdad. Ya no sonríe.

—Deberías haberme contado lo de la niña, Ambrose.

Tras un instante, Ambrose se pone en pie, tambaleándose. Las luces siguen encendidas; fuera sigue haciendo un día triste y gris, pero el fantasma de un dolor ardiente aún le corre por las venas.

—Diez años —le dice Penelope—. Confío en que no lo olvidarás.

Diez años para encontrar a Marianne Everly. Parece todo el tiempo del mundo y, al mismo tiempo, nada.

CAPÍTULO

TRES

Violet y Aleksander caminan sumidos en un silencio sepulcral por el largo pasillo y cruzan el gran vestíbulo junto a la chimenea inmensa en dirección a la cocina. Pasan junto a los aburridos retratos y los bustos descascarillados de las distintas generaciones de la familia Everly. Violet descubre a Aleksander observando la peculiar decoración con cierta sorna e intenta no hacerle caso. Antes jugaba a unir los rasgos de los retratos con los suyos: la barbilla afilada y desafiante de este ancestro, los ojos castaños de aquel otro, la nariz respingada de un abuelo de lo más esnob. Y la maldición, como tatuada en la piel con tinta invisible imborrable, presente en todos los Everly que la han precedido.

Violet cree en las maldiciones del mismo modo en que cree en los cuentos. Una maldición no es más que otro tipo de cuento, uno oscuro, de dientes afilados. Es un cuento sobre el que no se habla y que está presente en toda su familia: en cada generación, siempre hay un miembro de la familia que se desvanece entre la oscuridad, obligado por una sombra.

Sus ancestros la observan con reprobación. Ella no los culpa. Si fuera más valiente y fuerte, ya habría dejado tirado al chico para escuchar a escondidas la conversación que mantiene Ambrose con la mujer rubia. En cambio, lo guía hasta la cocina, donde el chico se sienta en una silla con hosquedad.

—Esto... espero que el viaje haya ido bien. Hoy... llueve —dice Violet en un valeroso intento de iniciar una conversación.

Cuando la respuesta es un silencio imperturbable, decide probar de otro modo.

—¿Penelope es tu madre?

—No —responde el chico, riéndose para sus adentros, como si la pregunta fuera demasiado tonta como para formularla en alto siquiera.

—¿Y dónde están tus padres?

—No tengo —responde con frialdad.

—Menuda tontería. Todo el mundo tiene padres.

—Bueno —responde él—, ¿y dónde están los tuyos?

—Mi madre está viviendo aventuras —responde ella con orgullo—. Y algún día me iré con ella.

Al mar efervescente bajo el sol. Al norte, con las brujas que viven en sus hogares de las profundidades del bosque. La piel le hormiguea solo de pensarlo.

Aleksander no parece muy convencido.

—Las aventuras solo existen en los cuentos.

—Pues mi madre se ha embarcado en una. Se fue cuando yo tenía diez años, pero volverá.

Está segura de ello. A veces, lo cree con tanta fuerza que la sorprende que esa misma fuerza no sea capaz de agarrar a su madre y arrastrarla de vuelta a la puerta de entrada. Al pensarlo, guarda silencio y espera oír un clic en la cerradura y la voz de su madre resonando de nuevo por la casa. Violet afirma que es demasiado mayor para seguir creyendo en los cuentos de hadas, pero, si creyera con la fe necesaria, si deseara lo suficiente que...

—Ya, claro —responde Aleksander, riéndose con disimulo.

Se fulminan con la mirada, con la ira hurgando bajo la piel. ¿Qué sabrá él? Si no estuviera siendo tan educada, resolvería este asunto del mismo modo en que lo hacen en sus novelas preferidas: con una pelea cuerpo a cuerpo, sin piedad, donde lo único que importa es la mano firme de la justicia. Sin embargo, dadas las circunstancias, decide pasar del chico y prepararse una taza de té, cerrando las puertas de los armarios con toda la rabia que es capaz de aunar.

—Eres demasiado ruidosa para ser tan pequeña —comenta él con tono sereno.

—Pues tú eres tan maleducado como me imaginaba que serían los huérfanos —le suelta ella.

En cuanto lo dice, sabe que se ha pasado. Espera que el chico le responda con un comentario igual de cruel, pero permanece en silencio. Cuando Violet aparta la vista de la taza de té, ve que el chico está mirando la pared con la mandíbula tensa y los ojos brillantes anegados de un líquido delator.

A regañadientes, le pregunta si quiere una taza de té y el chico asiente.

Se sientan en extremos opuestos de la mesa y se observan por encima del borde de la taza. La lluvia golpetea la claraboya del techo. Violet clava la mirada en una espiral de la mesa de madera para no mirarlo a los ojos porque se siente culpable.

—¿Quieres ver un truco? —le pregunta el chico de repente.

Violet alza la mirada. El chico juguetea con una canica negra iridiscente, la rueda entre el pulgar y el índice. Después la deja sobre la mesa y se la pasa rodando, pero se queda parada en la espiral de la madera. Violet se adueña de ella; es extraño, pero está caliente, y es preciosa. En su interior hay una capa tras otra de un polvo resplandeciente.

—Es sólida, ¿verdad?

—Sí —responde ella, y se la devuelve haciéndola rodar.

—Pues mira —le dice él con una sonrisa veloz y tímida.

El chico centra su atención en la esfera y, de repente, se oye un chisporroteo en el aire. Toma la canica, se la coloca en la palma de la mano y la aplasta. Luego la pellizca con los dedos... ¡y tira de ella!

La esfera se expande en su mano hasta alcanzar el tamaño de un puño, tan translúcida como una pompa de jabón. Un sistema solar completo da vueltas sobre la superficie. El negro se convierte en un morado intenso, y una luz refulgente comienza a brillar y a proyectar constelaciones en las paredes. Violet las cuenta todas: el cinturón de Orión, el Carro, Casiopea, la estrella polar.

Es absolutamente imposible.

Es magia.

El chico frunce aún más el ceño a medida que la esfera crece e ilumina la habitación sombría. Violet toma aire cuando se fija en que la esfera ya no descansa sobre la palma de la mano de Aleksander, sino que pende por encima de ellos. Él gira la muñeca y, de repente, las constelaciones se transforman en estrellas que Violet no conoce, rodeadas de planetas desconocidos con sus lunas, que giran en órbitas perezosas. Violet estira la mano para tocar la membrana fina.

—Aleksander.

La esfera estalla y se convierte en polvo brillante que cubre la mesa.

Aleksander se sobresalta y la culpabilidad le cubre el rostro. Tiene las manos cubiertas de motas de polvo negras, tan finas como arena.

Penelope se encuentra junto a la puerta y, durante un instante, parece enfadada, como una tormenta cargada de ira. Pero el instante pasa y, al momento, vuelve a transformarse en la mujer tranquila e impasible que estaba en la sala de estar. Ambrose entra en la estancia y se detiene en seco al ver el estropicio.

—Pero ¿qué...?

—Aleksander y yo tenemos que irnos —dice entonces Penelope con un tono lastimero que parece sincero, aun cuando Violet sabe que es mentira—. Me ha encantado venir de visita... Había pasado demasiado tiempo desde la última vez, Ambrose. Tendremos que volver.

Ella sonríe con los labios apretados. Sin embargo, cuando Aleksander se levanta, tiene los puños cerrados y los nudillos blancos.

—Dile adiós a Violet —le dice Penelope—. Estoy segura de que volveréis a veros.

—Adiós, Violet —dice Aleksander, mirándola de nuevo con esa expresión nerviosa y apática.

—Gracias por venir —responde ella, y, cuando Penelope se da la vuelta, imita el gesto de Aleksander cuando sujetaba la esfera y luego levanta los pulgares.

Aleksander le regala una sonrisita cuando lo empujan hacia la puerta.

Esa noche, Violet no va a la biblioteca, sino que se acurruca contra Ambrose en una de las salas de estar más pequeñas, la que tiene un techo bajo que hace que resulte más acogedora. No puede dejar de pensar en la esfera rota y en lo aterrorizado que parecía el chico de repente.

—Era como si llevara una máscara —comenta Violet—. Es como si la mujer que hemos visto no fuera ella en realidad. ¿Quién era?

Ambrose contempla las llamas de la chimenea sosteniendo una copa de *whisky*. Tiene el ceño fruncido, como si hubiera olvidado algo.

—Penelope… conoce a nuestra familia desde hace mucho tiempo —responde, mirándola fijamente—. ¿Qué es lo que te ha enseñado su ayudante?

—Nada —responde Violet, y aprieta los labios.

Ambrose se ríe flojito.

—Recuerdo cuando yo respondía lo mismo. —Las manos le tiemblan cuando deja la copa—. Vi, no le puedes contar a nadie lo que te ha enseñado ese chico en la cocina, ¿me oyes? Ni siquiera debería habértelo mostrado, pero ya no se puede hacer nada al respecto.

—Te juro que no se lo contaré a nadie —responde ella con los ojos bien abiertos y expresión seria.

—Ay, Vi. —Ambrose suspira—. Ojala fuera tan fácil.

En mitad de la noche, Violet permanece despierta. La noche se aposenta a su alrededor con una calma cargada de expectación: la hora de las brujas, brillante y llena de posibilidades. Se sienta con las piernas cruzadas sobre la cama y coloca las manos en la misma posición que Aleksander. En la palma sostiene una canica que ha sacado del cajón polvoriento en que guardan los juegos. Frunce el ceño e intenta concentrarse. Imita los movimientos del chico: el gesto exacto con el que ha levantado los dedos, pellizcado la esfera y tirado de ella. Contiene la respiración, llena de anhelo.

Durante un solo instante, cree haber captado esa misma energía de antes en el ambiente.

Durante un solo instante, sus pensamientos susurran la palabra «magia».

Pero la muy cabezota de la canica se empeña en seguir siendo solo una canica. No hay galaxias ni estrellas de otro mundo. En la habitación solo están ella y las sombras que se ciernen a su alrededor.

CAPÍTULO

CUATRO

U n susurro recorre el mundo.

Una mujer lo oye en Italia y, esa misma noche, cierra con llave la puerta de su casa y mete a los niños en el coche, junto con todas las pertenencias que puede llevar consigo. Cuando los hijos le preguntan a dónde se van, la madre pisa el acelerador por las carreteras sinuosas del campo y sus hijos observan su determinación sombría a través del espejo retrovisor.

El susurro alcanza a un joyero de Seattle, que se desmaya poco después de leer la carta que ha recibido. Sigue con su oficio (¿qué puede hacer si no?), pero se compra una pistola y la guarda con cuidado bajo la caja registradora. Seis meses después, encuentran su cadáver en su despacho, desplomado sobre el escritorio, con la pistola en la mano. La policía da por hecho que se trata de un suicidio aun cuando su esposa insiste en que una mujer que se desvanecía en el aire los estaba observando.

En Osaka, Gabriel Everly escucha el susurro de casualidad, sentado a solas en una cafetería con el sol poniéndose en el horizonte. Cierra los ojos, se aferra a él durante un instante cargado de dolor y luego lo libera de nuevo. A la mañana siguiente se encuentra en una ciudad distinta, en un país distinto, y solo entonces siente que se le relaja la tensión acumulada en los hombros.

El susurro avanza cada vez más rápido, como una roca que rueda colina abajo. Viaja por las líneas de teléfono, en cartas ocultas que la gente quema tras leerlas, en correos electrónicos cifrados y reuniones clandestinas a la luz de las velas. Y, en un momento dado, cruza a un mundo distinto, arrastrado por una brisa hasta una ciudad de nieve y luz estelar donde ya lleva un tiempo circulando.

¿Dónde está Marianne Everly?

CAPÍTULO

CINCO

Aun en contra de sus deseos, Violet se hace mayor muy rápido y pasa de ser una niña bajita medio salvaje a una adolescente alta medio salvaje. Se lee todos los libros de la biblioteca dos veces. Explora el desván de cabo a rabo y recorre los travesaños estrechos con un exceso de confianza que, en un día en concreto, hace que clave un pie en el techo. Se aventura hacia el jardín cubierto de maleza, donde construye (y más tarde echa abajo) un fuerte enrevesado con cintas deshilachadas y ramitas. Sin embargo, jamás abandona los confines de la casa de la familia Everly. Ni para ir al colegio («¿Para qué? Si soy un profesor estupendo», responde Ambrose con una sonrisa poco convincente), ni para ver a sus amigos ni a su familia ni tampoco el mundo que parece siempre pegado contra los límites del muro del jardín.

En cambio, todos los años, primero con una esperanza cargada de ira y ya luego solo con ira, Violet aguarda a que su madre entre por la puerta de la casa. Espera una carta, una llamada o gestos con banderas en lo alto del tejado… cualquier cosa que le haga saber que no la han dejado aquí acumulando polvo, como el resto de la casa.

Cuando cumple quince años, Ambrose la encuentra arrancándole las hojas a la menta salvaje que crece en el jardín con la mandíbula apretada y la cara roja por contener las ganas de llorar. Violet tiene las manos manchadas de verde y los ojos brillantes por las lágrimas que no ha derramado.

—Voy a preparar té —le dice, obstinada, aunque con todas las hojas que ha arrancado van a pasarse varias semanas bebiéndoselo.

—Violet… —susurra Ambrose, apartándola con cuidado de la planta.

—No va a volver, ¿verdad? —Arranca otro puñado de hojas—. Y tú no me cuentas a dónde se ha ido ni por qué se fue. Es por la maldición, ¿verdad?

Violet ya no es tan pequeña como para creer en la maldición como cuando era niña. Antes creía que era algo literal y se pasó semanas aguardando a que su sombra se alzara y reivindicara el lugar que le pertenecía, a su lado, pero ahora ya sabe lo que es ese espectro: la muerte. Los retratos de los Everly que han sido presa de la maldición siempre muestran a personas jóvenes. Sin embargo, aunque no tiene muy claro en qué consiste esta maldición, sabe que solo se lleva a un Everly de cada generación. Sus tíos siguen con ella, pero Marianne Everly no.

—¿Por qué dices eso? —pregunta Ambrose, sorprendido.

—¿Verdad? —insiste Violet.

Ambrose suspira y se frota la frente; Violet reconoce el gesto porque es el que hace siempre cuando su tío le miente.

—No sé dónde está. De verdad. Ni tampoco por qué se marchó… —y ahí está la mentira, justo ahí—, pero te prometo que volverá.

De algún modo, la promesa es peor que una mentira. Además, Violet se percata de que Ambrose no ha negado que la ausencia de su madre sea cosa de la maldición.

Gabriel se pasa de vez en cuando por la casa y, aunque no se queda mucho tiempo, sus visitas siempre son memorables. Le enseña a asestar un puñetazo («¡Pon el pulgar por encima del puño, enana!»), a esquivar a un agresor y a jugar a los dardos como una profesional. En uno de sus cumpleaños, la lección viene acompañada de un conjunto de ganzúas, pese a las quejas de Ambrose.

Violet no está segura de que se puedan considerar un regalo, no del todo, pero se emociona cuando abre su primera cerradura con ellas o cuando camina por el suelo de madera chirriante sin emitir ni un solo sonido. Sin embargo, en ocasiones, sus tíos se encierran en la biblioteca y a Violet le toca distraerse sola. Esos días escucha su nombre ahogado tras las puertas cerradas o, si no, el de su madre. Sospecha que Ambrose teme que, si responde a las preguntas que le hace Violet, ella también desaparezca, como Marianne, en mitad de una noche oscura sin estrellas mientras los mantos de lluvia golpean las ventanas, y que no vuelva jamás.

A veces Violet piensa que Ambrose hace bien preocupándose, porque resulta que «vivir aventuras» son palabras seductoras y peligrosas que se aferran a las costillas de Violet y tiran de ella como un hilo cósmico atado a la aguja de una brújula que señala a otros lugares. Pasa horas encerrada en la biblioteca, estudiando con detenimiento un mapa inmenso y esplendoroso, hasta que la visión se le emborrona con las línea azules de la latitud y la longitud. Colecciona nombres de ciudades como quien colecciona monedas, reteniendo las palabras con un placer desconocido.

También se imagina lo que debe ser convertirse en una persona que se carga una mochila al hombro y que escribe en su diario los placeres y peligros que se encuentra por el camino. La de historias que contaría a la vuelta, con un montón de maravillas atrapadas en una letra apresurada, una decena de idiomas en los labios, cientos de historias en las yemas de los dedos y vistas inolvidables.

Lo dicho: «vivir aventuras» son palabras de lo más seductoras.

Ambrose afirma que se le pasará cuando se haga mayor, pero ese instante tan peculiar en el que la magia desaparece y el cinismo se aposenta no llega nunca, de modo que hay una parte de Violet que siempre está esperando a que ocurra *algo*.

Dos semanas después de su decimoséptimo cumpleaños, Violet está acurrucada en uno de los sillones deshilachados de la biblioteca, jugueteando con sus pulseras, cuando oye una serie de pasos. Para sorpresa suya, Gabriel entra por la puerta, lo cual es imposible porque, hasta donde ella sabe, su tío está en un país lejano, a varios océanos de distancia del hogar de los Everly. Hace casi un año que no lo ve y la última vez que estuvo por allí solo se quedó durante una tarde.

Jamás se le ha pasado por la cabeza que pudiera pasarse por la casa solo para ver a Ambrose y que a ella no le hiciera ni caso.

Sin hacer ruido, se baja del sillón y lo sigue.

Está a punto de perderle el rastro en dos ocasiones por los pasillos laberínticos. Gabriel lleva un traje de tres piezas y va con la chaqueta colgada del hombro. Cuando se detiene en el vestíbulo, Violet tiene que taparse la boca para contener un grito ahogado. Da la impresión de que se ha vestido para una cena, salvo por el ojo amoratado, el labio partido y la sangre roja y brillante que le mancha el cuello impecable de la camisa.

En ese instante, Violet comprende que jamás debería haberlo visto así.

Aligera el paso. Puede que Gabriel le confiese a dónde va si consigue sorprenderlo antes de que se marche. Quizá le cuente por qué está cubierto de sangre o por qué ha vuelto a casa siquiera.

Sus pasos son apenas un susurro sobre el suelo de madera, pero los susurros también son ruido, y Gabriel fue quien la enseñó a caminar con sigilo. De modo que, cuando Gabriel desaparece al pasar a la siguiente habitación, Violet no se sorprende de que haya logrado darle esquinazo.

Está a punto de regresar a la biblioteca cuando una luz le llama la atención. Al final de un oscuro pasillo, hay una puerta entreabierta de la que emerge un resplandor azul escalofriante que cubre de sombras los tablones del suelo. Se supone que da a un cuarto de invitados que no utiliza nadie, y cualquier otro día así sería.

Pero no esta noche.

En el hueco que queda entre la puerta y el marco se extiende una ciudad en la distancia; es como si Violet se encontrara en lo alto de un acantilado inmenso. La nieve cae en copos gruesos y se acumula en el borde de la puerta. Los tejados resplandecen, blancos, iluminados por farolas que proyectan luz del color de la miel. Las estrellas, más brillantes y numerosas de lo que Violet jamás ha visto, forman constelaciones cuyos nombres desconoce. Y el sonoro canto de la ladera de la montaña se extiende por los acantilados, un tarareo acompañado de los chasquidos y temblores del hielo al desplazarse.

No puede ser real. Aun así, la escarcha se acumula en los tablones y se adentra en la casa. Una brisa arrastra varios copos de nieve hasta ella, y el frío le arranca el aire de los pulmones.

«Violet», susurra el viento.

Da un paso al frente y luego otro...

La puerta se cierra de golpe, como si alguien hubiera tirado de ella desde dentro.

Violet se queda paralizada y pasan varios segundos preciados. Después agarra el pomo y tira de la puerta. Al otro lado halla el cuarto de invitados, oscuro y cubierto de polvo. Cuando retrocede, la nieve ya se ha derretido y los tablones de madera están empapados.

Piensa en el chico y en su canica, en las galaxias que danzaban en el aire, en la mujer que portaba su sonrisa como un arma; en su madre y en el misterio que parece envolver cada una de las sílabas de su apellido.

Una voz le susurra: «Vivir aventuras».

Aleksander recibe un regalo bastante diferente en cada uno de sus cumpleaños.

Para su decimotercer cumpleaños, un castigo por haberle mostrado a la niña de los Everly la esfera de ensoñadorita: veinte azotes con un látigo de ramas de abedul. «La ensoñadorita es el metal de los dioses —le dice Penélope con voz suave mientras se lo lleva a una habitación fría y oscura—. No puedes jugar con él y nunca, jamás, puedes manipularlo frente a los ignorantes». En realidad, el castigo debería ser mucho más severo, pero Aleksander no es el ayudante de cualquiera, así que Penelope se muestra misericordiosa. Esto es lo que le dice, y él la cree, aun mientras le da el primer latigazo y tiene que morderse el labio para no gritar.

En su decimoquinto cumpleaños, Penelope se lo lleva a París. Lo suelta en la ciudad sin dinero, sin modo alguno de ponerse en contacto con ella y sin un mapa; tan solo le proporciona el nombre de una cafetería. Siete horas más tarde, Aleksander cruza la puerta de dicha cafetería agotado, hambriento y empapado por culpa de la llovizna incesante.

—Tienes que hacerlo mejor, Aleksander —le dice Penelope tras comprobar la hora en su reloj.

Durante los días siguientes, el proceso se repite en otras ciudades y destinos hasta que Aleksander siente el paisaje urbano como una segunda piel. Memoriza planos de la ciudad, sigue el flujo de transeúntes hasta que alcanza el centro urbano, aprende a robar teléfonos y a preguntar direcciones en más de una decena de idiomas. Durante la vigésima salida, logra encontrar a Penelope en menos de una hora y ella le dedica una sonrisa de aprobación, una sonrisa que es un regalo por sí sola.

Tiene casi diecisiete años cuando se enamora perdidamente de otro chico. Primero hablan con torpeza y, después, se desnudan a todo correr en las profundidades de los archivos cuando, en realidad, deberían estar estudiando. Aleksander se pasa un mes descentrado, distraído por la forma de la boca de ese otro chico y por la sensación de tener las manos de otra persona sobre el cuerpo.

Durante uno de estos encuentros clandestinos, a la mismísima Penelope le toca ir a buscarlo porque llega cinco minutos tarde a una reunión de la que se ha olvidado. Como es evidente, lo castiga por no haber asistido a ella. Sin embargo, Aleksander no se queda sin aprender algo: lo que es la vergüenza.

Dos semanas más tarde, descubren a ese mismo chico robándole a un académico la llave que conduce al Otro Lugar. El mayor de los crímenes posibles. Las llaves son la única puerta hacia el mundo exterior, el único modo a través del que Fidelis puede obtener los recursos indispensables que, sencillamente, no pueden recrearse en la ciudad. Aleksander escucha horrorizado y se imagina (como seguramente estén haciendo el resto de académicos) lo que sería Fidelis sin esos enlaces ni esas importaciones tan preciadas.

Una ciudad en ruinas, lo cual no es una ciudad.

El chico defiende su inocencia, pero los cargos de los que se le acusan son claros. Aleksander agacha la cabeza sin decir nada mientras escoltan al chico fuera de la torre de los académicos. Lo han expulsado para toda la eternidad. Al día siguiente se cruzan por la calle (Aleksander lleva su túnica de académico y el chico un mono de agricultor) y, si no fuera por ese modo tan calculado con el que evitan mirarse a los ojos, cualquiera diría que no se conocen.

Aleksander vuelve a centrarse en los estudios. Se acabaron las distracciones. «Es lo mejor», se dice a sí mismo, sobre todo teniendo en cuenta lo muchísimo que debe aprender.

Se estudia la historia de Fidelis hasta que la puede recitar de memoria. Memoriza lenguas muertas hace ya muchos años uniendo los fragmentos de manuscritos frágiles. En un aula en penumbra, entre una decena de ayudantes, moldea la ensoñadorita con sus propias manos para dar forma a engranajes y poleas que se mueven solos para los ingenieros o hebras finas con las que formar las cuerdas de los dirigibles para que tengan una fuerza sobrenatural. Luego tiene clase de Matemáticas, Química y Astronomía. Por su cuenta, con Penelope como tutora inflexible, aprende idiomas y culturas del Otro Lugar a partir de los conocimientos que ha obtenido durante sus excursiones. Otros días pasa las horas con ella identificando a soñadores como él en las calles del Otro Lugar, tratando de discernir ese resplandor dorado revelador de talento que envuelve a cada académico de Fidelis.

Tres días antes de que cumpla los diecinueve, Aleksander se despierta en su habitación, un cuarto estrecho que recuerda a una celda, una de las muchas que hay en el nivel intermedio de la torre de los académicos. Los sonidos acogedores de su hogar lo envuelven: el borboteo de las cañerías de agua caliente; los profundos ronquidos del compañero del cuarto de al lado; los pájaros de las montañas, que se llaman con sus cánticos por encima de la niebla matinal. Es una melodía que ha escuchado durante toda su vida, pero de la que no se cansa nunca.

Siempre se despierta al amanecer y espera a que le pasen una nota por debajo de la puerta. «Prepara el equipaje —le dice la de esta mañana, con la letra elegante de Penelope—. Nos vamos en una hora».

Se pone una camisa limpia y unos pantalones con parches en las rodillas a toda prisa. Ya ha deshecho los dobladillos varias veces, pero siguen rozándole los tobillos y otorgándole el aspecto peculiar pero acertado de alguien que ha pegado el estirón muy rápido y que parece que no va a dejar de crecer nunca. Al igual que el resto de los académicos, se ha dejado el pelo largo hasta los hombros y se lo ha anudado con una cinta de encuadernación que sobraba.

Atraviesa pasillos iluminados por velas y sube por una escalera impresionante que parece extenderse hasta el infinito en ambas direcciones. La torre de los académicos existe desde siempre y ha proyectado su larga sombra sobre el resto de la ciudad desde antes incluso de lo que la prodigiosa memoria de los archivos es capaz de recordar. Es un pilar de conocimiento en cuyas salas estudian quienes han sido bendecidos con una combinación de sagacidad, talento y perseverancia. Para Aleksander (sobre todo justo antes del amanecer) hasta estar allí de pie es un acto de veneración.

Se desliza con facilidad sobre las piedras desgastadas que han pisado miles de académicos antes que él hasta alisar las escaleras. Los aposentos de Penelope se encuentran en lo más alto del ala de los maestros; es un privilegio que se debe al puesto que ocupa en la torre. Aunque hace frío, Aleksander llega sudando al estudio.

—Esperaba que llegaras antes —le dice Penelope en el interior.

Aleksander oye el tono de decepción.

—Lo siento, maestra.

Se plantea preguntarle a dónde van, pero al momento se lo piensa mejor. La sigue por el estudio hacia una puerta que hay al fondo. Quizás antes hubiera otra sala tras ella, pero ahora Aleksander se encuentra frente a un arco, con la ciudad de Fidelis extendiéndose ante él. No es, ni de lejos, la primera vez que disfruta de estas vistas, pero siempre logran arrebatarle el aliento. El amanecer roza la ladera de la montaña y proyecta una luz rosada y dorada sobre los tejados cubiertos de nieve y las peligrosas escaleras mientras la brisa mece los puentes. Desde allí ve las forjas, que brillan como estrellas al oeste, donde los artesanos batallan con la ensoñadorita en sus yunques. Al este, en lo alto de las cimas, se halla la silueta de unas ruinas puntiagudas.

Fidelis: hogar de académicos, de mitos y maravillas, de todo lo que adora; la cuna de otros mundos. Ha vivido aquí durante casi toda su vida y le parece que la ciudad no tiene parangón.

—¿Nos vamos? —pregunta Penelope, tendiéndole la mano.

Aleksander la toma, asegurándose de mantener la vista al frente y no hacia la caída pronunciada. Se colocan junto al borde del arco, con los dedos de los pies aferrados al borde. El viento tira de la ropa de Aleksander y le hace perder el equilibrio, pero Penelope está tan tranquila como siempre. Ya ha sacado su llave, y el aire brilla con una luz sobrenatural.

Sé valiente, se dice a sí mismo.

Dan un paso hacia el vacío.

En la biblioteca hay un cajón cerrado con llave que Violet aún no ha descubierto. Una noche, muy tarde, cuando está seguro de que su sobrina no anda cerca, Ambrose lo abre y saca de él un cuaderno maltrecho con una letra recargada y en cursiva; en la primera página pone «Marianne Everly». En su interior hay listas y listas de nombres escritos con la letra de Marianne; solo los últimos están con la letra de Ambrose. Algunos están subrayados o acompañados de un símbolo de interrogación, pero hay muchos (demasiados) que están tachados porque son callejones sin salida. Ha tardado años en descifrar el código que empleaba Marianne y mucho más en repasar todos los nombres de la lista. Es cierto que Ambrose no puede perseguir a Marianne hasta los confines del mundo desde esta casa, no cuando tiene que encargarse de Violet, pero, si su hermano es la flecha, él es la cuerda del arco, quien reúne energía y dirige los esfuerzos de Gabriel.

—Sigue ahí fuera —le dijo Gabriel en voz baja la última vez que fue a la casa.

Han intentado enviarle un sinfín de mensajes a lo largo de los años con la esperanza de que alguno llegara a sus manos. Hace tres años, lo consiguieron. La respuesta fue una carta sin remitente, sin firma siquiera. No eran más que dos palabras, escritas con una letra que Ambrose reconocería en cualquier parte: «Ya casi».

Si hay alguien capaz de ponerle fin a una maldición, esa es Marianne.

Si alguien puede escapar a su destino, esa esa Marianne, le susurra una voz traicionera.

Ambrose se pasa la mano por el pelo. Hay varias vetas de plata entretejidas en el rubio pajizo. Además, cuando se mira en el espejo, el rostro de su padre lo sobresalta antes de que el suyo se aposente. No es el único que ha cambiado. Violet también ha crecido; los años han transcurrido en un abrir y cerrar de ojos. Todos los años, el miedo que siente por ella se reaviva, y cada vez que cierra los ojos ve el rostro de Penelope.

Tenían diez años para encontrar a Marianne Everly, que luego se convirtieron en cinco y luego en dos. Su hermana ha dejado huellas fantasmales por todo el planeta, pero se niega a aparecer.

Se están quedando sin tiempo.

Una vez al año, Penelope desciende al submundo para visitar a un monstruo.

No baja acompañada de ningún ayudante del que tenga que cuidar y apenas hay luz con la que ver nada. El submundo huele a odio y dolor, a sufrimiento prolongado a lo largo de los siglos.

Durante un instante, el monstruo y ella se miden con la mirada en la oscuridad.

Aguardamos tu pregunta, hija de las estrellas.

—Dime —responde ella, tranquila—, ¿qué sabes sobre las maldiciones?

CAPÍTULO

SEIS

Violet Everly tiene veintiún años y sueña con otros mundos. En general, sueña con un mundo en el que los cafés que le piden son sencillos (solo, con leche o un capuchino) y no «doble, sin espuma, con leche de soja pero solo si tienes de esta marca, pequeño pero en un vaso grande», cuando la cola amenaza con salirse por la puerta del local. Un mundo en el que no hay clientes quejándose de que el panini es muy caro, de que las galletas con sabor a rosas saben más bien a lavanda o de que el azúcar está demasiado dulce. Un mundo en el que no tiene que trabajar en una puta cafetería.

Su compañero, Matt, pasa pegado a ella con dos tazas de café y un plato inestable.

—¡Despierta, Galletita!

Se partió de risa él solo cuando se dio cuenta de que Violet se llamaba igual que una de las galletitas de flores más famosas que venden. Para cuando quiso darse cuenta, casi todos los empleados, e incluso algunos de los parroquianos habituales, la estaban llamando «Galletita» y Violet estaba demasiado cansada como para ponerse a discutir.

«Es porque eres muy dulce —le explicó Matt—. ¿Preferirías que te llamara Grano de Café Quemado?».

Pues a lo mejor, le gustaría haberle dicho. Al menos «Grano de Café Quemado» suena a que ha visto más mundo que el interior de esa cafetería.

De adolescente se imaginaba que sería historiadora en una maravillosa biblioteca, refugiada entre montañas de libros escritos con una letra casi ininteligible. También le dio vueltas a hacerse arqueóloga cuando la biblioteca dejó de ser lo bastante grande como para albergar toda su ambición. Antropóloga, escritora de viajes, periodista, diplomática, traductora; daba igual que aún no se hubiera decidido porque, durante un instante de locura emocionante, la vida parecía llena de posibilidades.

Con qué facilidad se las arrebataron todas.

Las cosas serían distintas, piensa, si supiera que le espera algo más, que aún está a tiempo de marcharse y convertirse en todas esas personas. Sin embargo, sus sueños se derrumbaron a los diecisiete años, unos pocos meses después de haber visto a Gabriel con el traje ensangrentado. Solo entonces comprendió la magnitud de lo que Ambrose le había arrebatado al tomar la decisión de educarla en casa. Sí, la había educado, pero no tenía ninguna clase de título, notas de exámenes ni la más remota posibilidad de estudiar una carrera.

—¿Por qué lo hiciste? —le preguntó, casi a modo de súplica.

Ambrose se fue por las ramas para ofrecerle una larga explicación que, a fin de cuentas, no resultó nada convincente. De todos modos, aunque se hubiera creído lo que le dijo su tío, el daño ya estaba hecho, así que intentó olvidarse del tema. Aún lo intenta.

Pero jamás ha olvidado esa puerta que conducía a la ciudad ni la nieve ni tampoco la canción de la ladera de la montaña. Es un secreto que no le ha confesado a sus tíos por miedo a las consecuencias. Sigue descubriéndose a sí misma en ese pasillo oscuro, con el pecho rebosante de esa sensación irremplazable de que algo importantísimo se le ha escapado entre los dedos.

Matt le chasquea los dedos junto al oído, y Violet pega un brinco y se le derrama la leche sobre las manos.

—Ay, la virgen —suelta Violet.

—Dicen que nos parecemos —contesta él, y señala una de las mesas con la cabeza—. No te duermas en los laureles, Galletita. Te llaman.

Se encuentra a medio camino, sobre el suelo de linóleo, con un menú en la mano, cuando se fija en el hombre que está sentado a la mesa. Tiene la cabeza gacha y la mirada fija en las manos entrelazadas. La luz dorada del atardecer le besa la piel, y Violet atisba un tatuaje que apenas se ve por encima de las clavículas. Tiene un perfil de líneas rectas y afiladas desde el puente de la nariz hasta la mandíbula; la estructura ósea de un estatua griega. Lleva el pelo oscuro y rizado recogido en un moño a la altura de la nuca. *No es justo que sea tan guapo*, piensa Violet.

De repente cae en que lleva todo el día trabajando, que tiene la camisa empapada de sudor, que huele a café rancio y que se ha manchado debajo del cuello con no sabe qué (puede que con la mermelada).

A veces el mundo es cruel hasta la desesperación.

Violet se acerca a regañadientes mientras reza por volverse invisible; y, al menos en esto, los dioses la ayudan. El chico ni siquiera alza la mirada cuando Violet deja el menú sobre la mesa y se da la vuelta para marcharse. Sin embargo, a su pesar, decide echarle otro vistazo por encima del hombro para ver qué es eso en lo que está tan concentrado. Para sorpresa suya, se fija en que no tiene las manos juntas, sino que sostiene un objeto de metal. Y, entonces, el hombre hace un gesto que Violet recuerda con tal claridad que es como si un rayo le cruzara la mente.

Pellizca el objeto y tira de él.

La galaxia sobre la mesa de la cocina. El chico del pelo rizado oscuro y el cuello de la camisa dado de sí.

Violet respira hondo y, justo en ese instante, él la mira con curiosidad.

Unos ojos grises como el cristal marino.

—Te conozco —dice Violet.

Da un paso atrás y se choca con otro compañero que carga con una pila de platos vacíos. Cuando se pone en pie, el hombre ya está saliendo por la puerta. Violet corre tras él sin prestar atención a los clientes que la están observando.

Ha habido ya tantos «casis» en su vida que se niega a dejar escapar otra oportunidad. Era él. ¡Era él!

—Galletita —la llama Matt.

—¡Vuelvo en un segundo! —le grita ella.

Violet mira hacia ambos lados de la calle y llega a ver el borde de una figura que desaparece en el callejón de al lado de la cafetería. Lo sigue con el corazón desbocado y el viento tirándole del delantal.

No hay nadie en el callejón. Ha desaparecido.

Se le cae el alma a los pies al saber que, una vez más, acaba de perderse otro atisbo de algo extraordinario, que ha estado a punto y que ha vuelto a perdérselo.

Retuerce el delantal con impotencia. Todo seguirá siempre igual. La cafetería, los clientes, la casa vacía de la familia Everly y estos ecos fugaces de otra vida que podría haber tenido... pero nada más, y jamás bastará para que se quede satisfecha.

Entonces percibe un movimiento por el rabillo del ojo y lo que antes había confundido con una sombra se fusiona en la silueta de un hombre que se ha sentado en un murete. El corazón se le reactiva en el pecho, y una alegría cautelosa le recorre las venas.

Cuando se acerca a él, espera que se levante de un salto y se largue a toda prisa. Sin embargo, el chico no corre y, en esta ocasión, la observa con curiosidad sincera que hace que a Violet le arda la nuca.

—¿Puedo sentarme? —le pregunta, y él asiente con la cabeza.

Violet se acomoda a su lado en el murete para observar mejor el objeto que sostiene en las manos y también con la esperanza de que el cuerpo del hombre bloquee el viendo gélido y brutal. Un destello plateado resplandece entre sus dedos.

—Te conozco, ¿verdad? ¿Eres Aleksander? —Cuando él se sobresalta al oír su nombre, Violet prosigue—: Nos vimos una vez, hace mucho tiempo, pero seguro que no te acuerdas.

¿Por qué iba a hacerlo? Debe de haber visto miles de cosas más interesantes que una niña enrabietada de doce años y su tío. El viento feroz sopla con fuerza y Violet se abraza.

—Estás temblando —comenta él.

Se comporta como todo un caballero y le tiende la chaqueta, y Violet la toma. Huele mucho a jabón, pero, sorprendentemente, también desprende el aroma dulzón del carbón.

—Pues claro que me acuerdo de ti, Violet Everly —dice él entonces, con una sonrisita—. ¿Cómo iba a olvidarte? Y, de todas las cafeterías posibles del mundo, trabajas justo en esta.

Es como si el destino estuviera tendiéndole la mano. Y qué cerca ha estado de escapársele. Una descarga de emoción le recorre el cuerpo.

—No quería largarme así —añade él—. Es que me ha sorprendido. No iba a ser fácil explicarte lo del pájaro.

Violet ladea la cabeza, confundida, y Aleksander separa las manos con cuidado, revelando un pájaro a medio formar, con las alas moldeadas a medias, como si estuviera tratando de escapar de sus confines de metal. Aleksander se lo entrega y ella lo inclina bajo la luz. Sus plumas resplandecen un poco, como si las hubiera forjado la luz lunar y no los dedos esbeltos de Aleksander.

—Es precioso —dice ella—. ¿Lo has hecho tú? ¿Con magia?

Aleksander tose, y Violet sospecha que lo hace para disimular una carcajada.

—Es ensoñadorita —le explica—, el metal de las estrellas, o de los dioses si quieres ponerte en plan teológico, pero no es magia.

—Parece tan real —responde ella, y le devuelve el pájaro.

—Quédatelo —le dice él después de negar con la cabeza—. No vale nada —añade, aunque parece satisfecho de sí mismo—. Deberías ver lo que hacen los maestros artesanos de Fidelis.

—¿Fidelis?

Está segura de haber oído ese nombre en otra ocasión. Despierta un recuerdo enterrado muy hondo, uno que no es capaz de ubicar. Abre la boca para proseguir con sus preguntas, pero otra brisa gélida se abalanza sobre ellos y Aleksander se frota las manos. *Puede que ya se esté arrepintiendo de su acto de generosidad*, piensa Violet.

—¡Galletita! —le grita alguien, y Violet se encoge sobre sí misma.

Aleksander enarca una ceja.

—«¿Galletita?»

—Es como me llaman mis compañeros en… a ver, no es en broma, pero… —Violet intenta recobrar la compostura—. ¿Quieres volver a entrar?

Aleksander sonríe, y Violet siente una descarga de placer inesperada.

—Te sigo.

Cuando regresa al interior de la cafetería, Aleksander va tras ella. Matt le dedica una mirada inquisitoria, pero Violet no le presta atención. Acomoda a Aleksander en su mesa preferida, junto a la ventana, y le devuelve la chaqueta de mala gana.

—Termino el turno en media hora —le informa—. ¿Te importa esperar?

—Te espero —responde él, sonriendo.

Los siguientes treinta minutos avanzan muy despacio y, en todo momento, Violet se muere de ganas de comprobar que Aleksander no se ha movido de su sitio. Al mismo tiempo, teme que, cuando lo mire, él también la esté mirando. Se mantiene ocupada como bien puede, limpiando las encimeras y tirando por el fregadero los restos de café. En cuanto Matt le da la vuelta al cartel para que ponga CE-RRADO y cierra la puerta con llave, Violet sirve dos cafés y dos trozos de tarta y acerca una silla hacia la mesa de Aleksander.

—Bueno, dime —le suelta, desesperada por retenerlo, por que este instante se alargue todo lo posible—. ¿Qué es lo que haces cuando no estás matando el rato por cafeterías?

Desde el otro lado de la mesa, Aleksander le habla de sus viajes. Menciona ciudades y países como si lo único que los separaran fueran unos cuantos pasos y cada una de sus anécdotas está repleta de maravillas que, hasta este momento, Violet solo ha leído en los libros. Si siente una punzada de envidia, es solo por todas las cosas que él ha visto y por lo poco que le ha ofrecido la vida a ella.

—Y… estoy formándome para ser académico —confiesa él entonces, como si fuera un secreto que no debería compartir con nadie.

Violet quiere saber qué es eso, ya está formulando la pregunta con los labios, pero Aleksander la avasalla con sus preguntas y Violet se olvida del asunto. Después de que él insista, Violet le habla de su vida, de los clientes excéntricos, y en ocasiones irritantes, que acuden a la cafetería. Hasta le habla de la maldición de la familia Everly porque ella también quiere contar una historia tan fantasiosa como la de él, aunque a ambos se les escapa una sonrisa burlona al oír los detalles, que parecen sacados de un cuento de hadas. Violet se ha fijado en que los dos han evitado pronunciar la palabra «magia», pero es imposible no sentirla entre ambos, en cada pregunta que ella le ha formulado y en todas las que no ha llegado a preguntar.

—¿Y tu madre sigue viviendo aventuras? —le pregunta él.

Violet se queda sin aliento.

—Es complicado —responde.

—¿En qué sentido?

Violet se toca las pulseras; son de las pocas pertenencias de Marianne de las que se ha apoderado durante su ausencia. ¿Cómo explicárselo? ¿Por dónde empezar? Marianne parece perseguir a sus tíos en cada una de las conversaciones que mantienen entre susurros y, aun así, Violet no tiene ni idea de a dónde fue, por qué se marchó o si sigue con vida siquiera…

—Dejémoslo en que es complicado —responde ella con una sonrisa forzada.

Es la primera vez que a Violet le parece ver una especie de expresión de inquietud en él, pero desaparece al instante, y ella se pregunta si se lo habrá imaginado.

—Sera mejor que me vaya —dice Aleksander tras terminarse el café y dejar la taza vacía sobre la mesa—. Ha sido un placer conocerte mejor, Violet Everly.

Un pánico repentino se apodera de Violet al pensar que, si se despide de él, quizá no vuelva a verlo nunca. La burbuja de ensueño que ha sido este día estallará y no le quedará nada más que unos ecos tentadores. Sabe que aún hay muchas cosas que no le ha preguntado.

—Deberías volver —le suelta—. A la cafetería, digo.

Dios no quiera que Aleksander se acerque a la casa de los Everly. Si Ambrose y Gabriel tienen derecho a guardar secretos, ella se ha ganado de sobra el derecho a tener el suyo.

Aleksander le sonríe y se le forman arruguitas en las comisuras de los ojos.

—Me encantaría —responde.

—Pues toma. —Violet le entrega una tarjeta en la que hay impresas diez tazas de café y sobre las dos primeras ya hay un sello de tinta azul—. Si vienes mucho, te llevas un café gratis.

Él observa la tarjeta y sonríe.

—Entonces supongo que tendré que volver, Violet.

A última hora de la tarde, Violet arrastra su bicicleta oxidada por los caminos rurales y recorre el sendero familiar y serpenteante de vuelta a casa. Llega al camino de entrada y, como siempre, se le forma un nudo en el estómago al ver su casa, con las torrecillas góticas y los rosales crecidos que trepan por la verja. No es la primera vez que piensa que le gustaría poder contentarse con lo que tiene.

Ambrose, como siempre, está a la mesa de la cocina, intentando leer un fajo de páginas escritas a mano al tiempo que remienda un jersey viejo. En cuanto Violet entra en casa, Ambrose esconde los papeles bajo el jersey. Un cosquilleo de irritación recorre la piel de Violet.

—¿Ha ido bien el día? —le pregunta él—. ¿Ha pasado algo emocionante?

Violet se encoge de hombros y siente la emoción tintada de culpabilidad de los mentirosos.

—La verdad es que no.

Deja a Ambrose en la cocina y se va a la biblioteca. Sigue siendo su parte favorita de toda la casa, un tesoro oculto de libros y curiosidades recolectados por varias generaciones de la familia Everly. Una espada oxidada cuelga de forma precaria en una pared, enmarcada por una decena de fotos familiares y obras de arte de algún artista victoriano desconocido. Antes solía pasarse horas imaginándose al caballero que portaba esa espada, y también todos los lugares que este debía de haber visto.

Violet saca un atlas tras otro de la estantería y pasa las páginas que, de pequeña, observaba con tantísima atención. Algo de lo que le ha dicho Aleksander sigue inquietándola desde el recoveco de un antiguo recuerdo cubierto de polvo que cruje como el papel viejo. No hay nada que le llame la atención; no obstante, sabe que no es la primera que escucha ese nombre. «Fidelis». Cuando se lo susurra para sí misma, la boca le sabe a caramelo hilado, a nieve derretida, a luz estelar.

Al final llega hasta su libro de cuentos preferido, el que está forrado en seda verde y tiene decoraciones estampadas en oro bruñido. Es el último regalo que recibió de su madre y el más preciado de todos, porque se lo dedicó con esa caligrafía apretada suya:

Para Violet, que las estrellas te canten algún día.

La mitad de las decoraciones de oro se han desprendido, y los bordes de la cubierta se han ablandado por el paso del tiempo, pero a Violet le parece aún más bonito por estar tan desgastado. Cada uno de los cuentos transcurre en una ciudad imaginaria distinta. Además, en el interior vienen mapas pintados a mano repletos de detalles. La verdad es que son tan minuciosos que hasta resulta sospechoso, piensa ahora mientras los vuelve a examinar.

Pasa las páginas hasta llegar al último, que es el que busca. Más que un mapa, se podría decir que lo que ve es la ilustración de una ciudad que se alza en lo alto de una montaña. A Violet siempre le ha gustado por el modo en que las calles parecen retorcerse, con nombres elegantes como «El Arco de Tullis» o «Camino del Cielo de Etallantia». Roza con las manos la parte superior de la página, donde viene el nombre de la ciudad, escrito a mano, empleando una tipografía con remates.

Fidelis.

CAPÍTULO

SIETE

E n el callejón, junto a la cafetería, Aleksander se asegura de que nadie lo mira y se saca una llave de ensoñadorita de debajo de la camisa. La sostiene en el aire en busca de esa ligera resistencia que marca el límite entre los mundos. Es más fácil hacerlo con una puerta con cerradura, pero Aleksander ya tiene práctica y la fina membrana se separa con facilidad. Un resplandor azul, un torbellino de sonidos metálicos y, de repente, se halla en los aposentos de Penelope, a solo un paso del arco que da a Fidelis. Fuera caen gruesos copos de nieve, visibles contra las luces melosas de la ciudad.

Descuelga su túnica de un gancho que hay junto al arco y se la pone sobre la ropa que viste cuando viaja al Otro Lugar. Sería mejor si llevara la ropa de gala de erudito (densos bordados plateados sobre seda negra, con un grueso forro de piel de animal de su elección y cualquier prenda que quiera ponerse debajo), pero su puesto como ayudante es lo único que impide que lo obliguen a ponerse la túnica sencilla de aprendiz, para la que, de todos modos, ya es demasiado mayor.

Cuando se acerca a la puerta, oye el sonido de la reunión de Penelope, que se encuentra en su punto álgido. Se le tensa el estómago. Esperaba encontrarse a solas con ella. Abre la puerta con miedo. La conversación muere en cuando da un paso hacia el interior de la estancia y cinco académicos se giran hacia él y se quedan mirándolo con un silencio acusatorio.

—Aleksander —exclama Penelope, animada—. Estábamos hablando del abastecimiento para este invierno. Pasa, por favor.

Esa es otra de las tareas de los académicos: asegurar los recursos y establecer vías de comercio adecuadas entre los dos mundos para satisfacer las limitaciones de este.

Aleksander traga saliva, nervioso, mientras se sienta junto a la ventana y observa al grupo que honra con su visita el estudio de Penelope: la severa matriarca de la familia Verne, Adelia; Katherine Hadley y ese armario que tiene por guardaespaldas, Magnus; los gemelos Matsuda, que llevan un traje con estampado de flores idéntico. Ha venido hasta Roy Quintrell, que luce una ridícula chaqueta de terciopelo que debería haber convertido hace años en una funda de cojín mucho menos hortera. Siente las miradas de todos, que observan su pelo despeinado y la incomodidad con la que encoge los hombros. Se les ve en la cara lo que piensan de él, pero ninguno cuenta con la autoridad necesaria para enfrentarse a Penelope por haber decidido invitarlo a la reunión.

Sin embargo, algunos son lo bastante estúpidos como para intentarlo.

—Estamos tratando un asunto muy importante —comenta Roy, irritado—. ¿No crees que sería mejor que tu ayudante no estuviera presente? Si yo tuviera un ayudante…

—Pues dime, ¿qué quieres que haga con él? —le pregunta Penelope, que no ha dejado de sonreír en ningún momento, pero tiene un brillo de peligro en la mirada.

Un destello de pánico cruza el rostro de Roy cuando intenta desdecirse:

—Jamás se me ocurriría… No, claro que no…

—Pues cállate y toma notas —interviene Adelia.

La conversación vuelve a centrarse en lo escasa que ha sido la cosecha (ligeramente peor que la del año pasado, aun con la inventiva de los trabajadores de los invernaderos) y qué alimentos habrá que reponer en mitad del invierno a través de las líneas de abastecimiento del Otro Lugar. Asimismo, también habrá que sustituir las viejas cañerías antes del año que viene y discuten sobre cuánto cobre necesitarán. Después pasan a hablar sobre la admisión de los nuevos académicos, a debatir sobre quiénes parecen más capaces de entre las nuevas generaciones de las familias. También intercambian rumores sobre una académica que subasta artefactos robados en el Otro Lugar al mayor pujador.

Penelope los escucha a todos con atención antes de dar sus órdenes. Sin embargo, Aleksander se fija en que, de vez en cuando, los demás académicos lo miran con desprecio, como si no confiaran lo bastante en él para revelarle los detalles del abastecimiento de Fidelis. Aun cuando estos académicos ya no viven en Fidelis y apenas se mueven de las vidas que se han labrado en el Otro Lugar. Solo son académicos de nombre, pero el nombre lo es todo.

Además, se suponía que Penelope debía de estar de parte de ellos. Se suponía que debía escoger a uno de los herederos de las familias (en este caso, a Caspian, el nieto insufrible de Adelia) para transmitirle su gloria, su riqueza y, lo más importante de todo, el secreto de la longevidad con el que han sido bendecidas algunas familias de académicos. No cabe duda de que todos se han imaginado a sí mismos ocupando el puesto de Penelope y dirigiendo esta sala. Como si algo así fuera posible.

A cualquier otra persona la recibirían con los brazos abiertos, pero a Aleksander no. *A los demás ayudantes no los escoge Penelope personalmente. Los demás ayudantes no son extraños seleccionados por una de las personas más poderosas de los dos mundos. Otros ayudantes no le han jodido los planes de Adelia Verne.*

Hace tiempo ya que el sol se ha desvanecido del cielo cuando los académicos al fin se despiden de Penelope y salen por el arco. Aleksander se concede el gusto de enarcarle una ceja a Roy, que le ha puesto mala cara al salir.

Aleksander se queda solo y no espera con gesto incómodo para pedirle un favor a Penelope, ni para suplicarle uno de sus consejos, ni tampoco para, sencillamente, apropiarse de parte de su gloria, sino porque pertenece a este sitio, que es más de lo que pueden decir muchas personas, sin importar lo mucho que lo odien los demás académicos.

Penelope señala el aparador, y Aleksander saca a toda prisa una botella de vino y un par de copas. Primero sirve a Penelope y la deja sobre la mesa, a su lado. Espera a que le haya dado el primer sorbo para servirse una copa.

—¿Cómo es, Aleksander? —pregunta Penelope, recostándose en la silla.

No tiene ni que pronunciar su nombre. Está preguntando por Violet Everly. Aleksander le describe su encuentro con todo lujo de detalles. Le cuenta que ha entrado a propósito en la cafetería y que lo ha hecho como si hubiera acabado allí de casualidad.

—Parece... normal —responde.

No era seguro utilizar la ensoñadorita en público, con tanta gente mirando, pero tenía que asegurarse de que Violet lo reconociera. Siendo del todo sincero, no se esperaba que reaccionara así ni tampoco que pronunciara su nombre como si hubiera estado esperando a que entrara por la puerta de esa cafetería.

«Te conozco».

Por su parte, Aleksander creía también que tardaría más en reconocer a la chica de la casa de la familia Everly, pero ya sabía que era ella desde antes incluso de ser consciente de que lo estaba mirando y mientras le entregaba el menú. Esa misma curiosidad ardiente; esa misma expresión de maravilla al ver el pájaro de ensoñadorita.

—No tengo muy claro que sepa nada sobre los académicos o sobre Fidelis —prosigue él, con cautela—. No me ha contado nada sobre Marianne.

—Bueno, era de esperar. Es la primera vez que os veis. Ya habrá oportunidades de sobra para que te ganes su confianza.

—¿Y Fidelis?

—Cuéntale lo que quieras. —Penelope se encoge de hombros—. Dices que le ha encantado la idea de que existe la magia, ¿no? Pues sigue por ahí. Lo que sea con tal de que te hable de Marianne.

Aleksander deja la copa sobre la mesa, con el corazón en la garganta.

—Maestra, siempre he hecho todo lo que me has pedido. No...
Te estoy muy agradecido, pero...

Se roza la zona del brazo en la que debería estar su tatuaje de académico.

Donde estará, algún día, piensen lo que piensen el resto de los académicos.

—Quieres saber para qué nos estamos tomando tantas molestias.
—Penelope le da un golpecito al reposabrazos del sillón—. Aleksander, puede que estas personas sean los mejores académicos de sus familias, pero también son humanos. Temen lo que todos tememos: los cambios, envejecer, ser irrelevantes... Sus apellidos se están perdiendo en el olvido, su riqueza y su talento están menguando. Tú eres un recordatorio de que, por más que deseen lo contrario, el mundo avanza y que ellos pueden quedarse rezagados.

Aleksander está bastante seguro de que ninguno de esos miedos es tan intenso como la mera idea de no obtener el tatuaje de académico, pero no dice nada.

—Eres un desconocido. No perteneces a ninguna familia importante; de hecho, no perteneces a ninguna familia. No eras más que un niño al que abandonaron y que estaba destinado a tener una vida miserable, sin nada en ti que sugiriera tu capacidad para la grandeza; nada salvo tu talento. Por eso te escogí a ti en vez de conformarme con un asistente mediocre al que los demás habrían tolerado —continúa Penelope, y a Aleksander le satisface oírla llamar a Caspian «mediocre»—. Con el tiempo se acabarán acostumbrando a ti. Solo necesitan un poco de persuasión.

—Persuasión —repite él.

La persuasión son amenazas veladas. O una oferta de valor extraordinario que no se puede comprar con dinero. Sin embargo, Aleksander no supone una amenaza para nadie. De hecho, si poseyera cualquier cosa de valor que ofrecerles, no se vería en esta situación.

—De momento olvídate del tema. ¿Te mencionó algo más Violet?
—pregunta Penelope.

—Hemos estado hablando y le he hecho toda clase de preguntas, pero... —Aleksander frunce el ceño—. No lo entiendo, maestra. Si los Everly son una familia de académicos...

—Los Everly no son académicos —lo interrumpe Penelope— y jamás lo serán. Hazte amigo de Violet Everly, como sea, y averigua todo lo que puedas sobre ella, pero recuerda que no pertenece a nuestro mundo. ¿Te queda claro, Aleksander?

—Sí, maestra —responde.

Esa misma noche, cuando se acuesta en el colchón incómodo, no deja de pensar en Violet Everly. El eco de su nombre en los labios de ella reverbera en su mente. «Aleksander». Claro y despreocupado, como un cielo despejado de primavera, sin importarle quién pueda ser: un ayudante al que nadie quiere, una amenaza y una decepción al mismo tiempo.

En otra vida, quizá podrían haber sido amigos. En la que les ha tocado vivir, ella no es más que un medio para un fin. Ni más ni menos.

Se promete a sí mismo que lo tendrá en cuenta la próxima vez que se vean.

CAPÍTULO

OCHO

ace un día frío e inhóspito en Moscú cuando Penelope cruza el arco de sus aposentos y llega a un sombrío bloque de apartamentos. Esquiva con destreza la nieve embarrada que se acumula en las canaletas y la basura que se desliza por la calle como si fueran hojas secas. A pesar de que las temperaturas rozan los cero grados centígrados, Penelope solo viste un abrigo gris claro y lleva el cuello expuesto al viento gélido. Un borrón constante de coches y de peatones apresurados pasa por delante de ella; nadie tiene ganas de detenerse a contemplar las vistas con este tiempo.

El invierno presiona sus dedos grises sobre todo: el cielo, los edificios, la gente. Las fachadas ruinosas y los edificios de color pastel desteñidos despiertan los fantasmas de una grandeza que hace tiempo que ha desaparecido, una grandeza de abrigos de piel y coches de caballo que recuerdan a unos huevos de Fabergé inmensos. Un coche pasa a toda velocidad, y la visión se derrite con la nieve.

Al ver el edificio en ruinas que tiene delante, aún se distingue lo que fue en el pasado. Flores de yeso agrietadas y una verja de hierro ornamentada dan a entender que, en otra época, quizá perteneciera a un mercader pudiente, o puede que a algún noble poco importante; una casa en la ciudad a juego con una dacha del campo. Ahora alberga un bloque de pisos y cada uno de ellos es una fracción del espacio original.

Sin molestarse en llamar al timbre, Penelope entra y sube por una escalera estrecha hasta llegar a la última planta. Después recorre un pasillo húmedo hasta llegar al último apartamento. Llama dos veces a la puerta. La escarcha bordea las ventana, y el aliento se le condensa en el aire.

Tras un instante, la puerta se abre y aparece un hombre demacrado y cansado. Sin embargo, al ver a Penelope, le cambia la cara y el pánico le cruza la mirada.

—¿Penelope? No…

—*Strasvuitye*, Yury —lo saluda ella con tono amable en ruso—. Cuánto tiempo.

—No esperaba que… —El hombre recobra la compostura—. Pasa, por favor.

El piso entero, que no es más que una habitación, cabría en el vestíbulo de la casa de los Everly. Varios radiadores portátiles emiten calor y la condensación resbala por los cristales. Y todo, absolutamente todo, está cubierto de llaves: cuelgan de las paredes, cubren el suelo y se derraman de cajas inmensas, apiladas unas encima de otras. También hay ilustraciones y diagramas enrollados y apoyados en las esquinas o cubriendo los muebles. Pese al calor, Yury lleva varios jerséis gordos y un abrigo grueso. Tiene los labios cortados y las comisuras azules. Se pega todo lo que puede a los radiadores. Las manos le tiemblan cuando agarra un hervidor. A Penelope le llama la atención que, bajo los mitones, la piel se le ha ennegrecido y marchitado.

—¿Y tu fiel ayudante? —pregunta él.

—¿Aleksander? Ay, lo he puesto al cargo de otro asunto —responde Penelope—, pero te manda recuerdos.

La última vez que estuvo allí, Aleksander empalideció al ver el estado en el que se encontraba el piso de Yury y también al ver al propio Yury; ambos habían empeorado mucho desde la visita anterior. Penelope le preguntó qué estaba pensando al ver su reacción, pero lo único que respondió el chico fue: «Tiene pinta de que duele». Aunque ha logrado convertir a Aleksander en un ayudante competente, siente demasiado el dolor de los demás. Es una debilidad que tiene que quitarle, se recuerda a sí misma.

—Hice lo que me pediste —le dice Yury, sirviendo el té caliente en tazas descascarilladas—. Me he gastado hasta el último rublo en esas putas llaves. Y me quedo corto.

Aguarda una respuesta, pero Penelope no habla demasiado. El hombre carraspea y le ofrece una de las tazas. Mientras bebe, lo estudia con detenimiento. Yury ni siquiera ha cumplido los treinta, pero ya tiene el rostro surcado de arrugas prematuras y se mueve como si sufriera artritis. Tiene los ojos de un color poco común: un ónix lustroso que parece cambiar de tono con la luz.

—No esperaba que vinieras tan pronto —comenta él.

—Ni yo —responde ella, sincera—, pero he tenido que acelerar los planes.

Penelope examina cada llave tomándola con la mano. Casi todas son antiguas: cobre, acero…, metales bastardos repletos de impurezas. Pero también hay llaves de oro y con joyas engarzadas, llaves talladas en gruesa madera de caoba y llaves de vidrio soplado a través de las que cruza la luz. Sin embargo, ninguna de ellas está hecha de ensoñadorita y, por tanto, no le valen de nada.

Mientras pasa de una llave a otra, Yury la observa, nervioso. Sin darse cuenta, toca el hervidor con la mano y el hedor a carne quemada se extiende por el piso diminuto.

—Aún queda mucho trabajo por delante… Ni siquiera me ha dado tiempo a examinarlas todas… ¿Has traído el…? —Suelta la taza sin querer y esta se rompe cuando impacta contra el suelo. La moqueta se mancha de té—. Joder. ¡Joder!

Penelope no le hace caso. Busca con mayor frenesí, con menos cuidado, mientras se centra en las ilustraciones. El papel se rasga y se le quedan manchurrones de tinta bajo las yemas cálidas de los dedos. Arroja cada una de esas imágenes inútiles al suelo, donde no tardan en empaparse y volverse ilegibles.

—¿Dónde está el resto de la investigación que te pedí? —pregunta, alzando la mirada al fin.

—Ya no existe. Se produjo un incendio al día siguiente. Engulló la tienda entera. Dicen que hacía tanto calor —se relame los labios; de repente tiene la mirada ausente— que hasta el tejado de plomo se derritió.

Préndele fuego a un hombre y no volverá a pasar frío en toda su vida. Sin embargo, Penelope sabe que Yury hace tres años que no siente calor. Tiene los dedos cubiertos de quemaduras, los brazos repletos de cicatrices y, sin embargo, no deja de temblar en esta habitación sofocante. Suena una alarma en el reloj digital que le resbala en la muñeca y Yury la apaga corriendo. Temblando, se saca un paquetito del bolsillo del abrigo y se echa su contenido a la boca. Cuando mastica, suena como si estuviera royendo piedras.

No son los resultados que Penelope esperaba cuando iniciaron este experimento tan peculiar, pero, de momento, Yury lo ha hecho mejor que los demás académicos. Para empezar, aún no ha muerto.

—De modo que Marianne Everly ha vuelto a derrotarme —murmura Penelope.

—¿La has traído? —pregunta Yury, desesperado—. Por favor, dime que la has traído.

—No puedo traerte algo que aún no está en mi poder.

—Me lo prometiste. Me dijiste que tenías una cura, me dijiste que si me la bebía, que si el experimento no salía bien...

—¿Alguna vez he faltado a mi palabra? —responde ella, cortante. Como él no responde, Penelope prosigue—: Me aseguraré de que recibas la cura para los... efectos secundarios, pero, mientras tanto, aún tienes que cumplir tu parte del trato. Me da igual cómo obtengas esa llave, como si tienes que arrancársela de las manos gélidas de los Everly.

Yury le enseña las manos congeladas.

—Vale, vale, pero, por el amor de Dios, tráeme la cura antes de que se me caiga el *xuj*. Ya se me han caído tres dedos de los pies, y en las manos... —Traga saliva—. No puedo vivir así, Penelope. Nadie puede.

—Pues entonces encuéntrame esa llave —responde ella— y vive un poco más.

CAPÍTULO

NUEVE

Violet no puede creérselo cuando Aleksander aparece por la cafetería una semana después, media hora antes de que cierren. Ni tampoco que vuelva a hacerlo a la semana siguiente. A la cuarta semana, Matt le da un codazo a Violet en las costillas cuando Aleksander vuelve a entrar en la cafetería con un libro bajo el brazo.

Necesita varias semanas para armarse de valor y preguntarle algo que se muere de ganas de saber. No solo porque tiene miedo de que se ría de ella o que le quite importancia al asunto, sino por la misma finalidad de la pregunta. El metal mágico (la manipulación de la ensoñadorita, tiene que recordarse) es real, de eso no cabe la menor duda. Pero Violet sospecha que hay una verdad aún mayor, una verdad que puede que siempre haya sabido, y ahora ya no hay nada que se interponga en su camino y le impida confirmarla.

Esa tarde, Aleksander llega más tarde de lo habitual, y Violet se pasa casi todo el turno yendo de un lado a otro detrás de la barra dándole vueltas a las pulseras de su madre. Cuando al fin llega, Violet contiene un suspiro de alivio. Hoy lleva el pelo suelto y se le riza alrededor de los hombros, lo cual le suaviza los rasgos.

Violet le observa las mejillas quemadas, y él sonríe con pesar.

—Perdona que haya llegado tan tarde. Esta mañana he tenido que hacer un recado en Bogotá.

Con qué ligereza lo dice, como si recorrerse medio mundo para hacer recados fuera lo normal.

—¿Y cómo has vuelto tan rápido? —pregunta ella.

Aleksander se da una palmadita en el pecho, y al principio ella cree que lo que quiere decirle es que es un secreto, pero entonces se saca una larga cadena de plata de debajo de la camisa, de la que cuelga una llave resplandeciente fabricada con el mismo metal que el pájaro. Ensoñadorita.

—Con esto —responde él en voz baja, con la mirada fija en Matt, que se afana con la caja registradora—. Cuando te nombran académico, te entregan una para que puedas viajar con ella. —Vuelve a metérsela en la camisa—. Esta me la han prestado.

—Una llave que te lleva a cualquier lugar…

En esta magia sí que puede creer.

—Una llave que te lleva a cualquier lugar en el que ya hayas estado —la corrige él—. Mientras esté hecha de ensoñadorita, no necesitarás nada más.

Un recuerdo brota desde las profundidades de su consciencia. Su madre está sentada frente al escritorio de la biblioteca una noche, bien tarde, y su silueta queda recortada por el haz de luz de la lámpara. Marianne Everly frunce el ceño y le da vueltas a una llave que sostiene en la mano…

Violet inspira hondo.

—Pero no solo sirve para viajar por este mundo, ¿verdad? Porque también te lleva al tuyo. A Fidelis.

Lo dice con la mayor ligereza posible, pero el corazón le late desbocado en el pecho.

Aleksander se inclina hacia ella, sin apartar la mirada. Está tan cerca que puede verle esos preciosos ojos grises cubiertos de puntitos negros. Aleksander le roza los nudillos, y Violet se da cuenta de que ha cerrado los puños y los tiene apoyados con fuerza sobre la mesa.

—Sí —responde.

Durante todo este tiempo no ha hecho más que preguntárselo, pero ahora lo sabe con certeza.

Así era como Gabriel lograba volver a casa con la ropa seca aun cuando fuera llovía a cántaros, o con los zapatos cubiertos de nieve en pleno verano. Ese era el susurro constante que oía en su mente y que le decía que algo extraordinario ocurría en casa de los Everly, algo que descubriría si lograba retirar el velo de secretismo que sus tíos habían erigido, esa necesidad de aventuras alojada como un hueso en la garganta.

—Explícamelo —le pide—. Por favor.

Aleksander toma una servilleta y la sostiene en el aire.

—Imagínatelo de este modo. ¿Ves esta cara? Esto es aquí ahora. Y la otra —continúa, dándole la vuelta a la servilleta— es Fidelis.

Otra vez esa palabra. Una descarga de adrenalina le recorre todo el cuerpo.

Aleksander agarra el cuchillo de la mantequilla y atraviesa la servilleta con él.

—Y esto somos los académicos, pero no todos son este cuchillo. No todo el mundo es capaz de cruzar la frontera.

Esa noche, Violet prepara la cena con Ambrose, y en la casa reina el silencio agradable habitual.

—Ambrose.

Su tío no alza la mirada; está concentrado cortando las verduras.

—¿Mmm?

—¿Has oído hablar de un sitio que se llama Fidelis?

El cuchillo se detiene. Ambrose la mira fijamente, y el ambiente distendido se esfuma.

—¿Dónde has oído esa palabra?

—No me acuerdo. —Violet se encoge de hombros y mantiene la vista fija en el agua jabonosa—. Puede que se la oyera a Gabriel.

Hace casi un año que Gabriel no pasa por casa, pero no está allí para delatar que está mintiendo.

—¿Sabes dónde está? —pregunta Violet—. He pensado que a lo mejor ...

—No, no me suena de nada —la interrumpe Ambrose con una sonrisa tensa.

Violet recuerda cuando se refugiaba en el fondo del armario y se imagina que se le aparecen unas escaleras que conducen a una puerta, abriéndole el camino a todo lo que soñaba de pequeña. Un fragmento de una ciudad cubierta de nieve aparece al final de un largo pasillo oscuro.

Marianne Everly se desvanece en mitad de una tormenta.

A partir de ese momento, todas las semanas le hace preguntas a Aleksander sobre Fidelis.

¿Cuál es la calle más bonita de la ciudad?

¿Qué es lo que aprenden los académicos?

¿Cómo es el día a día?

Aleksander responde como bien puede. Le explica cómo encuadernar un libro, cómo cartografiar el cielo nocturno, cómo desmenuzar un idioma que no es el suyo. Es como si alguien hubiera retirado un ladrillo de la presa que contenía la curiosidad de Violet y el agua se estuviera derramando sin control.

Un día Aleksander se trae una esfera de ensoñadorita y, con sigilo, fabrica un segundo pájaro ante los ojos de Violet, a juego con el que ella se ha guardado en la repisa de la ventana, con las alas cubiertas de plumas, el pico y un ojo de metal que lo observa todo con curiosidad. Aleksander se lo entrega y ella lo inclina bajo la luz, maravillada ante los destellitos dorados que le pueblan los bordes de la visión.

—¿Podría aprender a hacer algo así? —le pregunta ella.

Para sorpresa suya, el chico aparta la mirada.

—Bueno... No creo. Por varios motivos. Para empezar, no debería estar mostrándote nada de esto. —Con delicadeza, la toma de la muñeca y la acerca hacia la luz—. Pero mira, tus pulseras están fabricadas con ensoñadorita.

Las pulseras de Marianne. Violet se queda mirándolas y su alegría se desvanece al instante. No debería sorprenderse de la profundidad de los secretos de sus tíos, ya no; sin embargo, cada vez que cree haberse resignado y haberlo aceptado...

—Seguro que tu madre te lo dijo, ¿no? —pregunta Aleksander, frunciendo el ceño—. ¿A dónde me dijiste que se había ido?

—No... No lo sabía —responde ella sin apartar la vista de las pulseras.

Aleksander la mira fijamente.

—¿Quieres decir que no sabes a dónde se ha ido?

—No... —Violet vuelve en sí y a la conversación—. No. No dijo nada. Al menos no a mí.

Le resulta complicado explicar el motivo exacto por el que no tiene ganas de hablar con Aleksander sobre Marianne. Ha sido cuidadosa y lo ha mantenido alejado de su hogar, de sus tíos y de cualquier mención a su madre; sin embargo, con cada pregunta que él responde, queda más claro lo interconectados que estaban Marianne y los académicos. Es la primera vez que Violet tiene una corazonada sobre cómo pudo acabar este chico en la casa de los Everly hace tantísimos años. Aun así, su madre le parece una línea infranqueable.

—¿Y esto es lo que hacéis los académicos? —pregunta con tono coqueto—. ¿Cruzáis de un mundo a otro para tomaros un café?

Aleksander se ríe y le tira la servilleta.

—Nos dedicamos a buscar talento, Violet Everly. —Al ver que ella no reacciona, añade—: Buscamos a gente que sea capaz de manipular la ensoñadorita. El café no es más que mi recompensa.

—¿Y para qué la buscáis? ¿Por qué...?

Violet se interrumpe a sí misma y se da la vuelta para ocultar que se está sonrojando, que sabe que está haciendo demasiadas preguntas.

Cuando vuelve a mirarlo de reojo, a Aleksander se le ha relajado la sonrisa.

—El talento y la ensoñadorita son partes fundamentales de Fidelis. Además, hay gente que se dedica a otras cosas. Hay historiadores, cronistas, alquimistas, arqueólogos, exploradores... todos reciben el título de académicos. Es una gran responsabilidad, pero también es el mayor privilegio que he conocido en toda mi vida.

—¿Y qué vas a ser tú? —le pregunta, pero ya no está coqueteando.

Para sorpresa suya, Aleksander se encoge de hombros con indiferencia.

—Haré lo que Penelope me ordene. En eso consiste ser su ayudante.

—Pero ¿qué te gustaría ser? —insiste ella.

Durante un buen rato, guarda silencio, y Violet espera, paciente, y observa las emociones que le cruzan el rostro como si fueran nubes.

—Supongo que me gusta la historia —responde, pensativo—, y también los archivos. Así que imagino que me haría historiador... No, puede que más bien arqueólogo, que es como lo llamarías tú. Aunque, por otro lado, echo de menos viajar, así que puede que... —Se interrumpe—. Pero da igual.

Se mira las manos y Violet lo imita. En el dedo anular izquierdo se ve un tatuaje: la silueta de una luna gibosa creciente.

—Le debo mi vida a Penelope —añade en voz baja—. Se lo debo todo a los académicos.

Violet no responde, pero recuerda a la mujer rubia junto a la puerta de la cocina, el modo en que clavaba los dedos en el hombro de Aleksander mientras lo sacaba de la casa de su familia.

Al salir del trabajo, pasean junto a la ribera del río con las últimas luces del día sobre los hombros. Aunque las temperaturas han descendido durante las últimas semanas, Violet siente un resplandor de calor junto a Aleksander.

—¿Por qué Penelope me llamó «soñadora»? —pregunta, sin dejar de pensar en aquella visita de hace tantos años.

Aleksander alza la cabeza hacia el cielo.

—Penelope afirma que antaño no éramos más que los sueños de las estrellas, y que ellas nos dieron forma con arcilla y nos entregaron fragmentos suyos para que pudiéramos crear cosas en su honor. Durante un tiempo fuimos felices. Sin embargo, aunque tenemos los pies en la tierra, cada vez que cerramos los ojos, soñamos con volver a ser estrellas.

Por la noche, Violet se acaricia las pulseras y admira los destellos dorados que recubren el metal como una pátina aceitosa. Cierra los ojos y se imagina que es polvo de estrellas recorriendo el cielo nocturno.

El invierno en Fidelis viene marcado por una serie de tormentas de nieve, con truenos que retumban contra la ladera de la montaña. Aleksander despierta y descubre una fina costra de hielo en el interior de las ventanas. Temblando, agarra una toalla y baja hasta los manantiales. Nunca reina el silencio en los baños comunitarios, y esta mañana no es una excepción. Los niños pegan gritos que resuenan en la inmensa habitación subterránea cuando se lanzan a las pozas heladas; los adultos, por su parte, charlan bajo los vapores mientras se limpian. Unos mosaicos descoloridos muestran antiguas batallas y mitos olvidados. Las cañerías ruidosas dirigen el agua hacia los aposentos de los maestros.

Después, ya vestido y estrujándose el pelo para retirar la humedad, asciende desde los pisos inferiores hasta la entrada por la larga y tortuosa escalera de los académicos.

Pasea por las calles empedradas desde la torre de los académicos, pasa junto a los puertos aéreos y los dirigibles cargados de mercancías y no puede sino admirar, como hace siempre, lo contenido que es su mundo en comparación a la inmensidad del Otro Lugar, al que pertenece Violet. Fidelis se alza en medio de una cordillera circular que rodea unas tierras de labranza. Sin embargo, las montañas que los protegen también los mantienen aislados; los dirigibles no pueden sobrevolar las cimas y no hay forma de excavar un túnel a través de la roca impenetrable. A veces, durante las noches que pasa en vela, cuando las estrellas arden en el cielo, se pregunta qué habrá al otro lado de las montañas.

Pero en lo que más piensa es en lo muchísimo que le gustaría a Violet ver todo aquello.

Oye la voz de Penelope en su mente diciéndole que no se involucre demasiado, que se haga amigo suyo pero que no confíe en ella. Puede tentarla con Fidelis, pero no puede llevarla hasta allí.

«Nuestra prioridad es encontrar a Marianne Everly —le dijo Penelope—. Ese es nuestro objetivo».

¿Cuántas veces habrá abierto la boca para preguntarle el porqué solo para acabar cerrándola de nuevo?

Cuando era más pequeño y era incapaz de controlarse, Penelope le contaba la historia de una espada de ensoñadorita que le cantaba preguntas a su dueño en una melodía eterna y cíclica. Al final de la historia, el dueño de la espada acababa arrojando el arma por un precipicio porque la melodía lo volvía loco.

«Tú eres mi espada del conocimiento, mi pequeño soñador —le decía, removiéndole el pelo—. Pero, para ser una espada, debes aprender a controlarte, a no quebrarte nunca y a no hacer preguntas. Si no, puede que tenga que arrojarte desde lo alto de un acantilado a ti también».

Siempre se lo decía riéndose, pero, aun así, Aleksander nunca ha tenido del todo claro hasta qué punto ese acantilado que mencionaba Penelope era una metáfora. De modo que se esfuerza por ser su espada y se muerde la lengua cada vez que quiere hacerle todas las preguntas que le haría en otro contexto.

Esto hace que responder a las preguntas de Violet sea mucho más agradable que de normal, aun cuando vive con la preocupación constante de estar revelándole demasiado. Justo el otro día, Violet le preguntó qué era lo que hacían los académicos porque quería que le contara detalles, y Aleksander tuvo que recalibrar su respuesta, con la boca medio abierta, porque estaba listo para confesarle hasta el último secreto que conoce.

Se ha acostumbrado a su rutina durante estos últimos meses, de modo que le sorprende un poco que Penelope lo haya convocado para una reunión extraordinaria. Sin embargo, aunque está en mitad de la delicada tarea de recomponer un documento muy frágil de los archivos, Aleksander lo deja todo y sube por las escaleras de los académicos hasta llegar a sus aposentos.

Mientras espera frente a la puerta, observa a tres maestros agricultores con el pelo tieso cubierto de carámbanos de hielo que comienzan a derretirse. Aleksander los observa bajar las escaleras con pasos pesados, vestidos con la ropa tosca del exterior, con la piel de la cara irritada por el viento y repleta de arrugas prematuras, y se le forma un nudo en el estómago. Ya sabe que este año les ha resultado difícil alcanzar las cuotas de las cosechas, pero corren rumores de que también les faltan aprendices. Con cada año que pasa, da la impresión de que el invierno aprieta más y más la ciudad, una presión que se transfiere a los académicos mientras se apresuran para resolver el problema o al menos impedirlo hasta que se encuentre una solución.

Sin dejar de pensar en los agricultores, llama a la puerta de los aposentos de Penelope y entra.

—Anda, pero si es mi ayudante —exclama Penelope.

Aleksander se queda paralizado bajo el vano de la puerta, con el pulso disparado. Penelope le da la espalda, pero, por el tono meloso que ha empleado, Aleksander sabe que camina sobre el filo de una navaja. En un instante, rememora todas las veces que ha podido cagarla en el transcurso de la última semana. Aterrorizado, no consigue recordar nada.

—¿Sí, maestra? —responde.

—¿Cuántas semanas han transcurrido ya, Aleksander? ¿Ocho? ¿Nueve?

Tarda una fracción de segundo en comprender de qué le está hablando.

—Desde que...

—Desde que te ordené que obtuvieras información de Marianne Everly a través de su hija. —Penelope se da la vuelta con los labios apretados a causa de la rabia—. ¿Acaso no me he mostrado paciente? He aguantado todas tus tonterías sobre sus amigos de la cafetería, las cosas que le gustan y las que no le gustan. ¿Sabes qué es lo que aún no he oído, Aleksander?

Aleksander agacha la cabeza, invadido por el sentimiento de vergüenza.

—Solo necesito unas semanas más, lo juro. Estoy en ello, pero se la ve muy reticente a hablar de Marianne...

La hostia no lo toma por sorpresa; sin embargo, impacta contra la mandíbula de Aleksander con una ferocidad sorprendente. Un fuego le cruza la cara y, durante un instante, el dolor eclipsa cualquier otro pensamiento. Alza la vista, con los ojos anegados de lágrimas, y se encuentra con la expresión impasible de Penelope, que aún no ha bajado la mano.

—Te saqué de una vida de miseria y te ofrecí la oportunidad de tener una vida decente para que pudieras alcanzar todo el potencial que creía que poseías.

Aleksander sigue aturdido, pero trata de recobrar la compostura. Contiene las ganas de tocarse la cara para evaluar los daños. Tiene que responder algo para arreglar la situación, pero lo único en lo que es capaz de pensar es en el estallido de dolor y el sabor metálico de la sangre en la boca.

—No perteneces a la familia Verne, ni a los Hadley, ni a los Persaud, ni a ninguna otra familia importante. Sus fracasos se pueden tolerar, e incluso perdonar, porque tienen sus posiciones aseguradas. —Penelope relaja el tono de voz—. No puedo defenderte si no te defiendes por ti mismo.

—Sí, maestra —susurra él.

—Se me está agotando la paciencia, Aleksander —responde ella—. Te doy unas pocas semanas, pero nada más.

Aleksander sale de los aposentos e intenta ignorar el calor que le palpita en la mandíbula. Cuando observa su reflejo en una ventana, se fija en el contorno rojo de una mano que le cubre la cara. Ya le está saliendo un moratón.

Está intentando hacerlo lo mejor posible por Penelope y ser su espada, pero está fracasando, como siempre.

Durante su siguiente visita a la cafetería, Aleksander se queda fuera durante lo que le parece una eternidad pese al frío helado. A través de las ventanas cubiertas de vaho, observa a Violet moverse entre las mesas con la precisión de una bailarina de *ballet*. Hoy es un día tranquilo en la cafetería, y Aleksander la observa serpentear de vuelta hasta la caja registradora, donde dos de sus compañeros están discutiendo por algo. Desde la ventana tiene una panorámica perfecta de lo que pasa justo detrás de la caja y del libro que Violet ha guardado allí hábilmente. Violet se recoloca un rizo detrás de la oreja, y Aleksander observa la curva grácil de su cuello y se fija en cómo se muerde el labio, completamente absorta con su libro de contrabando. Solo cuando ve su propio reflejo en la ventana es cuando se da cuenta de que está sonriendo como un bobo. Por ella.

Aleksander se lo piensa durante un instante, pero no hay nadie observándolo. Vuelve a enfocar la mirada y se olvida de los alrededores. Relaja la mente y busca la presencia de otro soñador.

Solo aquellos que poseen talento pueden emplear las llaves. Solo aquellos que poseen talento pueden convertirse en académicos. Los Everly no son una familia de académicos; sin embargo, comparten tantas características con los académicos que Aleksander no deja de preguntarse qué fue lo que hicieron para convertirse en unos parias.

Incluso aunque Violet poseyera talento de puro milagro, no sería más que un susurro dorado que no valdría para que le permitieran ser académica ni cualquier otra cosa que Fidelis pueda necesitar. De modo que jamás conocerá la melodía de la ladera de la montaña que él tanto adora, ni tampoco verá la primera nevada del año, ni tampoco se alzará en el borde de la ciudad junto a él en un mundo que acaba de empezar a soñar con compartir.

Ya ha pasado bastante tiempo sumido en los antojos bobos de una amistad imaginada; hay demasiado en juego. Pero tiene que saberlo.

Apacigua la respiración, se detiene...

El mundo estalla en una lluvia de luz dorada. Violet se encuentra en el epicentro. No es una soñadora más, no es una persona corriente.

Es imposible, piensa Aleksander. Y, sin embargo...

CAPÍTULO

DIEZ

E l año está llegando a su fin y hay una visita pendiente. La medianoche irrumpe en un pueblo de las montañas francesas. Las estrellas, brillantes, se agrupan en el cielo nocturno y un silencio sepulcral inunda las calles. Un resplandor de luz azul se inmiscuye en la oscuridad, y Penelope se escabulle por una puerta hacia un callejón. Sostiene un bulto que de vez en cuanto se retuerce en sus brazos.

Un hombre con las mejillas hundidas y expresión demacrada emerge de entre las sombras a su encuentro. Penelope deja el bulto sobre sus anhelantes brazos.

—Creía que no ibas a venir —dice el hombre, nervioso.

—Nunca he roto una promesa, François —responde ella, indiferente.

Penelope guía al hombre a través de una de las calles principales del pueblo, hacia los campos salvajes. El asfalto se convierte en rocas y polvo; los árboles son cada vez más grandes y más oscuros, como la medianoche. François agacha la mirada hacia el bulto que sostiene en brazos, pero no dice nada.

Finalmente, tras recorrer un camino oculto por la espesura, llegan a una casa en ruinas. Varias briznas de hierba brotan de entre la grava del camino de entrada. Penelope pisa la entrada con cuidado y conduce a François hasta la cocina, donde le muestra una trampilla bajo una alfombra plegada. Algo se lamenta bajo el suelo, con un sonido que hace que la vajilla de cristal de los armarios se estremezca.

François abre la trampilla, pero duda.

—Te diría que no muerde, pero... —dice Penelope, a quien se le ensancha la sonrisa al ver que François se encoge sobre sí mismo.

Penelope se recoge el vestido con una mano, se quita los zapatos y desciende por la escalera descalza. Un ligero olor a podredumbre y a algo aún más dulce emana desde el agujero. Los olores se intensifican a medida que desciende. Al final de la escalera no se ve prácticamente nada; tan solo se intuye la silueta de una figura que se encoge contra la pared del fondo.

—Tamriel.

La criatura emite un gemido suave, pero en la mente de Penelope habla una voz que suena como una campana de viento rota:

Hija de las estrellas, has vuelto con nosotros.

—Una vez al año, como siempre. No he olvidado las condiciones de nuestro pacto.

Un pacto que pertenece a otra vida, a otro mundo. Penelope y Tamriel se miden con la mirada en medio de la oscuridad, fijándose en los cambios que se han producido en ambos en el transcurso de un año. En varios sentidos, el tiempo no se ha portado bien con Penelope, pero ha sido cruel y despiadado con la criatura que tiene delante.

Como debe ser.

Penelope da dos golpecitos en la escalera y el sonido asciende por ella. François desciende un minuto después, cargando en brazos con el bulto. Tiembla tanto que casi se le cae al suelo mientras aguarda el momento de entregárselo.

—Tu ofrenda —dice Penelope—, tal y como te prometí.

La criatura alza la cabeza y olisquea el aire.

Olemos sangre, el sabor de una vida en su momento más dulce. Debemos alimentarnos. DEBEMOS ALIMENTARNOS.

—Pues regocíjate —responde ella.

De repente, Penelope le da un empujón a François hacia delante, directo hacia la criatura. Se produce un movimiento, rápido como una navaja. El sonido de un desgarro agudo. Gritos.

De repente, la estancia se llena del intenso olor a cobre de la sangre. Durante un instante no se oye más que el sonido de los huesos al quebrarse, el de los sorbos que pega la criatura mientras desgarra y engulle. Penelope se apoya contra la pared y espera.

La criatura deja escapar un suspiro de sangre y muerte. El olor a podredumbre es abrumador.

Sabían a luz del sol y a vida, a cielo, a rocío matinal y, sí, a miedo. Seguimos famélicos, pero el hambre ya no ataca con la misma intensidad. Tienes nuestro agradecimiento.

—No he venido aquí buscando gratitud —responde ella.

Muy bien, responde la criatura, que suena decepcionada, irritada incluso. *Aguardamos tu pregunta, hija de las estrellas.*

—Dime qué es lo que busca Marianne Everly. Dime dónde está.

La criatura suelta una carcajada que parece un gruñido.

Una mujer maldita por las estrellas asolada por un problema mortal. La historia siempre se repite.

—No pienso permitir que me provoques, Tamriel.

Es la verdad. Está buscando la ciudad del polvo de estrellas. El principio del fin.

—¿Elandriel? —pregunta, suspirando—. ¿Todavía?

El nombre es más antiguo que el suelo que pisan; es como el fragmento de una melodía a la que le falta la letra. Hacía muchísimo tiempo que no brotaba de sus labios, pero disfruta del sabor que deja en ellos.

Estamos cansados de tus juegos, hija de las estrellas. Las estrellas no cambian de parecer; da igual cuántas veces se lo preguntemos de tu parte. Si la respuesta no te satisfizo en su momento, no lo hará en este momento.

—¿Acaso las estrellas no cambiaron de parecer cuando te expulsaron? —pregunta Penelope, enarcando una ceja— ¿A ti, cuya joya se suponía que debía colgar eternamente en la noche? ¿Que juraste no mancillar nunca la gloria que te habían otorgado? —añade con una sonrisa irónica—. Las estrellas también pueden ser volubles.

Aun así, seguiremos aquí hasta que el tiempo corra hacia atrás, hasta que ya no recordemos ni a nuestros hermanos, ni nuestro crimen ni quiénes somos.

Somos un astral, y nuestro destino no es tan mutable como el de los mortales con los que jugueteas.

—Así que Marianne está cerca —responde Penelope dando un paso al frente.

Tan cerca como las estrellas lo están de la Tierra y el viento de las profundidades del mar. Esta más cerca que tú, oh, hija de las estrellas.

Tamriel ríe, y su risa araña las paredes de la estancia.

Penelope aprieta el puño y da otro paso hacia delante.

—No me vengas con acertijos. De un modo u otro, averiguaré dónde está Marianne.

Mucho das por hecho de nosotros, hija de las estrellas.

Rápida como un rayo, la criatura intenta golpearla en los tobillos, pero Penelope vuelve a pegarse contra el muro más alejado con una mano en la escalera.

Ya has obtenido tu verdad y no te debemos nada, dice la criatura, divertida. *¿Crees que no te vemos tal y como eres, Astriade, hija de Nemetor? Quizá portemos pieles distintas, pero somos lo mismo. Portamos en nuestro corazón la misma hambre y la misma mezquindad. Ignorar la llamada es ignorar la verdad sobre nosotros mismos.*

—Entonces no puedes responder a mi pregunta. Menuda decepción.

Penelope comienza a trepar por la escalera, pero, cuando va por la mitad, Tamriel suelta una carcajada chirriante y severa.

Habrá otros que recorran esta senda oscura para visitarnos, para saciar nuestra hambre y para entregarnos las ofrendas de la carne. Nos preguntarán por ti. Y responderemos.

Penelope se detiene.

—¿Te refieres a la hija?

Ya te lo hemos dicho: no puede buscar lo que desconoce.

Penelope asiente para sí misma. Luego sonríe.

—A veces es de lo más desagradable que te recuerden que somos familia, pero tienes razón, mi querido primo. Es por eso por lo que, cuando caíste, te acogí con los brazos abiertos: te ofrecí protegerte durante toda la vida a cambio de poder hacerte estas preguntas.

¿Acaso no te he traído carne, aun poniéndome en peligro? ¿Acaso no te he encontrado un refugio? —añade, señalando el sótano frío y húmedo en el que se encuentran—. Y no intentes convencerme de que preferirías la alternativa, primo. Ambos sabemos a dónde conduce ese camino.

Tamriel sisea entre dientes y en ese atisbo de voz se encuentra el hombre que puede que Penelope recordara si quisiera zambullirse en la parte más honda de sus recuerdos. Se oye el ligero tintineo de los eslabones de una cadena entrechocando, el mayor acto de desafío que puede llevar a cabo aun con toda su velocidad de depredador. Si le proporcionara más carne, sería más rápido, y hubo un tiempo en que Penelope se planteó cuánto le costaría ayudarlo a recobrar su forma antigua, cuando aún era posible hacerlo. Puede que entonces el astral no hubiera sido un aliado tan reacio.

Puede que las cadenas se le hubieran quedado pequeñas.

Hija de las estrellas, no... no podemos negar tu generosidad. Te estamos agradecidos, prima, familia nuestra, de que recuerdes que somos iguales.

—Sin embargo, si los cielos son tan inmutables como afirmas, tus respuestas no me sirven de nada. Quizás haya llegado el momento de que tomemos caminos distintos, Tamriel —dice Penelope encogiéndose de hombros, y, de no ser por la mirada maliciosa que le dedica, su sonrisa parecería sincera.

No osarías...

—Has matado a tu cuidador —contesta ella—, y no hay nadie para reemplazarlo. Se acabaron la comida y las visitas. Sacude las cadenas hasta que se mueran las estrellas o limítate a morirte de hambre, pero te aseguro que jamás tendrás la ocasión de mencionarle ni una sola palabra sobre mí a nadie. —Penelope tuerce los labios, saborea el momento—. Adiós, Tamriel.

Y, dicho esto, Penelope se larga y cierra la trampilla con fuerza tras de sí.

CAPÍTULO

ONCE

Tras lo que parece el turno más largo de la historia (dos grupos de niños gritones en unas fiestas de cumpleaños improvisadas, crear adornos de azúcar que parecen de todo menos adornos cuando ha llegado el momento de limpiar, Matt llamando para decir que no iba porque ha pillado un catarro espantoso), Violet llega con su bicicleta al camino de entrada de la casa de los Everly y se encuentra todas las luces encendidas en medio de la oscuridad, lo cual solo puede significar una cosa.

Sin embargo, antes de que tenga ocasión de ir a buscar a Gabriel, Ambrose le da la bienvenida en la puerta de la casa y su sonrisa cansada no se le refleja en la mirada. Echa la vista hacia atrás, hacia el pasillo.

—Ha venido Gabriel.

—Ya veo.

—No va a quedarse mucho. —*Menuda sorpresa*, piensa Violet—. Pero esta noche nos han invitado a una especie de fiesta. A los tres —añade tras una pausa.

Violet tarda un par de segundos en procesarlo.

—¿Quieres que vaya a la fiesta?

Ambrose, que no la dejaba ir al colegio, que apenas soporta que trabaje en la cafetería, quiere que vaya a una fiesta. Puede creerse que existen otros mundos y llaves mágicas; e incluso que Aleksander vaya a verla todas las semanas (aunque le parezca un milagro), pero esto ya es pedir demasiado.

—La han organizado los... a ver cómo digo esto... los compañeros de Gabriel.

—O sea, su grupo criminal —responde Violet.

Es una broma muy vieja entre ambos, una broma de la que Violet ha empezado a cansarse. De pequeña, era la única explicación que se le ocurría para justificar los largos viajes en los que se embarcaba Gabriel, sobre todo teniendo en cuenta que su otro tío no soltaba prenda sobre el tema. Seguramente Ambrose considerara que era mejor para Violet que creyera que su tío era un mafioso de tres al cuarto, que las largas ausencias de Gabriel se deben a que se dedica al contrabando o al trapicheo de drogas, a que miente sobre su identidad y a que tiene cofres repletos de dinero robado, que son crímenes, pero completamente normales.

Mejor creer en eso que en una verdad extraordinaria.

—Ahora te lo explica mejor Gabriel, pero quería hablar contigo antes de que lo vieras. —Ambrose baja el tono de voz—. Los invitados son un poco... peculiares. Ándate con ojo, ¿vale?

Violet ladea la cabeza, confundida. Puede que se trate de la sobreprotección imprecisa y habitual de Ambrose, pero casi nunca lo ha visto tan nervioso o serio.

—¿Qué pasa, que vais a entregarme a cambio de dinero? —bromea ella—. Diles que no acepto nada por debajo de los dos millones. Es lo que valgo como mínimo.

Para alivio suyo, Ambrose se limita a soltar un suspiro y a poner los ojos en blanco y vuelve a ser el de siempre.

—Gabriel está en la cocina.

Y así es. Violet encuentra a su tío sentado a la mesa de la cocina. Se ha puesto un traje de tres piezas y parece un pandillero de la cabeza a los pies mientras pasa las hojas de una carpeta de aspecto pesado, con las gafas de sol apoyadas en el puente de la nariz. La cierra en cuanto ve a su sobrina.

—Ambrose me ha dicho que planeas entregarme a tus amigos criminales a cambio de dinero —comenta Violet como si nada mientras pone agua a calentar.

—Ni en sueños, enana —responde él, mirándola por encima de las gafas—. No podría regalarte ni aunque quisiera.

—Menudo alivio —responde ella.

—Pero Ambrose tiene razón —comenta Gabriel—. Esta gente no es como nosotros. Bueno —se corrige—, puede que sea un poco como yo. Pero son como lobos. Y, si me descuidara un poco, me devorarían y te llevarían con ellos.

—¿Y entonces para qué me invitan siquiera? —pregunta ella.

—A una de mis amigas criminales le gustaría conocerte. Y Adelia Verne no es de las que saben aceptar un «no» por respuesta. —Se encoge de hombros—. A veces, cuando los lobos llaman a la puerta, no te queda otra que invitarlos a tomarse un canapé.

Violet intenta imaginarse a esos «lobos» a los que Gabriel parece tan ansioso por entretener; sin embargo, no acude nada a su mente. Si fueran como Ambrose dice, se encontraría frente a un mar de mafiosos con dientes de oro y estuches de violín, dispuestos a regatear por lo que sea que Gabriel se haya traído de contrabando a la casa. Durante un instante en el que deja volar la imaginación, se imagina que los invitados son lobos de verdad, de pie sobre las patas traseras, en una posición nada natural, y que se lamen la sangre del pelaje. *Madre mía, qué dientes más grandes tienes.*

—¿Es una fiesta elegante? —pregunta Violet, echándole un ojo al traje de su tío.

—Échale un vistazo a tu armario —le responde.

Un segundo después de haber salido de la cocina, Violet permanece en mitad del pasillo esperando a que se le pasen los nervios. No ha olvidado aquella noche, hace tantísimos años, en que vio a Gabriel con ese mismo traje con la camisa manchada de sangre. Sus tíos se han pasado la vida entera como si ella fuera algo que debían mantener aislado del resto del mundo. ¿Por qué la han invitado a esta fiesta?

Arriba, en su habitación, la aguarda un vestido de terciopelo burdeos con broches dorados en los hombros y una faja estrecha de satén alrededor de la cintura. Es precioso, elegante; parece sacado de un cuento. Violet lo observa con temor. ¿Es eso lo que pretenden sus tíos: vestirla como un muñeca y hacerla desfilar frente a un grupo de desconocidos?

Está a punto de no ponérselo, pero entonces acaricia la tela fina y admira las costuras, unos hilos dorados preciosos que resplandecen bajo la luz. Se muerde el labio, indecisa. Jamás ha tenido un motivo para ponerse una prenda tan lujosa y jamás volverá a tenerlo. Por más que ansíe estar en otra parte, siempre estará amarrada a esta casa, amarrada por la remota posibilidad de que su madre entre por la puerta y ella no esté aquí para verlo.

Quizás, aunque solo sea esta vez, escoja el cuento.

Cuando se pone el vestido y se mira en el espejo, con los rizos castaños sueltos alrededor de los hombros, su madre le devuelve la mirada. Hay fragmentos de su rostro que es evidente que no le vienen de la familia Everly (los hoyuelos de las mejillas, las pequitas que le cubren la piel pálida, el leve tono dorado del pelo), pero, en su mayoría, es una Everly de pies a cabeza. *Los Everly tenemos que permanecer unidos*, le repite Ambrose una y otra vez. Pero, por lo visto, no tienen que contarse la verdad.

Les guste o no a sus tíos, quizás esta noche pueda hallar algunas respuestas.

Cuando llegan a una hacienda ostentosa después de que Ambrose y Gabriel se hayan pasado todo el trayecto discutiendo, descubren que el resto de los invitados ha llegado antes que ellos porque en el camino de entrada hay aparcados varios coches ostentosos. Los invitados van de un lado a otro vestidos con telas elegantes: camisas blancas de seda, abrigos lujosos cubiertos de lentejuelas, vestidos vaporosos del color de la espuma marina. Violet cruza el umbral de la puerta y siente una punzada de inquietud, la certeza de que hay kilómetros de por medio entre ella y estas criaturas tan elegantes que parecen sacadas de otro mundo. Todo el mundo sonríe con unos dientes resplandecientes.

Lobos.

Cuando entra en la casa, directamente en una nube de perfume y colonia, no tiene muy claro dónde posar la mirada primero. Una música melodiosa recorre la planta baja, ya que un hombre de aspecto anodino con esmoquin toca un piano elegante. Un grupo de camareros eficiente sirve las bebidas en copas de cristal y las reparte entre los invitados en bandejas de plata. La gente se agolpa en la planta inferior y el suelo de mármol repiquetea bajo los tacones y las puntas de los zapatos. Todo el mundo parece conocerse; van de un lado a otro dedicándose sonrisas y empujones, como si fueran tiburones hermosos. Sin embargo, como Gabriel y Ambrose la flanquean como si fueran sus guardaespaldas, nadie se atreve a presentarse.

Por su lado pasan varios susurros incomprensibles:

«... espero que cualquier día de estos se produzca una nueva admisión de académicos...».

«... y le dije a Adelia: "Nadie desaparece de un convento en Moscú y reaparece a los dos días en Seúl"...».

«... me han dicho que va a venir con ese asistente suyo, pero no espero que...».

«... hace más calor durante esta época del año, qué agradable...».

Por extraño que parezca, todos los invitados tienen algo en común, pero a Violet le cuesta reparar en ello entre tanta seda y lentejuelas. Está adueñándose con sigilo de un canapé de gambas cuando se fija en el estampado bordado en una de las camisas prístinas de uno de los invitados. Llaves: bordadas en los puños con hilo plateado, colgando de cadenas de oro y apoyadas sobre el hueco del cuello, tatuadas en los antebrazos con tinta negra que parece resplandecer bajo la luz. Llaves como la que le enseñó Aleksander.

Al instante recuerda la conversación que ha oído de pasada hace solo unos segundos. Esta no es una fiesta cualquiera, ¡sino una fiesta de académicos!

Se gira hacia Ambrose, incapaz de ocultar su sorpresa.

—Me dijiste que jamás habíais oído hablar de Fidelis.

—¿Qué sabes tú de Fidelis? —pregunta Gabriel, mirándola fijamente.

—Por lo visto, fuiste tú el que le habló de ella, Gabe… —murmura Ambrose.

—Te aseguro que yo no he abierto la boca —lo interrumpe Gabriel.

—Entonces, ¿quién…?

—No estarán los hermanos Everly discutiendo en mi fiesta, ¿verdad que no?

Una anciana se acerca a ellos. Lleva un vestido que le llega hasta el suelo del color de una nube de tormenta. Varios diamantes del tamaño de gotas de agua caen desde una cadena que lleva al cuello. Violet se fija en las líneas finas de un tatuaje con forma de llave bajo las mangas translúcidas. Imagina que debe de tratarse de otra académica.

—Adelia, te presento a Violet —dice Gabriel, impaciente—. Tal y como me pediste. ¿Y, bueno, lo que me prometiste a cambio?

—Ah, sí —responde Adelia, restándole importancia al tema con un gesto de la mano—. Debe de andar por ahí con ese ayudante suyo. —Después se gira hacia Violet—. Déjame que te eche un ojo.

Violet tiene la clara sensación de que debería enfadarse por que la estén tratando como un objeto, pero, de repente, toda la atención de Adelia está fija en ella y la mente se le queda en blanco. Adelia la examina con interés clínico.

—Cuánto talento —suelta, aparentemente satisfecha—. No esperaba menos de una Everly. ¿Por qué no damos una vuelta tú y yo solas?

—No creo que sea buena idea —dice Ambrose.

—Venga —responde Adelia—. Seguro que puedes dejármela un momentito. Además…

Un deje de interés tiñe todas las conversaciones en cuanto una mujer alta y rubia entra en la estancia. Lleva el pelo del color del lino recogido con pericia en un moño sujeto con un broche dorado con esmeraldas engarzadas. Cruza la sala con su vestido de muselina del color de la luz del sol, con destellos de perlas. Sin embargo, en vez de adueñarse de una copa de champán o de saludar al resto de los invitados, la mujer sonríe a Violet. Los demás invitados se dispersan y las dejan a su aire.

A Violet la mujer le resulta familiar, pero no sabe de qué. Parece que la han sacado de un sueño; es demasiado perfecta para ser real.

—Ha pasado mucho tiempo, mi pequeña soñadora —la saluda ella con una sonrisa beatífica.

Cuando la reconoce, siente como si le hubieran dado un puñetazo en la tripa. Penelope. Y, justo detrás de ella, con expresión de sorpresa, como si no se hubiera esperado encontrarse a Violet justo allí, está Aleksander. Violet ve que la saluda, confuso, pero luego Penelope le bloquea la vista.

—Tienes los ojos de tu madre, de los Everly —menciona Penelope, ladeando la cabeza—. Madre mía, te pareces muchísimo a ella.

—Es verdad —responde Gabriel con tono amenazante.

—Gabriel, Ambrose... No esperaba encontrarme aquí con vosotros. —Observa a los hermanos y luego centra la mirada en Violet y Adelia—. Espero no estar molestando.

—Tenemos que hablar —responde Ambrose, serio—. En privado.

—Vaya, qué emocionante —contesta Penelope con tono divertido—. No sé de qué quieres que hablemos, pero será todo un placer.

—Estupendo —añade Adelia, tomando a Violet del brazo—. Entonces nos vamos.

Ambrose parece querer seguir discutiendo, pero Adelia ya está llevándose a Violet lejos del luminoso salón. Durante un instante, las miradas de Violet y Aleksander se cruzan, pero entonces dobla la esquina y la fiesta queda atrás.

CAPÍTULO

DOCE

A delia conduce a Violet a través de una serie de largos pasillos y se alejan de la fiesta. Violet sabe que se supone que debería darle conversación para intentar compensar el silencio que pende entre ellas, pero sigue aturdida por la conversación que ha mantenido con Ambrose y Gabriel. Debería estar encantada de estar aquí: tiene la oportunidad de averiguar más detalles sobre los académicos y sobre ese mundo que sus tíos han tratado de ocultarle con tanto ahínco. Pero no así, con la sospecha que tiene de que literalmente han hecho un trato con ella.

Adelia debe de sentir sus nervios, porque le da palmaditas en el brazo.

—No te estoy secuestrando. Estoy demasiado vieja como para ponerme a discutir con tus tíos.

Violet sonríe a su pesar. Se imagina a sus tíos peleándose con una anciana diminuta como Adelia y le parece ridículo. Aun así, mientras se lo imagina, mira de reojo a Adelia, que la agarra con fuerza y tiene una mirada inteligente. Vuelve la inseguridad.

—Me pidieron que los invitara, ¿sabes? —comenta Adelia—. Y me pareció la ocasión perfecta para que tú y yo nos conociéramos. A fin de cuentas, he oído muchísimas cosas sobre ti.

—¿En serio? —responde Violet, frunciendo el ceño.

—Pues claro. Marianne es muy amiga mía.

Marianne. Violet se obliga a sonreír para no reaccionar al oír el nombre de su madre. Adelia lo pronuncia con la voz cargada de alegría, como si estuviera hablando de una joya de la familia que perdió hace generaciones, pero Violet no recuerda que Ambrose ni Gabriel hayan empleado ese tono cuando hablaban de su madre.

—No... no lo sabía —responde.

—Me lo imaginaba. Tus tíos me dejaron muy claro que no querían que te vieras involucrada, pero con la edad una se vuelve curiosa.

Llegan a una sala de lectura. El resplandor de la luna se cuela por una ventana alta y cae sobre unos sillones. En cualquier otra ocasión, Violet se detendría a admirar la estancia porque es el escondite perfecto para una amante de los libros, pero no puede dejar de pensar en lo que acaba de decirle Adelia. ¿Qué era en lo que sus tíos no querían que se viera involucrada?

—¿De qué conoce a mi madre? —pregunta Violet con cautela.

Adelia se da un toquecito en el tatuaje de la muñeca y le sonríe.

—Fui profesora suya en Fidelis. Cuando aprobó los exámenes, trabajamos juntas como académicas.

—¿Académicas? —pregunta Violet, que no está segura de haberla oído bien.

Suponía que su madre pertenecía a ese otro mundo por los brazaletes y todo lo que ha visto en casa de los Everly. Pero que sea académica, igual que Aleksander...

—Exacto —responde Adelia.

Una sospecha cada vez mayor se apodera de Violet.

—¿Ha visto a mi madre hace poco?

Adelia entrecierra los ojos.

—No puedo decírtelo. —Luego se anima—. Pero, bueno, cambiemos de tema. También quería presentarte a mi nieto, Caspian.

Un hombre alto descruza las piernas y se levanta del sillón.

—Caspian Verne —se presenta, extendiendo la mano—. Encantado de conocerte, Violet.

Violet le toma de la mano, sorprendida.

—¿Sabes cómo me llamo?

—Eres la hija de Marianne Everly —responde el hombre, por cuyo rostro cruza un destello de confusión—. Todo el mundo sabe quién eres.

Pero Violet no conoce a nadie ni tampoco es nadie. Además... creía que con su madre pasaría lo mismo. Echa la vista hacia atrás para mirar a Adelia, desesperada; hay demasiadas preguntas que quiere hacerle, pero la conversación se le escurre entre los dedos.

Adelia los mira a ambos y asiente para sí misma.

—Bueno, si me disculpáis, os dejo a solas. A los jóvenes les cuesta tanto hacer amigos hoy en día...

—Espere, no... —comienza a decir Violet.

Pero Adelia se limita a inclinarse hacia delante para darle un abrazo y, en ese instante, le susurra:

—Quizás haya llegado el momento de que les preguntes a tus tíos, antes de que sea demasiado tarde y ya no puedas preguntar nada.

Y, dicho esto, vuelve a apretarle la mano a Violet y se va.

El silencio tras la marcha de Adelia es atronador. Violet se muere por irse con ella, pero Caspian le dedica una sonrisa expectante y ella no tiene ni idea de cómo librarse de él. Adopta la expresión habitual de la cafetería (una armadura de amabilidad que emplea para lidiar con los clientes más pesados), pero se le cae todo el tiempo, cada vez que piensa en lo que acaba de decirle Adelia.

Las implicaciones de sus palabras penden amenazantes sobre ella. ¿Es posible que Marianne siempre haya rondado cerca y que, sencillamente, no haya querido volver a casa? No, no es posible. Sus tíos siempre han respondido con evasivas a sus preguntas durante todos estos años, pero no le mentirían sobre algo tan importante.

No serían capaces.

Justo cuando está a punto de excusarse e ir a buscar a sus tíos, un grupo de gente irrumpe en la sala de lectura. Apenas le prestan atención a Caspian antes de clavar la mirada en Violet, que intenta no encogerse sobre sí misma cuando una mujer que lleva un vestido azul oscuro que le deja la espalda al descubierto se acerca a ella con varias zancadas.

La mujer la mira dos veces, con exageración.

—¿Marianne? No puede ser... —Luego recobra la compostura—. Claro, tú debes de ser su hija, Violet.

Un hombre que lleva una espléndida chaqueta de terciopelo aparta a Caspian y se une a ellas. Le apoya la mano en el hombro a Violet y ella, con disimulo pero sin éxito, intenta apartarse.

—Me encantaría haberla visto en acción. —A pesar de que tiene agarrada a Violet del hombro, se dirige a la otra mujer—. Dicen por ahí que era muchísimo mejor que el resto de los académicos.

Un hombre con capa se acerca con sigilo.

—Nadie era capaz de imitar sus creaciones. ¿Os acordáis de aquellos maravillosos relojes que fabricaba para los ingenieros? No le costaba nada.

—Qué envidia le tenía —responde la mujer—. Todo el mundo la adoraba.

—Qué pena que decidiera echarlo todo por la borda.

El señor de la chaqueta de terciopelo observa a Violet como si acabara de reparar en ella.

—Sin embargo, veo mucho talento en tu futuro y no vamos a desaprovecharlo, ¿verdad?

A Violet le late el corazón a toda prisa. Los invitados la han acorralado en una esquina, y la mano del hombre se le hunde en el hombro.

De repente, el peso desaparece cuando Caspian levanta el brazo del hombre de la chaqueta de terciopelo.

—Roy —le dice con una sonrisa amable—, ya sabes que nuestra abuela no soporta que molestes a los invitados.

El hombre de la chaqueta de terciopelo lo fulmina con la mirada.

—Ni que necesitara tu permiso para...

—La abuela te necesita en la planta de arriba. —La sonrisa se vuelve de acero—. ¿O quieres que le diga que estás demasiado ocupado?

El hombre de la chaqueta de terciopelo (Roy) parece dispuesto a seguir con la pelea, pero, con un bufido más que audible, se marcha de la sala dando pisotones y se dirige hacia las escaleras. Caspian fulmina con la mirada al resto de los invitados; uno a uno, farfullan excusas y se van de allí.

—Me gustaría disculparme en nombre de mi primo —dice entonces—. Dejémoslo en que no sale demasiado. ¿Estás bien? —pregunta, mirándola con detenimiento.

Violet intenta inspirar hondo, pero es como si no quedara oxígeno a su alrededor. Necesita sentarse. Necesita marcharse.

—Tráeme un vaso de agua —le pide—. Por favor.

—Claro —responde él con una sonrisa—. En seguida vuelvo. Y no te preocupes por los demás. —Y añade en un susurro—: Creo que los va a asustar a todos.

En cuanto se marcha, le hace un gesto a una mujer rubia que admira la estantería más cercana a la puerta. Violet se da cuenta de que se trata de Penelope. Su vestido resplandece bajo la luz cálida de las lámparas de la sala de lectura.

Violet espera varios minutos (lo suficiente como para que los pasos de Caspian desaparezcan por el pasillo) antes de acercarse a la puerta. No piensa esperar a que Caspian regrese para que le recuerde una y otra vez lo poco que sabe.

Sin embargo, Penelope le obstruye el paso.

—Es verdad lo de que te pareces mucho a tu madre, ¿sabes?

En general, a Violet le gusta esa comparación, pero esta noche ya se lo han dicho demasiadas veces como para que le parezca un halago. Aguarda a que Penelope se quite de enmedio, pero la mujer se limita a ladear la cabeza con una expresión que esconde algo más que curiosidad. Hay poca luz en la cocina y las sombras proyectan sus largos tentáculos sobre el suelo.

—Imagino que, tras todos estos años, no sabes a dónde se ha ido Marianne.

Violet no es tan idiota como para decirle, llena de confianza, que «está viviendo aventuras». No obstante, hay algo en la mirada de Penelope que la hace dudar sobre si responder siquiera.

—No tienes ni la menor idea. Qué curioso.

—No sé que lío se trae con mis tíos —responde Violet—, pero no me concierne.

No piensa darle el gusto a esta mujer (a esta desconocida) de que sepa que ha rozado una fibra sensible. Sin embargo, mentalmente, regresa a esa noche tormentosa, envuelta en aroma a cedro del armario, mientras Gabriel susurra: «La existencia de Violet ya no es un secreto».

Penelope sonríe como si supiera exactamente qué es lo que está pensando Violet.

—Me pregunto si eso mismo era lo que pensaba Marianne. Deberías preguntárselo a tus tíos, Violet Everly.

Es la segunda vez que le dicen lo mismo en una noche. Sin embargo, Penelope lo ha dicho con un hambre anticipatoria. La observa con ojos gélidos y, durante un instante, las sombras se oscurecen sobre los tablones del suelo y adoptan la forma de unas alas alrededor de sus pies.

Violet se estremece, a su pesar.

—¿Que les pregunte por Marianne?

—Por todo —responde Penelope, a quien se le ensancha la sonrisa y le enseña los dientes.

CAPÍTULO

TRECE

Violet recorre el pasillo de una casa que no conoce repleta de gente a quien no conoce y que pertenece a un mundo sobre el que apenas comprende nada. Si antes ya estaba molesta por que todos los invitados hablaran de su madre con un tono de familiaridad que ella no puede ni imaginar, lo que siente ahora es un nudo de rabia tenso en el estómago que se aprieta más y más con cada uno de sus pasos y que aleja cualquier otro sentimiento.

«Pregúntales a tus tíos». Como si no llevara años haciéndolo. ¿A dónde se fue su madre? ¿Por qué? Son tantos los secretos que le han ocultado con tanto recelo...

Violet los encuentra discutiendo en voz baja en un pasillo oscuro, lejos de la fiesta que se está celebrando en la parte principal de la casa. Gabriel está enfadadísimo, pero son las sombras de la expresión de Ambrose lo que más la enervan. En solo un segundo, Violet comprende a qué se deben: tiene miedo.

—Pues ya estaría —dice Gabriel.

—Te dije que no era una buena idea —responde Ambrose—. No deberíamos haberle pedido a Violet que viniera con nosotros.

—Pues entonces Adelia no nos habría invitado y, cuando hubiéramos visto a Penelope, ya habría sido demasiado tarde.

—No va a concedernos más tiempo, Gabe —responde Ambrose, pellizcándose el puente de la nariz—. Bastante suerte tenemos con el que nos dio.

—Al menos tenemos que intentarlo... A menos que se te ocurra una idea mejor, hermanito.

—Seguro que podemos ofrecerle otra cosa. Déjame un minuto que piense...

—Has tenido mucho más que un minuto, joder. ¡Nueve años! ¿Y qué hemos conseguido? ¿Eh? —A Gabriel se le ensombrece la expresión—. Si hubiéramos hablado antes con Violet...

—Pero no lo hicisteis.

Violet da un paso al frente porque ya no es capaz de contenerse. La furia que ha estado bullendo en su interior durante toda la noche le corre por las venas. Sus tíos le han mentido en todo momento, pero Violet jamás había sido consciente de lo densa que era su red de mentiras.

Si no hubiera conocido a Aleksander, si jamás hubiera descubierto la existencia de los académicos... ¿Acaso pretendían mantenerla en la inopia durante toda su vida?

—Me pedisteis que viniera aun sabiendo que la gente no dejaría de hablar de Marianne. Me habéis tratado como un cebo y ni siquiera me habéis explicado el motivo. —Se le rompe la voz y eso solo consigue enfadarla aún más—. Marianne conocía a todos estos académicos. ¿Se fue a Fidelis? ¿Es eso lo que pasó? ¿Por eso me habéis mentido, porque no me creéis capaz de soportar la verdad?

—¿Por qué no hablamos mejor en casa? —sugiere Ambrose mirando hacia el pasillo, nervioso—. Podemos...

—Vamos a hablar ahora —lo interrumpe Violet—. O iré a preguntarle a otra persona.

Ambrose intercambia otra mirada de desesperación con Gabriel.

—Íbamos a contárselo de todos modos, hermanito —responde.

—¿De verdad quieres saberlo? —pregunta Ambrose en voz baja.

Violet traga saliva.

—Sí.

Ambos se giran hacia ella; le resultan tan familiares que podría haberlos reconocido solo por su silueta en este pasillo oscuro. Esta noche, sin embargo, le parecen dos desconocidos.

—¿Qué tiene que ver Penelope con todo esto? —pregunta Violet, un poco más nerviosa de lo que le gustaría.

Ambrose deja escapar un suspiro y se pasa una mano por el pelo.

—Penelope ha existido desde que existe la familia Everly —responde, despacio—. Pero no es tan sencillo. Nuestra familia está vinculada a ella por una deuda.

—Nuestra sangre —añade Gabriel, que extiende la mano a modo de ofrenda.

Durante un instante, Violet tiene la desconcertante sensación de estar sumergiéndose en un sueño, de pellizcarse y sentir que el dolor se desvanece porque en los sueños no hay dolor. Pero entonces recuerda el modo en que la ha observado Penelope, con un hambre terrible en esa sonrisa.

—Se lleva al miembro de la familia con más talento de cada generación. A aquel que puede manipular el metal de las estrellas de los académicos —prosigue Ambrose al ver lo confundida que está su sobrina—. No todos lo tenemos. Yo, por ejemplo, no tengo nada de nada. Ni siquiera lograría moverme entre los mundos.

—Yo sí puedo —suelta Gabriel—, pero Marianne era la que tenía el don. Además, era demasiado poderosa como para que los académicos no repararan en ella, sobre todo teniendo en cuenta que toda esa maldita ciudad depende de dicho talento —añade, encogiéndose de hombros—. De modo que Penelope se encargó de adiestrarla. Se suponía que tu madre iba a ser la siguiente.

—Penelope es más antigua y poderosa de lo que podemos imaginar siquiera. Hay muchas cosas que no sabemos —dice Ambrose—, pero hicimos un pacto. Tu madre, Gabriel y yo prometimos que nosotros seríamos la última generación de la familia, que el sufrimiento acabaría con nosotros y que nos olvidaríamos de Penelope.

—Pero entonces Marianne conoció a tu padre, sea quien sea, joder. Se pasó dos años sin hablarnos hasta que se plantó en la puerta de nuestra casa contigo —prosigue Gabriel, enfadado—. Siempre ha sido una egoísta, desde que éramos pequeños. Siempre ha hecho lo que le ha dado la gana. Y...

—Todos hemos hecho cosas de las que no estamos orgullosos, Gab —lo interrumpe Ambrose, como advirtiéndolo—. Aquí nadie tiene las manos limpias.

Gabriel guarda silencio.

Ambrose se aclara la garganta.

—El caso es que Marianne estaba buscando un modo de acabar con la maldición. Investigó a fondo los archivos y encontró... algo. El texto estaba cifrado, así que puede que por eso nadie le hubiera prestado atención. Pero entonces naciste y tu madre tuvo que marcharse de Fidelis y llevarse su investigación con ella. Penelope no sabía de tu existencia. Era una oportunidad de ponerte a salvo.

Violet intenta imaginarse a su madre viajando entre los mundos, acunándola en sus brazos. Con un leve sobresalto, se da cuenta de lo que implican las palabras de su tío: Violet nació en Fidelis, en otra ciudad, en otro mundo...

—Tu madre tardó años en comprender qué era lo que se había llevado, pero al final logró descifrar el texto. Y descubrió algo muy importante, Vi, algo que podía cambiarlo todo. Una llave... a otro mundo. Un mundo que no es este, ni tampoco Fidelis, sino otro. Un sitio en el que podían ayudarnos a acabar con la maldición. No quiso decirnos nada más al respecto —le cuenta Ambrose.

—Como si no pudiera confiar ni en sus propios hermanos —añade Gabriel, con desdén.

Violet guarda silencio e intenta comprender todo lo que acaba de descubrir. Todo le parece demasiado fantasioso y, sin embargo, de golpe, varias conversaciones cobran sentido.

¿Cómo he podido ser tan tonta?

—Nueve años —les dice, incrédula, al recordar el arrebato de Gabriel—. Habéis esperado nueve años para contarme todo esto.

Hace amago de marcharse, pero Ambrose la sigue.

—Violet, no eras más que una niña cuando tu madre se fue. ¿Qué querías que hiciera? Para ti no era más que otro cuento. Si hubieras tenido la menor idea de lo que... No, habría sido demasiado cruel. Además —añade, como a regañadientes—, pensábamos que Marianne ya habría vuelto a estas alturas.

Un silencio terrible se abalanza sobre ellos.

—Pues ¿dónde está? —pregunta Violet—. ¿En Fidelis?

Ambrose y Gabriel intercambian miradas.

—No lo sabemos, de verdad —responde Ambrose—. Hace años que no se pone en contacto con nosotros.

—Penelope aún la está buscando —añade Gabriel— y eso significa que ella tampoco sabe dónde está.

—De modo que, esté donde esté, está a salvo de Penelope —remata Ambrose.

Un helor terrible se posa en el estómago de Violet.

—Si mi madre no está, ¿por qué seguís evitando todo el tema con... con esa tal Penelope? ¿A qué os referíais con eso de «más tiempo»? Si Marianne no va a volver, no entiendo por qué...

—Penelope sigue necesitando a un Everly —responde Gabriel, y lo dice con una gentileza que hace que a Violet se le ponga la piel de gallina—. Aún nos queda tiempo, pero no mucho. Por eso tenemos que encontrar a Marianne, para poder librarnos de Penelope.

Los retratos familiares que cuelgan en las paredes de la casa hombres y mujeres jóvenes para toda la eternidad.

—No. —A Violet le tiemblan las manos—. No es verdad. No puede ser.

Recuerda que Aleksander le dio la vuelta a la servilleta para mostrarle cómo llegar a Fidelis. Dos caras: la mágica y la mundana, las luces y las sombras.

Los cuentos... y las maldiciones que traen consigo.

—Escúchame, Vi —le dice Ambrose, con urgencia—. Los académicos son peligrosos. ¿Por qué crees que te hemos encerrado en casa durante todo este tiempo? El único motivo por el que te hemos traído aquí es porque no nos quedan más opciones. No puedes contarle a nadie nada de lo que te hemos contado, ¿me oyes? Si lo haces...

—¡No os debo nada! —Violet los mira a ambos con expresión de asco—. Me habéis mentido.

Violet se ha pasado media vida intentando hablar con sus tíos, pero, ahora mismo, no soporta pasar ni un segundo más con ellos. Los aparta de un empujón y se dirige de vuelta a la fiesta. Que sigan discutiendo sobre la mejor forma de mantenerla en la ignorancia. Que se vayan a la mierda.

—¡Violet! —exclama Ambrose.

—Déjala —le dice Gabriel, negando con la cabeza.

Una maldición no es más que una historia, un cuento con el que asustar a los niños para que se porten bien, con el que confundir una coincidencia con una causalidad, con el que explicar por qué una madre abandonaría a su hija sin mirar atrás siquiera.

Hay tantas cosas que no sabe y que quizá no llegue a comprender nunca. Entonces, la caja que guarda en su mente y que no se atreve a mirar (la que tiene los ojos y la sonrisa cálida de su madre) se abre de golpe y derrama su dolor como si fuera sangre.

Vuelve tambaleándose a la fiesta y se adentra en un mar de desconocidos. Sin embargo, después de haber estado en esos pasillos sombríos, le parece que hay demasiada luz y que las risas de los invitados suenan demasiado alto y demasiado agudas. La observan con un brillo hambriento en la mirada y oye un nombre escapar de sus labios: «Marianne». «Marianne Everly». «Su hija».

Mire a donde mire, ve a gente que no conoce y, aun así, todos saben su nombre. La furia derretida se le desliza por las entrañas y, de repente, siente la piel tirante y un aguijoneo en los dedos. Caspian Verne se acerca a ella con el vaso de agua que le había prometido, pero Violet no soporta la idea de seguir «charlando».

Encuentra un hueco entre el flujo de personas y se dirige a toda prisa hacia las puertas traseras. Las atraviesa y llega al exterior. Varios farolillos iluminan el patio y proyectan un resplandor meloso sobre las losas de piedra; sin embargo, el resto del jardín está cubierto de sombras aterciopeladas y la luna brilla suave y brumosa entre las nubes. Desde donde se encuentra, Violet observa la fiesta a través de las ventanas arqueadas como si fuera un cuadro que ha cobrado vida. Vestidos de talle bajo y faldas de tul que parecen espuma; es evidente que son lobos de gustos caros.

Unos lobos que conocen a Marianne Everly.

Violet se aferra a la falda del vestido y aplasta la tela.

Una figura emerge por las puertas traseras y se une a ella. Violet se tensa hasta que se da cuenta de quién es. Le parece imposible que Aleksander exista más allá de sus encuentros semanales en la cafetería, que se estén viendo aquí. De todas las personas que ha visto esta noche (entre las que se incluyen sus tíos), él es el único que parece el mismo de siempre, aun cuando ha cambiado la ropa informal que suele llevar por un traje que no parece de su talla y unos zapatos.

—Ya pensaba que no iba a encontrarte nunca —le dice, y entonces ve la cara de Violet y se le borra la sonrisa de los labios—. ¿Qué pasa?

Violet abre la boca para contárselo todo, pero se detiene. Aleksander es el ayudante de Penelope. Aunque esté enfadada con sus tíos, oye una alarma en el fondo de su mente.

—¿Lo sabías? —le pregunta.

—¿El qué? —responde él, mirándola.

—Todo lo de Penelope, lo de mis tíos… Todo. ¿Lo sabías?

Pero Aleksander la mira con el rostro imperturbable.

—No tengo ni idea de qué me estás hablando. ¿Qué ha pasado, Violet?

A Violet se le hunden los hombros. Pues claro que no sabe nada. No sabe si se siente aliviada o decepcionada.

—Llévame a Fidelis —le suelta de golpe.

—¿Qué?

—No me digas que jamás se te ha pasado por la cabeza —responde ella—. Porque yo sí he pensado en ello cada día que has entrado en la cafetería.

—No... No puedo —responde él, y, con delicadeza, le quita la mano de encima—. Me encantaría, pero...

—¿Pues entonces por qué lo has hecho?

—¿A qué te refieres?

—¿Por qué has venido a la cafetería? ¿Por qué me has descrito Fidelis? ¿Por qué me has hablado de las llaves?

¿Por qué se lo ha contado todo y luego le ha cerrado la puerta en las narices?

Ambrose, Gabriel y, ahora, Aleksander. Pregunte a quien pregunte, nadie le responde.

Algo cruza el rostro de Aleksander, pero lo hace demasiado rápido como para que a Violet le dé tiempo a identificarlo. Entonces el chico extiende las manos y Violet ve unas cicatrices chiquititas sobre los nudillos, heridas con forma de puntitos plateados que parecen constelaciones.

—Me lo preguntaste —se limita a responder—, Violet. Me lo preguntaste y yo respondí. Si pudiera llevarte allí, lo haría. —Se ríe para sí mismo, pero no es una risa sincera—. Pero los académicos son los únicos que pueden tomar esa decisión.

—¿Acaso no eres tú académico? —pregunta ella—. ¿En qué te diferencias del resto de los invitados, eh?

Sabe que lo está presionando, por la de veces que lo ha oído decir que quiere ser académico, pronunciando las palabras con veneración, y por el modo en que la mira en este momento, como si lo hubiera apuñalado y hubiera retorcido la hoja. Le da igual. Ya no le queda nadie a quien preguntar.

Las lágrimas se le acumulan en el fondo de la garganta.

—Marianne ha desaparecido. Si fuera Penelope la que se ha ido, si fuera toda tu vida, ¿no harías cualquier cosa por recuperarla?

Durante un instante, Aleksander guarda silencio y Violet teme haberse excedido.

—¿Qué quieres decir con que Marianne ha desaparecido? —pregunta en voz baja.

—Pues eso —responde Violet, encogiéndose de hombros, sintiéndose una desgraciada—. Nadie me dice nada, pero... creo que está en Fidelis y ese es el motivo por el que necesito ir hasta allí.

Ambrose y Gabriel se han pasado casi una década buscándola y Violet piensa en todas las pistas que su madre dejó tras de sí: el libro de cuentos, las pulseras de ensoñadorita. ¿Dónde va a estar sino en Fidelis?

Aleksander le acaricia la mejilla y la calidez de su mano la sorprende en mitad de la gélida noche. Violet le busca la otra mano y entrelaza sus dedos con los de él.

—¿Harías lo que fuera por encontrarla? —le pregunta él.

—Lo que fuera —susurra ella.

—De acuerdo.

Violet alza la mirada, sorprendida.

—¿Cómo que «de acuerdo»?

—Esta noche no —le dice él, echando la vista hacia atrás, hacia las ventanas iluminadas—. Pero sí, lo haré. Te llevaré a Fidelis.

CAPÍTULO

CATORCE

Todos los años hay una semana en que Fidelis se sacude el frío de encima y se convierte en algo antiguo y temerario, en una ciudad con una sonrisa enigmática. La gente se ciñe coronas estrelladas y alas de papel, puntea instrumentos de muchas cuerdas, le roba un beso al ser amado o suplica por tener una pizquita más de suerte para el año siguiente.

La Bendición de Illios. La semana en que los aprendices se convierten en académicos.

Aleksander no soporta esa semana. Apenas aguanta ver a otro grupo de académicos con sus tatuajes nuevos y sus sonrisas compartidas cargadas de secretos; tampoco soporta el modo en que les cambia la expresión del rostro cuando se fijan en él, consciente de que es un fracasado. Sin embargo, esta noche es distinta.

Esta noche va a robar la llave de Penelope.

Jamás se atrevería a pedírsela para algo que no sean los encargos que le asigna ni tampoco puede hacerlo, no después de lo firme que se ha mostrado a la hora de mantener a la familia Everly alejada de Fidelis. «Tiéntala con Fidelis, pero nada más», le dijo. No obstante, tras pasarse semanas yendo a la cafetería para verla, Aleksander al fin ha encontrado una pista sobre Marianne Everly. Si consigue que Violet confíe en él, si consigue que esto le salga bien, cumplirá la petición de Penelope y su maestra verá que la tarea no le ha quedado grande, que aún es útil.

Y, si se siente un poco culpable por aprovecharse de la confianza de Violet... bueno, puede soportarlo si con ello consigue convertirse en académico. No puede ser algo tan terrible si al final ambos consiguen lo que quieren, ¿no?

Esta noche la canción de la montaña se ve ahogada por el ruido de los preparativos para la Bendición de Illios. En vez de llevar a cabo las tareas habituales, los aprendices y los ayudantes de los académicos retiran la nieve de la plaza para que los mosaicos de baldosas resplandezcan. Los forjadores hilan esferas de ensoñadorita que brillan como estrellas. Mientras tanto, los maestros construyen en el centro una efigie enorme de una criatura alada y hablan entre susurros sobre los fuegos artificiales que han escondido en el interior. Las cafeterías abren hasta tarde, montan puestecitos y los adivinos sacan sus cartas, que aún resplandecen por el polvo de ensoñadorita del año pasado.

Aleksander tiene la semana libre, siempre y cuando no haga ninguna pregunta. Es una regla tácita que tienen. Desde que la conoce, Penelope jamás ha asistido al ritual, aun con lo importante que es. Lo que hace en cambio es desaparecer por la ciudad. Aleksander no sabe a dónde va, pero no está en sus aposentos ni en los archivos ni en ninguno de los otros lugares en los que la ha buscado con disimulo. Sin embargo, se encuentra en algún rincón de Fidelis; en dos ocasiones ha tenido que entrar en los aposentos de su maestra (para buscar una libreta que se había olvidado, una bufanda que había perdido) y ha visto la llave que cuelga del gancho.

Cuando tenía once años y solo llevaba dos meses en su nuevo puesto, le preguntó a Penelope a dónde se iba. Sintió el fuego que se le extendió por la mejilla sin previo aviso y luego vio a Penelope con la mano alzada, lista para abofetearlo de nuevo. Cuando levantó la mirada vio la ira de una diosa, una furia elemental. Los ojos de Penelope eran tan azules como un glaciar.

«No hagas que lamente haberte escogido», le dijo.

De modo que no le hace preguntas. Pero esta noche tiene la oportunidad perfecta para robarle la llave: hay unas cuantas distracciones que mantendrán a los académicos ocupados, Penelope se ha ido dondequiera que se suela ir y lo mejor de todo es que esta es la clase de noche que le va a gustar a Violet. Aunque la lleve a Fidelis con una misión en mente y no para que disfrute de las fiestas. Normalmente, Aleksander estaría nerviosísimo por que lo atraparan.

Aunque da igual, piensa, intentando aliviar sus preocupaciones, porque nadie va a descubrir lo que ha hecho.

Aleksander se pasa casi todo el día despejando la nieve, con la espalda dolorida a causa del esfuerzo. Y entonces, a medida que la tarde llega a su fin, se une a los juerguistas y se pone a trabajar en los disfraces: finas hebras de alambre de cobre trenzadas en bucles para formar alas repletas de plumas de papel, seda y lino, fabricadas por manos expertas. Con unos cuantos trucos de lo más ingeniosos, las creaciones resultantes son sorprendentemente convincentes y flotan mecidas por la brisa.

Los aprendices se apelotonan, se ajustan las coronas de alambre y tiran de los hilos sueltos de las plumas de tela. Las coronas siempre son ornamentos elaborados: círculos dorados decorados con estrellas, diademas de hojas bañadas en plata, cintas moteadas con constelaciones pintadas. Aleksander se prepara a toda prisa una banda sencilla. Nadie se acerca para ajustarle las alas ni para felicitarlo por su trabajo, pero ya está más que acostumbrado y esta noche cuenta con ello.

Cualquier otro año se habría esforzado más; Penelope no suele concederle noches libres ni tampoco suelen coincidir con que ella tenga que encargarse de otros menesteres. Sin embargo, Aleksander no deja de pensar en las últimas plantas de la torre de los académicos y en el pasillo curvado que conduce a los aposentos de Penelope.

Al anochecer, se separa de la multitud y avanza a contracorriente hacia los niveles inferiores de la ciudad. Pasa junto a los invernaderos y los puertos de los dirigibles. Otra remesa de visitantes de las tierras agrícolas del valle desembarca de las plataformas aéreas y la mitad de ellos se queja del frío.

Para sorpresa suya, la escalera de los académicos está vacía, aunque aún quedan algunos pululando por allí, rematando el trabajo o bajando hacia el festival, ligeramente ebrios. Le sudan las manos por los nervios y se las seca a toda prisa en la capa. No hay motivos para preocuparse por las miradas de soslayo; de hecho, le preocuparía que alguien le sonriera. Aun así, cuando dobla la esquina en dirección al último pasillo superior, donde solo hay un grupo de habitaciones, se siente como si todos los académicos pudieran leerle la mente con claridad.

Los aposentos de Penelope le resultan vacíos sin su presencia, como si se llevara un mueble con ella cada vez que se marcha. Sin ella allí, no son más que un conjunto de habitaciones, tan ordinarias que incluso le parecen austeras. Aunque Penelope debe de haber viajado a un sinfín de ciudades, no conserva recuerdos, baratijas ni mapas. En una ocasión, cuando era más joven y ella acababa de contarle la historia de la espada cantarina, le preguntó por ello.

—Es verdad que el mundo está repleto de objetos hermosas, ¿verdad? —respondió ella—. Pero su belleza es impura, está envenenada. Han olvidado las estrellas del cielo, a los dioses. —Le revolvió el pelo a Aleksander, con un afecto inesperado—. Es mejor que recordemos quiénes somos y de dónde venimos en realidad. Ese mundo no es para nosotros, mi pequeño soñador.

Pero, si ese otro mundo no es para Aleksander, ¿por qué se ha pasado tantísimo tiempo intentando demostrar que sí pertenece a este?

No puede pasarse el resto de su vida a la sombra de todo lo que no es, de todas las carencias que los académicos le han inculcado. No pertenece a la familia adecuada (o, ya puestos, a ninguna), no es lo bastante agradecido, se le notan demasiado las ganas de complacer a los demás, tiene demasiada facilidad para formular las preguntas inadecuadas.

Y luego está esa puta voz en el interior de su mente que no deja de susurrarle: «Tienen razón».

Esto lo cambiará todo. Tiene que hacerlo.

La llave de Penelope cuelga de un armarito que se encuentra en la antecámara de la sala de los viajes. Aleksander vuelve a secarse las manos en la capa y lo abre. No hay dos llaves iguales; cada una de ellas la ha fabricado con ensoñadorita un maestro forjador en el punto álgido de su talento y habilidades. Algunas están adornadas con espirales elegantes y grabados diminutos, las cubren de vetas de oro y plata y cuelgan de collares de piedras preciosas. En algunas hasta han grabado poemas de poetas que fallecieron hace mucho tiempo o los nombres de las estrellas que se dice que antaño caminaban entre los mortales. Sin embargo, la de Penelope es sencilla, una línea brusca y resplandeciente de ónix.

Aleksander se adueña de ella con el corazón en la garganta.

Hay una grieta escarpada en la ladera de la cordillera que rodea Fidelis que ni siquiera la nieve puede suavizar. Está terminantemente prohibido viajar hasta aquí; las ruinas son peligrosas y más de una vida ha perecido en el abismo gélido porque los senderos se desmoronan. Los restos que sobreviven se agrupan en acantilados escarpados tras los que no hay más que una larga caída cubierta de niebla. De vez en cuando, alguno de los edificios sucumbe al paso del tiempo y se precipita hacia la grieta. A lo lejos… nada, salvo el horizonte. Es como si los restos de la antigua ciudad se hubieran partido en dos y hubieran dejado una ausencia donde debería haber tierra.

Penelope se encuentra sobre los restos de un puente, observando un borde que se desmenuza hacia el olvido. El tiempo ha desgastado el suelo que pisa. El viento aúlla a su alrededor y brilla con la bruma porosa de entre los dos mundos.

La ciudad se halla ante un cambio. Penelope siente la presión en la atmósfera aplastándolos a todos. Los ciudadanos de Fidelis se han vuelto holgazanes en su pequeño refugio y han sustituido la historia por leyendas y, después, por cuentos de hadas. No queda nada que les recuerde quiénes eran antaño: viajeros, guerreros, adoradores de dioses que caminaban entre ellos. No queda nada que les recuerde su hogar verdadero, tan cerca y, a la vez, tan lejos de esta imitación descolorida. Si cierra los ojos y estira la palma de la mano, casi se imagina el conjunto al completo: la ciudad que debería ser y no los fragmentos que son.

Y aún queda el tema de Marianne Everly.

Marianne, que robó décadas de investigación y desapareció como un ladrón en mitad de la noche llevándose consigo las que puede que sean las últimas respuestas a un problema que dura ya siglos.

Una llave. Que un objeto tan pequeño haya puesto la vida de Penelope patas arriba...

Pero Penelope se ha pasado generaciones observando a los Everly pelear y morir los unos por los otros. Sabe qué es lo que lleva a una madre a abandonar a su hija y también qué es lo que podría obligarla a volver a casa. Y, si los hermanos Everly siguen sin saber nada sobre sus secretos más profundos..., bueno, no es algo tan terrible.

Que Violet sea el cebo que saque a su madre y la investigación de su escondite. Que Penelope las devore a ambas.

Puede que Marianne Everly haya dado la espalda a Fidelis y a las promesas que hizo.

Pero no puede pasarse la vida huyendo de un ser divino.

En el callejón tras la cafetería, Violet espera a Aleksander. Se supone que ya debería haber llegado. Quizá se haya retrasado. Violet acaricia con nerviosismo el muro de ladrillo y piensa en el libro de cuentos y en los nombres de las calles que ha memorizado con tanto esfuerzo. Cada vez que cierra los ojos, su mente conjura una ciudad ante ella a partir de todo lo que ha cosechado a través de sus conversaciones con Aleksander.

Intenta no pensar en Ambrose y Gabriel a propósito. Ha ignorado las disculpas poco entusiastas de Ambrose porque ambos saben que no lo siente en absoluto. Gabriel ya se ha marchado, ya sea porque tiene demasiado miedo como para enfrentarse a ella o porque nada le importa lo suficiente como para quedarse.

El cielo pasa de un azul invernal glorioso a un conjunto de naranja y rosa pastel a medida que las últimas luces del día se desvanecen. La luna se alza, lenta, y brilla con fuerza en medio de la oscuridad. Violet se pone a dar vueltas de un lado a otro para mantener el frío a raya.

El rosa se transforma en violeta y luego en índigo. Violet comienza a tiritar, pero sigue esperando. Incluso a medianoche, mientras, a regañadientes, saca la bicicleta del callejón, no deja de buscar una silueta alta, que espera que sea Aleksander, llegando a toda prisa desde lo que quiera que lo haya mantenido ocupado.

Pero nunca llega.

CAPÍTULO

QUINCE

l día siguiente, Violet espera que Aleksander aparezca por la
cafetería, pero no lo hace. Ni tampoco al siguiente. Comienza a preocuparse: quizá dijo algo que no debía, o puede que
haya malinterpretado su amistad. A fin de cuentas, Aleksander no le
debe nada. Es posible que haya vuelto a cambiar de idea.

Hay tantas cosas que aún no sabe de él.

Durante el descanso del almuerzo, Violet se sienta en la mesa que
ya considera que les pertenece (la que tiene unas vistas magníficas del
río) y se echa azúcar en el café con gesto melancólico. Fuera llueve a
cántaros, y la condensación empaña los cristales de las ventanas.

Una sombra se extiende sobre la mesa cuando una mujer alta y
esbelta se sienta frente a ella.

—Hola, mi pequeña soñadora —la saluda Penelope—. Madre
mía, qué ocupada estás últimamente.

Es posible que Penelope no lleve el vestido de raso cargado de joyas resplandecientes, pero Violet la reconoce al instante. Mira a su alrededor para asegurarse de que nadie les está prestando atención y,
aunque la cafetería está tan ajetreada como siempre, a nadie se le pasa
por la cabeza girarse hacia ellas. Se le tensan todos los músculos.

—¿Dónde está Aleksander? —le suelta de sopetón.

Penelope no responde; observa los alrededores y juguetea con
un agitador de leche. No es la primera vez que Violet se fija en que

Penelope tiene exactamente el mismo aspecto que el día en que apareció por casa de los Everly. No ha cambiado nada.

—Ya veo por qué le gustaba tanto venir por aquí —comenta Penelope—. Supongo que tiene su encanto, aun con lo vulgar que es. Aquí debe de resultar fácil hablar de cualquier cosa. Al fin y al cabo, ¿qué importancia tiene un secreto único entre tanto cotilleo?

Los nervios le atenazan en el estómago.

—¿Dónde está?

—Me temo que no va a volver.

—Entonces, ¿por qué...?

—¿Por qué he venido yo? —pregunta Penelope, clavándole la mirada. De repente, Violet tiene la sensación de estar mirando hacia un abismo—. Me lo ha contado todo.

El terror la invade.

—No. Jamás haría algo...

—Pero lo ha hecho.

Violet se ha pasado los últimos meses preguntándose por qué Aleksander volvía una y otra vez a la cafetería, por qué se mostraba tan dispuesto a compartir con ella esas sonrisas sinceras y la magia de Fidelis. Creía que eran amigos.

No debería haber sido tan ingenua.

—Solo voy a preguntártelo una vez —le advierte Penelope, entrecerrando los ojos—. ¿Dónde está tu madre?

Es como si le cayera agua helada por el espinazo.

—No lo sé —responde.

—Qué extraño, ¿no? Tú no sabes dónde está. Tus tíos no saben dónde está. Y, aun así, los Everly sois como un enjambre de abejas que siempre trabaja con el mismo objetivo en mente: huir de la justicia.

Presa del pánico, Violet intenta llamar la atención de Matt, pero en cuanto lo ve se queda a cuadros. El tiempo parece haberse detenido en la cafetería: Matt está dirigiéndose a una mesa para servir café; el encargado tiene la boca abierta y regaña a alguien por teléfono; una mujer sostiene a dos niños con los brazos bien abiertos. La sombra de

Penelope se alarga tras ella y se extiende sobre el linóleo. Un hormigueo de pánico cubre la piel tensa de Violet.

—Tu familia está maldita, Violet Everly —dice entonces Penelope, curvando los labios—. Vive condenada a moverse entre las sombras, acompañada de un demonio. Bueno, supongo que esa es la versión que te contaron tus tíos, pero, si la observamos desde otro enfoque, una maldición es un castigo por un crimen que se ha cometido, ¿no crees?

Violet tiene que largarse de aquí. Retrocede con la silla, o más bien lo intenta, porque Penelope la agarra de las muñecas y la sujeta contra la mesa.

—La maldición no existe —le dice Violet—. Y estás loca si piensas lo contrario.

Una expresión de irritación cruza el rostro de Penelope, pero luego le sonríe con dulzura.

—¿De verdad crees que la maldición no es real? ¿Que lo divino no puede alcanzarte? ¿Que el cosmos no es más que una abstracción de elementos químicos? ¿Acaso no oyes que las estrellas cantan, pequeña soñadora?

Violet intenta apartarse, pero Penelope la agarra con demasiada fuerza. Nota la boca seca, y el miedo se apodera de ella. Los huesos le crujen bajo el peso de las manos de Penelope.

—Tu familia contrajo una deuda de sangre. Debería haberla pagado Marianne, pero ahora tendrás que pagarla tú... —Le sonríe. Le muestra los dientes como si fueran colmillos—. ¿Quieres que te cuente lo que va a pasar?

Penelope ejerce aún más fuerza y un dolor atroz recorre los nudillos de Violet. Algo en su interior cede y se le escapa un llanto.

—Te llevaré a Fidelis, que era justo lo que querías. Te escoltarán hasta la torre, donde nadie te oirá gritar, llorar ni suplicar clemencia, al igual que ha hecho el resto de tu patética familia. Allí, semana tras semana, te desangraré hasta que no seas más que un cadáver.

—No —susurra Violet.

Pero, en su interior, siempre lo ha sabido. Desde antes de que sus tíos le explicaran la situación, desde antes de que viera siquiera un atisbo de ese mundo que existe junto al suyo. Los Everly se desvanecen entre las sombras acompañados de la muerte y no regresan jamás.

Violet no regresará jamás.

—¿No? —pregunta Penelope con dulzura.

Suelta a Violet de golpe; le ha dejado las marcas rojas y largas de los dedos sobre la piel. Penelope se levanta y se dirige hacia los clientes, que siguen inmóviles. Durante un instante cargado de esperanza, Violet cree que quizá se marche. Sin embargo, se detiene frente Matt, que tiene la vista clavada al frente pero no ve nada.

—Se llama Matt, ¿no? —Penelope le acaricia la mejilla y le aparta el pelo pajizo de los ojos—. Es tu mejor amigo de la cafetería. Puede que sea tu único amigo. Aleksander me lo ha contado todo sobre él.

A Violet se le corta la respiración.

—Él no tiene nada que ver con todo este asunto.

—Lo sé —responde Penelope—, pero, como dice el dicho, ver para creer, así que observa.

Le raja el cuello con la mano. Se oye un sonido espantoso, húmedo y carnoso antes de que retire el brazo, rojo y empapado. La sangre traza un arco violento sobre el suelo. Violet intenta gritar, pero no consigue reunir el aire suficiente en los pulmones.

—Tus tíos pueden esconderte en esa mansión suya —dice Penelope entonces—. Pueden engalanarte y mostrarte en público como si nada. Puedes pasarte el resto de tu vida fingiendo que eres una de ellos, pero no puedes ignorar la llamada de las estrellas; y, si oyes su canción, debes responder ante ellas.

Chasquea los dedos y la cafetería inmóvil se despierta con un estallido de sonido. Se produce un segundo de normalidad (un segundo durante el que Violet confía en que los daños se reviertan, que el mundo entero siga como si no hubiera ocurrido nada) antes de que Matt caiga al suelo y las tazas de café revienten a su alrededor. Se desata el caos: alguien llama a la ambulancia, uno de los clientes empieza a vomitar sin parar y otro se levanta de su silla para ayudarlo. Sin embargo, Violet no oye nada que no sea su propio pulso aterrorizado y ensordecedor.

Penelope observa la escena desde la puerta, tranquila, con el brazo cubierto de sangre roja. Nadie le presta atención.

—A tu contrato le queda un año, Violet Everly. Y si no encuentran a Marianne serás tú la que se adentre en las sombras conmigo.

CAPÍTULO
DIECISÉIS

Esa noche, la sombra de Penelope cae pesada sobre la casa de la familia Everly mientras lo que queda de la familia se reúne de nuevo en un desesperado intento por trazar un plan. Se habla, y se discute cuando ya no se puede hablar, y luego se guarda silencio mientras cada uno de los Everly trata de convencer al resto de que su plan es el adecuado.

Y entonces, uno a uno, los Everly se marchan.

Gabriel Everly es el primero en irse. Aparca el coche feo y caro en el garaje y se saca una llave de debajo de la camisa. Al igual que la gran mayoría de sus posesiones más preciadas, la llave pertenecía antes a otra persona, aunque hace ya tiempo que al dueño original le da igual dónde puede estar la llave. Gabriel mira tras de sí y ve las siluetas oscuras de su hermano y su sobrina en la ventana. Luego gira la llave en la puerta lateral del garaje. No debería emitir sonido alguno (hace años que se rompió el candado) y, sin embargo, suena un *clic*. Desde los extremos brota una luz azul, y un viento fresco e invernal se cuela por debajo de la puerta y se retuerce alrededor de sus piernas.

Le echa un último vistazo a la casa. Después abre la puerta y desaparece.

Ambrose Everly prepara dos mochilas y las mete en el maletero de un coche mucho menos impresionante (y, desde luego, mucho menos feo). Una para él y otra para Violet. Su destino no se encuentra en ningún mapa que haya visto y, pasado un tiempo, deberán dejar atrás el coche y recorrer a pie el resto del camino. Pero lo hacen por seguridad, que es lo que de verdad importa. Al menos de momento.

Mientras Ambrose prepara el equipaje en la planta superior, Violet Everly baja a hurtadillas a la biblioteca. Con cuidado, tal y como Gabriel le enseñó, abre con las ganzúas el cajón del escritorio de Ambrose y roba una libreta. Ambrose cree que Violet no se ha fijado en que a veces se encierra ahí dentro durante horas ni en lo protector que se ha mostrado siempre con ese cajón en concreto.

El resplandor de la luna cae sobre las ventanas mientras Violet pasa las páginas. Encuentra nombres, lugares y teléfonos de contacto. La mitad están tachados con bolígrafo rojo, pero hay varios acompañados de signos de interrogación de lo más prometedores y también de algunas notas de Ambrose.

Al fin he visto a M.

¿Le compró un mapa? G dice que lo robó... No sé.

No contesta al teléfono. ¿Se lo habrá cambiado? ¿La habrán amenazado?

¡¡Dónde está!?

De vuelta en el dormitorio, Violet abre la ventana y se cuela por ella hacia la lluvia. No lo hacía desde que era adolescente (no ha necesitado hacerlo), pero la intuición le dice que sus tíos no van a permitir que salga por la puerta de la casa. Y ella no puede perdonarles que le hayan ocultado la verdad. Si no lo hubieran hecho, a lo mejor Matt seguiría con vida. A lo mejor podría haber hecho algo más que quedarse ahí sentada, aterrada e inútil.

Se carga la mochila a la espalda con todo lo que puede llevar encima: las ganzúas, la ropa, la libreta que ha robado... y también su libro de cuentos encuadernado en seda, para que le transmita valor. Se desliza por el canalón del tejado, aferrándose como si fuera la vida en ello, hasta que cae sobre un macizo de flores. La lluvia cae en gotas gruesas, y el pelo no tarda en pegársele a la nuca.

Nadie pelea como un Everly. Y si solo le queda un año tiene clarísimo que va a emplearlo. Se acabó pasarse la vida esperando en esa casa vacía y gris, escuchando a sus tíos a escondidas, aguardando un milagro que nunca llega. Se acabó quedarse ahí esperando.

Marianne está ahí fuera. Y, cuando Violet la encuentre, triunfarán. Es inevitable.

A fin de cuentas, las maldiciones están para romperlas.

En lo más hondo de las entrañas de la torre de los académicos existe un lugar que no les pertenece. Ha permanecido dormido durante siglos, sin prestar atención a las mazmorras de roca, el sistema de alcantarillado, las cocinas, los baños, los dormitorios de los aprendices y los aposentos de los ayudantes que se alzan sobre él; son los cimientos ocultos de una estructura que posee muchos niveles. Es posible que apareciera en los planos arquitectónicos o en los primeros registros que rondan remetidos por los archivos. Sin embargo, uno a uno, todos estos registros han ido marcándose como «perdido», «traspapelado» o «destruido», de modo que, en realidad, ya no quedan registros. Ni siquiera los asistentes nocturnos, que se cosen la boca como gesto de servidumbre hacia la torre de los académicos y que tienen la piel borrosa por los tatuajes de las escrituras consagradas, conocen la existencia de esta sala.

La luz no llega aquí y huele a aire viciado enhebrado con putrefacción. El suelo está formado con la roca de las profundidades de la montaña, es resbaladizo y está salpicado de liquen gris verdoso. Sin embargo, las paredes dan a entender que la gente conocía este lugar. Varias figuras trazadas con pintura roja (o sangre) danzan por la sala bajo media esfera que podría ser el sol proyectando sus rayos de luz.

En la parte más sombría de una sala que ya es oscura de por sí, hay una puerta, o al menos lo que queda de ella. Una puerta tallada en ensoñadorita, gruesa como la piedra en algunas partes y fina como el papel en otras. Una inscripción cubre la puerta, tan leve como una rugosidad, y prácticamente incomprensible incluso para quienes hablan ese idioma, que se perdió hace siglos. Es muy curioso, porque, aunque es evidente que se trata de una puerta, no hay cerradura alguna; solo dos manos de hierro extendidas, que parece que aguardan una ofrenda.

Penelope se pasa un buen rato sentada en el suelo de piedra, con la frente apoyada en el frío metal de la puerta. Pasa las manos por la inscripción; sus dedos la memorizaron hace mucho tiempo, aun cuando ya no pronuncia en alto el idioma en el que está escrita. Ese idioma, y el mundo al que pertenece, se encuentran al otro lado de la puerta. No hay otro modo de regresar a casa; no se le ocurre un castigo más cruel que este.

Al principio le parecía oír canciones que provenían del otro lado, el tarareo familiar de sus hermanos, que hacía que se le saltaran las lágrimas por culpa del anhelo. Después el tarareo se convertía en un tamborileo que sentía a través de la pesada puerta y le agitaba los huesos. Ahora ya no oye nada.

Sin embargo, recuerda el sonido como si acabara de escucharlo hace solo cinco minutos, como si aún se estuviera escapando por los resquicios de la puerta.

Aún recuerda muchas cosas de aquellos días.

Algún día la puerta se abrirá y ella será la primera en cruzarla.

No Marianne Everly.

PARTE

DOS

UNA VIEJA HISTORIA

Si hay una divinidad a la que veneraban, esa era ella.

Dicen que nació de las estrellas. Que era tan hermosa que dolía mirarla y que una exposición prolongada podía cegarte para toda la vida. Que era poderosa y leal, que enarbolaba el castigo y la misericordia como si fueran dos espadas de justicia divina.

Trajo la ensoñadorita, el elemento de los dioses, desde las estrellas. Le enseñó a unos pocos con talento a trabajarla, a manipularla en sus yunques con herramientas de paladio y cobalto. La ciudad brotó alrededor de las forjas. Tallaron puertas de ensoñadorita por los distintos mundos e invitaron a quienes poseían el talento necesario para manipular el metal de los dioses a que se unieran a ellos. Los edificios encalados aparecieron de la noche a la mañana a medida que los viajeros dejaban su equipaje para quedarse; se alzaban sobre cimientos antiguos, de modo que, desde lejos, la ciudad parecía una tarta de boda de varios pisos. Las forjas crecieron y, de noche, las llamas de sus fuegos ardían como estrellas.

La cazadora de sueños observó satisfecha que sus planes seguían adelante, tal y como debía ser: había creado una ciudad de soñadores, una ciudad que podaba y alimentaba y a la que, en ocasiones, protegía de las amenazas como quien se deshace de la mala hierba; una ciudad que no dejaba de crecer bajo sus cuidados.

Pero entonces ocurrió algo que no formaba parte de su plan.

Se enamoró.

Él no tiene nombre ni rostro cegador ni de ninguna otra clase. Hay quien dice que era mortal; otros insisten en que él también era pariente de las estrellas. Muchos están de acuerdo en que era habilidoso con las manos, que la conquistó con el cuidado con el que llevaba a cabo su obra. Aunque él no lo sabía, tenía el corazón de ella sujeto de un hilo y ella permanecía atenta a cada uno de los tirones que lo alejaban y a cada distensión que indicaba que rondaba cerca.

Al final, ella fue a verlo a su forja. Lo observó trabajar durante un rato, sin dedicarle más que una mirada indiferente, pero, a medida que fue transcurriendo el tiempo, fue enseñándole los secretos ocultos sobre cómo manipular la ensoñadorita, una información que hasta entonces solo se habían transmitido entre quienes eran como ella. Le enseñó a crear galaxias en botellas de cristal y cajas de música cubiertas de joyas que emitían el canto de sirena de las estrellas. Le enseñó a forjar espadas de ensoñadorita que no se desafilaban ni se rompían jamás, por más presión que se ejerciera en ellas. Le enseñó a abrir las cerraduras de otros mundos con llaves que resplandecían en las cadenas de las que colgaban. Y, mientras tanto, el corazón de él sintió el de ella, que no dejaba de tirar.

Dicen que él aún tenía las manos cubiertas de ensoñadorita cuando ya no fue capaz de resistirse y la agarró de la cintura y de los muslos, y que ese fue el motivo por el que a ella se le quedaron tatuadas las huellas de sus dedos en la piel durante toda la eternidad. Dicen que se la llevó con él a la forja, y que hicieron el amor entre las llamas como si fueran criaturas etéreas de la antigüedad. En la versión que cuentan quienes afirman que era mortal, dicen que se la llevó a su cama de sábanas bordadas y almohadas mullidas y que la hizo sentirse humana, algo que no había ocurrido hasta entonces y que jamás volvería a ocurrir; que le dedicó una sonrisa con la que se le arrugó la piel que le rodeaba los ojos por culpa del deterioro de toda una vida, un deterioro que ella no conocería nunca.

En la forja o en la cama, ella le susurró: «Este conocimiento será solo nuestro».

Transcurrió el tiempo y se casaron en secreto. Metieron las manos en polvo de ensoñadorita y se trazaron tatuajes delicados sobre las muñecas para jurarse amor y fidelidad. Y así vivieron durante un año y un día, embriagados por la pasión cuando la luna estaba en su punto álgido y calcinados y humeantes durante el día. Un bebé fue fruto de aquel matrimonio, un bebé de manos hábiles y mirada curiosa en cuyo corazón retumbaba la canción de las estrellas.

Pero nada dura eternamente.

Puede que un día se produjera una discusión, un ajuste de cuentas. Puede que él envejeciera y se diera cuenta de que a ella no le pasaba igual. O puede que la cazadora de sueños, con sus previsiones catastróficas, contemplara el fin de todo y deseara preservar a su amado tal y como era. Puede que él quisiera un descendiente que no cargara con un legado divino. Puede que ella le fuera infiel, o puede que lo fuera él. Puede que las estrellas los maldijeran.

Puede que ocurrieran muchas cosas.

Sin embargo, un año y un día después de que se casaran en secreto, la rabia se apoderó de la cazadora de sueños hasta que ya no fue capaz de contenerla. Destrozó su mundo. Las calles se partieron, las casas quedaron reducidas a ruinas. Muchísimas vidas perecieron al instante cuando la ciudad se desgarró en dos.

Hubo quienes lograron escapar a través de las puertas, por lo que sus dones se esparcieron por un millar de mundos. Olvidaron sus habilidades o no lograron transmitir sus conocimientos, y la historia de varias generaciones desapareció en un instante.

Cazadora de sueños. Devoradora de estrellas. Destructora de ciudades.

Hay quien dice que ella perdió la cabeza, que, desesperada, regresó a las estrellas y sus lágrimas se convirtieron en constelaciones. Hay quienes dicen que aún sigue atrapada en la ciudad, que perdió la voz tras pasarse un milenio gritando. Pero la inmensa mayoría cree que aún sigue con vida, inmortal e invulnerable, que es una ira solitaria con venganza en lugar de corazón.

Hay otra versión de la historia que sugiere que él vaga por la tierra, que la ira de su amada lo volvió inmortal, si es que era mortal siquiera. Y que ella lo sigue buscando porque su corazón continúa atado al de él. Lo que no sabe nadie es si lo busca para aliviar la tensión del hilo que los une o para cortarlo de una vez por todas.

CAPÍTULO
DIECISIETE

Violet se ha embarcado en una misión armada solo con una libreta que ha robado y una esperanza obstinada.

Es más fácil si se lo imagina así. A fin de cuentas, una misión es una especie de aventura, ¿no? Las misiones siempre terminan con un descubrimiento: un grial, una espada, una llave... la mujer que desapareció sin dejar rastro hace casi una década, convirtiendo a su hija en un objetivo.

Esto es lo que se dice mientas espera en estaciones de trenes sórdidas, en calles oscuras, bajo las paradas del autobús, empapada por la lluvia. Guiándose con la libreta magullada, Violet viaja de un país a otro como si el pasaporte le quemara en el bolsillo, fulminando la riqueza de varias generaciones de la familia Everly con cada billete que compra. En Roma averigua que su madre se mostró reservada y que parecía agotada de tanto viajar. El contacto de Acra, una vieja amiga de Gabriel, reconoce las pulseras que lleva puestas. En Bombay, un adolescente sale a hurtadillas de su casa y le entrega una lista nueva de nombres y direcciones con las que puede seguir intentándolo. «Eres clavadita a ella», le repiten una y otra vez, pero en ocasiones se topa con casas vacías, apartamentos cerrados o gente que se niega a dejarla pasar.

—¡No quiero saber nada de ningún Everly! —le grita un hombre en Melbourne a través del buzón—. Dile a Marianne que se vaya a la puta mierda.

A veces Violet se detiene en mitad en una calle tranquila o en mitad de una multitud porque hay detalles que le llaman la atención. Una risa que le resulta familiar. Un hombre de pelo oscuro tras el escaparate de una tienda cuya imagen queda distorsionada tras el cristal. El sonido de una llave girando en la cerradura y una persona que desaparece entre la muchedumbre...

Siempre se dice que no merece la pena buscarlo, que fue él quien la abandonó siguiendo las órdenes de un monstruo. Hay días en que se contiene y se pasa las horas siguientes preguntándose si no debería haberlo hecho, y luego hay días que cede, se da la vuelta y se siente idiota cuando su mirada se cruza con la de un desconocido. Aun así, puede sentirlo: un cosquilleo entre los omoplatos, un paso acompasado al suyo, la sensación inquietante de que la están observando.

Un año no tarda en reducirse a seis meses, a tres.

Ambrose le deja mensajes de voz largos, presa del pánico, en los que le suplica que vuelva, que acceda a seguir con su plan de refugiarse en una casa segura. Violet los ignora, al igual que ignora los mensajes de Gabriel en los que le dice que es una inconsciente. Cuando siente la tentación de contestarles, lo único que debe hacer es recordar cómo la miraron cuando les preguntó por Fidelis, las mentiras que se fueron acumulando hasta que habría hecho falta un milagro para que siguiera creyéndoselas.

Por terrible que resulte, se creyó todo lo que le decían sus tíos. Y no puede perdonarlos.

Al final es inevitable que hable con los académicos. Se aprende los apellidos de las familias, sus rencillas y sus alianzas, siempre mutables. Aprende que hablar con los Matsuda sobre los Persaud es buscarse una pelea a puñetazo limpio, que existe un buen motivo por el que los Hadley tienen guardaespaldas y que a los Quinrell los desprecia casi todo el mundo (incluida parte de la familia lejana). Descubre que Marianne se movía entre las distintas familias con la astucia de un político y con la predilección por la traición de un espía.

Nadie sabe si su madre encontró lo que estaba buscando ni tampoco a dónde fue. Es como si Marianne se hubiera adentrado en el espacio que existe entre los mundos y se hubiera desvanecido en él llevándose todo rastro del viaje emprendido.

Violet siempre siente el aliento del tiempo soplándole en el oído, presionándole con un cuchillo en la espalda. Ya solo le quedan seis semanas, un tiempo que puede contar con los dedos, que puede despilfarrar o que puede emplear con cabeza, como si fueran unos ahorros reunidos con mucho esfuerzo pero que debe gastar porque no le queda otra. Una vocecita le sugiere que vea mundo ahora que aún puede, que se olvide de Marianne y que confíe en que su madre hallará una solución.

O que lo haga porque no puede hacer otra cosa. Que, aunque no pueda escuchar por sí misma la canción de las montañas de Fidelis, al menos debería presenciar algo antes de que la fecha límite se la trague de un bocado.

Violet ha descubierto que el tiempo posee la sonrisa de Penelope.

CAPÍTULO
DIECIOCHO

Bajo el cielo nocturno de Nueva York, Violet planea colarse en una fiesta. Técnicamente, lo que va a hacer es infiltrarse con una invitación que ha robado y un vestido que le ha tomado prestado a una mujer mucho más alta y con mucho más pecho que ella. De vez en cuando echa un vistazo a la calle, intensamente iluminada, para asegurarse de que nadie la vigila mientras se ajusta una peluca negra espantosa que le pica y con la que intenta ocultar el auténtico color de su pelo. Pero es que esto es lo más bonito de toda Nueva York, que el anonimato es un derecho.

Hay muchas otras cosas que le gustan de esta ciudad: los teatros deslumbrantes, la cantidad de restaurantes pequeñitos y de comida para llevar y hasta el modo en que los rascacielos parecen sostener el cielo, como si fueran un Atlas arquitectónico. Le gusta la suciedad que se le acumula bajo las uñas y que la gente no repare en ella cuando atraviesa una multitud. Si pudiera pasar aquí un par de meses, todos los días haría algo distinto y no se aburriría jamás. Hay museos, galerías de arte y puede dar paseos interminables por Central Park.

Ojalá le quedaran un par de meses.

En horas más decentes, este edificio es una librería próspera repleta de turistas que posan frente a los objetos de recuerdo, de parejas que se escriben mensajes de amor en la pared de pizarra. Las fotos que rondan por internet están llenas de comentarios que mencionan la disposición ecléctica pero perfecta en la que se encuentran los libros, lo riquísimo que está el chocolate caliente que preparan en la cafetería y las estrellas pintadas a mano que cuelgan del techo y que forman constelaciones sin nombre. «Una maravilla para los amantes de los libros —mencionan varios blogs de viajes—. ¡No te la puedes perder!».

Vino a verla ayer e intentó no llamar la atención entre el resto de las personas que lo observaban todo. La librería estaba a la altura de las reseñas que deja la gente en internet y, en otras circunstancias, Violet se habría pasado horas dando vueltas. Captaba tanto la atención de los turistas con sus cámaras que parecía una librería bonita más. Y la verdad es que es bonita.

Esta noche, sin embargo, la librería está cerrada para un evento privado. No se especifica qué clase de evento es, pero Violet sabe de buena tinta que se trata de otra velada de los académicos, igual que la que organizó Adelia. En esta ocasión la anfitriona es Yulan Lui, que no es académica, pero sí una de las numerosas personas que se mueven en sus círculos. Siendo más concretos, Yulan es una vendedora de libros antiguos con buen ojo para las rarezas y los volúmenes que se adquieren de manera ilegal. Una vendedora que, si Violet lo ha entendido bien, posee un mapa en concreto que conduce a un objeto que, supuestamente, puede responder a cualquier pregunta.

La mujer de Acra (la que reconoció las pulseras de Violet) le dijo que aquí era a donde fue Marianne después de verla por última vez, hace solo unos pocos meses. Cuando Violet dejó de fustigarse por no haber llegado antes, por no haber alcanzado a Marianne por tan poco tiempo, comenzó a centrarse en el mapa. Parece demasiado bonito para ser cierto, pero Violet ha ido aprendiendo que, en general, las cosas no suelen ser bonitas cuando hay académicos de por medio.

De modo que endereza los hombros, alisa la invitación con la mano y pone cara de «pues claro que merezco entrar en esta fiesta». Hay un gorila en la puerta controlando el acceso de los invitados.

—¿Juliet Green? —le pregunta, observando la invitación.

Violet le dedica una sonrisa cargada de confianza y reza para que la peluca sea disfraz más que suficiente.

—La misma —responde.

Una de las lecciones desagradables que ha aprendido durante este último año es que Marianne se enemistó con muchísimos académicos. Varios de ellos asistirán a la velada; de ahí que haya que tenido que disfrazarse de Juliet Green, una académica de poca monta y poco talento sin lazos familiares, alguien que debería ser completamente invisible.

El gorila la acompaña al interior. Hay poca luz y una alfombra morada se extiende entre las mesas de libros apilados hasta el fondo del local. La gente ya está merodeando de un lado a otro. Algunos de los invitados llevan el tatuaje, gemelos y pendientes con forma de llave; y luego están los que no llevan ninguna clase de adorno, que parecen bastante incómodos. Violet no deja de pensar en una metáfora sobre lobos y corderos. Después del año que lleva, se pregunta a qué grupo pertenece.

Violet sigue la alfombra serpenteante y pasa junto a las cajas registradoras, que guardan silencio. Luego sube dos tramos de escalera, de cuyas paredes cuelgan fotografías de autores famosos fallecidos. En la tercera planta se encuentra unas puertas dobles de cristal custodiadas por seguratas de aspecto intimidante. Las cortinas, gruesas y de color burdeos, protegen la sala de miradas curiosas. Aunque no tiene de qué preocuparse, a Violet comienzan a sudarle las palmas de las manos.

Entrega su invitación y, en esta ocasión, el segurata la examina aún con mayor detenimiento. A Violet le sudan aún más las manos.

—Juliet Green —le dice, como si pudiera tender un puente para salvar el hueco que hay entra la mentira y la verdad únicamente con reclamar ese nombre.

Sin embargo, tras un segundo agonizante, los guardias separan las cortinas de terciopelo y la dejan pasar.

La sala que se extiende ante ella no tiene nada que ver con la tienda de la planta inferior, que estaba llena de adornitos para los turistas, *best-sellers* en tapa dura relucientes y libros de tapa blanda de segunda mano con los lomos marcados. Es como la biblioteca de casa de los Everly, solo que el doble o el triple de grande, tanto a lo ancho como a lo alto. Hay libros extraños, panfletos y pergaminos guardados a salvo tras las vitrinas, en un lugar destacado, para que los invitados los admiren. No sabe quién se habrá encargado de la decoración, pero imagina que debe haber sido alguien con sed de sangre, porque donde no hay estanterías hay armas de aspecto afilado y malévolo colgadas de la pared, como amenazas, o retratos de hombres malhumorados amenazando a animales desafortunados. Un cuarteto de cuerda interpreta su música bajo la estatua de un hombre con poca ropa que carga con una cabra muerta sobre el hombro.

Violet merodea por los extremos de la sala con la copa en la mano y se dedica a examinar a los invitados. Hay mujeres y hombres, en general mayores que ella, que se reúnen en grupitos de conocidos y se dedican a charlar. Estudia a un par a los que ya ha visto en otras fiestas (una académica y su guardaespaldas, tan grande como un armario; intenta recordar su apellido, pero no lo consigue) y toma nota mental de mantenerse alejada de ellos. Una melena rubia resplandece bajo la luz y a Violet se le para el corazón durante un segundo, pero entonces la mujer se da la vuelta y su nariz es más larga, y los ojos, de un gris pálido.

No es Penelope. Aunque Violet no creía que fuera a aparecer por ahí.

Sin embargo, no puede evitar ponerse a examinar a la multitud en busca de otra cara que quizá reconozca. Una mandíbula afilada, unos rizos oscuros que caen sobre unos ojos impasibles. Tiene claro que no es la persona a la que debería estar buscando, pero, tras un vistazo rápido, confirma que Aleksander tampoco está aquí y, aunque no tenga motivos para sentirse decepcionada, la sensación se le queda pegada en el fondo de la garganta.

No estás aquí para ponerte a pensar en él, se reprende a sí misma con seriedad. Buscó una foto en internet de Yulan, pero aquí no hay nadie que se parezca a ella en lo más mínimo, así que no le queda otra que seguir buscándola.

Cuando Violet pasa a otra habitación, oye de pasada que se está llevando a cabo una subasta. El subastador menciona una cantidad de dinero tan alta que Violet se queda a cuadros. El libro que sostiene en la mano es fino; parece un ejemplar en tapa blanda maltrecho cuya cubierta se está desprendiendo del lomo. No obstante, el silencio tan intenso que se ha adueñado de la sala le indica que no es que el libro sea muy valioso, sino que posee un valor incalculable y que todos quienes intentan comprarlo lo saben.

Violet ha averiguado lo suficiente de los académicos como para comprender que este es su hábitat natural: un lugar en el que hay bienes ilegales, champán en copas de cristal, sonrisas cargadas de secretos y susurros furtivos. Viven envueltos en una opulencia que se ve alentada por una riqueza absurda que obtienen gracias a los trueques que llevan a cabo entre sus contactos de este mundo y Fidelis. No le cuesta nada imaginarse lo que alguien estaría dispuesto a entregar a cambio de poder ver un atisbo de auténtica «magia». A su alrededor, capta retazos de conversaciones:

«… empezamos con dos millones de dólares por este busto de Nemetor con la marca del artesano intacta. Se afirma que proviene de la antigua ciudad de los académicos…».

«… Goro Matsuda afirma que alguien ha adulterado la bebida, pero seguro que esto no es más que purpurina comestible…».

«… han contratado a un asteria. ¿Lo has visto? Arriba, en la última planta…».

Esa última hace que Violet se detenga. No es la primera vez que oye hablar de las cartas del asteros ni de los asterias, que son capaces de leerlas.

Intrigada, sigue las instrucciones y toma la escalera serpenteante que se encuentra en el extremo del salón. La atormenta desperdiciar tiempo en algo que no es necesario, pero no encuentra a Yulan por ningún lado y, de todos modos, no pasa nada por tomar un pequeño desvío. Hace tanto tiempo que renunció a su curiosidad que el placer culpable de robar cinco minutos para sí misma hace que se le ponga el vello de los brazos de punta.

La última planta resulta ser una cúpula de cristal inmensa, como un invernadero, pero sin muchas plantas. Varias bombillas sueltas cuelgan de hilos del techo, de modo que las vistas del cielo nocturno quedan eclipsadas por cientos de lucecitas que se mecen con una brisa invisible y que arden como meteoritos. Aquí arriba se respira un ambiente más tranquilo y apenas se oye el murmullo de la conversación de la planta inferior.

Al fondo, entre varios helechos, alguien ha montado una carpa. Es la única zona que queda oculta en sombras. Al principio, Violet cree que no hay nadie, pero entonces una voz la llama desde las profundidades.

—Por favor, quédate para que pueda adivinarte el futuro —dice la voz de un hombre.

Violet duda pese a lo intrigada que está, pero luego se agacha para entrar en la carpa. Apenas ve nada tras pasar bajo las bombillas de la cúpula de cristal. Intuye la silueta de un hombre, los extremos afilados de una mesa… y una baraja de cartas. El asteria y su asteros.

—Siéntate —le ordena, y ella obedece.

El hombre extiende las cartas del asteros frente a ella. Tienen un lustre que le resulta extrañamente familiar, unos destellos dorados. Los dibujos de las cartas, que consisten en líneas fluidas y curvas suaves, le recuerdan a una obra modernista que ha visto en el Met.

—Puedes elegir tres cartas del asteros —le dice el hombre—. Escojas lo que escojas, las cartas esclarecerán tu presente y te ayudarán en el futuro.

Violet le da la vuelta a la primera carta. Una mujer vestida con una larga túnica que cubre el suelo junto a sus pies sostiene un farol, el único punto de luz en un mar de pintura de tonos oscuros. Varias líneas plateadas se extienden desde sus pies.

—Erriel, la astral de quienes se han perdido —explica el asteria.

Aquí hay astrales en vez de arcanos. Violet no sabe casi nada de ellos, pero, según tiene entendido, son como los dioses y los santos de los académicos.

—Buscas algo importante, creo, pero puede que hayas dado un paso en falso. Erriel iluminará tu destino, pero no te garantiza que vaya a gustarte.

La segunda carta muestra a dos hombres desnudos entrelazados y cubiertos de espinas. Cada uno de ellos lleva un puñal en la mano, apartado de la vista del otro. Tienen las bocas abiertas, separadas tan solo por un milímetro. Aunque no son más que imágenes, su anhelo sensual hace que Violet se sonroje.

—Qué interesante —comenta el asteria, esbozando una sonrisa—. Tullis y Berias, los astrales de los amantes y los traidores. Te ahoga un conflicto que puede resolverse de varias maneras. Sin embargo, has de hacer un sacrificio. Tienes mucho que perder. Quizás demasiado.

«Si no encuentran a Marianne, serás tú la que se adentre en las sombras conmigo».

Violet traga saliva.

La última carta muestra a una mujer alta y elegante; el pelo rizado y rubio recuerda un halo y tras ella se extienden unas alas dibujadas con pinceladas elegantes. Se aferra a la empuñadura de una espada que tiene clavada en el corazón. Durante un instante, ni Violet ni el asteria dicen nada. Cuanto más tiempo observa la carta, más le parece que el rostro de la mujer es una calavera, con pozos en lugar de ojos.

—Ah —exclama el asteria.

Violet toma la carta y le da la vuelta. No soporta seguir mirando a esa mujer.

—¿Qué representa?

—La pregunta no es «qué» —responde el asteria—, sino «a quién». Astriade, la astral de la destrucción. —Se saca una bolsa con cordel y la agita, pero está vacía—. Normalmente no la meto en la baraja. Debe de haberse colado junto con las otras cartas.

—La astral de la destrucción —repite Violet—. No parece que vaya a cooperar demasiado.

Dejando de lado sus instintos, vuelve a tomar la carta de Astriade y la gira bajo la luz. Su expresión de pesar y el modo en que agarra la empuñadura de la espada tienen algo que hace que parezca la destrucción personificada.

El asteria la mira solemnemente.

—Astriade es una maldición.

CAPÍTULO

DIECINUEVE

V iolet baja las escaleras a trompicones, de vuelta a la luz de la
fiesta. La cabeza le da vueltas tras la lectura de las cartas,
aun cuando el asteria no le ha dicho nada que no supiera ya.
Destrucción, maldiciones, traiciones... un sacrificio. Verlo todo ex-
tendido sobre la mesa ha sido abrumador. En retrospectiva, no le ha
parecido una buena idea.

Sabe que solo le quedan seis semanas. Sabe que no tiene ni idea
de lo que está haciendo. Sabe que su madre, a efectos prácticos, sigue
siendo solo un fantasma. No necesita que una baraja de cartas se lo
diga.

Violet no sabe cuánto tiempo ha pasado con el asteria (tiene la
sensación de que han sido cinco minutos, pero también una hora),
pero la fiesta ha degenerado en su ausencia. Las estanterías están repletas de copas de champán vacías, y más de un invitado se tambalea
hacia la mesa de los canapés, que ya han arrasado; solo quedan migas
y envoltorios vacíos. La subasta junto a la que ha pasado antes sigue
adelante, pero el ambiente se ha enfriado considerablemente y se me-
ditan más las pujas y las pérdidas duelen más. El cuarteto de cuerda se
ha visto reemplazado por música *jazz* genérica que brota de los alta-
voces del techo. Violet examina la multitud en busca de Yulan, pero
hay demasiada gente y hace demasiado ruido como para que pueda
concentrarse.

Un hombre que lleva una camisa de seda negra y una chaqueta de terciopelo se planta a su lado y se apoya en las estanterías con una gracilidad despreocupada que despierta su envidia. Sin embargo, bajo la envidia, deja escapar un suspiro de alivio; al fin encuentra un rostro conocido en la fiesta, aunque sea el de alguien de quien no se termina de fiar.

—Juliet —la saluda él, enarcando una ceja.

—Caspian —responde ella.

Resulta imposible no pasarse un año persiguiendo a los académicos y no encontrarse con las mismas personas. Caspian Verne, un sinvergüenza inglés y un ladrón, es una de ellas. Se lo encontró el año pasado en un evento parecido a este en Novosibirsk y luego otra vez en Melbourne. Como era de esperar, la reconoció de aquella fatídica velada en casa de Adelia Verne. Fue él quien le habló de esta fiesta.

—Veo que estás aprovechando al máximo mi invitación —comenta, dando golpecitos sobre el borde de la estantería—. Lo que no entiendo es por qué no te has presentado con tu auténtico nombre. Así la gente te prestaría más atención.

—Pero no es la clase de atención que me interesa —responde ella, enarcando una ceja—. De todos modos, creía que a estos eventos solo podían asistir los académicos.

—Ay —responde él, aunque no parece haberse ofendido demasiado—. Pertenezco a la familia Verne. Sería un escándalo que no hiciera acto de presencia.

Esa es otra de las cosas más curiosas de Caspian. Es el heredero de una de las familias de académicos más influyentes, el nieto querido de una maestra académica formidable y, sin embargo, él no es académico. Por lo visto, un donnadie presuntuoso le usurpó el puesto, o eso ha oído Violet por ahí. De modo que él, al igual que ella, está atrapado entre dos mundos.

—¿Cómo va la búsqueda de tu madre? —le pregunta en voz baja.

Violet lo mira de reojo; de repente se nota recelosa. Si no fuera alguien tan cercano a los académicos, quizá podría considerarlo un amigo. Quizá intentaría sonsacarle más información de la que dispone. Sin embargo, gracias a los cotilleos de los académicos, Violet ha averiguado que el paradero de Marianne es un tema de conversación ilícito. Debe ser cosa de Penelope, eso lo tiene claro. «La exiliaron por desvelar nuestros secretos», le dijo alguien en una ocasión. También es una advertencia, por si a alguien se le pasa por la cabeza ayudar a la hija.

De modo que puede insistirle, pero no demasiado. Y ya esta insistiendo de más solo con aparecer por esta fiesta.

—Ahí va —responde al cabo de un rato—. ¿Qué tal tu abuela?

—Bueno, como siempre, enfadadísima con el consejo de académicos por alguna tontería. Desesperada por que me case y le dé una manada de monstruos cargados de talento —contesta con una mueca—. No deja de sugerirme a Kat Hadley, pero no sé si se ha dado cuenta de que ese barco ya ha zarpado. También me pregunta mucho por tus tíos, sobre todo por Gabriel.

—No creo que le tenga mucho aprecio a mi tío —responde ella.

No sabe si Caspian está tratando de sonsacarle información sobre su relación con sus tíos, pero no piensa jugársela. Hasta donde ella sabe, ellos no le han dicho a nadie que no se hablan.

—Bueno, me caes bien, «Juliet» —le suelta él entonces, llamando su atención—, así que voy a ofrecerte otra invitación. Gratis —añade al ver la cara que le pone—. Si alguna vez vuelves a pasarte por Europa...

Caspian le entrega algo que parece una tarjeta de negocios y una moneda de plata. En la tarjeta viene una dirección de Praga y también una fecha, que queda solo a unas pocas semanas.

—No te gastes esa moneda —le aconseja él.

—¿Qué es esto? —le pregunta, sosteniendo la tarjeta.

—Una tercera alternativa —responde él, encogiéndose de hombros—. No somos académicos, ¿por qué tenemos que seguir sus normas?

—¿Te refieres a las llaves y los tatuajes? —pregunta ella, pícara.

A Caspian se le ensancha la sonrisa.

—Ven y descúbrelo.

Es una oferta sincera y, si se tratara de cualquier otra persona, Violet la aceptaría. Ha oído rumores sobre las fiestas legendarias que organiza Caspian y de aquellos que tienen bastante suerte como para asistir a ellas: criaturas de otros mundos que poseen la voz de un ruiseñor; los duelos mágicos en los que se enfrentan enemigos acérrimos a la luz de las velas; en una ocasión organizaron una orgía espectacular en la que se vieron involucrados varios juegos de exterior y un ponche de frutas afrodisíaco... aunque Violet está bastante segura de que Caspian fue quien difundió ese rumor en concreto. Y también mencionan... puertas. Siempre hay puertas y un canto de sirena que conduce a otros lugares. Sin embargo, no puede perder el tiempo asistiendo a esa fiesta. Aun así, se guarda la tarjeta y la moneda con una punzada de culpabilidad. *Por si acaso*, se dice a sí misma.

—No quiero meterme en ningún lío —le dice.

Un destello de reconocimiento cruza la mirada de Caspian y entonces se separa de la estantería.

—Me da a mí que los líos han venido a buscarte.

Violet lo observa extrañada, pero él se limita a guiñarle un ojo antes de pasearse hasta una de las salas de subastas con la mirada encendida al ver a alguien que conoce:

—Goro, qué alegría verte por aquí. ¿Cómo va ese yate?

Bueno, Caspian puede ser tan misterioso como le plazca.

Una mujer se une a Violet para observar la marabunta de gente. Varias plumas plateadas bordadas trepan por la tela azul marino de un vestido de manga corta con una falda que llega hasta las rodillas y lleva el pelo lustroso recogido en un moño. Violet esconde las manos tras la espalda para ocultar la tela deshilachada de los puños.

Un hombre y una mujer pasan por su lado y casi derriban a Violet. La mujer deja escapar un suspiro.

—Se suponía que esto era una reunión de las mentes más brillante de toda Fidelis, una oportunidad de demostrarles nuestros talentos a nuestros colegas más ilustres. Creo que me he pasado de ambiciosa.

—La verdad es que es una fiesta impresionante —reconoce Violet.

—He hecho todo lo que he podido. Dime, Violet Everly, ¿cómo te ha ido con mi asteria?

—Creo que...

Violet se queda helada. Se supone que nadie sabe quién es.

La mujer deja la copa con cuidado en el aparador.

—Será mejor que vengas conmigo.

Violet duda. Sería tan fácil hacerla desaparecer por estos pasillos laberínticos y que nadie volviera a verla jamás. No sería más que una intrusa de la que se ha deshecho sin llamar la atención.

—Te aseguro que a Hector y a Eli —comenta la mujer, inclinando la cabeza en dirección a los hombres robustos vestidos de traje— se les da muy bien su trabajo y te sacarán de aquí en un pispás. Pero me temo que no podrán hacerlo sin que se monte un numerito. —Enarca una ceja elegante—. Además, seguro que a los invitados les encantaría saber que hay un miembro de la familia Everly entre ellos.

Violet le dedica una mirada fría y firme.

—Si sabe cómo me llamo, entonces sabe a quién estoy buscando. Usted es Yulan Lui, ¿verdad? —pregunta, y la mujer asiente con la cabeza—. Me han dicho que puede ayudarme, así que...

Un grupo emerge de la sala de subastas mientras comentan a voz en grito sus victorias y sus pérdidas. Varias personas reconocen a Yulan y se acercan a ella.

—Será mejor que mantengamos esta conversación en otra parte —le dice Yulan—. Pero, claro, te toca decidir a ti cómo quieres que la mantengamos.

Violet vuelve a fijarse en los gorilas. Sabe que no ganaría en una pelea contra ellos, de modo que acompaña a Yulan hacia un despachito que hay al fondo, al otro lado de una puerta junto a la que Violet ha pasado antes y que ha confundido con un armarito. Una vez dentro, Yulan se apoya en el borde del escritorio y se cruza de brazos.

—Tu curiosidad me parece elogiable, pero no sé qué se te ha podido pasar por la cabeza para que creyeras que era buena idea colarte en mi fiesta —le dice Yulan.

—Hace una semana me puse en contacto con usted por un mapa —responde Violet—. Me gustaría comprarlo.

Intenta no parecer demasiado interesada. Menciona el mapa como si fuera un pendiente que ha perdido y no, literalmente, su única esperanza. Sin embargo, su tono de voz la traiciona en el último instante y se maldice para sus adentros.

—He oído hablar mucho de ti. La hija de Marianne Everly... —comenta Yulan con curiosidad—. Desde luego el parecido es impresionante.

Observa a Violet durante un segundo y ella tiene la incómoda sensación de que la está examinando. No es la primera vez que le hacen algo así, pero Violet no deja de preguntarse qué es lo que deben ver en ella, qué partes de su madre se habrán reconfigurado en esta versión secundaria de ella.

—Bueno, siento tener que decírtelo —continua Yulan—, pero no te puedo vender el mapa.

Violet también se había preparado para esta respuesta. Se saca un talonario de cheques de un bolsillo interno. Otra de las lecciones de Gabriel: «El dinero en efectivo te lo pueden robar en un abrir y cerrar de ojos. Los cheques dan a entender que hay mucho más dinero del que se puede ver a simple vista». El truco le funcionó muy bien en Novosibirsk, cuando tuvo que pagar para poder acceder a un encuentro de académicos que se celebraba allí. Y mira, gracias a aquello se ganó una alianza: a Caspian. A veces lo único que hacen falta son los sobornos de toda la vida.

—Ay, no me has entendido. —Yulan señala la puerta cerrada, a través de la cual se cuela el sonido de la fiesta—. No necesito más dinero.

—Si lo que busca es información...

—Vendí el mapa justo ayer. Había alguien más interesado en él. —Se encoge de hombros—. Sencillamente llegó antes que tú.

A Violet se le cae el alma a los pies. Pues claro que se le han adelantado.

—Tenía entendido que nadie sabía de la existencia del mapa —responde ella, con cautela.

Estaba absolutamente convencida de ello. El trato ya estaba cerrado; se suponía que el mapa era uno de los objetos de la subasta que iban a reservar para el final. Para los académicos no es más que otra baratija, otro artefacto caro que exponer.

—Las noticias vuelan —contesta Yulan—. Me hicieron una oferta que no pude rechazar.

Violet aprieta con fuerza la cartera.

—E imagino que no hay forma de convencerla para que me digas quién lo compró, ¿no?

—¿Y arriesgarme a que los académicos se enteren? —pregunta Yulan, enarcando una ceja—. Mi buena reputación está más que justificada. Además, acabarás descubriendo que el apellido Everly tiene un precio muy alto, y me temo que ni tú ni yo podemos permitírnoslo.

—Pero...

—Debo volver con mis invitados. Hay una salida por la puerta de atrás. Te sugiero que salgas por ella. —Yulan se alisa el vestido—. Y una cosa, Violet.

—¿Sí? —responde ella, dándose la vuelta.

—No vuelvas por aquí.

La puerta da justo al contenedor tras el que antes ha escondido su mochila. Violet se queda mirándola con impotencia. De vuelta a la casilla de salida.

Saca la libreta descolorida, la que tiene la caligrafía de Marianne en la cubierta, y va hasta la última página. Quedan tan pocos nombres...

Cierra los ojos y se obliga a no llorar ni a gritar ni a hacer nada que pueda llamar la atención. Aprieta los puños y se clava las uñas en la piel hasta que el dolor ahoga todos sus pensamientos. Cuando abre las manos, varias manchitas de sangre le cubren las palmas.

Por los pelos. Otra vez.

Desde la calle, sigue oyendo los ruidos de la subasta. La gente de ahí dentro llevan siendo académicos toda su vida y se les da muy bien jugar a este juego de seducción y persuasión. Puede que Caspian no sea un académico *per se*, pero pertenece a ese mundo. Y tiene razón: nadie se atrevería a negarle nada a un Verne, o a un Matsuda, o un Hadley, o cualquiera de los otros apellidos que te marcan como miembro de las familias de académicos. Violet, por su parte, lleva un año intentando ponerse al día.

Si no fuera una Everly, a lo mejor Yulan le habría guardado el mapa o al menos le habría revelado la identidad de quien lo ha comprado. Pero, claro, si no fuera una Everly, no tendría que cargar con la maldición, no habría una promesa de sangre y crueldad aguardándola al final de una senda que ha resultado demasiado corta. Si no fuera una Everly, ni siquiera estaría aquí, intentando no llorar justo al lado de un contenedor.

Recuerda a la mujer con la espada en el pecho: la destrucción en movimiento. El pánico se apodera de ella. Saca el teléfono, y no es la primera vez que lo hace. No tiene llamadas perdidas de Ambrose ni de Gabriel, ni tampoco mensajes.

Quizá la hayan dado por perdida.

Frustrada, se arranca la peluca y una decena de horquillas se desparrama por el suelo. Después se quita los tacones, que la están matando, y los tira al contenedor, pero, cuando recoge su mochila, oye que algo cruje en el bolsillo delantero y no sabe qué puede ser. Rebusca en su interior y extrae una nota arrugada escrita con letra errática.

Tengo el mapa que buscas. Ven a buscarme, Everly.

Debajo viene una dirección en alemán.

Alguien más la ha reconocido en la fiesta. Alguien más sabe cómo se llama o, como mínimo, ha reconocido sus rasgos y ha adivinado sus orígenes.

Mira hacia atrás, hacia la tienda, y una tensión repentina le sacude los huesos. Podría tratarse de otro callejón sin salida, pero no cree que sea el caso. Violet tiene muchas preguntas.

Y ahí hay alguien que tiene respuestas.

La fiesta de Nueva York dura hasta el amanecer y los invitados salen de la librería dando tumbos. El servicio, agotado, comienza la ardua tarea de limpiar los excesos de la noche. Arriba, en la sala del techo de cristal, el asteria recoge su carpa y, entonces, aparece una mujer rubia. El asteria alza la mirada mientras junta las cartas para guardarlas en su bolsita de seda. Las manos le brillan porque las tiene cubiertas de polvo de ensoñadorita.

—Lo siento, se acabó por esta noche —le informa.

Pero la mujer no se marcha.

—Estoy segura de que puedes dedicarme un minuto.

—Le he dicho que...

—Léeme el futuro —lo interrumpe la mujer con voz de acero—. Por favor.

El asteria susurra algo entre dientes que, para alguien con el oído fino, suena como: «Putos académicos, que se creen que pueden pedir lo que les dé la santa gana». Sin embargo, el asteria vuelve a desplegar la mesa y saca las cartas. Señala la baraja extendida.

—Tome una...

—No, si ya sé cómo va esto.

Sin pensárselo dos veces, escoge tres cartas de la baraja y les da la vuelta. Un hombre que lleva unos grilletes, con la mirada gacha, rodeado de un círculo de plumas ensangrentadas. Otro hombre, orgulloso y serio, sujetando una lanza de pura luz solar. Una mujer con una espada clavada en el pecho.

Debe de dolerle mucho tenerla ahí clavada.

Penelope alza la mirada y le dedica una sonrisa al asteria, que se encoge sobre sí mismo.

—Dime, ¿qué es lo que le has dicho a Violet Everly?

—¿A quién? —pregunta el asteria, sorprendido—. No...

Con un solo movimiento cargado de confianza, Penelope lo agarra del cuello. El asteria se asfixia e intenta apartarle los dedos para liberarse. Bajo los pies de Penelope, las sombras se acumulan y se retuercen.

El asteria trata de tomar aire sin éxito; los ojos se le hinchan y se le llenan de sangre mientras, una a una, le revientan todas las venas. Un quejido que bien podría decir «ayuda» o «para» brota de sus labios, pero no es ninguna palabra que Penelope encuentre útil. De modo que espera, paciente, a que deje de moverse, a que la lengua hinchada sobresalga de la boca. La cabeza queda inclinada hacia un lado.

—Dejé muy claro que no se podía ayudar a los Everly —dice Penelope—. Y no tolero los fracasos.

Recoge la bolsa de seda de la baraja del asteros y la coloca sobre las manos del asteria. El cuerpo yace ante sus pies.

Es una advertencia.

CAPÍTULO

VEINTE

Una semana más tarde, Violet se encuentra cerca de la entrada del Museumsquartier, en Viena. A ambos lados se alzan con elegancia unos edificios impresionantes tras unas aceras inmensas. Hay carteles escritos en varios idiomas que indican cómo llegar a varios puntos de interés turístico. Aunque chispea y el cielo está pintado de un gris plomizo, el mal tiempo no logra empañar su esplendor.

Violet sostiene con fuerza el papel con la dirección en una mano y el paraguas en la otra. Cuando la buscó por internet, dio por hecho que se toparía con una casa o un edificio de apartamentos, no una sala de uno de los museos más importantes del mundo. El Museo de Historia del Arte de Viena se extiende ante ella, imponente y repleto de multitudes. Una sacudida de emoción le recorre el cuerpo entero.

«Ven a buscarme, Everly». Bueno, pues aquí está.

Se pone en la cola, paga la entrada (que le cuesta un ojo de la cara) y atraviesa el atrio dorado. En el centro de la escalera se alza imponente una estatua de Teseo peleándose con un centauro; Teseo alza el garrote bien alto para asestar el golpe mortal. Es una estatua de texturas demasiado suaves y limpias para el acto que representa.

El museo es tan grande que Violet se pierde en más de una ocasión. Varios pares de ojos pintados la observan desde paisajes hermosos y retratos altaneros mientras avanza de una sala a otra. Los turistas deambulan por el recinto sin apenas prestarle atención y sus miradas se deslizan de una obra a la siguiente.

Son los nervios, se dice a sí misma.

Después de una hora buscando, Violet encuentra la sala que viene anotada en el papel. Es una de las más pequeñas y está repleta de representaciones bíblicas y escenas de pastores con abundante vegetación. Aquí hay muy pocos visitantes y nadie permanece mucho rato.

Violet examina todos los cuadros y, a continuación, comienza a dar vueltas por la sala, despacio, sintiéndose cada vez más tonta. Quizá la nota no fuera para ella, sino para otro Everly que no tiene nada que ver con su familia. Puede que se haya equivocado de sala o puede que quien escribió la nota se haya cansado de esperarla.

Quizá le hayan tendido una trampa y aún no lo sepa.

Durante la quinta vuelta, oye pasos. Tras ella se abre una de las puertas del personal y un conservador la cruza: se trata de un hombre de mediana edad vestido con un traje de profesor de *tweed*, unas gafas con una montura de metal fina y una barba gris. Al verla se le ilumina la mirada.

—Marianne Everly. Madre mía, lo que te ha costado... —Pero entonces se detiene y la observa detenidamente—. Tú no eres Marianne.

—No —responde Violet.

—Pero pareces una Everly —responde el hombre, frunciendo el ceño.

—Soy su hija —responde ella, y le muestra el trozo de papel—. ¿Es suyo?

—*Scheisse.* —El hombre suspira y se mesa la barba—. Bueno, debería haberme imaginado que Marianne no iría a la fiesta. Es que me pareció oír el apellido Everly y eres mujer, así que pensé... La hija de Marianne —dice, como si esto último fuese una frase en un idioma extranjero—. Vaya.

Por algún motivo, a Violet no le sienta bien, aunque ya debería darle lo mismo teniendo en cuenta la de veces que la han confundido con su madre pese a la diferencia de edad. La hija de Marianne, su sombra obediente. La versión condensada.

—Me llamo Violet —decide responder, y extiende la mano hacia él.

—Johannes Braun. —El hombre se la estrecha con firmeza, con unas manos que, para su sorpresa, están cubiertas de callos—. E imagino que querrás que te responda, ¿no es así? A lo de la nota, digo. —Mira a varios turistas que pasan por los alrededores—. Pero aquí no.

Tras echarle un vistazo rápido a las cámaras, Johannes la guía por una puerta en la que pone SOLO PERSONAL AUTORIZADO tras abrirla con una tarjeta. Violet lo sigue a toda prisa a través de un laberinto de pasillos estrechos junto a varios trabajadores del museo. Capta retazos sueltos de conversaciones.

Al final Johannes la lleva hasta un despachito repleto de libros y archivadores. En un televisor antiguo, que se mantiene en un equilibrio muy precario en lo alto de una estantería, se ve la imagen de una cámara de vigilancia que se encuentra en la sala que venía indicada en la nota. Entre la infinidad de trastos que hay allí dentro, solo queda hueco para un escritorio y dos sillones muy viejos con la tela desgastada. Johannes le indica a Violet que se siente, y ella obedece con cuidado. Los muelles crujen bajo su peso y Violet apoya el paraguas mojado contra el escritorio. Él, en vez de sentarse, rebusca entre los armarios y tose de vez en cuando por culpa de varias nubes de polvo ascendentes.

—Aquí está —exclama con tono triunfal.

Deja una fotografía sobre el escritorio, justo delante de Violet. No tiene muy buena calidad; el reflejo de la lente cubre casi toda la imagen, pero ahí está su madre. Joven, con expresión desafiante y la cabeza inclinada, alejada de la cámara. A su lado hay un joven que se parece un poco a Johannes y que le pasa el brazo por encima de los hombros, con actitud posesiva.

—Antes éramos muy amigos —comenta Johannes—. Fuimos aprendices al mismo tiempo y luego nos convertimos en ayudantes de la misma maestra académica. Por desgracia, después de aquello, nuestros caminos se separaron.

—Entonces no ha visto a mi madre —responde ella, desilusionada.

—Hace muchos años que no la veo —contesta él—. Discutimos y... Bueno, a Marianne nunca le preocupaba demasiado no caerle bien a la gente. Pero eso ya lo sabes, obvio. —Sonríe para sí mismo, con la mirada perdida—. Tenía muchísimo talento y una mente aguda. Los otros ayudantes no dejaban de quejarse, pero ella los fulminaba con una sola frase. Además, era listísima. No había profesor que lograra disciplinarla. —Soltó un suspiro—. Jamás volveremos a observar un don como el que tenía ella.

Violet contempla la fotografía, cuya imagen se niega a encajar con la persona que ella conserva en sus recuerdos; recuerdos de abrazos y risas, de gestos amables. No recuerda a alguien capaz de discutir y de ser cruel.

—¿Qué está haciendo en Viena? —le pregunta Violet para cambiar de tema.

—Ahora me dedico a esto —responde él, señalando a su alrededor.

—¿Se ha retirado? —pregunta Violet con curiosidad.

Johannes niega con la cabeza.

—Los académicos no se retiran ni tampoco renuncian. No es un trabajo. —Se lleva la mano al antebrazo, sin percatarse de ello—. Pero esa vida se ha acabado para mí.

—¿Por qué?

Johannes se quita las gafas y se las limpia. Luego deja escapar un suspiro. Guarda silencio durante un buen rato, y Violet cree que no va a responderle, pero entonces se vuelve a poner las gafas y la mira.

—Qué pulseras tan bonitas —le dice—. ¿Son de ensoñadorita?

—Sí —responde, subiéndose las mangas para que pueda verlas.

Johannes le inclina la mano hacia un lado para examinarlas.

—Se nota que las fabricó Marianne. Un talento como el suyo no es nada común. —Al ver la expresión de Violet, añade—: El talento lo es todo. La misma vida, encerrada como un rayo en una roca. Es una prueba de que hubo un tiempo en que los dioses caminaban junto a nosotros. Sin embargo, somos muy pocos los que podemos usarlo y sacarle todo el provecho y, con cada generación que pasa, cada vez son más los niños que nacen sin él.

—No sé si le estoy entendiendo —responde Violet.

—Pagamos un precio por este conocimiento oculto. Un precio terrible y manchado de sangre. Tan solo te cuentan parte de él antes de que te sientes en la silla del tatuador. Es como un veneno que te dosifican, de modo que, cuando eres consciente de lo que han hecho y de lo que has hecho, ya te has bebido la botella entera.

Violet espera a que se explique, pero Johannes no prosigue. Y, cuando Violet abre la boca para preguntarle, Johannes niega con la cabeza y frunce el ceño, dolido. Violet recuerda las advertencias de su tío: «Son lobos». Pero, entonces, ¿qué es Johannes Braun? De repente, le gustaría no haber abandonado con tanta presura las zonas abiertas al público para reunirse con este hombre.

—De todos modos —dice él entonces—, imagino que no has venido hasta aquí para aguantar mis lamentos.

Violet desdobla la nota con la dirección y la aplana sobre el escritorio.

—¿Por qué se llevó el mapa? —le pregunta, inclinándose hacia delante, con el corazón desbocado.

—Marianne Everly me robó una cosa —se limita a responder él—, y me gustaría que me la devolviera.

Violet le da vueltas a algo.

—Aun así, no intentó delatarla cuando la vio en la fiesta. —Entrecierra los ojos—. ¿Qué necesita de ella?

Johannes deja escapar una carcajada de sorpresa.

—Hasta hablas como Marianne. Directa al grano. No hace falta que te diga que tu madre no ha aparecido, así que aún no he recuperado lo que necesito. Estoy seguro de que ambos estamos frustrados tras tantos esfuerzos.

Menuda vuelta ha dado para soltarle un: «No pienso decírtelo». Bueno, Violet ya se imaginaba que no iba a ser fácil.

—¿Sabe por qué le robó? —pregunta Violet, cauta.

Ya sospecha qué fue lo que robó. Las correrías de Marianne han dejado un rastro de académicos furiosos por todo el mundo. Un libro de contabilidad que se ha perdido por aquí, un volumen que ha robado por allá, una ilustración preciosa que ganó en una partida de cartas... Una serie de objetos relacionados con llaves. Pero ¿cuánto puede desvelarle a este hombre? ¿Cuánto sabe Johannes en realidad? Bajo el escritorio, Violet se aferra al borde de su rebeca y los nudillos se le ponen blancos.

—Seguro que tuvo sus motivos —responde con tono despreocupado—. Al igual que yo tengo los míos.

Johannes se acomoda en su silla. Durante un instante, se miden con la mirada; él la observa con esos ojos del color de los acianos. Un académico que no es académico, pero que, aun así, parece mostrar un gran interés por las actividades que llevan a cabo. Un hombre que estuvo dispuesto a viajar a Nueva York solo por un rumor, pero que no fue capaz de entrar en la librería para averiguar la verdad. Ya basta de dar rodeos...

—Sabe muy bien lo que busca mi madre. La llave —le dice Violet. Lo único que puede romper la maldición.

Johannes se aferra a los bordes del escritorio.

—No nos queda mucho tiempo, Violet Everly. Ya te he dicho que cada vez quedan menos académicos, pero hubo una época en que éramos innumerables, antes de que la destrucción se abatiera sobre nuestra ciudad y la fracturara para siempre. —Guarda silencio un segundo—. Y no me estoy refiriendo a Fidelis.

—¿Cómo? —pregunta Violet, frunciendo el ceño.

Johannes deja escapar una carcajada carente de humor.

—¿Crees que solo existen dos mundos? Qué arrogante... Existen tantos mundos como estrellas en el cielo, y hubo un tiempo en que podíamos cruzarlos todos. Aun así, somos exiliados de nuestro verdadero hogar. Cuando digo que Fidelis no es más que un fragmento, lo digo literalmente. En la mitología lo llaman «la calamidad», pero nosotros decimos que es una grieta en el mismísimo tejido de la existencia. —Deja escapar un suspiro—. Quizás haya otras ciudades a la deriva, como islas, pero todas pertenecen a un mismo mundo. El hogar verdadero.

—¿De modo que Marianne está buscando ese «hogar»? —pregunta Violet que agita los dedos como entrecomillando la última palabra.

—Todos lo buscamos. Ese es el origen de los académicos —responde Johannes—. Tu madre está buscando Elandriel.

Elandriel. Violet se pasa ese nombre desconocido por la lengua.

—Sería maravilloso ser el primero en redescubrirlo. Nuestro hogar ancestral, intacto durante mil años. Dicen que hasta las paredes estaban cubiertas de puertas que conducían a otros lugares y que los académicos de un sinfín de mundos acudían a estudiar a nuestras aulas sagradas. Imagínate todo el conocimiento que podríamos recuperar. Imagínate todo lo que podríamos hacer. Sería el renacimiento de todo un mundo.

Y Violet se lo imagina, con tanto anhelo que incluso la aturde. En su mente, ya está conjurando una ciudad entera de posibilidades, bibliotecas con paredes revestidas de libros, de aventuras que se encuentran al otro lado de una puerta. Aunque se supone que debería haberlo olvidado todo al hacerse mayor, no es capaz de contener la emoción que le recorre el cuerpo entero.

El mar efervescente bajo el sol. Las brujas de los bosques. Los misterios que nadie es capaz de comprender.

—Marianne estaba obsesionada —prosigue Johannes—. Se leía todos los mitos sobre los orígenes a los podía echarles el guante, cualquier fragmento en el que se intuyera un rastro de Elandriel. No dejaba de hablar de puertas que nadie podía abrir, de magia que no éramos capaces de comprender. Cosas sacadas de cuentos de hadas. Como es evidente, le pregunté el porqué de su obsesión, pero tu madre siempre fue muy reservada.

—Necesito el mapa —dice Violet en voz baja—. Si de verdad existe, si puedo preguntarle cualquier cosa...

—¿Eres consciente de qué es lo que me pides? Para ti, Elandriel no es más que algo con lo que hacer un trueque. No es más que un fragmento interesante de la historia que robar o desechar. ¿Tienes idea de cuántos académicos matarían por adueñarse de esa llave? ¿O lo que significaría para la persona que la encontrara...? No, no lo entiendes. —Johannes da una palmada sobre la mesa que sobresalta a Violet—. Jamás lo entenderás.

En vez de retroceder, Violet se pone en pie.

—¿Es que no sabe lo que les pasa a los Everly? —No se atreve a pronunciar el nombre de Penelope, pero se fija en que, de repente, Johannes se queda muy quieto—. No me queda mucho tiempo y si no encuentro a Marianne...

—Lamento mucho la situación en la que te encuentras —responde Johannes—. De verdad. Pero no es asunto mío.

—Creía que quería ayudarme. Soy la hija de Marianne. Eran amigos —le dice, por no decir que prácticamente se lo está suplicando.

—Tú lo has dicho. Éramos amigos.

—Me ha dicho que esto es importante para los académicos —insiste Violet, probando otro enfoque—, que jamás voy a entenderlo. Pero, si me dice...

—¡Basta! —la interrumpe, y, en esta ocasión, Violet capta un atisbo de miedo bajo la imagen de profesor despreocupado—. No, lo siento, no puedo ayudarte. Creo que será mejor que te vayas.

—Pero...

—Si quieres, puedo llamar a alguien para que se lo expliques —le dice, señalando la cámara de seguridad.

La mirada de Johannes alberga una frialdad que no tiene nada que ver en absoluto con la imagen de conservador que le mostraba hace solo unos instantes. Se yergue completamente, todo rasgos afilados y promesas de crueldad.

Violet, hecha una furia, agarra su mochila.

—Pues estaba lo bastante desesperado como para pedirle a mi madre que viniera hasta aquí y estaba lo bastante desesperado como para hablar conmigo aun cuando ella no ha venido. Necesito respuestas. Si ese objeto es el único modo de obtenerlas...

—¿Objeto? —Johannes la examina de nuevo, con curiosidad—. Así que es verdad que no te ha contado nada.

El comentario es como una puñalada en el pecho. Violet respira hondo, intentando que no se le note en la cara que la ha pillado desprevenida. Después de tantos años, debería estar acostumbrada a la incógnita inherente que es su madre, a esa falta de información que ha abierto tantísimos agujeros en su vida. Sin embargo, se sorprende al oírselo decir a alguien con semejante franqueza.

Sobre todo a un desconocido al que es obvio que su madre le dijo algo en algún momento.

—No pienso detenerme —responde, alzando la barbilla con gesto desafiante.

Johannes la conduce hasta la puerta y, a continuación, por el pasillo. Se detienen frente a la puerta que utiliza el personal.

—Te compadezco, Violet Everly, pero no voy a ayudarte.

Una vez en la calle, la llovizna se ha convertido en una catarata. A su alrededor, la gente busca paraguas y, cuando Violet va a abrir el suyo, se da cuenta de que se lo ha dejado en el despacho de Johannes. Suelta una palabrota entre dientes y se cubre con la rebeca empapada.

Ya se le ocurrirá otro plan. Ya encontrará otro modo de convencer a Johannes para que le entregue el mapa. No necesita su lástima… Necesita que responda a sus preguntas, joder…

Está tan triste que apenas puede pensar. La lluvia le pega el pelo a la frente y, enfadada, se lo aparta. El viento persigue las hojas por la calle. Violet se estremece con la ropa mojada.

Solo hay otra persona empapándose bajo la lluvia. Un hombre alto de rasgos angulosos que observa el museo con expresión pensativa. El collar del abrigo le oculta casi todo el rostro, pero Violet ve un atisbo de rasgos rectos y una constelación de tres puntos de tinta alrededor de la curva de la oreja. Violet parpadea para quitarse el agua de los ojos. *No es justo que sea tan guapo*, le susurra la mente de golpe. Pero es imposible que sea él. Nunca lo es. Comienza a alejarse y vuelve a pensar en lo que ha ocurrido en el despacho de Johannes Braun.

Pero entonces el hombre se da la vuelta y la luz incide sobre su rostro. Violet se detiene en mitad de la calle, con el corazón en la garganta. Reconoce ese modo de caminar y también el modo en que inclina la cabeza. Esos ojos grises, líquidos, brillantes y peligrosos, cargados de promesas.

No es posible.

—¿Aleksander?

CAPÍTULO

VEINTIUNO

Se produce una pausa infinita antes de que el hombre se dé la vuelta y, durante esa infinidad, Violet recuerda todas las ocasiones en que le ha parecido ver atisbos de él: la curva de su sonrisa entre la multitud; un destello de gris cristal marino en una tienda ajetreada; una risa que sonaba idéntica a la suya, aguda e inesperada.

Sus ojos se encuentran con los de ella y la sorpresa le cubre el rostro.

—¿Violet?

¡Es él!

Un millón de pensamientos le cruzan la mente. *¿Qué hace aquí? ¿Qué le ha pasado?* Pero hay uno que hace que el miedo se apodere de ella: *Sigue siendo el ayudante de Penelope.*

—Vaya —exclama Aleksander—. Violet Everly. Esto... Hola. —Se frota la nuca—. Ni siquiera sé qué decir.

Violet tampoco. Se ha quedado sin aliento.

Ha pensado muchísimo en este instante. Cada uno de los escenarios que ha construido en su mente era una conversación tan delicada como un *ballet*. Una discusión, varias acusaciones, una disculpa que lleva un año fraguándose. Podría haber vuelto a buscarla. Al menos podría haberle explicado qué fue lo que pasó antes de desaparecer por completo de su vida. Sería más fácil si estuviera enfadada con él, si comprendiera mejor la situación en la que se encuentra. Se lo contó todo a Penelope, tiene que recordarse. Sin embargo, pese a todo, la rabia se le cae entre los dedos como agua.

¿Se ha pasado el último año buscándola entre la multitud? ¿Recuerda la fiesta en casa de los Verne como la recuerda ella? ¿Que le acarició el rostro y entrelazó sus dedos con los de ella?

Sin embargo, cualquier frase se queda corta ante esta maldita coincidencia (si es que es una coincidencia siquiera), sobre todo porque ella sigue conmocionada tras la conversación con Johannes.

Se miran el uno al otro, conteniendo la respiración.

—Casi no te reconozco —le dice Aleksander—. Estás muy... distinta.

—Tú también —responde ella, y lo dice en serio.

Aleksander tiene una pequeña cicatriz bajo la ceja y, bajo la clavícula, se entrevé el brillo de un tatuaje nuevo. Y luego está el pelo (esos malditos rizos recogidos en un moño que tanto le gustaba a Violet, por más que le pese), que se lo han rapado por completo, dejándolo que parece terciopelo. Había cierta fragilidad en el hombre que asistió a la fiesta, pero este nuevo Aleksander parece más experimentado, como si el mundo encajara mejor a su alrededor.

¿Y ella? ¿Qué aspecto tiene? ¿Qué cambios se han producido en el transcurso de un año?

—¿De encargos para Penelope? —le pregunta ella con un tono demasiado despreocupado.

Él niega con la cabeza y varias gotas de agua le caen por el rostro.

—No, no... Esto... Escucha, ¿podemos hablar en algún sitio? Sé que te debo una explicación.

Aleksander se retuerce las manos, nervioso, y luego se las mete en el bolsillo. A Violet le encantaría decirle que sí, pero el espectro de Penelope pende sobre ellos como una sombra.

—¿Qué haces aquí? —le pregunta ella.

—Estoy haciendo de cartero —responde él, y se estremece cuando un trueno retumba en el cielo—. Tengo unas cuantas cartas de familias que viven entre los dos... bueno, eso.

—¿Y Penelope? —le pregunta.

Le da igual no ser discreta. Si Aleksander ha averiguado la verdad sobre su misión (si siempre lo ha sabido), entonces ya es demasiado tarde. Violet mira por detrás de él en busca de una cabellera rubia, unos ojos azules, una sonrisa con la que cortarla en pedazos. Si Aleksander se percata de lo preocupada que está, no lo muestra en absoluto.

—Estoy solo —le dice.

Violet aprieta los dientes para soportar el frío. Podría decirle que está muy ocupada. Podría decirle que está en mitad de un recado muy urgente, que la esperan en una reunión a la que no puede faltar o que tiene que tomar un tren. Aleksander lo entendería.

Y luego volvería a desaparecer de su vida.

Y Violet ya ha dejado escapar demasiadas cosas.

—La verdad es que me alegro mucho de verte —le dice ella al fin.

Aleksander se pasa una mano por el pelo mojado de agua de lluvia.

—¿Te apetece tomar una copa? Sé de un sitio por aquí cerca.

Una copa no puede hacerle daño. Sabe tener cuidado.

—Vale —contesta, y sonríe—. Me encantaría.

Aleksander la lleva hasta un restaurante chiquitito, acogedor e íntimo, alejado de los lugares concurridos por los turistas. Pide una botella de vino en un alemán impecable y se sientan a una mesa cerca de la ventana. La lluvia se acumula sobre los cristales. Violet lo examina con disimulo mientras le da sorbos al vino. Se lo ve cómodo, como en casa, sin rastro de vacilación ni inseguridad. A Violet le parece que la confianza en sí mismo le sienta bien.

Bajo las primeras luces del atardecer, Violet busca más cambios en él. Las manos ásperas, que antes eran delicadas y suaves. La barba de tres días que le cubre el cuello. Sabe que no debería mirarlo tan fijamente, pero no puede dejar de observarlo mientras espera a que la disonancia que existe entre sus recuerdos y el hombre que tiene ante ella se unan y cobren coherencia.

—No puedo creerme que te hayas cortado el pelo —le dice ella con pesar.

Una expresión extraña le cruza el rostro, pero desaparece antes de que a Violet le dé tiempo a descifrarla. Él la mira con fijeza.

—Bueno, ¿y qué haces tú aquí?

—Viajo de mochilera —responde ella, lo cual no es del todo mentira—. Veo mundo. Nunca había estado en Viena.

—Es una ciudad preciosa. —Aleksander se recuesta en la silla—. ¿Has estado en el Museo de Historia del Arte?

—Hoy no —responde—. A lo mejor voy mañana.

Se sumen en un silencio incómodo. En la cafetería, apenas tenían tiempo para respirar, y mucho menos para ver como transcurrían los segundos. Pero eso era antes de que Violet comprendiera lo que significaba que trabajara para los académicos y Penelope.

Aleksander la observa como si pudiera leerle la mente con total facilidad. Su sonrisa se desvanece, y Violet se da cuenta de que el chico parece mucho más brusco sin esos rizos suaves y elegantes. Él cierra los ojos durante un instante (las pestañas largas y oscuras contrastan contra su piel pálida) y entonces aparta la mirada.

—Quiero que sepas —le dice, aunque esté mirando hacia la ventana— que ya no soy el ayudante de Penelope.

Violet parpadea.

—¿En serio?

—Son cosas que pasan —responde él, mirándose las manos.

Pero lo único que Aleksander quería de verdad era ser el ayudante de Penelope. ¿Es posible que haya cambiado tanto en solo un año?

Ella le mira los antebrazos, que lleva cubiertos por un jersey andrajoso. Ahí es donde debería estar el tatuaje de académico.

—Pero… creía que… ¿Ahora eres académico?

Se le tensa el rostro entero.

—No.

—Pero ¿por qué…?

—¿Tú qué crees, Violet? Porque me descubrieron robando la llave —le suelta de golpe.

Violet se encoge sobre sí misma. El horror y la culpa se apoderan de ella. Sabía que existía la posibilidad de que su plan hubiera fracasado, que algo pudiera obstaculizar todos los esfuerzos de Aleksander. Pero Penelope le dio a entender que ni siquiera se había molestado en intentarlo. Y, aunque no tenía motivos para creerse nada de lo que le dijo, Violet la creyó.

En su momento, supo que habría consecuencias, y aun así le insistió. Por su madre. Y por ella.

—Jamás debería habértelo pedido —se disculpa ella de repente—. Era demasiado.

La expresión de Aleksander al fin se relaja.

—Llegados a ese punto, te habría llevado a dondequiera que me hubieras pedido.

Violet no sabe qué responder, de modo que le da otro trago al vino. Sin embargo, siente el rubor trepándole por la nuca.

—El caso es que —prosigue, un poco más tranquilo—, cuando volví a la cafetería, me dijeron que habías dejado el trabajo. Así que no tuve ocasión de volver a hablar contigo.

Violet intenta imaginarse lo que le habrán dicho sus excompañeros sobre el modo en que se marchó. Por la mañana, temprano, metió el delantal y las llaves por el buzón de la puerta junto a la carta de renuncia. Aquel día el teléfono no dejó de sonarle, pero, en ese instante, el tiempo le parecía arena que se le escapaba entre los puños; el aviso previo de dos semanas le parecía una pérdida de tiempo.

—Espero que al menos te llevaras el café gratis —le dice ella.

Para su sorpresa, él responde con una sonrisita.

—¿Sabes qué? Se me olvidó. —Entonces se saca la tarjeta de sellos y se la enseña—. Aún la tengo.

Vuelven a sumirse en otro silencio, durante el que escuchan la lluvia que cae en el exterior.

—¿Podemos empezar de cero? —le pregunta Aleksander de repente—. Te juro que no he venido a portarme mal. ¿Llegaste a encontrar a tu madre? La estabas buscando, ¿no?

Violet duda. Sabe lo preciada que es la información, la de gente que se pondría en su contra si llegara a averiguar todo lo que sabe o el motivo por el que está investigando. Pero Aleksander le ha pedido empezar de cero y se merece que le dé una oportunidad.

—Aún no —responde al fin—. Por eso estoy aquí. He intentado reunirme con uno de los conservadores del museo.

—¿Con Johannes?

Violet frunce el ceño.

—¿De qué lo...?

—Soy cartero, ¿recuerdas? —le dice, y le enseña la cadena que le cuelga del cuello. Tras la tela de la camisa se atisba la silueta de una llave—. Conozco a casi todos los académicos de la zona. ¿Cómo estaba? He oído por ahí que se ha convertido prácticamente en un ermitaño.

«Los académicos no se retiran ni tampoco renuncian». Aunque Johannes le haya dado la espalda a los académicos, estos aún lo recuerdan.

Violet le resume la conversación y obvia cualquier referencia a la maldición. Intenta no proporcionarle demasiados detalles: solo menciona el mapa y los intentos fallidos por recuperarlo. Puede que Aleksander ya no siga bajo la influencia de Penelope, pero Violet ya ha aprendido que las noticias vuelan.

—¿Y llevas un año así? —pregunta Aleksander, que se recuesta en la silla con gesto meditativo.

—Más o menos —responde ella, jugueteando con la servilleta—. Pero a lo mejor...

—¿A lo mejor qué? —pregunta él, ladeando la cabeza.

—A veces pienso que debería rendirme —reconoce—. Es evidente que Marianne no quiere que la encuentren. —Baja la mirada hacia la servilleta, desmenuzada—. Pero no tengo alternativa.

Aleksander se inclina hacia delante, como si fuera a tomarla de la mano. Sin embargo, en el último instante, se detiene.

—Perdona… Da igual. —Retrocede—. Qué duro. La maldición de los Everly ataca de nuevo.

Violet alza la vista hacia él; se había olvidado de que le había hablado de los retratos de sus ancestros, de todos los Everly que se adentraron en las sombras y no regresaron jamás. El modo en que ha hablado la hace pensar que Aleksander no tiene ni idea de quién es Penelope en realidad ni tampoco de lo que es capaz.

—Bueno, si sigue por ahí fuera, la encontraré. —Violet sacude la cabeza e intenta despejar la mente—. Oye, dime: ¿qué has hecho por Viena?

Pasan horas hablando. Aleksander la acribilla a preguntas; son tantas que a Violet le cuesta preguntarle cosas a su vez. Al final, el restaurante comienza a echar el cierre. Aleksander paga la cuenta («Insisto») y, cuando Violet se pone en pie, la sala entera da tumbos. Se agarra al respaldo de la silla para no perder el equilibrio. Nota las manos demasiado calientes y el rostro sonrojado. Va al baño, se moja las manos y las presiona contra el cuello y las manchas rosáceas de las mejillas.

Luego Aleksander entrelaza su brazo con el de ella y la saca del restaurante. Ella le sonríe, agradecida, cuando se topan con las brisa fresca de la noche.

—¿En qué dirección vas? —le pregunta él—. Te acompaño.

Violet le da la dirección del hostal y echan a andar juntos, del brazo, a través de las calles de Viena. Bajo el resplandor rosáceo, Violet piensa que este instante tiene un cierto toque de encanto, que es como si se hubiera adentrado en una fotografía en color sepia.

Se detienen junto al Nachsmarkt, donde varias luces doradas iluminan a la gente que hace cola frente a los puestos. Las conversaciones tenues y el golpeteo de los pasos compiten contra el sonido del tráfico. Para cualquiera que pase por allí, Violet y Aleksander no son más que un par de viejos amigos que pasean bajo el anochecer. Y puede que en otra vida (en otro mundo) podrían ser justo eso.

Aunque él la agarra fuerte con el brazo, Violet se percata de que tiene la mirada perdida hacia el horizonte resplandeciente. Le da un empujoncito en el hombro y él la recompensa curvando los labios hacia arriba.

Cuando llegan al hostal, a Violet comienza a palpitarle la cabeza. Aleksander se suelta con delicadeza y ella siente con intensidad la ausencia de su calor.

—Deberíamos volver a quedar —sugiere él—. Si puedes, claro.

Violet se muerde el labio, dudosa. Tenía intención de pasarse toda la tarde buscando un modo de convencer a Johannes Braun, pero, de algún modo, el tiempo se le ha escapado. Los próximos días serán cruciales si quiere persuadir a Johannes para que suelte todos sus secretos.

Por otro lado, ha pasado demasiado tiempo desde la última vez que se permitió no pensar en algo que no fuera su madre, desde la última vez en que pudo pasear junto a alguien.

Además... es Aleksander quien se lo ha pedido.

—Solo voy a quedarme unos días en la ciudad —añade él—. Al menos déjame que te dé mi número. Por si cambias de idea. Podemos tomarnos un café si quieres.

Violet finge pensárselo durante un segundo más, pero, en realidad, ha accedido en cuanto se lo ha pedido.

—Supongo que es lo justo —responde ella, tendiéndole el teléfono—. Sería una pena que no aprovecharas la tarjeta de los sellos.

Él se ríe. Dios, cómo echaba de menos esa risa.

—Voy a hacerte cumplir esa promesa, Violet Everly —responde él.

Ella lo observa mientras él se adentra en la ciudad y se lo traga la noche.

CAPÍTULO

VEINTIDÓS

En Moscú, un hombre llora en silencio en su piso.

Yury está delgado, y cada vez lo está más. Le arde la garganta por haber bebido agua hirviendo y ya apenas puede comer nada. Varias ampollas le rezuman en las manos, y la necrosis le trepa por el brazo como si fueran escamas negras. Los calefactores están a máxima potencia. El aire tiembla del calor que hace.

Pero él sigue teniendo frío.

Sin que dejen de temblarle las manos, abre la nevera y se queda mirando el contenido: un paquete de ternera que caducó hace tres semanas, una botella de leche casi vacía y cubierta por una capa de moho… y un único vial de un líquido dorado. El líquido del interior parece girar por sí mismo y emite una luz que se mueve sobre las paredes blancas del frigorífico.

Durante un buen rato, Yury se queda mirando ese preciado vial, temblando, con la boca entreabierta a causa del ansia. Después se lo pega contra la piel del antebrazo, justo donde quedan los restos de su tatuaje con forma de llave, y grita. Un dolor agónico lo invade, tan intenso que es capaz de traspasar el frío. Es un dolor que le despeja la mente. Cierra la nevera con un portazo y respira hondo.

Las cosas no siempre fueron así; antes no había dolor ni fuerza de voluntad ni frío.

Antes Yury era un académico con talento que se especializaba en la historia de la ciudad perdida de los académicos y en los orígenes de las llaves de ensoñadorita. Incluso por aquel entonces, las llaves eran un método de viaje muy limitado. Él soñaba con algo más grandioso.

Pero eso fue antes de los experimentos, antes de pasarse semanas sentado en una habitación gélida (¿o puede que hiciera calor y que, en realidad, ya estuviera sintiendo los efectos?) tragando ensoñadorita en estado puro. Antes de que se la inyectara, con forma de líquido ardiente y blanco, en las venas y gritara hasta perder el conocimiento.

«Así fue como Illios creo a sus Manos, a los primeros académicos que pusieron un pie en otros mundos —le decían una y otra vez—. Gloria, ensoñadorita y, sí, sangre».

«Quieres contemplar Elandriel, ¿no, Yury? Quieres moverte entre los mundos sin tener que depender de llaves y también volver a encender los corazones de quienes dudan de nuestra genialidad. Quieres ser el primero entre los tuyos, el primero tras un milenio en el que no ha habido nada».

«Pues entonces debes entregarte al dolor».

Qué voz tan seductora la que le dijo todo aquello, incluso cuando él no dejaba de gritar.

El frío comenzó del mismo modo en que lo hace una neumonía: con un poco de tos y una ligera sensación de mareo. Empezó en los dedos, de modo que se llevaba a todos lados un par de guantes. Luego empezó a ponerse varias capas de ropa, aun cuando fuera hacía sol y calor. Sentía un escalofrío del que no podía desprenderse y cada vez se pegaba más al fuego, de modo que el resplandor ardiente le acariciaba el rostro, pero, aun así, no sentía nada.

Hubo más inyecciones, más dolor, incluso cuando los demás morían a su alrededor porque no eran recipientes adecuados para albergar la divinidad. Esperó a que el milagro de la ensoñadorita le reventara la piel y lo convirtiera en un ser más poderoso.

Todo siguiendo las órdenes de Penelope.

Y, cuando el experimento fracasó, lo exilió.

«Te necesito ahí fuera. Si no puedes ser una de las Manos de Illios, tienes que encontrarme la llave a Elandriel —le dijo Penelope—. Cueste lo que cueste».

Por aquel entonces, los dedos habían comenzado a tornársele negros. No tenían el tono lustroso y aterciopelado de la ensoñadorita; era un negro necrótico, un negro venenoso que reveló la carne, luego la grasa amarilla y, por último, los huesos grises. Los académicos comenzaron a susurrar entre ellos. Seis meses después se le cayó el primer dedo, lo cual le dejó un picor fantasma justo en la punta del dedo anular izquierdo.

Ahora el dolor ha cristalizado y se ha convertido en un glaciar que erosiona las montañas de su mente. Hay días en que, al despertar, no recuerda ni cómo se llama.

Se supone que los viales son un parche, un modo de ralentizar la pérdida de su cuerpo, pedazo a pedazo. Lo único que puede salvarlo es la sangre de los dioses. La sangre de un astral. Durante una hora, puede que sienta de nuevo el leve titileo del calor.

Solo le queda un vial. Un único descanso antes de que el dolor continúe serrándole la mente.

Es posible que los astrales ya no caminen con libertad por este mundo, pero existe otro en el que aún conservan su divinidad, en el que por sus venas corre un milagro líquido que puede curarlo. Elandriel.

«Cueste lo que cueste», le dijo Penelope.

Vuelve a abrir la nevera, se adueña del vial y se lo bebe.

Johannes Braun es un hombre que se lamenta de muchas cosas. Se lamenta por cómo ha vivido, por todas las veces en que fue cómplice de la destrucción de otra persona. Se lamenta por todas las oportunidades que ha desaprovechado, por cada «no» que debería haber sido un «sí». Debería haber regresado a Fidelis para dedicarse a la enseñanza, aunque se creyera por encima de la tarea, y formar a un grupo de jóvenes académicos que manipular. No debería haberse peleado tantas veces con los Hadley o al menos debería haber intentado congraciarse con alguna familia importante. El problema es que jamás vio al resto de los académicos como algo que no fueran rivales. Debería haberse vigilado las espaldas con un poco más de cuidado. Tiene la sensación de que, en cada bifurcación con la que se ha topado a lo largo de la vida, siempre ha optado por el camino equivocado.

Marianne Everly es uno de esas bifurcaciones. En su despacho, mientras gruesas gotas de lluvia chocan contra las ventanas, recuerda la última vez que la vio. Ambos cargaban aún con la arrogancia de la juventud, y él era solo unos pocos años mayor que ella. Y quizás esa arrogancia juvenil fuera el motivo por el que Johannes se rio en la cara de Marianne cuando ella le propuso que se aliaran. Ambos eran ambiciosos, le dijo ella. Ambos sabían que el sistema vigente de los académicos se vendría abajo en cualquier momento. Ambos creían que se podían cruzar algunos portales sin necesidad de llaves de ensoñadorita y ambos sabían lo grandioso que sería que Fidelis volviera a estar completa, que tuvieran acceso a todos los recursos de los que carecían. ¿Por qué no?

Johannes estaba sentado ante un escritorio, muy parecido al del presente, con la piel irritada después de que acabaran de tatuarle su llave, y se negó. Ya había probado el primer trago del conocimiento venenoso y ansiaba más. Exacto, ¿por qué no? Ojalá hubiera sido un poco más mayor o un poco más sabio… Sin embargo, por culpa de esa confianza desmedida y equívoca, se preguntó: «¿Por qué tomarme tantas molestias cuando ya he emprendido el camino hacia mi propio éxito?».

Al otro lado, Marianne se plantó frente a su escritorio, con los brazos cruzados por encima del pecho.

«Eres un hombrecillo débil y un llorica, Johannes —le dijo Marianne, que escogió con esmero cada palabra con la que hacerle daño—. Esperaba algo más de ti. Así que avísame cuando tengas agallas».

Una semana más tarde, Johannes abrió su cajón y descubrió que toda su investigación (una vida entera dedicada a Illios y sus Manos) había desaparecido. No debería haberlo tomado por sorpresa: sabía que Marianne estaba buscando el modo de cruzar los mundos sin tener que emplear las llaves de ensoñadorita. Si es que eso era posible siquiera. El caso es que lo apuñaló en el pecho antes de que le diera tiempo a ver el filo de la hoja.

¿Y lo de hoy? Lo de hoy ha sido como ver todas sus decisiones agrupadas en un solo espectro: Marianne Everly, que ha regresado con él a través de su hija. Se le ha ofrecido la oportunidad de enmendar un error histórico. Sin embargo, ha hecho lo mismo que lleva haciendo durante los últimos veinte años: esconderse en su despacho y fingir que no sabe nada.

Marianne tenía razón: es débil. Aunque el tatuaje de la llave ha ido desapareciendo, aún resalta gracias a la tinta de ensoñadorita y resplandece bajo la luz. Aun en su exilio autoimpuesto, sigue vinculado a los académicos. Hay deudas que debe pagar.

Pasa un buen rato sentado con la cabeza entre las manos. Después se limpia la cara y marca el número de Violet.

En otro país, Aleksander responde al teléfono.

La voz que habla desde el otro lado de la línea suena tranquila, segura de sí misma.

—¿Qué es lo que has averiguado?

Y Aleksander se lo cuenta todo.

CAPÍTULO

VEINTITRÉS

En mitad de la noche, a Violet le suena el teléfono. La mitad de los ocupantes de la habitación protesta, y los demás roncan como animales. Sale a trompicones de la cama y avanza a tientas hasta el pasillo, aún envuelta en la niebla del sueño. No conoce el número; no puede ser uno de sus tíos, piensa, con un dolor inesperado.

—¿Diga? —responde, medio dormida.

La voz de Johannes Braun le habla con tono urgente desde el otro lado de la línea.

—Te daré el mapa, Violet, pero hay algo que debes saber... Tengo que explicarte...

Se despierta de golpe.

—No es fácil —prosigue Johannes—. No sabes toda la... Mira, será mejor que te lo cuente en persona.

—¿Ahora?

Afuera está oscuro y no hay ni un alma. Es una hora inhumana.

—Si puedes, sí.

—Espere, ¿a dónde voy?

—Te mando la dirección —responde él—. Pero ven, por favor.

Violet cierra los ojos y lucha contra el cansancio. Sabe que tiene la cara paliducha y con expresión de agotamiento por haber pasado tantas noches sin dormir. Pero al fin lo ha conseguido.

—Ahora voy —responde.

En la casa polvorienta de Johannes Braun, la puerta se abre con un suspiro, un suspiro tan leve que bien podría ser una brisa errante. Un tablón del suelo de madera cruje, y un trozo de papel se agita.

Johannes se sube las gafas por el puente de la nariz, empapado de sudor a causa del agotamiento, y observa su dormitorio. Acaba de terminar la última maleta. Están todas repletas de documentos, ropa y recuerdos de los que no puede desprenderse. En el forro de su maletín ha ocultado cinco pasaportes con sendas identidades distintas. Su fotografía plastificada aparece en todos ellos. Ha dejado el coche en marcha en el garaje, listo para partir.

Primero conducirá por la costa de Italia, piensa. Hace muchísimo tiempo que no ve el mar. Agua azul, cientos de pueblecitos en los que poder desaparecer… Engordará a base de pasta y vino. Quizás intente pasar desapercibido durante varios meses, y luego se irá a otro país, y luego a otro, hasta que perseguirlo suponga demasiado esfuerzo. Hay muchos académicos extraviados; seguro que uno más pasa desapercibido.

Algo vuelca en la cocina.

Poco a poco, Johannes estira la mano hacia el cajón de la mesita de noche y saca la pistola que esconde bajo el fondo falso. Las manos le tiemblan cuando intenta retirar el seguro.

—Ya deberías haberte marchado, Johannes.

Un hombre bloquea la puerta. No es alguien a quien reconozca. *Pero es que te sería imposible reconocer a nadie, ¿no, Johannes?*, le susurra una voz espantosa en la mente. Ha pasado mucho tiempo desde la última vez que visitó la torre de los académicos o que acudió a alguna de sus veladas. Su propia llave se oxida en el interior de una caja que ha metido en lo más hondo de una de las maletas.

¿Cuándo fue la última vez que escuchaste la canción de las estrellas, Johannes?

—No... No he hecho nada —responde, apuntando al intruso con el arma—. ¿Quién coño eres?

El hombre no responde, sino que se mete la mano en el bolsillo.

Johannes apunta y dispara.

No ocurre nada. Vuelve a disparar, pero el tambor está vacío. No es posible. Está seguro de que guardó el arma cargada.

—Penelope me dijo que estarías aquí —dice el hombre, aunque más para sí mismo—. Que has hablado con un miembro de la familia Everly. Ya sabes cuáles son las normas. Y las consecuencias.

El intruso se saca algo del bolsillo: un paquete de rocas resplandecientes y un mechero, que sostiene con los dedos enguantados. Temblando, se mete el paquetito en la boca y mastica. Durante un segundo, Johannes se siente aliviado de que, a fin de cuentas, no haya sacado un arma. Pero entonces se fija en el hombre y, al reconocerlo, se queda de piedra.

—Te conozco —le dice, con los ojos abiertos de par en par—. Yury Morozov.

Yury enciende el mechero. Lo apaga. Lo enciende. Es él, aunque el transcurso de los años no le ha sentado nada bien. La ropa le cuelga como si hubiera pasado hambre, y una costra que parece muy dolorosa le trepa por debajo de la mandíbula. Los ojos le brillan negros bajo la luz del mechero.

Así es como se te queda el cuerpo tras ingerir ensoñadorita.

Yury murmura algo para sí mismo que bien podría ser una oración o una maldición. Después saca una pistola, lisa y brillante.

—No deberías haber hablado con ella —le dice.

A Johannes se le cae el alma a los pies.

—Espera, espera, ¡te daré lo que buscas! Quieres a la chica Everly, ¿no? Te la puedo entregar... Y el mapa, lo que quieras... Lo que sea que te haya pedido que le lleves...

—¿A dónde ha ido?

—Que Dios se apiade de mí. Yo no quería nada de esto. No tuve nada que ver con Marianne, ¡te lo juro! Solo necesito un poco más de tiempo —le suplica—. Por favor.

—No puedes entregarme lo que no tienes —responde Yury—. Lo siento, Johannes.

Algo cálido y húmedo empapa la pernera de los pantalones de Johannes cuando el pánico se apodera de él. Johannes se abalanza a por un bastón; al mismo tiempo, Yury alza la pistola y dispara.

La bala lo alcanza entre las costillas. Un dolor sordo le cruza el pecho y Johannes cae contra la cama. Se lleva las manos a la herida y, al apartarlas, ve que están manchadas de sangre. Toma aire con dificultad, pero el dolor que siente es como si le hubieran atravesado el pecho con un hierro al rojo vivo. Poco después, pierde la consciencia.

Cuando despierta, no hay ni rastro de Yury. Un humo acre y espeso recorre la habitación, y las llamas crepitan hambrientas junto a la puerta. Intenta levantarse, pero parece que las piernas no están conectadas al resto de su cuerpo. Cada bocanada de aire le arde y el calor de las llamas le besa las mejillas.

«Pobre Johannes Braun», dirá todo el mundo. No era más que un hombre solitario y peculiar. Su casa parecía un polvorín.

En la puerta envuelta en llamas, ve a Marianne Everly, que tiene los brazos cruzados y cara de desprecio. «Eres débil, Johannes». Él intenta hablar con ella, decirle que lo siente, pero tiene la boca seca por culpa de la ceniza. Ojalá pudiera volver al pasado y cambiarlo todo.

El fuego, cariñoso, lo alcanza, y entonces lo devora.

CAPÍTULO

VEINTICUATRO

El silencio previo al amanecer se apodera de la ciudad mientras Violet recorre las calles con el latido del corazón resonándole en los oídos. Reina un silencio sepulcral, y las farolas proyectan haces de luz dorada. Hasta en dos ocasiones siente un pinchazo entre los omoplatos y se da la vuelta, convencida de que alguien la observa. Pero solo es el viento, que agita las hojas de los árboles.

La dirección se encuentra en las afueras de la cuidad. Es una calle de lo más normal. A medida que se acerca, se imagina una casa de dos plantas limpia, con setos recortados e hileras de flores que bordean la verja del jardín, al igual que el resto de las casas de la zona.

Pero, antes de llegar siquiera a la dirección, sabe que algo va mal. El alarido de las sirenas irrumpe en la mañana tranquila, y dos camiones de bomberos pasan a toda velocidad por su lado. El aire huele a humo amargo.

Echa a correr.

Sin aliento, se detiene frente a la casa de Johannes. Nota que se le para el corazón. Un infierno se agita ante ella, justo donde debería estar la casa.

Una decena de bomberos trata de contener las llamas con esfuerzo, y los vecinos van y vienen por la calle, nerviosos, aún en pijama. Violet siente el calor de las llamas incluso desde el otro lado de la calle. El ruido es un rugido crepitante; las ventanas revientan y los muebles se rompen en pedazos en el interior de la vivienda.

Violet observa la escena durante más de una hora y, poco a poco, las llamas retroceden y, finalmente, logran extinguir el fuego. Llega la policía y acordonan la calle. *Ahora sale*, piensa, desesperada. *No le ha pasado nada.*

Entonces lo ve. Una camilla. Una manta.

El cuerpo.

Uno de los agentes la ve y le grita algo en alemán, pero Violet apenas repara él. No puede tratarse de una coincidencia. Quienquiera que sea el artífice de esto… lo ha hecho por culpa de Violet. Fue ella quien acudió a Johannes. Fue ella quien no tomó las precauciones necesarias. Puede que ella no lo haya matado, pero carga con la culpa y la responsabilidad de que haya muerto.

Johannes está muerto por su culpa.

Violet gira sobre sí misma y vomita hasta que no le queda nada en el estómago.

Los siguientes momentos son un borrón. Sin embargo, cuando Violet vuelve en sí, se encuentra a varias calles del incendio. El cansancio le nubla la mente, pero mira su teléfono. Le salta una llamada perdida, de hace unas cuantas horas, y, durante un espantoso segundo cargado de esperanza, cree que es Ambrose quien la ha llamado. «Vuelve a casa», le ha dicho.

Pero, para sorpresa suya, se encuentra con un mensaje de voz de Johannes.

—He cambiado de idea. Es demasiado peligroso. Me voy ya —le dice con una voz que suena diminuta en la grabación—. No… No soy un buen hombre, Violet. No hay buenas personas entre los académicos, te digan lo que te digan. Pero, si Marianne cree que ha encontrado el modo de llegar a Elandriel… la creo. —Se ríe para sí mismo—. Qué idiota fui.

Violet se da cuenta de que son las palabras de un fantasma, de un hombre muerto. Quizá sean sus últimas palabras.

El mensaje de voz es largo y está acompañado de los ruidos que hace mientras prepara las maletas. Pero, al final del todo, Johannes le da una dirección. Y también una advertencia.

—Violet... debes tener mucho cuidado con... este objeto. Si fueras consciente de qué es lo que estás buscando en realidad, abandonarías tu empresa —le dice—. La mayoría de los académicos que fueron en su búsqueda no regresaron. Es... —Johannes hace una pausa; respira con pesadez desde el otro extremo de la línea, como si estuviera escuchando algo—. Tengo que irme.

Y ahí termina el mensaje de voz.

Violet lo escucha dos veces más y anota la dirección. Es un edificio en un pueblo de Francia que queda a varias horas en tren.

Durante otro instante, anhela su antiguo hogar: que Ambrose le zurza los jerséis sentado en su sillón preferido, que Gabriel vuelva a enseñarle cómo arrear un puñetazo. «¡Pon el pulgar por encima del puño, enana!». Anhela estar juntos en el refugio que es el hogar de los Everly.

Lo que daría por estar allí en este instante, dejar a un lado toda su rabia y pensar que este último año no ha sido más que una pesadilla.

Se obliga a apartar ese pensamiento y echa a andar hacia la estación de trenes más cercana.

Aleksander se encuentra fuera de la torre de los académicos, bajo el frío, observando los movimientos que se entrevén por el quicio de la puerta. Como siempre, la torre está repleta de gente yendo de un lado a otro, envuelta en el murmullo de los mensajeros y los recaderos, de los académicos y sus ayudantes. Lo observa durante todo el tiempo que es capaz de soportar, y luego un poco más. Desde fuera, casi puede oler la tinta y el pan caliente que se hornea en las cocinas inferiores.

Qué fácil sería cruzar la puerta; qué imposible.

Antes de que alguien repare en su presencia, se echa la capucha por encima y se sumerge en un anonimato descarado. Rodea la torre y llega hasta el borde de la terraza, donde los acantilados se topan con un vacío mortal. Desde aquí se ven los asentamientos del valle, las luces que parpadean contra la niebla insistente.

Penelope se halla en el borde, observando con interés un dirigible que está aterrizando más abajo. Apenas le dedica una mirada cuando se coloca a su lado. Aleksander espera, sumido en un silencio agónico, a que Penelope reconozca su presencia.

—¿Cómo está? —le pregunta.

Aleksander traga saliva y piensa en todo lo que podría decirle: que ver a Violet ha sido como recibir un puñetazo en el estómago; que está mayor, pero que sigue igual que siempre, un poco salvaje y tan hermosa que roza la insensatez, tan cautivadora como el fuego que te embelesa desde la distancia. Aleksander ni siquiera se había dado cuenta de que ya estaba a punto de quemarse con ella. Entonces, todo lo que sucedió después regresó a su mente junto con una ola de vergüenza.

Violet no es consciente del precio que ha tenido que pagar Aleksander por ella.

—Mírame —le ordena Penelope.

Aleksander levanta el rostro, temeroso de pensar en todo lo que le está revelando tan solo con su expresión. Cuando sus ojos se encuentran, él se tensa y se prepara para sufrir su furia.

Es culpa suya. Todo es culpa de él.

—Te he concedido una última oportunidad para que me muestres tu valía —le recuerda—. Si vuelves a fallarme, no habrá otra, ¿me oyes? —Y entonces su severidad se desvanece y Penelope vuelve a ser la mujer que recuerda de su infancia—. Aleksander, me dolió muchísimo tener que renunciar a ti, pero quebrantaste la norma más sagrada de todas. Ahora mismo, no puedo permitirte regresar sin ponerte a prueba antes. El consejo no me lo permite.

Le toma el rostro con las manos, con delicadeza, y sus caricias son de hielo. A Aleksander le duele la garganta por todas las lágrimas que no ha derramado. Lo que daría por retroceder en el tiempo y cambiar todo lo que hizo.

—Eres capaz de mucho más que esto. —Penelope se da la vuelta—. Pero debes volver a demostrarme que eres digno. Averigua qué es lo que sabe Violet. Todo. Hazlo por mí y conviértete en el académico que sé que eres.

CAPÍTULO

VEINTICINCO

U n niño desaparece de un edificio de apartamentos vallado en Trinidad. Un bebé se desvanece de la cuna en la que dormía, junto a sus padres, en un crucero que recorre el Mediterráneo. Un niño pequeño, serio y que tiene los dedos pegajosos desaparece de la feria estatal de Illinois.

Pero no todos desaparecen envueltos en una nube de aroma a vainilla o tras ver un atisbo de pelo rubio o guiados por unas manos refinadas y firmes. A otros se los llevan atrayéndolos con canciones, engaños y promesas; o con ardides menos sutiles: drogándolos, echándoles un sedante dulce en sus botellas y bebidas.

Cuando se despiertan en una sala desconocida, en una habitación desconocida, conocen a un académico amable que les explica que son algunos de los pocos elegidos que poseen talento, ¡que son especiales! Les colocan ensoñadorita en las manitas y, cuando esta se ilumina, los académicos asienten entre ellos, complacidos. Si estas criaturitas hubieran nacido en alguna familia de académicos de Fidelis, quizá se hubieran convertido en forjadores, agricultores, ingenieros, médicos o hasta en académicos si hubieran sido lo bastante fuertes y talentosos.

En cambio, se llevan a los niños y a las niñas (que se agarran con sus manos regordetas al dedo de alguien) a un cuartito de una de las torres adyacentes. *Va a ser solo un momentito, como si te durmieras*, les dice una voz relajante. Los académicos se miran entre sí, conscientes de lo necesario y terrible que es el acto al que se han comprometido.

El destello de unos colmillos, la sangre roja y caliente que se atisba entre cada uno de los bocados. Una diosa que, una vez más, acerca la boca a su sacrificio.

Y entonces la diosa entrega algo a cambio a los académicos. Una gota de sangre del color de la luz del sol y con sabor a poder, que deposita en los labios de los académicos como si fuera un beso: un momento añadido de vida, una prolongación de la juventud. Es la recompensa para aquellos académicos diligentes que han cargado con un niño... para aquellos que se han alzado entre sus compañeros. Todos los académicos de alto rango, todos los maestros, han pisado este cuartito sabiendo que tienen que pagar el precio.

Quizá haya tiempo más tarde para los arrepentimientos, para lamentarse por el camino que han tomado a este lugar sin retorno. Pero ahora solo existe el presente, el sabor cobrizo del mismísimo tiempo del color de los rubíes, un sorbo que no deja ver un hambre voraz contenida durante muchísimo tiempo. Cada una de las gotas representa un segundo, un minuto... otro instante de una vida que se estira infinita hacia el futuro.

Astriade, la portadora de la destrucción, se relame y sonríe.

CAPÍTULO

VEINTISÉIS

El pueblo francés aparece ante ella justo cuando el sol se pone y proyecta sombras hacia todas partes. Por encima, las montañas coronadas de nieve raspan el cielo con sus cimas afiladas, como gigantes sumidos en una duermevela. Entre ambos, se extiende un bosque de pinos oscuros (kilómetros y kilómetros de un verde exuberante salpicado por varias granjas alpinas) que roza los acantilados. Los árboles se mecen, indiferentes, como si el mismísimo mundo respirara.

—Ya hemos llegado —dice el taxista cuando se detiene en la linde del pueblo.

Violet se reajusta la mochila y sale del vehículo. La ropa aún le huele a humo y los colores se han oscurecido por culpa de la ceniza.

Tras intentar varias veces pedir indicaciones con el poco francés que chapurrea, al fin encuentra a alguien dispuesto a mostrarle el camino. La dirección se encuentra al final de un camino de tierra parcialmente oculto por la maleza, lejos del pueblo. Tras unos árboles inmensos y enmarañados, encuentra una casa en ruinas con marcas evidentes de abandono. La pintura salta de las paredes y una capa de mugre cubre el interior de las ventanas. La puerta principal está abierta e hinchada a causa de la humedad. Unas setas turgentes, naranjas y amarillo pústula, cubren el suelo.

Violet se queda junto a la verja durante lo que le parece una eternidad e intenta convencerse de que debe entrar. Parece una de esas en las que ha ocurrido algo terrible, algo de lo que ya nadie habla, algo tan espantoso que ha dejado una marca tangible en el lugar.

Tras la puerta acechan sombras. Sopla el viento y ella se estremece y se abriga con la rebeca.

Everly. Sabemos quién eres.

Sin pensar, se descubre a sí misma abriendo la verja con la mano y caminando hacia la puerta. Empuja la puerta, como si estuviera soñando, y el polvo se arremolina. El suelo que pisa parece blando y esponjoso; siente el aire viciado y húmedo en los pulmones.

Violet ha recorrido medio pasillo antes de que la extraña compulsión cese. De repente se le dispara el pulso y busca su teléfono a tientas. Una luz blanca ilumina la oscuridad, se refleja en las fotos enmarcadas y cubiertas de polvo y revela un suelo cubierto de maleza.

¿Cómo es posible que se haya adentrado tanto en la casa? Ni siquiera tenía intención de entrar... ¿O puede que sí la tuviera?

Algo cruje a su espalda, y Violet se da la vuelta de golpe. No es más que el viento, que mece la puerta.

El resto de la casa parece igual de abandonada. Cuando apoya el pie en las escaleras, el escalón se dobla de un modo preocupante bajo su peso, por lo que retrocede. Si hay respuestas en la planta superior, no llegará a ellas sin romperse el cuello antes. Asimismo, las habitaciones de la planta baja están medio vacías, y todos los muebles rotos están pegados a la pared. Hace mucho tiempo que nadie vive aquí.

Violet se apoya las manos en las caderas y suspira. Es evidente que el mapa no le ha servido de nada. Y ha tardado una eternidad en llegar hasta aquí...

Everly.

Violet se queda helada. Lo ha oído: una voz que no es la suya susurrándole en la mente. Poco a poco, se saca una navaja del bolsillo y la agarra con fuerza.

—¿Hola? —exclama.

Una brisa cruza el aire y el crujido de los muebles que se descomponen suena como una risa. El vello de la nuca se le pone de punta.

Retrocede hasta la cocina, tropieza con una alfombra mohosa y cae al suelo. Se levanta con una mueca de dolor... y ve la trampilla entre los tablones de madera. Su parte más sensata le grita que se largue pitando de esa casa. Debería marcharse. Es evidente que no va a encontrar nada útil.

Sin embargo, está convencida de que no está sola. Contiene la respiración y, de nuevo, un susurro casi imperceptible recorre la casa entera.

De modo que tira de la anilla y abre la trampilla. Una ráfaga de algo seco y podrido emerge desde abajo, y Violet casi vomita. Una escalera serpenteante desciende hacia la oscuridad. Al iluminarse con la linterna del móvil, ve que abajo del todo no hay tablones de madera, sino tierra.

Algo gruñe en el interior, algo que emite un sonido terrible que recuerda a un ser humano. ¿Es posible que haya alguien atrapado ahí bajo?

—Voy a bajar —anuncia.

La única respuesta que recibe es otro gruñido, más concreto que el anterior. Violet se queda colgada del borde de la trampilla y comprueba si la escalera soporta su peso. Es de hierro y parece que aguanta. Desciende poco a poco, tanteando el camino con los pies hasta que al fin llega al suelo. El olor (el pestazo inconfundible de un cuerpo que no se ha bañado) es aún peor aquí abajo, por lo que respira por la boca, tomando bocanadas menudas.

—Estoy aquí... La puerta estaba abierta... Deja que te ayude.

Barre la estancia con la luz y la figura suelta un grito, un chillido agudo que retumba en el cráneo de Violet. Ella grita a su vez y retrocede contra la pared. El teléfono se le cae al suelo y, durante un instante, toda la estancia queda iluminada y se revela el motivo de su terror repentino.

La criatura está encadenada en la pared de enfrente; está desnuda e intenta apartarse de la luz. Sus alas, negras e inmensas, caen junto a ella, destrozadas, cubiertas de cicatrices; recuerda a una imitación grotesca de una marioneta a la que le han cortado los hilos. De sus heridas rezuma icor negro. El pelo oscuro se le apelmaza a un rostro que puede que antaño fuera hermoso, por no decir divino... Sin embargo, lo tiene tan macilento que no hay forma de saberlo. Los ojos, plateados y húmedos, resplandecen por la luz. Tiene la boca abierta, congelada en una expresión de sorpresa y dolor que revela unos dientes afilados que brillan como puntas de lanza. Sin embargo, el resto del cuerpo parece humano. Parece un hombre, solo que un hombre al que le han roto todos los huesos para luego recolocárselos, un hombre al que los músculos y los tendones se le han marchitado hasta revelar su esqueleto.

La criatura vuelve a gritar en un idioma que Violet jamás ha escuchado. Es como si unas esquirlas de cristal no dejaran de romperse una y otra vez; sin embargo, en su mente se forman palabras que logran adentrarse hasta llegar a sus pensamientos:

¡Nos duele! ¡No lo soportamos!

Aún temblando, Violet recoge el teléfono y cubre la luz con la mano, de modo que ya no proyecta su haz por la estancia. La criatura deja escapar un suspiro; el aliento le huele a cobre, a sangre.

Ahhh..., susurra.

Violet sabe que el mundo es mucho más salvaje y extraordinario de lo que es capaz de imaginar siquiera, pero los académicos son humanos y esto (esta criatura) es imposible que lo sea. Las advertencias que le hizo Johannes resuenan en su mente.

Todo esto la supera. Tiene que marcharse.

Se dirige hacia la escalera, confiando en que la criatura no se fije en sus movimientos, rezando para que las cadenas que la sostienen sean más fuertes de lo que aparentan. Pero entonces la criatura vuelve a hablar y una melodía tintineante se cuela en su mente como si fuera música:

Te estábamos esperando, oh, hija de las estrellas. Contemplamos este día cuando no éramos más que una danza química de luz, cuando el mundo era infinito, estaba oscuro y tan maduro como para tomarlo.

—¿Qué eres? —logra preguntar.

¿Que qué somos?, responde con tono divertido pero crítico consigo mismo. *Hubo un tiempo en que éramos inconcebibles, inmortales, invulnerables.*

Hubo en tiempo en que llamábamos a las estrellas «nuestra familia» y, al cielo, «nuestro hogar». Somos un astral.

Un astral. Un dios de Fidelis. No es posible. Sin embargo, lo tiene delante y es evidente que es una criatura que no pertenece a este mundo. Recuerda las cartas que le mostró el asteria: los astrales de los amantes y los traidores, de los que se han perdido. De la destrucción. Pero el que tiene delante no se parece a ninguno de los que vio en las cartas.

El mapa la ha guiado hasta aquí. No hasta un objeto, sino hasta un dios.

Entonces se percata de lo que le ha dicho el astral al principio.

—Sabíais que iba a venir.

De tal palo, tal astilla. La historia se repite.

—¿Mi madre ha estado aquí?

Desde luego. Fue muy astuta con su ofrenda. La criatura fija la mirada en ella, perspicaz. *Pero no sentimos que portes ninguna ofrenda contigo.*

Johannes no mencionó nada de ninguna ofrenda y lo que lleva en la mochila no tiene ningún valor para cualquiera que no sea ella.

—No tengo nada que ofrecerte —responde, impotente.

Puedes ofrecerte a ti misma. No daríamos más que un bocado, canturrea. *Un dedo, un pulgar…* Las cadenas gimen bajo el peso de la criatura cuando esta se inclina hacia delante. *Una mano sería una ofrenda maravillosa.*

Violet retrocede y niega con la cabeza.

Pero, al mismo tiempo, su mente le susurra: *Solo un dedo.* No tiene por qué ser uno grande: basta con un meñique o quizá con uno de los dedos más pequeños del pie. Como si estuviera soñando, se agacha para desabrocharse los zapatos y mueve los dedos metódicamente para deshacer el nudo de los cordones. A fin de cuentas, ¿qué no daría a cambio del conocimiento de un millar de vidas?

Algo destella en el fondo de su mente, pero no puede ser demasiado importante. Se quita los calcetines y apoya los pies descalzos en la tierra. Sujeta la navaja en el puño como si debiera estar ahí. Violet es levemente consciente de que la criatura está salivando, de que le caen hilos de baba de la boca.

No es más que un dedo del pie. A cambio de un pie, obtendrá todos los secretos del mundo.

Alza la navaja.

Tenemos muchísima hambre. Han pasado innumerables estaciones desde la última vez que probamos la carne. Se nos ralentiza el corazón, oh, hija de las estrellas. Nuestras facultades menguan, nuestro cuerpo nos traiciona. ¡A nosotros, que se supone debemos vivir para siempre! Oh, entréganos un dedo, un nudillo, para que podamos saborear el mundo entero, el azul del cielo, el verde de la hierba, la luz melosa del sol. Nos ruge el estómago TENEMOS QUE COMER DEBEMOS DEVORAR...

La criatura forcejea con las cadenas, y el tintineo rompe la compulsión.

De repente, Violet se da cuenta de que está descalza, que siente el frío del suelo, que sostiene la navaja en la mano como si fuera una sierra. El deseo de cortarse los dedos del pie uno a uno se desvanece al instante. Retrocede sin levantarse del suelo, horrorizada.

Ha estado a punto de hacerlo. Se habría cortado el pie para saciar a este monstruo. Y lo habría hecho con una sonrisa en los labios.

Violet se aferra a la escalera para salir. No tiene nada que hacer aquí, nada que hablar con una criatura que se empeña en devorarla. Siente horror ante lo que podría haber ocurrido. Tiene la boca seca por el miedo y la adrenalina le recorre las venas.

No encontrarás lo que buscas sin nosotros, le advierte la criatura, astuta.

Sorprendentemente, la voz es de lo más persuasiva, pero Violet la ignora y se centra en mover una mano y luego la otra.

No te vayas aún, oh, hija de las estrellas, le pide la criatura, desesperada. *No volveremos a inmiscuirnos en tu mente.*

Una mano y luego la otra, se dice a sí misma con firmeza.

Violet Everly, repite el astral, con la voz cargada de súplica. *Hija de las estrellas, lo sepa ella o no, viajera en ciernes de un millar de mundos, hija de Marianne Everly. Buscadora de la ciudad brillante, ruinosa y fallida.*

Violet se para. Le da vueltas a algo, duda, pero está segura de que los pensamientos son suyos.

—Estoy buscando una llave —dice entonces.

¿Y a dónde conducen las llaves? Marianne Everly acudió a nosotros cuando aún éramos un guerrero encadenado. Nos visitaba a menudo y disfrutaba de nuestra compañía. La última vez que vino a vernos, nos ofreció un regalo. No fue carne, ese cálido océano rojo de vida, de luz vital, que sabe a todo cuanto hemos perdido, a todo cuanto aún anhelamos... El astral deja escapar un suspiro. *Carne, recuerdos, luz. Antiguamente negociábamos con toda clase de monedas, oh, hija de las estrellas.*

Y, a cambio, le entregamos lo que nos pidió.

—¿Qué le disteis?

No es propio de nosotros entregar algo sin recibir nada a cambio. Exigimos un intercambio.

—No pienso entregarte mis dedos... Ni mis pies —responde.

La criatura parece reflexionar.

Aceptaremos un recuerdo, Violet Everly. Una canción a cambio de otra canción. Aún recordamos los intercambios que hacíamos antaño, entre los familiares de las estrellas.

Un millar de pensamientos contradictorios cruzan la mente de Violet a la vez. A lo mejor halla otro modo de encontrar a su madre. Además, sería una locura permitirle el acceso a su mente a un ser tan poderoso.

Sin embargo, si el astral no miente, su madre bajó hasta aquí en una ocasión, a oscuras, y se marchó con vida y con información.

—Júrame que no me infligirás ningún daño —le exige ella—. Júrame que no te llevarás nada más.

Te lo juramos por el casco de batalla de nuestra madre, por la lanza solar de nuestro padre. Te lo juramos por nuestro nombre, que aún conservamos con recelo aun cuando todo lo demás se ha convertido en polvo.

Tendrá que bastar.

Necesita reunir hasta el último ápice de valor para descender por la escalera y volver a la oscuridad. Violet observa al astral, que la mira, con la boca entreabierta, mientras ella vuelve a ponerse el zapato. Se queda tan lejos como puede, sin saber muy bien qué hacer a continuación.

Tienes que acercarte.

Da dos pasos al frente y luego uno más. El aliento apestoso de la criatura la alcanza.

Más.

Violet está tan cerca que, incluso a oscuras, ve las cicatrices que cubren el torso de la criatura; las heridas abiertas siguen goteando sobre el cuerpo destrozado. No resulta complicado ver que antaño era un hombre. De repente la invade un sentimiento de compasión.

Toca nuestra carne, oh, hija de las estrellas, y verás lo que quieras.

Violet ignora la aprensión que siente en las entrañas y apoya la palma de la mano contra su pecho. Algo late y reverbera por todo el lugar, y entonces Violet sale disparada hacia atrás. La cabeza impacta contra la pared. *Me has mentido*, intenta decir, pero las palabras se le deshacen en la boca y su mandíbula se niega a moverse.

Entonces ve a una mujer ante ella. Al principio cree que está disociando, que se está viendo a sí misma reviviendo el último instante de su vida. Pero entonces Violet se fija en que la mujer tiene el pelo largo, que su postura corporal es un poco distinta a la suya y que la ropa que lleva no le suena de nada.

Es su madre.

CAPÍTULO

VEINTISIETE

arianne Everly se encuentra frente a la criatura, sin una pizca de miedo, como si ya no le quedara tiempo como para preocuparse por perder las extremidades. Violet la mira embelesada. Han transcurrido casi doce años desde la última vez que vio a su madre. Se ha pasado muchísimo tiempo intentando imaginársela, y aquí la tiene, justo delante de ella. Violet estira la mano, desesperada por tocarla después de tanto tiempo…

En cuanto ve un atisbo del rostro de su madre, baja la mano. Ahora mismo, su madre debe de ser mayor, deben de notársele en la cara los cambios que se suceden durante el transcurso de una década. Sin embargo, la versión que tiene delante es aún más joven que Violet; tiene el rostro liso y un brillo de determinación en los ojos castaños. Las pulseras le resplandecen en las muñecas. Se sorprende al ver el vientre de su madre, terso y muy hinchado a causa del embarazo.

Está contemplando un recuerdo. Nada más que un recuerdo.

—Solicito audiencia, Tamriel —dice su madre, y a Violet se le encoge el corazón al oír una voz que hace años que no oye—. ¿Puedes prestarme atención?

Por encima del hombro de Marianne, Violet ve a la criatura, pero no tiene el mismo aspecto que en el presente. No es una criatura, sino un hombre desnudo, con una piel dorada y hermosa. Tiene los ojos plateados, como si fueran luz estelar, y el pecho cubierto de tatuajes negros escritos con letras desconocidas. Las alas destrozadas aún conservan sus plumas, blancas, manchadas de dorado por su propia sangre. Las piernas cuelgan en el mismo ángulo extraño, con los huesos rotos en pedazos.

—Marianne Everly —responde el hombre, con una voz tan ligera que la toma por sorpresa—. Oímos tu nombre en el viento. ¿Nos liberarás de nuestras ataduras?

—No puedo, y no pienso a hacerlo. Yo también he oído hablar de ti, Tamriel. Sé lo que hiciste para acabar aquí. —Endereza los hombros—. Exijo un intercambio por derecho de nacimiento. Una verdad a cambio de otra.

Tamriel entrecierra los ojos.

—Podríamos negarnos. —Pero entonces suspira y la expresión de su rostro es tan humana que Violet se avergüenza de haberle tenido miedo—. Pero, como eres de la familia, no lo haremos. Aguardamos tu pregunta, hija de las estrellas.

Marianne duda y, durante un instante, su expresión refleja su edad y su inseguridad.

—¿Cómo puedo romper la maldición de los Everly?

En el momento en que formula la pregunta, la visión comienza a desvanecerse. Las palabras de Marianne se convierten en un sinsentido que flota en el aire.

—¡Espera! —exclama Violet.

El recuerdo cambia, se retuerce como un puñal. Violet parpadea y su madre aparece ante ella, delante de Tamriel. No obstante, ya no es la versión joven de antes ni un recuerdo lejano. Tiene el rostro surcado de arrugas y canas en el pelo. Parece mayor de lo que recuerda Violet; un cansancio amargo se posa sobre sus rasgos. Tamriel tiene el aspecto del presente, todo sangre y tendones; ya casi no se reconoce al hombre.

Violet contiene un grito ahogado. Este no es un recuerdo de hace décadas. Esto es de hace poco, de hace solo unos meses.

—Necesito una audiencia con la última Mano de Illios. La última trotamundos. ¿Cómo la consigo?

Pides demasiado, Marianne Everly. Si no supiéramos que no eres tan tonta, sospecharíamos que te burlas de nosotros. Tamriel la observa con astucia. *¿Por qué quieres verla?*

—¿Eso es lo que me pides a cambio?

Tamriel sonríe, y Violet se estremece, porque no es una sonrisa humana.

Sí, vamos a ofrecerte una gran verdad a nuestra costa, por lo que debes ofrecernos otra a cambio.

Entonces es Marianne la que sonríe, y Violet se sorprende al ver la misma crueldad en su rostro.

—Mi gran verdad es que voy a encontrar aquello que Astriade más anhela en el mundo, y luego pienso arrebatárselo.

Astriade. Violet recuerda la carta que le mostraron, la advertencia de una catástrofe, la astral de pelo rubio que se aferraba a una espada clavada en su pecho. No puede ser quien cree que es y, aun así...

Tamriel rompe a reír entre susurros y se le sacude todo el cuerpo. Sus heridas rezuman sangre fresca; sus cadenas tintinean como si fueran música y no grilletes. Y, aunque moverse debe de ser agónico, tarda un buen rato en dejar de reír.

Cómo ansiamos que llegue ese día, responde, aún agitando la cabeza, con diversión. *Muy bien, Marianne, te concederemos tu deseo.*

Se ve un paisaje urbano borroso y resplandeciente, con torretas y canales. El reloj astronómico de Praga, la catedral de San Vito con sus agujas envueltas en lluvia. Después la visión se centra en una iglesia escondida en la esquina de una calle común. Ve un arco que resplandece con luz dorada. Ve la silueta de una mujer sobre un muro de piedra, entre cuyas grietas se cuela la luz, con las manos en los costados.

Aún tienes que pagar un precio, le recuerda Tamriel.

Marianne asiente con gesto cansado.

—Lo sé. —Se mira las manos—. En realidad, una maldición no es más que un contrato.

La escena persiste durante otro segundo de lustrosa fragilidad y entonces se disuelve y Violet regresa a la estancia oscura, donde aún tiene la palma presionada contra el pecho de Tamriel. No se ha caído al suelo. Su madre ha desaparecido; el tiempo se la ha llevado. La criatura agita el pecho, le cuesta respirar.

Esto es lo que te hemos mostrado. Ahora nos llevaremos algo.

—Pero... un momento...

Una presión inmensa le cae sobre la cabeza y las imágenes se suceden en su mente. Un campo verde esmeralda; su madre arropándola en la cama con expresión de tristeza mientras le cuenta un cuento con una voz grácil y suave. Las trazas del perfume cuando se agacha para darle un beso a Violet en la frente. Se da cuenta de que es el recuerdo del último día que vio a su madre. *¡Ese no!*, intenta gritarle a Tamriel. Con la de recuerdos que hay... Marianne riñéndola por algo que no ha guardado en su sitio; Marianne cocinando y leyendo en la cocina; Marianne empujándola hacia sus tíos porque tiene trabajo que hacer, como siempre... Tamriel puede quedárselos todos, pero este no. Él último que tiene de ella no.

La presión desaparece de golpe. Violet retrocede e intenta recordar... ¿Qué es lo que intenta recordar? Las imágenes han desaparecido como si fueran agua. Tiene el rostro húmedo, las mejillas surcadas de lágrimas, pero no sabe por qué. Se las enjuga con rabia.

—¿Qué es lo que te has llevado? —exige saber.

Lo que nos parece justo. El intercambio ha llegado a su fin.

—No lo entiendo —dice ella—. ¿Un precio? ¿Cómo que una Mano? ¿Tiene la llave? Praga es enorme. ¿Cómo se supone que voy a encontrarlos?

Nos da igual. Jamás volveremos a ver algo que no sea la oscuridad que nos rodea.

Pero el astral pronuncia las palabras de un modo que hace que Violet se detenga y lo observe una vez más. Tras contemplar los recuerdos de Marianne, es imposible no mirarlo y ver con claridad los restos de un dios. Un astral. La mirada de Violet se posa en las cadenas de ensoñadorita.

—¿Cómo era Elandriel? —pregunta con la voz menuda.

Tamriel la observa con los ojos plateados y una expresión imperturbable.

No tenía parangón. Elandriel era la puerta a un sinfín de mundos. Un sueño que tardó miles de años en forjarse. Nuestros hermanos tenían muchos planes para este mundo de mundos, para este tesoro nuestro. Sin embargo, los sueños grandes son cargas pesadas. Y mira el peso con el que cargamos. La-dea la cabeza, con una curiosidad en la mirada más que evidente. ¿Por qué no los preguntas?

—Porque…

Abre la boca, dispuesta a hablarle de su madre, de la maldición de los Everly, de la cuenta atrás que la atormenta. Sin embargo, mentiría si dijera que esos son los primeros motivos que se le han ocurrido. Piensa en el talento que le corre por las venas, el talento que quizá, algún día, le permita viajar entre los mundos.

—Tenía curiosidad —responde.

Tamriel se inclina lo suficiente como para que las cadenas tintineen por la tensión.

Nos recuerdas mucho a otra persona. Vemos a tu madre, la que vaga, en ti, pero hay algo más…

De repente el astral alza la mira hacia el techo, como si sintiera algo en la superficie.

Ha llegado el momento de ajustar cuentas. Márchate, oh, hija de las estrellas.

—Pero…

¡MÁRCHATE!, le grita, y la orden es tan terminante que a Violet no le queda otra que obedecer. Está a mitad de la escalera cuando se da cuenta de que ha vuelto a manipularla. Sin embargo, quiera o no, sigue subiendo. Tiene tantas preguntas en la punta de la lengua, listas para salir expulsadas: Elandriel, el derecho de nacimiento, su madre, qué le ocurrirá a Tamriel…

Emerge del sótano cubierta de polvo, con la sensación de que se ha pasado una eternidad ahí abajo. El sol se ha puesto y la cocina se ha sumido en la oscuridad. Algo cruje en la casa, y Violet se queda de piedra.

Un ajuste de cuentas… Pero ¿para quién?

Penelope surge de entre las sombras y observa a Violet mientras esta abandona la casa. Siempre le ha llamado la atención la rapidez con la que los niños se hacen mayores; las cosas que se llevan consigo a la adultez, las que dejan a su paso. Violet se parece muchísimo a los demás Everly y apenas hay rastro de su padre… fuera quien fuera.

Pero, claro, la sangre de los Everly es más fuerte que la de los demás. Es más cabezota que la de los demás.

Penelope desciende por la escalera hasta llegar la sótano. Las pisadas de Violet se han quedado grabadas en la suciedad. Tamriel alza la mirada y se ríe en voz baja.

—Me has mentido, Tamriel —lo acusa Penelope.

Has vuelto, oh, hija de las estrellas. Tal y como sabíamos que harías.

—Me dijiste que Violet no vendría buscando cosas que se han perdido —lo acusa Penelope, con palabras afiladas como cuchillos—. Me dijiste que estaría a salvo. ¿Cómo te atreves?

La criatura se ríe.

Qué alegría nos proporcionará ser testigos de tu destrucción.

Penelope da un paso adelante, a oscuras.

—Te equivocas si crees que vivirás para ser testigo de nada que ocurra después de hoy.

Predijimos este día, al igual que lo predecimos todo. Y tu tiempo se acerca a su fin, Astriade. Nos regocijaremos, ya sea como cenizas en el viento o motas bajo la luz del sol.

Penelope se aproxima a Tamriel, se queda tan cerca que casi podría besarlo, y le acaricia el rostro desfigurado.

—Ay, Tamriel, ha pasado mucho tiempo desde la última vez que hablaste con algo que no fueras tú mismo, pobre y perdido. He leído los cielos: mi futuro (mi eterno futuro) está más que garantizado.

—Sonríe mostrando los dientes—. Ya sabes que el cielo también puede cambiar de opinión, ¿no?

Apoya una mano sobre el pecho gris y cubierto de cicatrices de Tamriel, justo por encima del corazón. Él parpadea despacio una sola vez, consciente de qué es lo que va a hacerle.

Vemos un millar de luces que mueren, sisea de repente. *Vemos una prisión contra los cielos, calles que se desploman, una ciudad que estalla en llamas. Vemos a un hombre mortal al que amas, al que odias y al que aprecias, oh, Astriade...*

Penelope le hunde las uñas en la carne. Tamriel contiene un grito y se estremece cuando la vida lo abandona. Abre y cierra la boca inútilmente y araña el aire con las manos. Poco a poco, la piel se le vuelve gris oscura y adquiere la textura del papel seco. Se le cierran los párpados. Inhala, emitiendo un sonido penetrante e inhumano... y luego se queda quieto.

No se le mueve el pecho. Cae hacia delante y las cadenas resuenan por el esfuerzo de tener que soportar el peso del cuerpo.

Penelope deja escapar un leve gruñido. Le gotea sangre de las yemas de los dedos, pero, por ahora, se ha saciado. Se chupa los dedos con delicadeza para limpiárselos, como si acabara de terminar de comer. Supone que, en cierto modo, es lo que ha hecho. Le ha arrebatado la vida, su talento. Los restos de su fuerza.

Una vez termina, observa el cadáver de Tamriel, que apesta a mortalidad.

—Siempre te gustaba tener la última palabra, Tamriel —le dice—. Te creías tan inteligente, tan invulnerable... Te ofrecí una vida entera de protección, querido primo, y he cumplido mi promesa.

Permanece junto al cadáver el tiempo suficiente como para que las primeras moscas se posen sobre la sangre que le cubre el pecho. Y entonces, como si fuera la elegancia personificada, se levanta, con energías renovadas fluyendo por su interior. Otro fragmento de tiempo que ha comprado y por el que ha pagado.

Sin embargo, mientras sale de la trampilla hacia el amanecer, una preocupación la reconcome. Violet nunca debería haber llegado hasta aquí. Y, aunque no tiene modo de saber qué es lo que ha aprendido en la oscuridad gracias a Tamriel, sí sabe que está un paso más cerca de alcanzar a Marianne Everly. Ni ella ni su madre pueden encontrar Elandriel antes que ella.

Violet Everly se está convirtiendo en un problema.

CAPÍTULO

VEINTIOCHO

En una casa abandonada a las afueras de un pueblo austríaco, Yury se sume en una profunda duermevela. Duerme muy poco últimamente, pero, cuando la necesidad se apodera de él, lo hace con tanta intensidad que no le queda otra que rendirse al sueño. Cuando duerme, los viales le proporcionan sueños muy vívidos; a veces son tan realistas que, cuando se despierta, es incapaz de distinguir la realidad del sueño.

Desde hace poco sueña que de la piel le brotan escamas duras de ensoñadorita. El dolor es tan agónico y real como si estuviera ocurriendo de verdad. La piel necrótica muda y revela debajo la carne tierna y exquisita. Después la roca le brota de las venas, y las escamas resplandecientes se superponen como una armadura: la hombrera, la coraza… un peto que lo envuelve en un caparazón de roca.

La ensoñadorita lo transforma en un milagro. En algo más grandioso.

En un dios, murmuran sus pensamientos. *En un astral.*

—Yury.

Cuando despierta, hay un hombre ante él. No ve más que su silueta, pero reconoce la voz. La ingesta de ensoñadorita le está cristalizando la vista y las pupilas se le nublan de cataratas.

—Aleksander —responde, aliviado—. Has venido. Me he quedado sin… el último vial…

—Se suponía que tenías que hablar con Johannes. ¡Hablar! —Aleksander aparta la mirada, y Yury oye el espanto en su voz—. No tenías que matarlo.

—No... no fue mi intención... El incendio...

El calor en el rostro. Una calidez infinita.

—Por tu culpa, los académicos están haciendo preguntas, preguntas que Penelope no puede responder con facilidad.

—Solo necesito... los viales...

—¡Prometiste que sabías controlarte! —estalla Aleksander—. Y ahora Johannes está muerto. Has matado a un hombre, ¡a un académico!

Yury traga saliva y nota ardor en los pulmones.

—Aleksander, te...

Aún siente el eco de la coraza sobre el pecho. Solo necesita tiempo. Ya casi lo ha logrado.

—Se acabó, Yury. —Aleksander hace una pausa—. Me voy solo a Praga. Lo siento.

Después de que se marche, Yury capta un quejido, como si un animal hubiera caído en una trampa. Más tarde, se da cuenta de que es él quien lo emite.

Durante un periodo indeterminado, vaga a la deriva por un océano de agujas al rojo vivo. No le quedan viales con los que aliviar el dolor. Tiene frío, ya no sabe dónde termina la agonía y empieza la carne. El tiempo se estira y se retuerce.

Sin embargo, en mitad de la corriente agónica, emerge un plan. La mente aún no le ha traicionado del todo.

Para convertirse en dios, hay que presentarles una ofrenda, un sacrificio, por así decirlo.

Y hay una joven por la que Penelope tiene un gran interés.

Tiene que olvidarse de Aleksander y de su condescendencia servil. Yury será un astral. Será la luz misma manifestándose. Se desprenderá de la mortalidad para alcanzar la gloria eterna como quien muda de piel.

Será glorioso.

Poco a poco, Yury consigue poner en pie lo que queda de él e inicia un largo viaje hacia Praga.

PARTE
TRES

UN CUENTO

—¿**Q**uieres que te cuente una historia? —pregunta Ambrose.

Violet acaba de cumplir diez años y es una niña melancólica y llena de resentimiento. Hace dos semanas que su madre se fue a «vivir aventuras». La verdad es que Ambrose no puede culparla. Él tiene veintipico años y, como es el hermano más joven, el hermano sufrido y el hermano maleable (además, no es Gabriel), ha tenido que dejar su posgrado en Literatura para cuidar de su sobrina. Lo retomará cuando vuelva Marianne, claro. Hay un motivo por el que no quería regresar, ni siquiera cuando Marianne apareció con un bebé en brazos y los Everly se vieron obligados a reunirse de nuevo. No quería volver a un hogar repleto de recuerdos y retratos siniestros donde el apellido Everly lo imbuye todo. Pero la verdad es que jamás retomará los estudios y que, para cuando se dé cuenta de ello, la curiosidad y el corazón tenaz de su sobrina ya se lo habrán ganado.

No obstante, esta noche aún son un par de desconocidos, y Violet está a punto de llorar y, encima, está enfadada por ello. Está enfadada con el mundo. Aun así, levanta la cabeza en cuanto oye la palabra «historia» y asiente a regañadientes.

—Es una muy buena, te lo prometo —le dice Ambrose, y se acomoda con ella sobre el sofá—. Además, es tu historia. Porque empieza con un Everly. No fue el primero y desde luego no fue el último, pero puede que fuera el más extraordinario de todos. —Carraspea y da comienzo a la historia igual que Marianne le contó el destino de la familia Everly: como si le contara un cuento—. Érase una vez un hombre que se llamaba Ever Everly y que vivía en una ciudad mágica que se hallaba en una costa muy lejana.

—Qué nombre tan bobo —murmura Violet.

—Ah, pero era un hombre muy inteligente —responde Ambrose, conteniendo una sonrisa.

Ambrose le cuenta que Ever Everly era artesano, un artesano maravilloso. Con un golpe de martillo o girando un tornillo, era capaz de fabricar juguetes mágicos sin parangón. La gente lo adoraba. Pero Ever Everly guardaba un secreto: nadie lo había amado nunca.

Al principio le había dado igual. Si así era el mundo, pues que así fuera. Sin embargo, a medida que fue envejeciendo, al ver las parejas que daban comienzo a nuevos romances, que luego se quedaban encinta y que luego quizá tenían dos hijos, anhelaba tener a alguien con quien encajar de ese modo, como si fueran piezas de un rompecabezas. Si él era una pieza de un rompecabezas, era la pieza que se había perdido y que no podía formar parte del conjunto de la imagen.

Entonces, un día, una mujer entró en su tienda.

Decir que era hermosa sería como decir que la luna es una piedra. Era tan guapa que a la gente se le saltaban las lágrimas al verla y decían que parecía una estrella caída del cielo. Era preciosa y, aun así, a ella también le faltaba algo, porque, al igual que nadie había amado nunca a Ever Everly, ella nunca había amado nadie. No obstante, ella poseía magia en abundancia. La mujer posó la mirada en él y supo que él ansiaba convertirse en la mitad de un todo.

Decidió que, por Ever Everly, podía aprender lo que era el amor. De modo que le ofreció un trato; lo amaría durante un año y un día, y luego le haría tomar una decisión: devoraría su alma o el alma de todos los habitantes de la ciudad. Ever era un buen hombre y la mujer sabía que escogería la primera opción. Un alma henchida de amor era una sustancia muy poderosa, y a ella no le apetecía en absoluto tener que saborear las almas de la ciudad, que en su mayoría eran harinosas y no estaban maduras.

A la mujer le pareció un trato justo y a Ever Everly también, aunque a su modo. Salvo por el amor, había tenido una buena vida y estaba dispuesto a entregarse por ella cuando llegara el momento de hacerlo. Le pareció que un año y un día era una cantidad de tiempo de lo más generosa. Se casaron bajo las espadas de sus ancestros y no tardaron en tener un bebé. Un Everly.

Con lo que la mujer no había contado era con lo que el amor provocaría en ella. El amor le dio fuerza. El amor la hizo débil. El amor la hizo quererlo más que a cualquier otra cosa en el mundo. Adoraba el cuidado con el que se dedicaba a su trabajo, que le preguntara a todos los clientes por su familia. Adoraba el modo en que pronunciaba su nombre, como si albergara una joya en la boca.

Pero había firmado un contrato vinculante. Cuando transcurriera un año y un día, se vería obligada a comerse su alma o las de todos los habitantes de la ciudad. Sin que Ever Everly lo supiera, ella ya estaba tomando su decisión.

Transcurrieron seis meses. Nueve. Un año.

La última noche, Ever Everly dejó todos sus asuntos en orden. Limpió el talle, regaló todos sus juguetes y cerró la tienda por última vez. Después se giró hacia la mujer y le dijo que estaba listo para que lo devorara. Sin embargo, ella le dijo que no. Lo quería demasiado. Prefería llevarse a la ciudad por delante.

Ever Everly trató de detenerla, pero el amor la había vuelto inmune a las súplicas, de modo que lo apartó a un lado. Había miles de almas en la ciudad, y ella las devoraría a todas con tal de permanecer a su lado. Él la miró, desesperado, pensando en todos los niños y niñas, en todas las parejas que había visto desde lejos. ¿Qué podía hacer para impedírselo?

Como era un hombre inteligente, halló la respuesta. Consumido por el amor, Ever había olvidado que no era la mitad de un todo, sino que era una persona completa y que aún podía tomar una decisión. Ella no iba a poder proteger un alma que no existía.

Descolgó la espada de sus ancestros de la pared y se la clavó en el corazón. La magia que lo había convertido en un artesano talentoso brotó de su interior y convirtió a la mujer en una estatua tan irrompible como su pacto. Ever Everly le arrebató toda su magia para que no pudiera devorar más almas. Para salvar la ciudad.

—Y entonces —dice Ambrose—, con los ojos cargados de estrellas, dejó escapar un gran suspiro y murió.

Tras el silencio en el que se sumen, Ambrose se pregunta si quizá debería haber escogido una historia que no terminara con una muerte sangrienta. Pero entonces se atreve a mirar a Violet, que tiene los ojos abiertos de par en par a causa del asombro.

—Haaaaala —susurra.

—Sí —responde él, con una sonrisa—. Lo sé. Y, en lo más hondo, en el interior de su jaula de cristal, la mujer aún ansía devorar el alma de Ever porque no sabe amar de otro modo.

Lo cual no es amar en absoluto.

—Ojalá no hubiera muerto —le dice Violet más tarde, cuando llega el momento de irse a la cama.

Ambrose la arropa; es la primera vez que Violet se lo permite. Sopesa su respuesta durante un instante. Marianne le diría algo sobre héroes y sacrificios, pero él no se ve capaz de mentir y afirmar que un Everly decidió que debía morir. *No nos rendimos con facilidad*, piensa, melancólico.

—Creo que todos los Everly pensamos igual. Quién sabe lo que podría haber hecho con el resto de su vida. Pero murió para salvar la ciudad. Murió salvando lo que de verdad importa. —Ambrose le da un beso en la coronilla—. Murió, pero ganó el mundo para todos los demás.

CAPÍTULO

VEINTINUEVE

Praga. A solo unas pocas semanas de que llegue la fecha límite que le impuso Penelope.

Sin embargo, tras pasarse un año buscando, Violet siente que ya no queda nada. Apenas ha dormido; tampoco ha olvidado a Tamriel ni sus palabras, que aún le resuenan en la mente. Puede que esto sea a lo que se refería el asteria cuando le habló de sacrificios y puede que las decisiones que puso ante ella ya hayan quedado en el pasado. Violet siempre ha considerado que su mente le pertenece, pero lo que Tamriel estuvo a punto de obligarle a hacer... lo que la obligó a ver...

Una punzada de rabia espontánea se apodera de ella al pensar en su madre y se sorprende por lo intensa que es. La rabia no va a traer de vuelta a su madre ni tampoco va a detener la maldición de Penelope, pero, si su madre le hubiera contado lo que se traía entre manos, quizá Violet no estaría en mitad de una ciudad que no conoce sin tener ni idea de a dónde ir a continuación.

A lo mejor no tendría que haberse metido en ese sótano frío y oscuro para enfrentarse a un monstruo.

No sabe dónde puede estar la iglesia de la visión, de modo que vagabundea por la ciudad hasta que llega hasta el puente de Carlos. Pasa un rato apoyada en la pared, observa a la gente que cruza el puente; la brisa juguetea con su pelo, que se ha recogido a toda prisa en una coleta. De pequeña (antes de que aprendiera a leer incluso) vio una ilustración de este puente en un libro antiguo. Se sentó en el armario con el libro en el regazo y se contó historias sobre las distintas estatuas. Por aquel entonces no conocía a los santos; no, era evidente que todas estas estatuas eran de magos con túnicas y semblantes solemnes.

La ciudad es un festín, y esta es la primera vez en que siente un vacío en el pecho al pensar en que no tiene a nadie con quien compartirlo. Toleró la sensación en Nueva York, Acra y Melbourne, pero ahora que sabe lo que es pasear del brazo con otra persona anhela esa compañía.

Antes de que le dé tiempo a cambiar de idea, toma una fotografía del puente y de sus queridos magos y se la manda a Aleksander. Al instante, el teléfono suena.

«Dicen por ahí que el mejor café del mundo lo preparan en Praga».

Una sonrisa cruza el rostro de Violet.

«Ven a comprobarlo por ti mismo».

Cierra los ojos y, cuando los abre, ahí está.

—Violet Everly —la saluda él, con los ojos de cristal marino brillantes—. Menuda coincidencia.

Aún tiene el pelo cubierto de nueve. Ella se la retira con las manos y le nota la piel fría. Sin pensar en lo que hace, Violet se acerca para rozarle la cicatriz que le cruza la ceja, pero Aleksander se aparta y la mano se le queda colgando en el aire. Se la lleva corriendo a la espalda al tiempo que se sonroja.

—Sé que estábamos hablando de café —dice Aleksander—, pero ¿qué te parece si vamos a por algo con un poco más de sustancia?

A Violet le ruge el estómago, como si hubiera estado esperando a que le propusiera algo así.

—Supongo que eso es un sí —responde ella, intentando desprenderse de la vergüenza.

Aleksander la conduce hasta un restaurante chiquitito en una calle ajetreada. Se sientan a una mesa con vistas al río, que resplandece bajo la luz del sol. Aleksander pide en checo, con fluidez y un acento impecable. El camarero le dice algo y, cuando Aleksander responde, se echa a reír antes de marcharse con la carta.

—¿Ya habías estado en Praga? —le pregunta Violet.

Aleksander niega con la cabeza.

—Me gustan los idiomas y Penelope quería que tuviera una educación completa.

Violet mira por la ventana para ocultar lo desagradable que le resulta escuchar el nombre de Penelope; siempre le sienta como si le arrojaran agua helada, por más veces que la mencione. No la ha visto desde aquel día en la cafetería y hay veces en que aquel encuentro se le antoja como un sueño borroso. No es más que una mujer que, sin embargo, ha moldeado toda la vida de Violet. Estaría bien que al menos hubiera un instante que Penelope no ha rozado, aunque solo fuera uno.

Sigue mirando por la ventana hasta que se da cuenta de que Aleksander le ha hecho una pregunta.

—¿Cómo?

—¿Al final conseguiste el mapa? —le pregunta.

Tarda un segundo en procesar qué es lo que le ha preguntado. Y entonces cae de repente: Aleksander no sabe lo de Johannes. Fue fácil contarle a Aleksander la conversación que mantuvo en el museo, cuando todo no era más que... una conversación. Pero no está segura de si se ve capaz de hablarle de la espantosa muerte de Johannes ni de los horrores del sótano de Tamriel y la visión que le mostró. El estómago se le revuelve a causa de la ansiedad.

—Es una historia demasiado larga —responde.

Aleksander se inclina hacia delante y le roza las manos.

—Tengo tiempo.

Violet se muerde el labio y, después, cede.

—Estoy buscando a la Mano de Illios. Bueno, puede que sea una Mano. No lo sé.

—¿Perdón? —responde Aleksander, sorprendido.

—Illios —dice ella, bajando la voz—. Algo sobre unas llaves y unas puertas y... bueno, no sé lo que significa, pero mi madre sí, y se supone que está aquí, en Praga.

Aguarda a que Aleksander le dé alguna explicación, que le revele las respuestas, pero él se limita a observarla.

—No sabía que supieras de la existencia de los astrales —responde en voz baja.

—He aprendido muchas cosas durante este año, Aleksander —contesta ella, e intenta sonar despreocupada, pero sabe que suena como si se estuviera burlando.

—¿Estás segura? —pregunta él, frunciendo el ceño.

—Cien por cien.

Violet espera a que él diga algo más, pero entonces les sirven la comida y la conversación cesa. Después se quedan allí para la sobremesa. Violet está llena y satisfecha por primera vez desde lo que se le antojan décadas. Aleksander, sin embargo, le da vueltas a algo con el ceño fruncido.

—¿Estás bien? —le pregunta ella.

Cuando él se gira, la expresión de preocupación ha desaparecido de su rostro.

—Claro. Venga, vamos a explorar.

Pasean por el suelo de mosaicos junto al río. Violet observa a Aleksander por el rabillo del ojo. Parece muy tranquilo, no hay ni rastro de la preocupación que lo turbaba antes. Sin embargo, ella no deja de pensar que algo va mal.

Mientras caminan, sigue buscando la iglesia que vio en la visión de Tamriel, pero es que hay iglesias por todas partes. Se le cae el alma a los pies. Le queda tan poco tiempo...

Entonces se detiene.

—¿Qué pasa? —le pregunta Aleksander.

Estaba tan centrada en la búsqueda de su madre y la llave que se había olvidado por completo de la invitación de Caspian. Pero aquí está, en Praga, justo a tiempo. *Los académicos y sus fiestas...*, piensa Violet, y sonríe a su pesar. Caspian Verne, con sus contactos y su buena disposición, es la persona ideal a quien preguntarle.

Recuerda aquel sentimiento lejano que se apoderó de ella la primera vez que vio a Aleksander; fue como si el destino le tendiera la mano. Si no hubiera aprovechado aquella oportunidad, ¿habría llega-do a ver todo el mundo que ha visto? ¿Estaría aquí, más cerca de la victoria que nunca?

Quizás el destino esté tendiéndole la mano de nuevo. Además, hace muchísimo que no se divierte un poco.

—Oye, ¿tienes planes para la semana que viene? —le pregunta.

—No muchos —responde él, sorprendido—. ¿Por?

—¿Quieres venir conmigo a un sitio?

CAPÍTULO

TREINTA

Dos días más tarde, Violet se reúne con Aleksander en un callejón justo cuando el anochecer cae sobre la ciudad. Cruzan el puente de Carlos, pasan junto a los santos magos y los artistas ambulantes que recogen sus cosas al llegar la noche. En vez de subir por la colina en dirección al castillo, Violet va hacia la derecha, junto al río, y luego se mete por una serie de callejones, cada uno más estrecho que el anterior, mientras las sombras les pisan los talones.

—¿Sabes a dónde estamos yendo? —pregunta Violet.

Él frunce el ceño.

—A ver, teniendo en cuenta que eres tú la que me ha invitado, la verdad es que no. ¿Debería saberlo?

Violet se sorprende al oír un deje de ansiedad en la voz de él; sin embargo, no le da importancia y le dedica una amplia sonrisa.

—No. Quiero darte una sorpresa —responde.

Aleksander le ha enseñado tantas cosas que encontrar algo que quizá no sepa se siente como una victoria.

Ha memorizado las indicaciones tan solo para montarle todo un espectáculo a Aleksander, pero, aun así, contiene el aliento cuando llama una vez, luego dos y luego otra vez a una puerta normal y corriente. Transcurren varios segundos, y entonces llega el turno de Violet de sentirse insegura. O está a punto de enfrentarse a un desconocido muy enfadado o...

La puerta se abre con facilidad y una mujer extiende la mano.

—La ficha, por favor.

Obediente, Violet le entrega la moneda que le dio Caspian en Nueva York.

—Traigo a un acompañante —añade, señalando a Aleksander.

La mujer le dedica una mirada lo bastante larga a Aleksander como para que Violet se ponga nerviosa, pero luego asiente.

—Está a tu cargo —añade, y no lo dice a modo de pregunta.

La puerta conduce directamente a una escalera descendente bordeada por velas que derraman cera sobre el suelo. Abajo del todo se oyen los golpes de los bajos retumbantes. Algo cuelga del techo, y los ojos de Violet tardan un segundo en acostumbrarse a la oscuridad y ver lo que son: llaves, cientos de llaves, de todas las formas y tamaños posibles. También hay plumas, bañadas en pintura dorada, que cuelgan de modo que se retuercen en el techo.

Aleksander inspira rápido.

Violet se siente valiente y le toma la mano.

—Venga.

Ha estado repasando varias lecturas y resulta que hay una ciudad entera debajo de Praga, como si fuera una segunda piel. Bodegas antiguas que acabaron tapiadas y que se redescubrieron años más tarde; mazmorras inquietantes marcadas con pintadas indescifrables; calles enteras enterradas bajo los nuevos edificios. Oficialmente, solo se puede entrar aquí abajo mediante visitas guiadas. A efectos prácticos, hay cientos de entradas y nadie que las vigile.

Tiene la sospecha de que, si en alguna ocasión llega a ver Elandriel, será algo así.

Cuando llegan al pie de la escaleras, Aleksander le da un apretoncito con la mano, pero no la suelta. Violet sonríe para sí misma en la oscuridad.

La escalera da a una enorme bodega con techo bajo de bóveda de cañón. La luz de las velas compite con las luces estroboscópicas que rebotan en las paredes de ladrillo. Los bajos de la música que pone un DJ de lo más entusiasta palpitan bajo sus pies. Alguien ha colocado alfombras para amortiguar el sonido, y la gente se quita los zapatos para apoltronarse en ellas. Hace frío esta noche, de modo que hay quien ha traído calefactores, que conectan a la red para «tomar prestada» la electricidad, y otros se envuelven con mantas. Violet examina una baraja mugrienta del astaros que hay extendida frente a una multitud pequeña que está embelesada.

No se parece en nada a ninguna fiesta de académicos que pueda imaginarse. Aun así, está muy emocionada de estar aquí.

Ve que hay un par de académicos con llaves, ya sea enroscadas en los dedos o trepándoles por los antebrazos junto a bandas negras, o con tatuajes resplandecientes junto a rayas de colores llamativos. Pero también hay mucha gente que no lleva ni tatuajes ni llaves ni nada.

Gente como ella.

A su lado, Aleksander enarca las cejas.

—¿Quién dices que te habló de este sitio?

—No eres el único amigo que tengo, ¿sabes? —bromea ella.

Pero Aleksander parece aún más nervioso.

—No sé si deberíamos estar aquí. Estas personas no son...

—¿Académicos? —sugiere ella.

Qué irónico que tú digas eso, quiere responderle. Pero no puede. Si no le hubiera pedido que robara la llave, seguramente a estas alturas ya sería académico. Recuerda lo solísima que se sintió en la subasta privada de Yulan y siente una punzada de compasión en el corazón. *No debe de ser fácil vivir rodeado de tantos académicos*, piensa.

Aquí, sin embargo, Aleksander no necesita ser académico. Ni ella tampoco.

Hay demasiado que mirar, decenas de recovecos distintos que albergan sorpresas escondidas en su interior. Un par de espíritus emprendedores han montado sus puestos y venden casi de todo: bebidas calientes para combatir el frío de los subterráneos, libros frágiles y pergaminos escritos en un sinfín de idiomas, antiguas botellas de cristal que brillan de un modo extraño a la luz de las velas. Hay hasta un puesto en el que comercian con llaves de académicos robadas. Violet decide mantener a Aleksander alejado de ese último.

Se dirigen en cambio hacia un rincón adornado con lucecitas. Hay una mesa repleta de trocitos de roca brillantes, o al menos eso es lo que parecen a simple vista. Pero entonces Violet se fija en un resplandor dorado y se le enciende el corazón.

Aleksander toma un fragmento y lo deja en su sitio al momento.

—Aquí no hay ensoñadorita ni para encender una bombilla.

El último puesto que hay al final del inmenso pasillo está sumido en sombras, hasta tal punto que Violet tiene que mirar dos veces para darse cuenta de que alguien ha sacado otra baraja del asteros. Nadie parece haberse percatado de ello; esta parte del subterráneo esta vacía.

—Tú. —La mujer señala a Aleksander—. Quédate para que te lea las cartas.

Aleksander mira a Violet, y ella se encoge de hombros. Ella ya ha visto su destino en una baraja de cartas y prefiere no enseñárselo a Aleksander.

—No te cobraré nada —añade la mujer.

Aleksander se frota la nuca y Violet ve que titubea. Le da un empujoncito hacia la mesa y sonríe.

—Puedo cuidarme yo solita durante un rato —le dice.

Él le acaricia el rostro una sola vez. Violet tiene las mejillas calientes y, de repente, agradece que estén a oscuras.

—Será solo un momento —le promete él.

Violet lo observa mientras se marcha, sin dejar de sonreír.

Un hombre vestido con una camisa de seda negra se planta a su lado.

—Dicen que, si ves a un asteria desnudo, maldecirá a tu familia durante tres generaciones.

Caspian Verne ha cambiado sus prendas formales por una chaqueta de cuero oscuro y unos pantalones aún más negros. Es un conjunto informal, pero a él le queda tan bien que da hasta rabia.

—Vamos, que a ti ya no pueden maldecirte más, ¿no? —responde ella, sonriendo.

—Desde luego —responde él, curvando los labios—. Me alegro de que hayas venido, Violet. —Entonces observa la figura de

Aleksander mientras se aleja—. Y qué compañía tan interesante te has traído.

—¿Aleksander? —pregunta ella, sorprendida—. Solo somos... o sea...

—No pasa nada; todos pecamos.

Ignora la pulla.

—La verdad es que tengo una misión entre manos. Quería hablarte de un asunto.

—Qué curioso, yo también. —Caspian señala el laberinto de habitaciones subterráneas—. Hablemos, Everly. A menos que no soportes alejarte de tu príncipe azul.

—No es mi príncipe azul —responde Violet poniendo los ojos en blanco.

De todos modos, le echa un vistazo a Aleksander. No le pasará nada si se va cinco minutitos. Además, aunque Caspian y ella han charlado en las distintas reuniones y encuentros en los que se han visto, no han podido hablar en condiciones. Hasta ahora.

—Dime —le dice Violet—, ¿qué perlas de conocimiento puede impartirme Caspian Verne?

La sonrisa de Caspian reluce en la oscuridad.

Aleksander se aproxima a la asteria con una buena dosis de escepticismo. De normal se los puede encontrar por las diversas ferias que se organizan en Fidelis trabajando con suerte y favores, discutiendo sobre cuáles son las mejores barajas y compitiendo para ver quién aparece con el traje más elaborado. La mayoría utiliza máscaras para ocultar su aspecto cotidiano, pero Aleksander ha visto a bastantes como para saber que, tras el disfraz, se encuentra el carnicero o alguno de los agricultores. No son más que gente corriente que finge poder comunicarse con los dioses.

Esta mujer no lleva máscara. Se ha pintado rayas doradas que le cruzan el contorno de las mejillas y le llegan hasta el nacimiento del pelo. El resto de su atuendo son unas enaguas que revelan el frío que hace aquí abajo. Cuando sus miradas se encuentran, a Aleksander se le eriza el vello de la nuca.

Sin pronunciar palabra, la asteria extiende las cartas.

La baraja del asteros es tan sencilla como su atuendo: los dorsos de las cartas son de color negro mate, como si alguien hubiera pintado sobre la ilustración original a toda prisa. Sin embargo, tienen el brillo característico del polvo de ensoñadorita que indica que son auténticas.

Hace mucho que Aleksander no va a ver a un asteria, ni siquiera para entretenerse. Roza todas las cartas, preguntándose qué astral es el que sostiene su futuro en sus manos. ¿Será Nemetor, con su báculo de la sabiduría infalible? ¿O será la mismísima Etallantia, la amable patrona de los académicos y sus ayudantes? Llegados a este punto, se conformaría hasta con los mellizos bromistas, Mirael y Finrael.

Aleksander hace amago de girar tres cartas, pero la asteria alza una mano y sigue echando cartas.

—Se supone que solo se usan tres... —dice Aleksander.

Pero la asteria lo interrumpe solo con una mirada y prosigue hasta que deja siete cartas ante él, colocadas en semicírculo. Siete astrales. Ella extiende las manos con un gesto muy claro que viene a decir: «Ahora puedes ver a tus guías».

La primera carta es la de Fillea, que desde luego no es una carta demasiado interesante. La astral de las decisiones le da la espalda, con los brazos extendidos señalando el camino que se bifurca ante ella. Aleksander no necesita que una carta del asteros le diga que debe tomar una serie de decisiones.

Le da la vuelta a la segunda carta, lamentándose de haber accedido a esto... y se detiene en seco. Tiene claro que la carta es la de Berias y Tullis, con sus poses idénticas que representan el amor y la traición. Pero Berias tiene cuerpo de mujer, y Tullis, con el puñal escondido y apuntando hacia arriba...

Son Violet y Aleksander.

El parecido es indiscutible: Tullis lleva unos tatuajes idénticos a los suyos, hasta los tres puntos que se le curvan alrededor de la oreja, y Berias posee la sonrisa traviesa de Violet y su pelo rizado. Aleksander observa a la asteria, pero ella le indica con un gesto que voltee otra carta.

Traga saliva y obedece.

La tercera carta es la de Etallantia, que porta el libro de la sabiduría y la copa del conocimiento que solo se les otorgan a los académicos. Sin embargo, una vez más, la astral tiene el rostro de Aleksander. Después viene Illios, el primer académico, que fue el encargado de unir el mundo mortal y el mundo astral, rodeado de sus Manos. Tiene los rasgos de Aleksander y hace una mueca mientras bebe un líquido dorado de un cáliz que le hará alcanzar la divinidad.

La quinta es la de Tamriel, el Profanador. El astral lleva una coraza y la falda de un guerrero; alza las manos hacia el cielo y la sangre roja corre por la ciudad que hay debajo de él. Tiene la sonrisa de éxtasis de Aleksander. Son las manos de Aleksander las que están manchadas de rojo.

Incapaz de contenerse, le da la vuelta a la siguiente carta. No la reconoce, pero vuelve a ser él quien aparece en ella, con unas alas de astral que le brotan de la espalda y unas lágrimas doradas surcándole el rostro. Sostiene en brazos un cuerpo sin vida cuyo rostro queda oculto en el hueco de su codo. Sin embargo, el pelo castaño suave y la curva del cuello, la muñeca caída de la que cuelgan un par de pulseras que conoce de sobra...

Retrocede a toda prisa y vuelca una vela. El portavelas de cristal se rompe y los fragmentos se dispersan por el suelo. La cera se acumula en el suelo.

Solo queda una carta, pero Aleksander no se atreve a tocarla. No quiere saber qué es lo que le va a revelar.

—No puedo hacerlo —susurra.

Sin emoción alguna, la asteria le da la vuelta a la última carta: Erriel, la astral de los perdidos. Su rostro, solemne, iluminado por un único haz de luz. El resto de la carta está manchado de negro. Nada.

La asteria lo observa con el rostro inescrutable bajo la pintura facial. Sus miradas se encuentran y Aleksander retrocede. Qué ojos tan antiguos, tan terribles... ¿Cómo es posible que no se haya fijado antes en ellos?

—Vemos la sombra que hay tras de ti —le dice la asteria—. Vemos la sombra que hay ante ti. De la nada a la nada.

Aleksander da un paso atrás, y luego otro. Intenta recordar que todo esto no son más que engaños y trucos, que esto no es más que una broma, que las cartas no son más que cartas.

Tullis y Berias. Aleksander y Violet entrelazados, con los labios rozándose...

Antes de marcharse echa un último vistazo y se fija en que las cartas forman un arco. Una puerta.

CAPÍTULO

TREINTA Y UNO

Violet camina junto a Caspian por un pasillo subterráneo interminable y se alejan del rincón oscuro en el que se encontraba la asteria. A Caspian se lo ve tan cómodo como en la fiesta de Yulan. Parece conocer a todo el mundo y a quienes no conoce los saluda con simpatía. A Violet no se le escapa que con ella se comporta igual, por lo que intuye que quiere algo de ella. Sin embargo, resulta muy difícil no caer en sus redes.

—Supongo que no puedo preguntarte qué haces en Praga, ¿no? —le pregunta al fin—. Y encima justo con Aleksander.

—Supongo que podrías —responde ella, mirándolo de reojo.

—Pero no me contarías la verdad —contesta él, juntando los dedos—, y supongo que me tocaría fingir que te creo. Así que no vamos a mentirnos, ¿vale? —le dice, y luego añade con una sonrisa maliciosa—: Además, menudo chasco sería que la verdad no fuera tan emocionante como los rumores.

—¿Qué rumores? —pregunta ella, curiosa.

—Que estás persiguiendo a tu amante por todo el mundo —responde, tamborileando los dedos—. Que eres una espía. Que ya eres capaz de viajar entre los mundos. —Caspian se detiene—. Que estás buscando una puerta a la ciudad perdida de los académicos. Elandriel.

Violet lo fulmina con la mirada. Él no la mira, pero ella está segura de que está pendiente de cada una de sus inhalaciones. Caspian pasa la mano por las protuberancias de la pared de ladrillo.

—¿Y tú qué crees? —pregunta ella con toda la despreocupación que es capaz de proyectar.

Él se limita a sonreír, pero ella tiene la sensación de que ha hablado de más.

Se detienen frente a un recoveco en el que hay una decena de mapas a la venta clavados en las paredes. Violet reconoce la ilustración de Fidelis de su libro de cuentos, pero le resulta extraño verla ahí expuesta y no escondida como si fuera un secreto. El resto de los mapas no son más que garabatos e instrucciones poco precisas, con tan pocos detalles que podrían pertenecer a cualquier lugar. Violet ha visto algunos parecidos que afirman guiar al país de las hadas o incluso a otros mundos. «Bébete esta poción a medianoche cuando haya una luna de sangre y da tres pasos hacia atrás hasta entrar en un círculo de roca bajo el resplandor de la luna...» y *blablablá*.

Hay una parte de ella que sabe que esas instrucciones no son reales, que esos lugares ni siquiera existen. Pero hay otra parte que se imagina sin problemas el círculo de piedras, el resplandor de la luna que se derrama sobre ella, los pasos hacia atrás, hacia lo desconocido. Hacia las brujas del bosque, hacia las escaleras en el interior del armario. Unas palabras que siguen agitándose en el interior de su cráneo, aferradas a los bordes de sus sueños. «Vivir aventuras».

—La he visto, ¿sabes? —le dice Caspian en voz baja—. Una puerta a otro mundo.

La ensoñación se desvanece, y Violet asiente.

—Lo sé. Son las llaves.

Pero Caspian niega con la cabeza.

—Las llaves son herramientas muy bastas que portan quienes no poseen ni curiosidad ni pericia. Solo pueden llevarte a lugares en los que ya has estado.

—Aun así, una llave es mejor que nada —le recuerda ella.

—¿Y estar aún más atado a los académicos de lo que ya lo estoy? No, gracias —responde él.

—¿Por qué no?

Ni que él fuera la pureza personificada, teniendo en cuenta su reputación.

—¿Sabes lo que hay que hacer para convertirse en académico? —le pregunta él.

—Tener talento.

—El talento es innato; los académicos se forjan. Tú no eres académica y tienes muchísimo talento. ¿Lo sabías?

Violet aparta la mirada para ocultar su irritación.

—Pues mira, sí.

Aunque tampoco es que haya podido hacer nada con él. No está más cerca de poseer una llave que hace un año, cuando aún trabajaba en la cafetería, y todas las pistas que ha hallado sobre el paradero de Marianne apuntan a todas partes menos a Fidelis. Aunque lograra adueñarse de la ensoñadorita, en sus manos no es más que un metal. Un metal moldeable, sí, pero nada más. Quizá si hubiera sido académica la situación sería distinta. Quizá su talento habría tenido algún valor.

—Deberías preguntarte en quién depositan su poder los académicos cuando escogen esa senda, qué es lo que sacrifican a cambio. Puede que afirmen que son compañeros y que finjan que comparten unos objetivos comunes, pero en el fondo no son más que dragones que custodian sus tesoros en forma de conocimiento. Y ese es el motivo por el que jamás alcanzarán todo su potencial —dice Caspian, y se encoge de hombros—. Las revoluciones no se alzan sobre los hombros de una sola persona.

No son dragones, piensa Violet. *Son lobos.*

—Y, ya que surge el tema… puede que no sea académico, pero he oído toda clase de cosas sobre Aleksander —prosigue—. Y no todas son muy agradables. ¿Estás segura de que sabes con qué clase de hombre te juntas?

Violet casi se ríe al ver lo preocupado que está.

—Es mi amigo. ¿Crees que me lo habría traído aquí si no confiara en él? De todos modos, no es académico. No es como ellos.

De no ser por Aleksander, ni siquiera estaría aquí ahora mismo.

—Si tú lo dices... —le dice, pero él no parece convencido, lo cual no es un tono que case demasiado con Caspian.

—Estoy segura.

Pero, incluso cuando lo dice, piensa en todos esos momentos extraños que se han producido entre ambos: el modo en que Aleksander le gritó en Viena, todas esas preguntas inquisitivas...

—Tengo algo que confesarte —le dice Caspian de repente—, pero no sé si va a gustarte.

Al fin, aquí esta el motivo por el que Caspian quería hablar con ella. Puede que hasta sea el motivo por el que la ha invitado a esta fiesta. Tiene que reconocerle que sabe muy bien cómo persuadir a la gente para conseguir lo que quiere.

—Hace dos años, tu madre solicitó una audiencia con mi abuela. Estaba buscando un modo de cruzar los mundos sin tener que emplear una llave: una puerta. Como es evidente, la familia Verne es la familia indicada a la que preguntarle sobre esos temas. Aquí el menda es un auténtico experto, aunque está feo que lo diga yo.

Puertas. Elandriel. A Violet se le encoge el corazón.

—Marianne llevaba mucho tiempo huyendo. Estaba lista para parar. No sé de qué huía —Caspian la mira—, pero tú sí.

—¿Por qué no me lo has dicho hasta ahora? —le reprocha ella.

Caspian mantiene un tono de voz despreocupado, pero parece más intenso que antes.

—Debo reconocer que no le di demasiadas vueltas al tema cuando tu nombre empezó a sonar por ahí —responde—. Violet Everly, la hija de Marianne Everly, haciendo un sinfín de preguntas. Son cosas que pasan. La gente viene y va de nuestro mundo todo el tiempo y no suele hacerlo por su propio pie. Pero tú has sido de lo más persistente, aun cuando no poseías nada de valor. Ninguna información secreta, ningún objeto extraordinario con el que negociar...

Violet intuye por dónde van los tiros.

—De modo que desperté tu curiosidad.

—Los forasteros que buscan algo con tanto empeño suelen acabar muertos o entre nuestras filas pasado un año. Y tú no eres académica. —La mira a los ojos—. Te estoy entregando un regalo. ¿Lo entiendes?

Violet asiente, con la leve sensación de que la han regañado.

—No creo que vayas a encontrar a tu madre. —Luego hace una pausa—. Le pidió a mi abuela que destruyera su investigación. Dijo que no quería que nadie fuera tras ella.

—No es posible —responde Violet—. Marianne jamás haría algo así.

No sin antes romper la maldición. No sin antes volver a por Violet.

—Mira, mi abuela y tu madre son muy buenas amigas. Solo Dios sabe por qué; ni siquiera yo diría que mi abuela es una mujer agradable. Pero se encariñó de Marianne. Y mi abuela jamás me mentiría sobre esto —afirma Caspian.

—Pero es que por eso estoy aquí —insiste Violet—. Estoy buscando una iglesia. Se supone que aquí, en Praga, está... «una Mano de Illios». Aunque no sé lo que es... no lo tengo del todo claro...

—¿Te refieres a la Bendición de Illios? —pregunta él, sorprendido—. Madre mía, sí que has estado ocupada.

—Eso, justo —responde ella, aliviada.

Caspian arquea las cejas.

—No sabía que quisieras convertirte en académica. —Entonces, al ver que Violet frunce el ceño, la preocupación se desvanece de su rostro—. A ver, la Bendición de Illios es su ritual anual. Una semana de rituales de sangre, de lamer culos, hacerse tatuajes dolorosos y tal, y luego, *voilà*, ya eres oficialmente un académico. Aquí, en Praga, no le dan mucho bombo al asunto, pero creo que los académicos se reúnen en la iglesia de Nuestra Señora de la Victoria.

Violet se apunta el nombre mentalmente.

—Mi madre se dirigió hasta allí. Quizá destruyera su investigación, pero... puede que me dejara algo para que la encontrara. No sería capaz de... marcharse sin mí.

A Violet se le revuelven las tripas solo de pensarlo. Le quedan muy pocos días. Marianne jamás se limitaría a preparar el equipaje y largarse. *¿Acaso no abandonó a sus hermanos? ¿Acaso no te abandonó a ti?*

—Hablaré con mi abuela. Quizá sepa algo más. —Caspian duda—. Espero que la encuentres, Violet. De verdad.

—Gracias —responde ella, y lo dice en serio—. Por todo.

—Bueno, es bastante divertido frustrar los planes de los académicos de vez en cuando —responde—. Y tú eres lo más emocionante que les ha pasado desde hace años. —Después le dedica una sonrisa amable, una sonrisa auténtica de oreja a oreja. Puede que sea la primera que le regala—. Además, sería una tragedia que los académicos te convirtieran en una de ellos.

Ella le devuelve la sonrisa; para sorpresa suya, la preocupación de Caspian la conmueve. Quizá haría bien en preocuparse por ella si Violet no estuviera pensando siempre en Penelope, o en Elandriel, o en su madre, o en cualquier otra preocupación acuciante, pero como no es el caso...

—Vaya, aquí está tu príncipe de vuelta —dice Caspian entonces, mirando hacia atrás—. Te dejo, pero recuerda: no tenemos que ser nada más que lo que somos. No somos académicos, pero tampoco somos nada. No te olvides de esa tercera alternativa.

Caspian se despide con una reverencia y una floritura (de nuevo con el encanto de un político) y desaparece entre la multitud. Violet se queda mirándolo mientras se aleja e intenta grabarse a fuego en la mente la conversación para poder desmenuzarla más tarde. No puede tener razón con lo de Marianne. Los Everly siempre permanecen juntos; acabará por volver.

Aleksander reaparece con el rostro enrojecido.

—Por fin te encuentro —le dice—. Te he buscado por todas partes y no... ¿Ese es Caspian Verne? ¿Qué narices hacías con él?

Violet vuelve de golpe al presente.

—Quería hablar conmigo.

—Hablar. Ya. —Aleksander se cruza de brazos—. ¿Es que no sabes quién es? ¿Sabes a qué familia pertenece?

—¿Acaso importa?

—Los Verne son unos gilipollas —responde, con una vehemencia sorprendente.

—Caspian es quien nos ha invitado. Y no es que me fíe de él, no del todo, pero… tampoco es como si me quedaran muchas opciones.

Violet nota que se está exasperando e intenta dejar el tema de lado. Todos los académicos guardan al menos un terrible secreto, que además suele pertenecer a otra familia. Y justo Aleksander no tiene ningún derecho a juzgarla por con quién habla.

—¿Para qué me has traído aquí? —pregunta él, esquivando su mirada.

Lo ha preguntado con un tono tan cortante que Violet al fin lo observa atención. Aleksander tiene los ojos velados en sombras y el cuerpo en tensión. No tiene nada que ver con la persona a la que ha dejado en manos de la asteria hace solo unos minutos.

—Pensé que te gustaría —responde ella, aturdida— Pensé…

—Pensaste en traerme a una bodega oscura —la voz de Aleksander tiene un deje agudo y doloroso— a hacer el tonto con aficionados que no muestran interés ni respeto por los académicos. Si me conocieras de verdad, sabrías que lo odio.

Violet da un paso hacia atrás.

—Entonces, supongo que no te conozco de verdad —responde con voz queda.

Aleksander se pasa una mano por el pelo, agitado.

—No lo entiendes. Me pides demasiado. Demasiado.

—Si esto es por lo de Caspian…

—Caspian no tiene nada que ver con esto. ¡Es por ti! —exclama.

—¡Pues entonces no deberías haberme dado tu número de teléfono! —responde ella, hecha una furia—. Podrías haberte marchado. Podrías haber fingido que no me conocías. ¡Nadie te ha obligado a quedarte!

A él le cambia la expresión y arruga el entrecejo, confuso. Es como si jamás se le hubiera pasado por la cabeza que siempre ha tenido la opción de marcharse. Se frota la nuca, y Violet percibe un atisbo de vergüenza.

—No... no podía. No... —le dice, y luego traga saliva—. ¿Cómo querías que te dejara marchar?

Lo dice como si fuera una confesión, como si fuera algo por lo que se siente culpable.

Ella lo mira con impotencia.

—Pues, entonces, ¿qué quieres de mí, Aleksander?

Él deja escapar un sonido agónico, aún con los labios apretados a causa de la indecisión. Sin saber muy bien cómo, en el transcurso de esta discusión, han acabado a solo unos centímetros el uno del otro. Están lo bastante cerca como para que Violet le vea la cicatriz plateada y resplandeciente que le cruza la ceja, lo bastante cerca como para que sienta su aliento contra la frente.

—Quiero... —murmura con un tono ronco que logra que un escalofrío recorra el cuerpo de Violet.

Aleksander le acaricia los hombros y dirige el pulgar, ansioso, hacia la clavícula. Busca sus ojos con la mirada, y Violet ve una pregunta en ellos. Él le acaricia el rostro una única vez.

Violet sigue enfadadísima con él (nota la furia bullendo bajo la piel), pero también siente otra cosa, algo que no le resulta del todo desconocido. Es el mismo sentimiento que se apodera de ella cada vez que se descubre buscándolo, cada vez que un destello de unos ojos grises o un atisbo de un pelo oscuro y rizado le llama la atención. La amarga decepción con la que se quedaba porque nunca era él, sin importar lo que ella quisiera.

Pero aquí lo tiene. Justo delante de ella.

Y cuánto lo anhela.

Violet se deja caer hacia la cálida solidez de su cuerpo. Deja que sus dedos vaguen por la parte superior de su cintura y siente una repentina inhalación cuando encuentran el hueco que queda entre la camisa y los pantalones.

Y, entonces, él la besa, con intensidad, con urgencia, lleno de deseo. Violet sabe a menta, a sal. A sangre. Ella le mordisquea el labio inferior y él deja escapar un gruñido; qué tortura tan maravillosa. Él le enreda las manos en el pelo y traza leves agonías sobre la nuca. Ella le devuelve el beso con furia, y él vuelve a gruñir. Violet siente que podría perderse en él.

No es buena idea. No debería besarlo cuando está enfadada. No cuando no tiene ni idea de qué clase de relación tienen ni qué significa este instante para él.

Con mucha dificultad, se aparta de él. Siente el pelo revuelto y un escozor en los labios. Él no tiene mejor aspecto: la camisa se le levanta, tentadora, y, por algún extraño motivo, se le ha desabrochado el botón superior. Qué fácil sería volver a sus brazos, permitir que la tentación la consuma... Inspira hondo, sin dejar de temblar.

—Aleksander —le susurra—, no podemos.

Él le quita las manos de encima al instante. Retrocede, pero no antes de que a Violet le dé tiempo a ver algo en su mirada; quizá se sienta herido.

—Me haces sufrir demasiado, Violet —le dice él, y suena como una acusación. Entonces niega con la cabeza—. Tienes razón. Ha sido un error.

Antes de que a ella le dé tiempo a decir nada (antes de que la rabia aflore de nuevo), Aleksander se remete la camisa y todo queda como si no hubiera pasado nada. Su rostro se ha convertido en una máscara fiera de descontento.

Violet quiere detenerlo; quiere agarrarlo del brazo, tirar de él hacia ella y besarlo una vez más. *Me rindo*, quiere gritar. *Déjame dos semanas más y luego nada en absoluto.*

Sin embargo, deja que Aleksander se marche, con el corazón latiéndole desbocado en el pecho y lágrimas de frustración nublándole los ojos.

Elandriel. Marianne. Penelope. Los académicos. Y, ahora, Aleksander. Está intentando abarcar demasiado y lo está perdiendo todo entre los dedos.

Justo cuando piensa que está a punto de romperse y echarse a llorar en público, alguien que lleva puesto un vestido dorado y resplandeciente le entrega un ramo de plumas bañadas en oro. Violet se olvida de su angustia cuando le dan un beso en la mejilla. La corona que lleva puesta no es más que una banda que se enrosca alrededor de su pelo, negro como la tinta.

—Erriel te manda recuerdos —le susurra.

Aun con lo disgustada que está, el nombre le suena.

—Espera —dice.

Pero la persona ya se ha desvanecido entre las sombras. Violet se roza la mejilla y, al mirarse los dedos, los descubre manchados de pintalabios negro. Bajo la luz tenue, parece sangre.

CAPÍTULO

TREINTA Y DOS

En un cuartito elevado, unos colmillos afilados destellan en la oscuridad. Se escucha un borboteo entrecortado y a alguien tragando con ansia. Y luego... nada más que silencio.

Cuatro académicos se han arrodillado frente al altar, con las manos en alto, temblorosas a causa de la adrenalina. Sus túnicas indican sus rangos de poder: un archivista, un notario y dos maestros académicos; todos poseen experiencia en este ritual tan particular.

Gracias a Penelope, todos tendrán una larga vida durante la que cumplirán con sus obligaciones para con la torre y restaurarán el conocimiento perdido. Su naciente ciudad se esfuerza al máximo, aun cuando nadie recuerda el imperio que fue antaño.

Penelope bebe copiosamente, y la sangre cobriza le mancha la boca a medida que la fuerza regresa a los huesos. Sin embargo, aún necesita más. Hace mil años bastaba con una gota de sangre. Hace trescientos años, la ofrenda era una muñeca. Hace cincuenta, un sacrificio. Ahora necesita un chorro continuo de niños y niñas por cuyas venas fluye la luz; o algún que otro académico incompetente, si no le queda otra.

Pero ninguna sangre es tan dulce, amarga y poderosa como la de los Everly.

Se ha abastecido de ellos desde hace siglos y ha intentado que le duren todo lo posible. Ahora siente este salto entre las generaciones y el tiempo que se estira. A pesar de todos sus esfuerzo, el cuerpo le está fallando. Si tuviera a Marianne y la llave a Elandriel...

Si tuviera a ambas en su poder, no tendría que estar aquí, languideciendo entre las ruinas.

Cuánto lamenta este baño de sangre. Pero diez años son diez años. Y Penelope siempre cumple sus promesas.

Llega otra niña a la torre, a trompicones, aferrada a la mano de un académico. Ya está sedada, y la niña alza la mirada y sonríe. Con esperanza. Como una tonta.

—Cierra los ojos —le susurra Penelope con la delicadeza de un beso.

Se avecina una tormenta.

Hacía un año que los hermanos Everly no se reunían. Se sientan el uno junto al otro, con la cabeza gacha frente a un libro robado sobre los astrales; el parecido de ambos es, por primera vez, imposible de ignorar. La misma nariz aguileña, la misma boca, con el surco nasolabial marcado y gesto de preocupación. Intercambian miradas de nerviosismo frente a la página que tienen delante.

La noche previa a que Yulan Lui tenga que subirse a un avión para viajar a Praga, yace en la cama con una académica, repasándole la curva suave de los pechos. Se supone que aún fingen que no son más que un lío, que cualquiera de las dos podría marcharse ilesa. Entonces la académica le roza la cara a Yulan y le dice:

—No vayas a Praga.

Ahora que se acerca la Bendición de Illios, Yulan cuenta con un sinfín de oportunidades (nuevos clientes, nuevos libros de los que adueñarse, nuevos campos de trabajo), pero la académica la observa seria. Tras un segundo, Yulan se acurruca contra el cuerpo cálido de la académica y la besa en el hueco de la clavícula.

—No iré —le susurra.

Y no va.

En una ciudad subterránea que se alza sobre las cenizas de los muertos, Caspian Verne piensa en su sombra, Aleksander: el hombre en el que estuvo a punto de convertirse. Casi nunca se permite pensar en esa senda que le arrebataron: ¿para qué rumiar por un pasado sobre el que no tenía ningún control cuando aún desconoce los resultados del futuro? Aun así, esta noche, requiere de toda su fuerza de voluntad para alejar todos esos pensamientos.

Lanza una moneda al aire, despreocupado. Cara, y se queda para ver cómo acaba todo. Cruz, y se larga. La moneda aterriza sobre su mano, y él la cubre con la otra. ¿Será la espada plateada o la pluma dorada? Mucho más tarde, se maldecirá por haber sido tan cobarde, pero también, más tarde, dará las gracias a todos los dioses que conoce por este destello de suerte que lo obliga a marcharse.

Yury Morozov se despierta del sueño más puro que ha tenido nunca; su armadura ya casi se ha completado. Se afloja el pantalón y revela unas caderas huesudas y una necrosis que ya le ha llegado a la entrepierna. Ahí, justo entre la costura entre la pelvis y el muslo izquierdo, ha brotado una escama de ensoñadorita brillante. La promesa de un milagro sobre su carne que ha llegado demasiado tarde.

En lo más profundo de las cavernas de las montañas, donde el suelo aún es blando y arcilloso tras décadas de hielo derretido, Penelope realiza las últimas ofrendas a un niño que descansa en un cementerio que solo conocen los maestros académicos. Hay más de cien tumbas y ninguna de ellas posee una lápida; sin embargo, Penelope los recuerda a todos. El potencial que se ha perdido por una causa mayor. Pero no puede detenerse. Ahora no.

Aleksander se aprieta los dedos contra la boca y cierra los ojos. «¿Qué quieres de mí, Aleksander?». Nada que tenga permiso para tener.

En el recoveco oscuro de un hostal, Violet sostiene el teléfono en las manos y la luz ilumina los restos de sus lágrimas. Despacio, lee un mensaje que no le ha enviado a Ambrose. Sacude los pulgares durante un buen rato, lista para mandarlo. Finalmente, se enjuga las lágrimas y lo borra, palabra a palabra.

Y entonces…

En un mundo que falleció hace tiempo, entre el silencio sepulcral de unos libros que nadie leerá jamás y unas puertas que nadie cruzará, a través de pasadizos cubiertos de polvo y callejones que nadie ha pisado desde hace miles de años…

Algo se agita.

V arios días más tarde, Violet aguarda bajo una farola y se alisa
las últimas arrugas que le quedan a su vestido nuevo. Es de
color azul pastel y tiene el cuello alto y las mangas largas
para ocultar la ausencia de tatuajes. Tras pasar tanto tiempo con la
misma ropa cómoda y dada de sí tras tanto viaje, se ha acostumbrado
a las telas suaves y elásticas. Los zapatos nuevos le aprietan los dedos;
la costura del vestido que recorre las costillas le pica. Se ajusta los
puños y los estira tanto como puede.

Violet vuelve a comprobar la hora e intenta no preocuparse por el
corte que se ha hecho en el labio. Aleksander llega tarde. No pensaba
pedirle que la acompañara, pero no es académica y no posee los tatuajes que crearían la ilusión de que pertenece a ese sitio. Para sorpresa suya, Caspian la ha rechazado aduciendo una reunión familiar a la
que no podía faltar. Así que no le ha quedado otra que pedírselo a
Aleksander.

«Me haces sufrir demasiado».

Apenas han hablado desde que discutieron. Desde que se besaron.
Aún le escuece la boca desde aquella noche; es como si tuviera una
herida que no puede parar de toquetearse, aun cuando le duele demasiado y, al mismo tiempo, no lo suficiente.

Da igual. Después de esta noche tomarán caminos distintos. Por
más que le repatee tener que admitirlo, Caspian tiene razón. Los

académicos y Aleksander van por un lado y la gente como Violet va por otro. Incluso si no tuviera una fecha límite, incluso aunque no estuviera intentando encontrar a su madre, detener a Penelope y vivir su propia vida, joder.

Siempre se preguntará qué podría haber pasado con Aleksander, pero Violet está cansada de fingir que aún pueden volver a ser amigos con la facilidad con la que encajan las piezas de un rompecabezas. Él ha cambiado, y ella también.

A medida que transcurren los minutos, empieza a preocuparse por que no vaya a aparecer. Pero, de repente, ahí está, corriendo por la calle con un objeto brillante en las manos.

—Perdón, perdón —se disculpa sin aliento—. Tenía que pasar a por esto. Si no, no darás el pego. —Le tiende una máscara dorada bordeada de encaje y lentejuelas. Se la coloca sobre los ojos y las cintas le caen sobre las clavículas—. Ven, deja que te eche una mano.

Aleksander estira los brazos para anudarle los cordeles tras la cabeza. Le ajusta la máscara con delicadeza y le roza las puntas de las orejas con los dedos. Violet nota la calidez de su aliento sobre la nuca.

La máscara de él es de terciopelo, azul metálico, y está tensada sobre una estructura de alambre que se curva hacia arriba hasta formar unos cuernos afilados plateados. Y en esta ocasión no lleva un traje que no es de su talla: la chaqueta se le pega al pecho, las mangas tienen la longitud adecuada y unos gemelos de plata a juego con la máscara rematan el conjunto.

—¿Cómo me queda? —pregunta Violet, tirando nerviosa de los puños de las mangas.

Tendrá que bastar. Tiene que funcionar.

Aleksander ladea la cabeza.

—Estás muy guapa —responde en voz baja—. Como siempre.

Violet se sonrojaría de placer de no ser por el resentimiento que capta en la voz de él. Retrocede un paso, hacia la luz.

—Además, no verán que no tienes ningún tatuaje —añade él, y luego le tiende el brazo—. ¿Vamos?

Violet duda antes de agarrarse a él, pero no puede distraerse, por más tentador que resulte ponerse a analizar la discusión. Esta noche va a encontrar a Marianne, va a encontrar la llave y va a encontrar el modo de detener a Penelope.

Esta noche todo llega a su fin.

Con la misma precisión extraña que ya mostró en Viena, Aleksander la conduce por una serie de calles serpenteantes. Apenas presta atención a las señales y se mete por callejones en los que ningún turista se aventuraría a entrar.

—Creía que no habías estado nunca en Praga —comenta ella.

—Se me da bien moverme por las ciudades —responde él, encogiéndose de hombros.

Ella se detiene para observarlo de nuevo, con el ceño fruncido. Aleksander tiene los omoplatos tensos, como si todo su cuerpo se estuviera preparando para algo desagradable. De repente se detiene en mitad de la calle.

—¿De verdad crees que vas a encontrar lo que buscas? —le pregunta.

—Sí —responde ella, sin un ápice de duda.

Todo la ha conducido hasta este instante: las notas de su tío, la visión de Tamriel, los pasos de su madre... Incluso Caspian y su sugerencia de que existen otros mundos.

«¿De verdad crees que la maldición no es real? ¿Que lo divino no puede alcanzarte? ¿Que el cosmos no es más que una abstracción de elementos químicos? ¿Acaso no oyes que las estrellas cantan, pequeña soñadora?».

Hubo un tiempo, en aquella cafetería, que creyó, aun cuando no comprendía del todo qué significaba aquella creencia, qué implicaba aceptar lo monstruoso y lo divino.

Cree que encontrará a su madre, de modo que lo hará.

—Te admiro, Violet —le dice Aleksander, sorprendiéndola—. Sabes qué es lo que quieres y lo que cuesta obtenerlo. —Agacha la mirada y se observa las manos—. Y también lo que harás con ello una vez se halle en tu poder.

Una lámpara solitaria le tiñe los hombros de dorado, y Violet recuerda la carta del astaros de la mujer con la espada clavada en el pecho y la cabeza gacha, en la misma postura en la que se encuentra Aleksander. Posee el rostro elegante y sombrío de un ángel renacentista y, una vez más, Violet se pregunta qué es lo que ha podido ocurrirle este último año para que se haya vuelto así, tan distante y misterioso como una estrella.

—La encontraré —repite.

Él la mira.

—Te creo.

Siguen caminando.

—Estás muy guapa, por cierto —comenta él tras un instante.

—Tú también —responde ella, mirándolo de reojo.

En cuanto doblan la esquina se encuentran con una calle iluminada por la luz que se derrama desde la iglesia. Varias personas charlan y fuman cigarrillos esbeltos con boquillas, con las cabezas inclinadas y juntas. Hay un hombre vigilando la entrada.

A Violet se le forma un nudo en el estómago cuando se acercan a la puerta, pero al hombre le basta con ver los tatuajes de Aleksander para asentir y dejarlos pasar. Lleva unos gemelos con forma de llaves doradas y el pelo recogido con una cinta plateada.

—¿Ves? —le susurra Aleksander—. Ha sido pan comido.

A fin de cuentas, Aleksander afirmó que podía conseguir que los dejaran pasar, aunque ella no se lo creyera del todo. Mira de reojo el tatuaje que tiene Aleksander en la mano: siete líneas delgadas que desaparecen, como bien sabe, hasta la cara interna del antebrazo, donde se retuercen y forman ramas (o raíces) abstractas. Violet ha pasado mucho tiempo con los académicos, pero aún es mucho lo que desconoce. Qué es lo que hace que una persona forme parte de su círculo, qué es lo que hace que la puedan expulsar por siempre jamás.

Salvo por unos cuantos juerguistas, en la iglesia se respira un ambiente distendido y cargado de incienso. Los santos se señalan con el rostro compungido desde las vidrieras, y la luz artificial proyecta débiles arcoíris sobre el suelo.

Otro hombre (este lleva un esmoquin azul marino y una máscara a juego) los conduce por la nave y luego gira a la izquierda hacia el transepto norte y, a continuación, hacia una puerta. Mientras descienden por una escalera de caracol, escuchan un extraño zumbido, cada vez más alto, que resuena en las pesadas paredes de piedra. Violet siente una presión intensa en la cabeza, como si estuvieran bajo el agua. Mira a Aleksander de reojo, pero él parece tan sorprendido como ella, porque tiene el ceño fruncido. La roca parece resplandecer aun entre las tinieblas.

Entonces se escucha un *pop* y la presión del aire se relaja. La escalera llega a su fin.

Violet da un paso y se encuentra bajo un cielo despejado.

Parpadea varias veces, pero es real. Las nubes se deslizan veloces bajo la luz de la luna; la brisa fresca hace que se sienta agradecida por llevar manga larga. Las montañas, imponentes e inalcanzables, se curvan hacia dentro, hacia ellos. El suelo es de piedra, demasiado liso y perfecto como para que sea producto de la erosión natural, pero Violet capta el resplandor de unas venas plateadas y doradas, sedosas, corriendo por él. En los extremos se alzan unos pilares enormes y, aunque la mitad están rotos o destrozados, siguen siendo una visión espectacular. Es un patio creado por manos humanas.

Violet recuerda las palabras de Caspian: «Una puerta a otro mundo».

La piel le hormiguea de la emoción.

Los invitados de la fiesta (más numerosos que en cualquiera de las otras a las que ha asistido) se acercan a ellos. Decenas de académicos de todos los rincones del mundo. Llevan unas máscaras tan elaboradas e increíbles que las de Violet y Aleksander se quedan un poco cortas. De un vistazo, Violet observa jaulas de hierro forjado, velos de seda, máscaras de pan de oro y cristal tintado y fino y también máscaras bordeadas de perlas que cuelgan de finas cadenas de plata. Un cuarteto de cuerda que porta máscaras negras y sombrías toca en el centro.

Ahora que están aquí, Aleksander se ha convertido en un manojo de nervios y no deja de retorcerse las manos. No puede culparlo: ella también siente escalofríos ante tantos académicos.

Entonces lo ve: un gran arco con un tejado en forma de punta, sujeto por un par de columnas talladas en forma de alas y que se está desmoronando por el paso del tiempo. Esto es lo que le llamó la atención en la visión de Tamriel, que no había visto nada en igual en ninguno de sus viajes ni en sus libros. Nada más verlo, le pareció que pertenecía a otro mundo.

Está a punto de acercarse a él cuando se da cuenta de que alguien la está mirando. Lo reconoce al instante: el hombre de la chaqueta de terciopelo que tanto la inquietó en la fiesta de Adelia Verne. Sus miradas se encuentran y él entrecierra los ojos.

—Vamos —le dice a Aleksander, tirando de él.

Una punzada de terror la atraviesa. ¿Quién más ha decidido asistir a esta fiesta? ¿Y si está aquí Penelope, deambulando entre los invitados? Por culpa de las máscaras no tiene forma de saberlo, pero cualquiera de estas personas podría ser ella sonriendo, bebiendo, devorando... Violet se estremece.

Aleksander se quita la chaqueta del traje y se la coloca a Violet sobre los hombros.

—Qué frío.

—¿Y tú qué? —le pregunta ella.

—Estoy bien —responde, encogiéndose de hombros.

Violet lo mira, pero lo mira de verdad. Ante ella se encuentran el hombre al que conocía y este desconocido, unidos por la sonrisa que le dedica. Parece que no dejan de recorrer esa línea tan fina que es su amistad, que no dejan de repetir los mismos pasos de baile y que, por algún motivo que desconoce, vuelven a la casilla de salida. Se ha dicho a sí misma que esta noche no iba a permitirse distracciones, pero ¿cómo no va a preguntárselo?

—Aleksander...

Pero él la interrumpe.

—Debemos de estar en otra parte de Fidelis.

Ella parpadea, sorprendida.

—Pero si no hemos usado ninguna llave.

—No, pero... —Inclina la cabeza hacia el cielo nocturno cubierto de estrellas—. Reconozco las constelaciones. Esas son Tullis y Berias, ¿las ves? Y esa es Etallantia.

Toda la cháchara de Johannes sobre los restos fracturados de Elandriel no tenía el menor sentido. Sin embargo, aquí, bajo las estrellas, sabe con una certeza repentina dónde se encuentra: en un isla, separada de algo mucho más grande.

Echa la vista hacia atrás, hacia la puerta por la que han entrado. Desde aquí, no parece más que otra entrada en las montañas, una curiosa puerta de madera que no parece encajar con el peso de los pilares de roca. Pero está medio abierta, y Violet ve la escalera que sube desde el sótano de la iglesia. Las dos imágenes se enfrentan entre sí; dan dolor de cabeza.

—La Bendición es por aquí —le indica Aleksander, impulsándola hacia el arco—. Para eso has venido, ¿no?

Bajo el arco se encuentra un hombre con una máscara dorada y un puñal en las manos. Violet observa nerviosa a los demás académicos. Sin los tatuajes, se siente desnuda, tan expuesta que hasta se siente en peligro. Bastará con un vistazo rápido hacia su piel sin adornos para que la expulsen de aquí, o peor. Sin embargo, tiene que hallar el modo de acercarse a ese arco, de modo que se traga el miedo y echa a andar.

Bajo el arco hay un nicho estrecho en el que tan solo caben el hombre de la máscara de oro, un par de académicos y algo que, a primera vista, parece un facistol. De cerca, Violet se percata de que, más bien, parece una pila bautismal, solo que no tiene forma cóncava, sino convexa. Un cuchillo destella en la oscuridad mientras, uno a uno, los académicos se rajan las manos y bañan la pila con sangre.

—Debéis entregar una ofrenda —les dice el hombre de la máscara de oro.

Ya han limpiado la hoja, que reluce sobre la mesa. Violet duda, pero solo durante un instante. Se corta la yema del dedo anular y un dolor agudo brota durante el tiempo que tarda en soltar una gota de sangre sobre la piedra elevada. Aunque la piedra porosa debería absorberlo, la sangre se desliza sobre la superficie pulida hasta llegar a un canal, por el que viaja hasta un destino subterráneo y desconocido.

Apartan a Violet de enmedio sin contemplaciones y el siguiente académico extiende la mano ante el hombre de la máscara de oro. A Violet no le queda otra que dar vueltas de un lado a otro hasta que la mayoría de los académicos ya ha vuelto a la fiesta y ha olvidado el ritual en el que han participado. Los músicos dan comienzo a un vals y la melodía resuena en la ladera de la montaña. Durante un segundo, a Violet le da pena que los académicos no muestren ningún interés por los alrededores. Quizá lo tengan más que visto, quizá para ellos no sea más que una maravilla que se ha convertido en algo ordinario, pero ella no puede dejar de admirar cómo la luz de las estrellas resplandece en el suelo, ni tampoco las enredaderas de mármol que hay talladas en los pilares, que parece que se estiran hacia el cielo.

Está en otro mundo y ha cruzado la puerta sin necesidad de llave alguna, sin apenas pensarlo. ¿Cuántas puertas como esta guardarán los académicos con celo? ¿Cuántas habrá abandonadas y olvidadas? Con medio paso, podría aparecer en un lugar completamente distinto, lejos de las garras de Penelope.

Es una idea de lo más tentadora.

Tras dedicarle un vistazo precavido a la multitud (el hombre de la máscara de oro está hablando con una mujer que se encuentra al otro lado del patio), Violet vuelve a colarse por el arco. Alza la vista y el patrón moteado de plumas es el mismo que vio en la visión de Tamriel.

Al fondo de la caverna, alguien ha tallado la imagen de una mujer sobre la roca. Sobre ella brilla una luz orgullosa. Violet la reconoce de la carta del astros: Erriel de los perdidos.

Seguro que está en el sitio correcto.

Tal y como le mostró la visión, apoya las manos en la pared y contiene la respiración. La roca se le clava en los dedos y entonces aparece una escalera estrecha, resbaladiza a causa de la humedad, que conduce hacia la oscuridad. *Puertas dentro de puertas*, piensa, maravillada. Comprueba que nadie la esté mirando y luego se quita los zapatos; lo último que le gustaría sería caerse y romperse una pierna.

Aleksander la sigue.

—No creo que debamos estar aquí.

—Solo necesito un momentito —responde ella.

Hasta ahora, la visión de Tamriel no se ha equivocado.

—Violet, espe…

Violet ya ha descendido la mitad de las escaleras; sin embargo, al oír los pasos de Aleksander tras ella, se detiene y se da la vuelta, aturdida.

—¿Aleksander?

Él se ha quedado inmóvil, con el rostro como el alabastro, y se aferra a la barandilla con tanta fuerza que se le han puesto los nudillos blancos. Violet mira a su espalda, pero ahí no hay nada; solo oscuridad. Escalón a escalón, retrocede hasta llegar a él y le apoya una mano en el hombro. Tiene el cuerpo rígido.

—Mírame —le ordena, apartándole la mirada de la escalera oscura.

Aleksander gira la cabeza y la apoya contra ella, de modo que su frente cae sobre la coronilla de Violet. Ella lo agarra de los brazos para enderezarlo. Cualquiera que los viera pensaría que son dos amantes abrazándose a escondidas en la oscuridad, pero Violet reconoce lo que Aleksander siente en realidad: miedo.

Él toma aire, agitado, y ella siente cómo le tiembla todo el cuerpo.

—No puedo bajar. No puedo.

No es más que oscuridad, está a punto de decirle, pero entonces recuerda la oscuridad del sótano de Tamriel, lo tangible que le resultó, como si fuera un ser vivo enroscándose alrededor de su cuerpo. Recuerda que se pasó las noches siguientes durmiendo con la luz encendida porque se sentía más a salvo que cuando se despertaba en mitad de la noche presa de aquel terror.

—Ya voy yo —le dice, tendiéndole la máscara—. No pasa nada. A fin de cuentas, es su aventura.

A regañadientes, Violet deja a Aleksander en lo alto de las escaleras y sigue bajando. Las paredes de roca tallada brillan por la condensación y el canal desciende junto a los escalones. Los restos de sangre coagulada la inquietan. Quizá la sangre no sea más que algo simbólico, quizá los académicos finjan participar en un sacrificio y un ritual.

«Nos conformaríamos con un bocado».

Puede que Aleksander también conozca parte de ese miedo.

Cuando alcanza el pie de las escaleras, la oscuridad es impenetrable y el ruido de la fiesta se ha desvanecido por completo. Avanza a tientas, con el corazón latiéndole en los oídos. Algo se agita. Una brisa o puede que un aliento pesado. Tiene que contener las ganas de gritar.

—¿Hola?

Su voz reverbera como si estuviera en lo alto de un estadio.

Una luz cegadora estalla y caen chispas. Violet se cubre la cabeza con las manos para protegerse, pero las chispas son como besos de luz solar sobre la piel. Poco a poco, la vista se le reajusta y ve la silueta brillante de una mujer que posee unas alas inmensas extendidas y que atraviesan la oscuridad con haces de luz dorada.

—Bienvenida, Violet Everly —le dice la astral—. Te estábamos esperando.

Yury observa a Violet cuando esta desciende por las escaleras, con los ojos protegidos por una máscara negra resplandeciente, cubierta de perlas de ónice. Nadie se ha fijado en los intrusos que se han colado en la fiesta porque están demasiado ocupados con los cotilleos y el champán, pero él sí, y no entiende cómo es posible que nadie se haya fijado en que esos dos no encajan en este lugar.

Se ajusta los guantes y espera a que su compañera vuelva a la fiesta, a ese patio ruidoso. Estará sola. Estupendo.

Hace muchísimo tiempo que no siente calor.

Está listo para arder.

CAPÍTULO

TREINTA Y CUATRO

L a astral resplandece en la oscuridad, más luz que persona. Sin embargo, entre los rayos de luz cambiantes, Violet intuye una ceja, una nariz afilada, la curva de unos labios. Sus cabellos flotan a su alrededor y forman una corona, como el halo que portan los santos en los retratos. En el puño porta un báculo que se curva y ondula tras una corriente invisible. Unas alas la rodean, más rayos de sol que plumas, salpicadas de arcoíris.

—Hemos oído a las estrellas susurrar tu nombre, a las nubes portarlo y a las motas de polvo ascendentes cantarlo —le dice la astral, y, por fortuna, lo hace en voz alta, no con susurros convincentes que le atraviesan los pensamientos—. Por lo visto, has despertado la curiosidad de hasta los mismísimos cielos, por lo que nos corresponde responder a tu llamada.

Bate las alas y el calor cubre a Violet, acompañado de un perfume seco a sándalo.

—¿Quién eres? —pregunta Violet.

—Nos llamamos Erriel, aunque son pocos los que nos conocen por ese nombre y menos aún los que saben dónde vivimos. Hoy en día, las Manos de Illios no son más que una orden venida a menos.

Violet se acuerda de la mujer de la fiesta, la que portaba el ramo dorado.

—Me envía Tamriel —dice, nerviosa—. Me dijo que podías ayudarme.

Erriel se repliega y le chispean las alas.

—¡Esa abominación! ¡Ese traidor! ¡Ese ladrón de la luz y la risa, ese asesino del conocimiento de eras pasadas! No queremos volver a oír su nombre, por el bien de todos nuestros parientes a los que masacró.

—Lo… lo siento.

—No te corresponde saber de sus crímenes —responde la astral, y se le suaviza la expresión del rostro—, pero esperamos que permanezca encadenado hasta el fin de los tiempos, aun cuando ese castigo no será más que una ínfima parte del sufrimiento que merece.

Ahora que está aquí, Violet no tiene ni idea de qué decir. ¿Qué narices va a decirle a un ser divino?

—Conociste a mi madre, Marianne Everly…

¿Cuántas veces ha tenido que pronunciar esas mismas palabras ante desconocidos, ante quienes le han hecho daño y ante quienes no han querido escucharla, y también ante quienes Marianne ha rechazado? Ya está cansada de decirlas antes siquiera de que abandonen su boca.

Erriel le dedica una sonrisa que parece un rayo de sol.

—Quería liberarnos, un gesto que le agradecemos, pero que, sin embargo, no era en absoluto necesario.

A Violet se le van los ojos a los pies de Erriel, encadenados, aun cuando los eslabones se agitan con la luz reflectante. De modo que aquí es a donde conduce el canal de sangre; el ritual es auténtico, aunque lo hagan pasar por una pantomima. Erriel sigue su mirada y suelta un largo suspiro.

—¿Nos han encerrado? No. Esto fue lo que elegimos. Cumplimos con un deber con el que ya cumplieron nuestras hermanas, nuestras madres y abuelas, quienes se perdieron en la niebla de nuestros recuerdos. Es un honor, Violet Everly, y también una obligación. —Da un golpecito con el báculo y varios arcoíris se esparcen por el suelo—.

A lo largo de nuestra vida, hemos conservado todo el conocimiento que hemos podido, y también hemos guardado muchos tesoros para nuestros hermanos.

Violet inspira hondo.

—Entre ellos, la llave a Elandriel —responde ella.

La astral se queda quieta y los tonos musicales de sus grilletes se reducen a un zumbido leve. Con el báculo en las manos, envuelta en sombras, es casi idéntica a la imagen de la carta del astaros.

—Te han engañado, Violet Everly —responde—. No tenemos ninguna llave en nuestro poder.

El tiempo parece detenerse a su alrededor.

—No... no lo entiendo. Tiene que haber una llave.

No se ha pasado un año entero de su vida buscando algo que no existe.

Sin embargo, Erriel agacha la cabeza con expresión de compasión.

—No mentimos.

—Pero, entonces, ¿qué fue lo que vino buscando Marianne? —pregunta.

—Quería marcharse. Acudió a nosotras agotada, cargada de preocupaciones y frustraciones indescriptibles.

«Quería marcharse».

La conmoción cae sobre Violet como agua helada.

—¿Te dijo Marianne a dónde iría a continuación? —le pregunta con tono de súplica—. ¿Llegó a Elandriel? ¿Encontró lo que estaba buscando?

Erriel le acaricia la mejilla; tiene las yemas de los dedos calientes.

—Nos dijo que harías muchas preguntas. Te pareces mucho a ella, Violet Everly. Oh, cuánto la hemos echado de menos.

Entonces Erriel se echa un lado, y Violet ve lo que la luz no le permitía ver porque la cegaba. Una puerta plateada en un marco de ensoñadorita. Aunque le cuesta percibirlo, está convencida de que siente algo tras ella. Un susurro. Un zumbido que podría ser un coro de voces.

—Marianne cruzó esta puerta. Si pudiéramos, iríamos tras ella, pero no conduce a Elandriel ni al hogar que recordamos con tantísimo cariño. Si oímos la canción de la estrellas, no es más que a través de sus susurros lejanos.

Violet da un paso hacia la puerta, pero el báculo de Erriel impacta contra el suelo.

—No entregamos nada sin recibir algo a cambio —dice Erriel—. Ojalá fuera de otro modo, pero así es nuestra naturaleza.

—¿Qué fue lo que te entregó Marianne?

Erriel la mira con curiosidad.

—Una mano, y la ofreció ella misma —añade, al ver la cara que pone Violet—. No fue sugerencia nuestra.

Violet traga saliva.

—¿Tengo que entregarte... carne?

—Sería un intercambio apropiado —responde Erriel—. Además, tu sangre es tan dulce y se parece tanto a la nuestra...

Violet se mira las manos con horror. ¿Qué puede ofrecerle que no sea a sí misma? Ya ha perdido demasiadas cosas. Tiempo. Un futuro por el que debería haberse mostrado agradecida sencillamente por tenerlo. Un recuerdo que ha dejado un agujero en su mente.

—Deja que te sugiramos algo, Violet Everly —prosigue Erriel—. Aceptamos algo que no echarás de menos salvo en sueños. Tu talento.

—Mi talento... —repite ella.

Ese talento que buscan los académicos, que les permite manipular la ensoñadorita y caminar entre los mundos. Aleksander le dijo en una ocasión que era como si viera chispas doradas, pero ella jamás ha visto algo que no sea un centelleo.

De todos modos, Violet nunca ha hecho nada con ese talento misterioso. Aun así, aun frente al umbral de tantísimas promesas, duda. Alberga todo ese potencial en su interior y nunca sabrá cómo emplearlo. Jamás sabrá lo que se siente al emplear la magia con sus propios dedos o al cruzar mundos con una llave. En realidad, el talento es el único legado que le ha dejado su madre.

Erriel le tiende la mano.

—Acepta el trato y sigue a Marianne a donde quieras. O márchate. No vamos a obligarte.

Violet extiende la mano sobre la de Erriel, pero no parece capaz de moverse.

—Si cruzas esta puerta, quizá no regreses jamás —le advierte Erriel.

Violet cierra el puño y lo aparta. ¿Qué pensarían sus tíos? Recuerda todas y cada una de las palabras que han pronunciado con amargura sobre Marianne, cada discusión que han mantenido, cada una de las miradas reprobatorias de Gabriel. Piensa en Ambrose, sentando en su sillón junto a la chimenea, envejeciendo, aguardando el día en que su sobrina regrese. Jamás sabría lo que le ha ocurrido.

Quizá, en el fondo, se preguntará eternamente si Violet renunció a su familia y desapareció. Igual que Marianne.

—Debe de haber otro modo —responde.

—El precio para cruzar una puerta siempre es un sacrificio, Violet Everly —responde Erriel con dulzura—. ¿Acaso no nos otorgaste tu sangre al llegar? Puede que esta puerta no conduzca a la ciudad legendaria, pero no nos importa.

Violet se muerde el labio. Si la atraviesa para ir en busca de su madre, podría hallar el modo de regresar, de que ambas regresaran. Pero tendría que jurarse a sí misma que no se dejaría influenciar por su madre, ni por el mundo nuevo que hallara, ni por la seguridad que obtendría. Tendría que convertirse en la determinación personificada.

Y, si no pudiera volver... tendría que vivir con esa decisión. Quizá no volvería a ver a Ambrose y a Gabriel. Y si Penelope los apresara...

¿Sería capaz? ¿Aun sabiendo lo que va a pasar si se queda aquí?

Poco a poco, Violet le tiende la mano a Erriel.

—Creo...

Un borrón de oscuridad aparta a Violet de un empujón.

Cae al suelo y el dolor se apodera de su mandíbula cuando la barbilla impacta contra la piedra dura. Los dientes se le sacuden en el cráneo.

Un hombre avanza a trompicones; aún lleva una máscara de la fiesta. Algo le brilla en la mano: una esquirla de ensoñadorita tan afilada como una daga. Señala con ella a Violet, y la punta se agita a solo unos centímetros de ella. Violet retrocede, pero no tiene a dónde ir.

—¿Quién osa irrumpir en mi santuario? —pregunta Erriel.

—He venido a por una bendición, prima—responde el hombre, y señala a Violet con un dedo largo y esquelético.

Tras la máscara, el hombre tiene los ojos cubiertos de sombras; además, de él emana un aroma metálico y peculiar, como el de algo que se está quemando. Cuando habla, las palabras le patinan en la lengua, como si le doliera pronunciarlas.

—¿Prima? —Erriel ladea la cabeza—. Te equivocas.

El hombre se retira la chaqueta y se quita la camisa a tirones. Los botones salen disparados cuando se quita las prendas y las tira al suelo, como si fueran una segunda piel.

—¿Ves? —susurra—. Soy como tú.

Tiene el pecho cubierto de cicatrices, que salpican su piel como si fueran plumas. El negro moteado trepa por su torso y se envuelve alrededor de unas costillas muy marcadas. Sin embargo, algo más sobresale de su piel: púas, como pétalos afilados, que brillan con el fulgor claro de la ensoñadorita. Una se ha roto y del borde serrado rezuma algo oscuro y viscoso; es como la esquirla que sostiene en la mano.

—No estás bien —le dice Violet, intentando calmarlo—. Si dejaras...

—Te vi en Nueva York. Te perseguí en Viena —responde él—. Pero llegué tarde. Siempre llego tarde. Las cosas que he tenido que hacer... Los sacrificios que he tenido que cometer...

Johannes Braun. Un terror espantoso se posa en el estómago de Violet.

—Estoy enfermo, sí —continúa—, pero pronto estaré bien. —Cierra los ojos y se mece sobre los pies—. Tengo sueños, prima. Oigo la canción. Oigo... la gloria.

Erriel golpea el suelo con el báculo y resuena como un disparo. La luz de su lanza brilla con fuerza, y Violet tiene que protegerse los ojos.

—Eres una abominación —sisea Erriel—. No hay otra criatura mortal como tú en toda la Tierra. No eres un astral.

—Me deben algo —responde él, arrastrando las palabras—. Seré un dios.

Y entonces le raja el cuello a Erriel con la esquirla.

CAPÍTULO

TREINTA Y CINCO

U n grito divide los pensamientos de Violet en dos.
Erriel articula un pequeño «oh» cuando el hombre le arranca
la esquirla de ensoñadorita. Un líquido dorado se derrama
de su garganta y mancha el suelo. La luz que rodea a la astral se agita
y proyecta una corona alrededor de todos ellos.

El hombre se quita la máscara con movimientos rígidos y
revela un rostro ennegrecido por la gangrena y unos labios violetas a causa de la hipotermia. De las pestañas le cuelga escarcha. No deja de temblar, y una punzada de dolor tras otra le
cruza el rostro.

—Se me debe... algo...

¡Es nuestro fin! ¡Qué agonía!

Erriel repliega las alas al tiempo que se encoge sobre sí misma;
el color la abandona y adquiere un rubor mortal espantoso. El báculo se le cae de la mano. Golpea el suelo sin emitir más que un susurro, se disuelve en chispas que se estremecen en el suelo... y
desaparece.

La puerta plateada se parte por la mitad con un chirrido estridente. Varias fisuras finas cubren las rocas.

La puerta para lleva a Marianne desaparece.

Violet corre hacia ella, pero el hombre la ataca con la esquirla y le
corta la manga. Un dolor punzante le atraviesa el brazo.

—Hace... muchísimo... que no siento calor —susurra el hombre, y luego repite lo mismo en un idioma que Violet desconoce.

Erriel la mira, con los iris dorados tiñéndose de negro.

Tenemos muchísimo frío, Violet Everly.

El hombre cae al suelo y las manos le brillan, doradas y relucientes. Se acerca al cuerpo de Erriel y le pega los labios al cuello. Los párpados de la astral se agitan a medida que el tinte áureo la abandona. Cuando el hombre vuelve a alzar la cabeza, tiene los dientes luminosos y dorados por la sangre.

Violet retrocede, y el terror le nubla casi todos los pensamientos.

Corre hacia las escaleras y casi tropieza varias veces con el dobladillo del vestido cuando empieza a subir los escalones de dos en dos. La barbilla le arde y la siente húmeda desde que se ha caído, pero no tiene tiempo para comprobar si sangra.

Tras ella ruge algo que claramente no es humano.

Aleksander sigue en lo alto de las escaleras, sujetándose la máscara. Violet lo agarra de la mano y tira de él hacia la salida. Él tiene los ojos abiertos de par en par, preocupado.

—Violet, el brazo —le dice—. La cara...

Se roza la mejilla y se le manchan los dedos de dorado. Sangre de astral.

Sangre de una diosa.

—Tenemos que largarnos de aquí —responde, tensa—. Ahora, antes de que...

—Madre mía —susurra él, mirando tras ella—. Yury.

Violet sigue su mirada y se le encoge el estómago. El hombre sube las escaleras tambaleándose mientras la tela de los pantalones se le desprende entre ascuas. Las chispas caen al suelo y estallan con un siseo audible. Parece brillar desde dentro y una luz blanca brota de las grietas de la piel gangrenada.

Durante una milésima de segundo, nadie repara en él. Los bailarines siguen danzando y los músicos interpretan una jiga muy animada. Alguien se ríe, y su risa atraviesa el patio.

Pero entonces el hombre choca contra una mesilla y varias personas se giran hacia él.

—Madre del amor hermoso —murmura alguien—. ¿Quién lo ha dejado entrar?

—Está borracho.

El hombre de la chaqueta de terciopelo se acerca con paso tranquilo, pero se detiene al ver la luz que irradia de su cuerpo.

—¿Yury? ¿Qué narices haces...?

El hombre agarra a Roy por el cuello de la chaqueta con una fuerza descomunal.

—¡Me quema! *O Bozhe moy*, que Dios me salve...

Yury apoya la mano sobre el rostro de Roy y aprieta con fuerza. El grito que profiere Roy se alza por encima de la música y la cháchara. Y entonces, súbitamente, se ahoga.

Un silencio sepulcral se adueña del lugar. Todo el mundo se ha quedado de piedra; hasta los violinistas han detenido el movimiento del arco sobre las cuerdas.

Roy cae al suelo con brusquedad, con la cara cubierta de quemaduras justo donde Yury lo ha tocado.

El patio entero grita y chilla de miedo. Los académicos se separan del gentío y se dirigen hacia la salida. Pero la escalera es estrecha (solo está diseñada para una persona) y una multitud de cuerpos aterrados se apelotona alrededor de la entrada.

Yury se aferra la cabeza y grita en inglés, en ruso y en el idioma sobrenatural que emplean los astrales. Se agarra del pecho y se rasga la piel.

—¿Qué ha pasado? —pregunta Aleksander, con urgencia, mientras tratan de alcanzar la salida.

—Creo... creo que se ha bebido su sangre.

A ella aún le quedan restos en las manos, de cuando ha tocado el suelo sin querer, y también en la cara.

—¿Qué sangre? Violet...

Alguien choca contra Aleksander, que cae sobre una mesa repleta de copas de cristal, las cuales se rompen cuando impactan contra el suelo. La sangre tiñe la máscara de satén; rojo y azul.

Yury se agacha junto a otra persona (otro cadáver, observa Violet, invadida por el terror), pero gira la cabeza de forma súbita al oír las copas romperse. Se limpia la boca, donde el carmesí se entremezcla con el oro, y respira entrecortadamente.

—Le pedí que me quitara el dolor. Le pedí que lo aliviara... pero os negasteis, me dijisteis que no... Renaceré... Tengo una deuda pendiente... Dios mío, cómo quema...

Yury se acerca a Aleksander y él retrocede. Los ojos le brillan con una luz incandescente; las pupilas no son más grandes que unos alfileres.

Violet, fuera de sí, intenta abrirse paso entre la multitud a empujones, con el corazón en la garganta. Es ella la que ha traído a Aleksander hasta aquí; si le ocurre cualquier cosa...

Se libera justo cuando Yury alcanza a Aleksander. Sin pensárselo dos veces, Violet agarra lo que queda de la cintura de los pantalones de Yury y tira con fuerza. Él da la vuelta, de modo que queda frente a ella, y, en algún rincón de su mente, bajo esa sed de sangre que se ha apoderado de él, la reconoce y se le enciende la mirada. Violet retrocede, sin dejar de mirar de reojo a Aleksander.

—Tú —sisea Yury. Avanza hacia ella hecho una furia, cada paso reduce la distancia entre ambos—. Llegué demasiado tarde en Nueva York y en Viena..., pero aquí estás.

Violet choca contra el acantilado de roca. Está atrapada.

Yury la acorrala con los brazos. El aliento le apesta a cobre, a sangre, y su cuerpo irradia calor como si fuera una fragua. Durante una milésima de segundo, siente que vuelve a estar en el sótano de Tamriel y que su voz tenue resuena en su mente. «Solo un bocado».

Yury la observa y unas lágrimas gordas y doradas le surcan las mejillas. Tuerce la boca en una mueca de dolor agónico.

—Lo único que quería era volver a sentir calor. Solo quería calor. Lo siento, Bozhe. Pero habían contraído una deuda conmigo.

Y estira la mano como si fuera a acariciarle el rostro.

Solo tiene una oportunidad.

El pulgar sobre los nudillos.

Golpea hacia arriba, y su puño impacta contra la mandíbula de Yury. Le arden los nudillos, blancos a causa del calor. En el segundo que transcurre entre que Yury retrocede y se recupera del golpe, Violet le aparta los brazos.

Yury retrocede y tira un brasero contra una mesa. La madera prende y las llamas devoran el mantel. Sin embargo, el fuego logra llamar la atención de Yury. Violet observa en su rostro el atisbo de un anhelo desesperado y, entonces, Yury se abalanza hacia la mesa y mete las manos en el fuego.

Aprovechando la distracción, Violet corre hacia Aleksander. Acaba de ponerse en pie y le duele la boca.

—¿Estás bien? —le pregunta él, lo cual es una pregunta absurda, pero ella asiente de todos modos.

—¿Y tú? —pregunta ella.

—Me lo he torcido al caerme —responde, señalándose el pie con una mueca.

La mayoría de los académicos ya se ha marchado, pero aún quedan cuerpos sobre el suelo, silenciosos e inmóviles. Cadáveres. Yury tiene la cabeza inclinada sobre uno de ellos y entonces se escucha el sonido inconfundible de un hueso al partirse. Cuando se separa del cuerpo y grita, su grito resuena por todo el patio y, por primera vez, también en la mente de Violet. *Está cambiando*, piensa, horrorizada.

En cuestión de unos instante, Yury se dará cuenta de que aún hay más que consumir.

—Tenemos que salir de aquí —dice ella.

—Pero... los académicos... —protesta Aleksander.

—No podemos salvarlos —responde, consciente de lo terribles que suenan sus palabras—. Escúchame: o nos vamos ahora mismo o acabamos como ellos.

—Pero... —Aleksander vuelve a mirar a Yury, que está empezando a desgarrarse la piel de la espalda—. Vale.

Se encuentran a solo unos pasos del arco cuando Yury sale de su trance. Sus miradas se encuentran. De repente, se pone en pie con un cuerpo que se ha estirado hasta límites imposibles. De su piel brota luz con un brillo feroz.

Violet no piensa: toma a Aleksander de la mano y lo arrastra hacia la puerta. Oye un siseo de dolor, pero lo ignora. Tienen que llegar a la puerta antes que Yury, que extiende la mano hacia ella, con unas garras que le arrancan la parte de atrás del vestido y destrozan la tela...

Y entonces cruzan la puerta y Violet la cierra de golpe. Tiene sangre en el brazo, en la cara y le arde la espalda. Están a salvo, pero...

La puerta. Su madre. Erriel.

—¿Violet?

En la voz de Aleksander hay un mundo entero de preguntas.

—Voy. Dame un...

Aún podría volver. Aún podría esquivar a Yury, correr hacia la puerta de ensoñadorita que conduce a su madre y arreglarla de algún modo. Aún podría intentarlo.

Y casi extiende la mano hacia el pomo, de verdad.

Violet se encuentra a solo unos pasos de la escalera cuando la puerta se astilla en un millar de fragmentos. Aleksander y ella quedan sumidos en tinieblas.

CAPÍTULO

TREINTA Y SEIS

Ya no queda casi nadie en el iglesia cuando Aleksander y Violet llegan a lo alto de las escaleras. Violet se tambalea hasta el banco más cercano y se desploma sobre él con la respiración agitada cuando, en realidad, debería estar sollozando. Un ruido como de estática retumba en sus oídos. Aunque ve claramente la zona que Yury le ha rajado del vestido, no siente nada. Al menos no todavía.

La puerta que conducía a su madre ha desaparecido. Aún tiene el pelo cubierto de las esquirlas. Qué objeto tan ordinario para un lugar tan extraordinario.

Y ya no existe.

Aleksander se sienta a su lado y habla en murmullos para que los últimos rezagados no lo oigan. Sostiene la máscara en la mano; la seda azul se ha teñido de rojo. Un corte con pinta de doler le cruza la mejilla.

—¿Qué ha pasado ahí abajo? —pregunta—. ¿Qué rayos era eso?

Violet intenta explicárselo, pero siente los pensamientos fragmentados y no deja de ver el rostro de Erriel; la esquirla de ensoñadorita clavándose en su cuello, la agonía que se colado en su mente.

—Erriel no dejaba de hablar de sacrificios —responde Violet—. De sacrificios, puertas y… —Se aprieta la frente con la palma de las manos—. Ese hombre ha matado a una astral.

—Los astrales son... son como dioses —responde Aleksander, mirándola de reojo—. No existen en este plano.

—Pues siento tener que ser yo la que te lo digo, pero...

Prácticamente tiene que tragarse una carcajada. Aleksander, que hace magia con ensoñadorita, que viaja de un mundo a otro junto a una estrella, no cree en los astrales.

—No son más que cuentos de hadas —insiste él, pero entonces ve la cara que le pone ella—. No puedes estar hablando en serio, Violet.

—Pues dime, ¿de quién es la sangre que tengo en la cara? —le suelta—. ¿Qué coño acabo de ver ahí abajo? Venga, dime, señor sabelotodo.

Aleksander le observa las manos: tiene los puños cerrados. De los nudillos de la derecha emana un fluido de una quemadura de cuando ha golpeado a Yury.

—Te creo —responde—. Pero es que... Yury... No me imaginaba que fueran así.

A Violet le gustaría poder decir lo mismo. Esa misma hambre insaciable, esa misma belleza espantosa. Recuerda que Tamriel estaba encadenado y se pregunta si existen motivos por los que tanto Erriel como él estaban encadenados y no recorriendo el mundo en libertad.

Se pregunta cuánto tiempo aguantará Yury en ese patio, viviendo sus últimos días en la isla de un mundo fracturado, sin ser humano ni tampoco un astral, no del todo. Se estremece.

La última persona abandona la iglesia y el recinto queda sumido en un silencio sepulcral. Aleksander se levanta y empieza a recorrer el pasillo de un lado a otro. Lo único que le apetece a Violet es pasarse varios días durmiendo, pero él parece haberse visto invadido por una energía frenética que no encaja con la situación.

—Bueno, pero ¿la encontraste?

—¿A quién? —pregunta Violet, frunciendo el ceño.

—A Marianne —responde él, con una urgencia en la voz que la sorprende.

—¿Qué? No, pero...

—¿Y la llave? —pregunta—. ¿Encontraste la llave? ¿Antes de que Yury...?

Violet lo mira de repente. Le mencionó que estaba buscando a su madre, y puede que alguna vez haya dicho algo de pasada sobre una llave. Pero el modo en que se lo ha preguntado...

—Aleksander —dice ella, despacio—, ¿qué hacías en Viena?

Él se pasa una mano por la cabeza y mira hacia todas partes menos a ella. La boca se le ha convertido en una línea recta y fea. En realidad, era una pregunta retórica, porque Violet ya sabe la respuesta.

La estaba esperando. A ella.

Entonces se da cuenta de que no están solos. Una mujer rubia se encuentra tras el altar, de espaldas a ellos. Tiene la cabeza inclinada hacia arriba, hacia el rosetón gótico; parece que lo está contemplando. Permanece tan quieta como una santa.

—Menudo viaje, Violet Everly. ¡La última Mano de Illios! La verdad es que me has sorprendido.

Esa voz... Dulce y humilde; una daga enfundada. Un escalofrío le recorre la espalda. Se gira hacia Aleksander. Ha dejado de moverse y permanece firme como un soldado; y puede que lo sea, en la guerra de otro.

Después de todo lo que ha ocurrido esta noche, Violet ni siquiera puede fingir que le parece un desconocido. Este es su yo auténtico; lo que pasa es que ella ha tardado demasiado en darse cuenta.

—Me has mentido —lo acusa, sin expresión en la voz.

—Nunca te he mentido —responde él—. No soy académico... ni tampoco el ayudante de Penelope...

—Pero trabajas para ella.

A Aleksander se le van los ojos hacia Penelope.

—Sí.

La destrucción. Una espada le atraviesa el pecho.

Violet abre la boca para preguntarle por qué, pero entonces se da cuenta de que no quiere saberlo. No hay motivo ni justificación que excuse lo que le ha hecho. Hay una parte de ella que observa la escena desde lejos, con ironía y desapego. Ahí está, Violet Everly, la joven que quiere saberlo todo menos la respuesta a esta pregunta.

—Hice lo que tenía que hacer —se defiende Aleksander, cruzándose de brazos—. Pero Yury jamás debería haber aparecido por aquí. No entiendo...

—¿Para qué enviaste a ese hombre? ¿Para que me impidiera encontrar a Erriel? —Violet empalidece—. ¿Para que me matara?

—¡Joder, Violet! ¡No! Se suponía que nadie debía resultar herido.

—No tienes ni idea de lo que me has arrebatado —responde ella.

Le tiemblan las manos, de modo que se aferra al respaldo de un banco. No piensa mostrarse débil ante él. No piensa darle el gusto de verla enfadada.

Pero es Aleksander quien comienza a gritar.

—¡Fuiste tú la que me lo arrebató todo! Puede que no supieras que ibas a hacerlo, pero aun así... —Se interrumpe—. En cuanto lo entiendas...

—¿En cuanto lo entienda? Si supieras lo que acabas de hacer...

Penelope la interrumpe.

—Aleksander, espérame fuera.

Violet espera que proteste, que le conteste que preferiría esperar en la iglesia, que le diga que le gustaría quedarse, aunque sea para ver a Violet sufrir (algo, lo que sea), pero Aleksander asiente y se da la vuelta. Sin mirar atrás.

—¡Aleksander! —le grita ella.

Las puertas de la iglesia se cierran.

Violet da media vuelta para encararse a Penelope, a esa mujer que ha intentado arruinarle la vida, que ha seguido sus pasos por todo el mundo.

—Supongo que te creerás listísima —le dice Penelope—. La verdad es que has superado mis expectativas en varios sentidos. Johannes Braun, Tamriel... —Apoya un dedo en el altar—. Esos nombres no salieron de la nada. Tu investigación ha sido de lo más exhaustiva.

—¿La considerarías digna de una académica? —responde Violet con amargura.

Tras el miedo se alza algo líquido y cargado de rabia. No piensa permitir que Penelope la gane. No se adentrará en las sombras, no será otra Everly que halla una muerte brutal bajo las manos de esa mujer.

—Jamás encontrarás lo que estás buscando —le suelta Violet—. Erriel dijo que no existe.

—Las Manos de Illios ya no existen. De hecho, jamás tuvieron importancia alguna. Erriel se ha pasado dos mil años en una cueva, bajo la forma de una estatua glorificada, presidiendo un mundo sin importancia —responde Penelope—. No recordaba quién era ni de qué era capaz.

—¿Y tú sí?

Reina el silencio en la iglesia.

—Sé quien eres —añade Violet—, Astriade.

Penelope se tensa.

—No tienes derecho a llamarme por ese nombre.

—Pero es que es tu nombre —contesta Violet. Luego ladea la cabeza—. Me pregunto si Aleksander sabrá para quién trabaja...

—No olvides quién eres, pequeña soñadora.

Las sombras de la sala se vuelven densas. La oscuridad se acumula bajo los pies de Violet. Cuando intenta apartarse, descubre que no puede mover los pies. Unos zarcillos oscuros y gruesos la agarran de los zapatos y le trepan por las piernas; cuando encuentran piel desnuda, queman. Violet intenta liberarse, pero, con cada movimiento, un nuevo zarcillo la sujeta.

Penelope avanza y su sombra se extiende a su espalda. Con cada uno de sus pasos, los bancos que la bordean crujen y se astillan. Durante un instante, Violet no ve una, sino dos versiones de esa mujer: Penelope, tal y como la ha conocido siempre, con el pelo rubio recogido con esmero tras las orejas, y también una mujer hecha de oscuridad, tan alta como el techo y con unas alas de humo que se abren tras ella.

Una diosa. Una astral. Pero es como si alguien le hubiera arrebatado toda la luz. Es un agujero negro, no una supernova.

—Tengo cientos de años, Violet Everly. Me acuerdo de cuando las estrellas caminaban por la tierra como los mortales. Me acuerdo de cuando los humanos no eran más que un capricho del cosmos: polvo estelar, arcilla y estupidez. —Un anhelo súbito y extraño le toma la voz—. Recuerdo cuando los cielos eran el hogar.

Penelope alza un dedo (una garra con una llama en la uña) y lo acerca al cuello de Violet. Quema como el ácido. Todas las ventanas revientan y los cristales de las vidrieras caen como lluvia. Violet ve chispas doradas, tantas que hasta se le revuelve el estómago.

—Tu talento no es más que una gota en un océano infinito. Un océano infinito que me pertenece.

De pronto, las sombras retroceden. Violet cae al suelo cuando los zarcillos oscuros que la sujetaban desaparecen. Apenas puede respirar. Penelope se alza ante ella. Vuelve a ser solo una mujer.

—Te quedan trece días —le dice—. Te sugiero que los emplees con cabeza.

Abandona la iglesia, y Violet se queda jadeando en el suelo. A lo lejos le parece oír unas voces (Aleksander, que acepta algo) y luego una intensa luz azul se cuela por debajo de la puerta. Vuelve a reinar el silencio en la iglesia.

Violet se sienta en el suelo, rodeada de fragmentos de cristal y bancos rotos. Después da puñetazos contra el suelo hasta que le arden los nudillos, hasta que el dolor brota rojo e intenso y le mancha la piel de sangre.

No hay llave.

Su madre ha desaparecido.

Violet ha perdido.

CAPÍTULO
TREINTA Y SIETE

Penelope y Aleksander vuelven a la torre de los académicos envueltos en un remolino de luz azul. Penelope deja que Aleksander vuelva por su propio pie a las forjas. Le vendrán bien un par de noches de trabajo duro, como castigo por haber dudado, como recordatorio de lo que ocurre cuando pone a prueba una lealtad inquebrantable.

—Espérame allí —le ordena—. Tengo que encargarme de un par de asuntos.

—Sí, maestra —responde él.

Cada una de las sílabas esta cargada de obediencia. Al fin.

Le indica que se retire con un gesto de la mano y Aleksander desciende las escaleras. Cojea un poco por culpa de alguna herida. La espada inquebrantable de Penelope...

A su pesar, siente un destello de orgullo por su asistente, a quien ha tenido que impartirle unas lecciones tan duras. Ahora es fácil guiarlo en la dirección adecuada. Un empujoncito por aquí, un tironcito por allá... Aun con toda su fuerza, Aleksander aún lleva sus debilidades a flor de piel, como una herida abierta. Algún día la curará y ese día Aleksander se alzará a su lado como el más puro de los académicos. Aleksander será los cimientos del nuevo mundo de Penelope.

Aguarda hasta que ya no lo ve antes de dirigirse hacia sus aposentos. Ya siente los efectos del «numerito»: cada paso le cuesta más que el anterior, cada bocanada de aire le pesa más en los pulmones. El regocijo de haber vuelto a transformarse en su antigua forma sombría ya se ha disipado, pero esta la persigue como un espectro, recordándole todo lo que fue y todo lo que podría volver a ser.

En sus aposentos la aguarda una copa enjoyada repleta de sangre, de vida. La toma y la examina; se le hace la boca agua. Sin embargo, se contiene y deja que el hambre le retuerza el estómago. Soporta una punzada de dolor que crece y mengua una y otra vez.

No es sangre de los Everly, que es la que debería ser. Nadie tiene su talento, ese talento que los dioses, que ella misma vio adecuado para ellos. Hubo un tiempo en el que su sangre bastaba para que ella preservara su longevidad, para reclamar lo que antaño le pertenecía, Everly a Everly. Una sangre preciosa que se ha derramado durante generaciones. Pero hasta los dioses necesitan algo más que los vestigios del polvo de las estrellas para poder vivir bajo su auténtica forma.

Finalmente se bebe la copa de un trago. El hambre no desaparece (nunca lo hace), pero el animal que gruñe en su interior se apacigua. Mañana tendrá que beberse a otro niño (puede que incluso a dos) en la ladera, fría y desoladora, de la montaña y enterrar sus secretos con ellos.

Pero hoy se podía permitir mostrarse espectacular, porque hoy ha ganado.

Desde los aposentos, desciende por la escalera de los académicos y luego deja atrás los sótanos y las salas oscuras en las que se imparte justicia. Emplea varias llaves para abrir varias verjas que gritan por el óxido; no obstante, el resto de los académicos está tan lejos que no importa.

Al final llega a la sala de la puerta de ensoñadorita con los versos desgastados. En el pasado, se arrodillaba ante ella y suplicaba en silencio, como si sus hermanos pudieran oír sus pensamientos desde el otro lado, que ignorasen la inscripción que ha condenado a Penelope a una existencia macilenta y fragmentada en este lugar.

Pero hoy hace algo distinto. Observa la puerta desde otra perspectiva y le da vueltas a un pensamiento. Ha leído todos los textos fragmentados que dejaron las Manos de Illios tras de sí, todos sus rumores sobre llaves, y no hay nada que sugiera lo contrario. Sin embargo, jamás se ha parado a pensar en… la metáfora.

«Erriel no dejaba de hablar de sacrificios. De sacrificios y puertas».

Después de tantísimos años de anhelo… ¿de verdad es tan fácil?

A Penelope se le dan muy bien los sacrificios. Y, como es de esperar, conoce los rituales con los que los suyos llegaron hasta tan lejos desde sus costas de origen. Sangre, hueso, recuerdo. Y el metal divino, aunque hace tiempo que solo lo llama «ensoñadorita», un nombre que disfraza su auténtica naturaleza con cortinas de ciencia.

Siente la anticipación. Está tan cerca de Elandriel y después… de su casa.

En trece días cubrirá esta puerta entera con la sangre de Violet Everly. Será un sacrificio puro, limpio y adecuado para cerrar un ciclo. También será un sacrificio del tiempo de Penelope, de cada día que ha pasado, peor que el anterior, desde que hizo aquella promesa de los diez años. Qué agónica la espera, pero merecerá la pena. A fin de cuentas, la gloria es de color rojo intenso.

En trece días, la puerta se abrirá de par en par, solo para ella.

Al fin comienza.

PARTE

CUATRO

UNA ADVERTENCIA JUNTO A UNA HOGUERA

U na noche, en lo más profundo del invierno, cuando la nieve bloquea las forjas y la cosecha de ensoñadorita se encuentra en su punto álgido, la maestra forjadora reúne a sus alumnos junto a la hoguera. Es tiempo de oscuridad y frío, de historias de fantasmas y advertencias. Las llamas chisporrotean y saltan, forman figuras con las sombras humeantes.

La maestra forjadora inspira hondo y examina los rostros de sus alumnos. Y esto es lo que cuenta…

Hay un tiempo en el que existe un hombre muy listo.

Es hábil con las manos. Es capaz de crear milagros con gemas, metales y madera. Durante décadas es el artesano más famoso de su ciudad, del mundo entero. Los viajeros se desplazan hasta su taller por sus conocimientos.

Sin embargo, el tiempo es una criatura caprichosa. A medida que el hombre envejece, descubre que sus habilidades están en las últimas. Los nudillos se le hinchan y el alambre se le resbala de los dedos; le duele la espalda, por lo que le cuesta trabajar en su banco. Además, en otras partes de la ciudad, una nueva generación de artesanos, que posee manos diestras y el vigor de la juventud, obra milagros que él no es capaz de imitar. Los clientes ya no acuden a su tienda y sus obras, otrora famosas, se vuelven grises por la capa de polvo que las cubre.

Entonces, un día, una estrella, tan hermosa como la furia, con fuego sobre los hombros, como si fuera una capa, entra en su taller.

—Ayúdame, por favor —le suplica él.

—De acuerdo. Pero no puedo entregarte nada si no recibo algo a cambio.

Desesperado, el hombre le muestra los distintos objetos de la tienda. Le enseña esmeraldas del tamaño de huevos, con costras de oro y cubiertas de diamantitos. Extiende ante ella una baraja de cartas, bañadas en plata, y le promete que pueden revelarle la verdad sobre su futuro. Le muestra la figurita de una bailarina con un vestido de alambre entretejido, introduce una llave en el pedestal y la gira, con lo que produce una música que haría que a cualquier mortal se le saltasen las lágrimas.

La estrella lo observa con expresión divertida.

—Necesito algo que aprecies. Y aquí no veo nada de valor.

El hombre comienza a farfullar sobre primogénitos, sobre anillos capaces de controlar a un hombre, sobre asesinatos, sobre terceros hijos de terceros príncipes…

—Ya basta —lo interrumpe ella.

Él extiende las palmas de las manos, con gesto suplicante.

—¿Qué más tengo?

La estrella reflexiona durante un instante y luego responde:

—Te ofrezco un trato.

Toda una vida de conocimiento al que accederá durante un año y un día. Y, cuando ese año y ese día lleguen a su fin, ella se quedará con su alma. Una magia tan poderosa requiere un intercambio igual de poderoso, le explica.

Al hombre no le ilusiona demasiado entregar su alma, pero está cansado de que se lo hayan arrebatado todo y teme desaparecer en la nada, así que acepta.

Con ayuda de la estrella, descubre un conocimiento tan tentador que le arrebata el aliento. Aprende a moldear el metal divino que cae del cielo. Aprende a viajar entre los mundos y a escuchar la canción de los hermanos de la estrella mientras estos danzan por la galaxia. Aprende a extender la longevidad y a recuperar la juventud.

Aun así, en el fondo de su mente, no olvida que el tiempo se le agota y que hizo un trato con la estrella. A medida que los días se disuelven ante él, comienza a suplicarle a la estrella que le perdone el alma. Su obra aún no ha llegado a su fin; jamás lo hará. Acaba de empezar a vivir de verdad.

—¿No tengo modo de convencerte para que me perdones el alma? —le pregunta.

—No es que tengas que convencerme o no —responde ella con desdén—. Es que ya hemos hecho el intercambio.

Pero él sigue intentándolo. Se atreve incluso a seducirla, con la esperanza de que cada beso y cada caricia sirvan para ablandarla y que anule el pacto. No tarda en darse cuenta de que su estrategia es tan boba como suplicarle piedad.

Comienza a dar largos paseos bajo el resplandor lunar acuoso y cada paso calma el pánico que se apodera de él y le pone la mente en marcha. Es un hombre listo, por lo que sabe que debe de haber algún modo de escapar de ese pacto tan espantoso. Además, el conocimiento que le ha concedido la estrella lo ha vuelto aún más listo.

En mitad de la noche, navega en un bote de remos hasta una isla que se encuentra en las afueras de la ciudad. Allí, entre las ruinas de una catedral, se construye una jaula de metal divino. Aun con todo el conocimiento que alberga, no es más que un hombre, pero ¿acaso existe algo mejor que una creación divina para enfrentarse a un dios?

La última noche de ese año y ese día, el hombre se mete en la jaula y la cierra. La estrella ya no puede tocarlo. Llega envuelta en un remolino de llamas, que se tornan de un violeta intenso al percatarse de las intenciones del hombre. Da vueltas de un lado a otro frente a la jaula.

—Los humanos sois unas criaturas pérfidas y traidoras —le reprocha la estrella—. Entrégame tu alma.

—Le tengo demasiado aprecio —responde él.

—Destruiré tu cuidad —jura ella.

Él reflexiona durante un instante y luego responde:

—Pero yo viviré.

—Que así sea.

La primera noche, la oscuridad se llena con el ruido de los gritos.

La segunda, el hombre observa llamas en el horizonte.

La tercera, todas y cada una de las estrellas del cielo desaparecen.

La cuarta, reina el silencio en la ciudad. Vacilando, el hombre gira la llave de la cerradura y la puerta se abre con un leve susurro. Cuando sale de ella, la ciudad no es más que ceniza. Y la estrella se ha marchado.

Ha ganado. Aun así, se le seca la boca con el sabor de los huesos chamuscados. Su taller ha quedado reducido a un montón de escombros negros. Las joyas chamuscadas cubren el suelo, y el metal se ha retorcido bajo el calor vengativo. En la puerta, alguien ha escrito con sangre dorada: «Mientras tu alma camine libre, también yo lo haré».

A medida que transcurren los días de esta nueva libertad, el hombre lleva a cabo la última parte de su plan. Bloquea las puertas que conducen a otros mundos, esas que tanto le costó crear, y rompe las que no consigue cerrar. La estrella se ha marchado a otra parte y, si es lo bastante listo y tiene algo de suerte, jamás tendrá que volver a enfrentarse a ella.

Pasa una semana y el hombre sube a la colina más elevada de la ciudad para observar la puesta de sol. La sangre corre por las ruinas.

Es un hombre listo.

También es un cobarde.

TREINTA Y OCHO

La llave no existe. Marianne ha desaparecido y se ha llevado con ella toda esperanza de lograr huir de Penelope.

Y luego está Aleksander: una daga oculta en el interior de un anhelo ardiente.

Ahora que ya no hay nada que hacer (ahora que ya no puede hacer nada), Violet vuelve a casa y, durante todo el trayecto, se siente una desgraciada y una inútil. En el taxi que la recoge en la estación, apoya la cabeza contra la ventana y observa los árboles, que han comenzado a desnudarse y a teñir sus hojas de color ámbar.

En su mente no deja de repetirse una escena: cada uno de los pasos agónicos que ha dado a lo largo del camino, las ocasiones en las que podría haberse dado la vuelta, en las que podría haberle dicho «no» a Aleksander, en las que podría haber sido un poco más precavida a la hora de revelar sus secretos.

Odia a Aleksander por lo que ha hecho, pero se odia aún más a sí misma por haberle permitido entrar en su corazón. Si no se hubiera enamorado tanto, si se hubiera parado a preguntarse qué era lo que quería realmente de ella…, pero entonces ella también habría tenido que admitir lo que quería de él.

Puede que hubiera algo entre ambos durante ese beso, un beso espantoso, emocionante y voraz porque era sincero. Puede que sea lo único que le ha dicho a Violet con sinceridad. Asimismo, puede que no fuera más que deseo, y qué tonta ha sido Violet por creer que podía ser algo más.

Cuando el taxi la deja en el camino de entrada, se detiene durante un instante y se limita a observarlo todo. De vuelta a casa. Al fijarse bien, repara en el musgo que trepa por la pared de ladrillo y en las tejas de pizarra del tejado que se han desprendido como si fueran dientes. Parecen haber abandonado el jardín. Todo está medio muerto. Las ramas grises están marchitas y caídas.

El espantoso coche de Gabriel está aparcado en el garaje (cuya puerta encuentra abierta), con la capota bajada. Violet se sube de un salto y la suspensión rebota bajo su peso. Apoya las manos en el volante y coloca el pie en el acelerador. Cierra los ojos y se imagina que aprieta, la sacudida de la potencia y el viento agitándole el pelo mientras recorre una carretera infinita a cielo descubierto.

Abre los ojos y apoya la frente en el volante.

La casa está helada y al momento le resulta evidente lo poco que la han cuidado desde que se marchó. El polvo cubre las ventanas y los cuadros que cuelgan en el recibidor. Violet se quita los zapatos con los pies y vaga por el porche techado; el limo verde se ha adueñado de él y oculta las vistas. Es como si hubiera retrocedido en el tiempo, como si volviera a tener doce años y ansiara ver un mundo lejos de este lugar.

Pues mira lo que has conseguido con tanta ansia.

Gabriel y Ambrose están en alguna parte de la casa, pero ahora mismo no se ve capaz de enfrentarse a ellos; aún no. Sube por la larga y sinuosa escalera y la madera cruje bajo su peso. La pintura se desconcha de las paredes, y Violet se percata de que hay varias manchas de humedad en el techo. La visión de la casa en semejante estado le parte el corazón de un modo que es incapaz de describir.

Abre la puerta de su dormitorio y medio espera encontrárselo cubierto de telarañas, pero está tal y como lo dejó cuando se marchó.

Creía que, cuando volviera, se vendría abajo y rompería a llorar, que se sentiría a salvo en el santuario de su infancia. Sin embargo, deja todas sus pertenencias y se dirige hacia la biblioteca. Después de ver todos los cambios que ha sufrido la casa, siente alivio al ver la biblioteca prácticamente intacta, sin esa capa de polvo que parece cubrir todo lo demás. Aquí están los libros, la pintada de su infancia («V. E.», cincelado con torpeza en la cara oculta de la estantería) y su preciado armario.

Aquí está lo que, en otro tiempo, fue su mundo entero.

Es imposible que quepa en el armario, pero, aun así, se mete y se sienta en el suelo con las piernas cruzadas. Las rodillas le asoman por el borde, por lo que es imposible cerrar las puertas. «¿A quién se le ocurre poner un armario en la biblioteca?», le preguntó Aleksander cuando se le contó.

Más recuerdos que afloran hacia la superficie. Recuerda que las paredes del armario la oprimían, y también las de la casa; las sentía como una prisión y un santuario. Por aquel entonces, el mundo exterior le parecía de lo más emocionante, lleno de posibilidades. «Vivir aventuras». Pero ahora son las paredes del mundo las que la oprimen. Aunque, cuando dice «mundo», en realidad se refiere solo a una mujer. Y, sin embargo, la siente como si fuera el mundo entero.

En los cuentos habría una respuesta que llegaría como un relámpago. Una cura para la maldición, una espada para el monstruo, una corona para el príncipe... Algo perfecta y absolutamente sencillo. Un «larga vida al rey» y un «y fueron felices y comieron perdices».

Violet había encontrado su respuesta justo antes de que Aleksander se la arrebatara de las manos.

Una traición también es una especie de relámpago.

Aquí está el relámpago: chamuscado tras el impacto..., disolviéndose en el mismo aire del que provino.

A primera hora de la mañana (tan temprano que, de hecho, se podría decir que sigue siendo de noche), Aleksander se despierta sobre su jergón de madera con los músculos doloridos. A su lado, una decena de forjadores duermen en sendos jergones cargados de heno para aliviar la dureza de los tablones de madera. Hay un par de niños que no deben de tener más de diez años, pero que ya son fuertes y resistentes. Viven manchados de ceniza y los han rapado para evitar contratiempos, al menos hasta que se considere que son lo bastante habilidosos como que no se quemen el pelo. El resto, en general, tiene más o menos la misma edad que Aleksander. Están terminando su aprendizaje y, más adelante, establecerán sus propias forjas. O también puede que trabajen como hábiles artesanos y que se dediquen a convertir la ensoñadorita en cualquier cosa, desde las lámparas de cristal que iluminan Fidelis hasta el polvo triturado que se emplea para fabricar la tinta de los tatuadores.

Aleksander jamás será uno de ellos. A pesar de que trabaja más duro que nadie y de su evidente talento para fabricar piezas de lo más delicadas con los dedos, los maestros forjadores afirman que no confían en él. Es capaz de captar hasta la más mínima impureza en los metales, atiza el fuego hasta alcanzar la temperatura perfecta, sabe la historia de un objeto de ensoñadorita solo con sostenerlo en la mano..., pero con eso no basta. Nunca basta. La desgracia lo cubre como un sudario invisible pero perpetuo.

A oscuras, se lava la cara con agua tibia, pero, para cuando se viste, ya está sudando por el calor que reina en la forja. Se pasa las próximas tres horas con una pala, alimentando un fuego abrasador con carbón y madera hasta que le arde la cara. El sudor hace que le piquen los ojos, y el hollín se le acumula en la piel y en el pelo.

A medida que amanece, el resto de los aprendices se pone manos a la obra: cortan más leña, traen carbón, llevan mensajes al resto de la ciudad y también a la torre de los académicos. A las siete, la maestra forjadora se pasa por allí para ver cómo va la jornada matinal y para consultar las gráficas de la recolección de ensoñadorita.

A las ocho, al fin relevan a Aleksander de su puesto de trabajo, aunque para entonces el fuego ya se ha convertido en una criatura avivada y saciada. Se lava la cara con más agua fría y la ceniza le cubre los ojos. Entonces llega el momento de barrer el suelo, comprobar las reservas de metal y cortar leña hasta que las ampollas del día anterior revientan. Mientras tanto, unas chispas doradas (el polvo de ensoñadorita, que está por todas partes) parpadean incontrolables en su campo de visión hasta el punto de que producen náuseas.

Comen en turnos distintos, y qué suerte que siempre pueda reclamar el primero. Para entonces se muere de hambre y, por fortuna, la comida siempre está buena y siempre lo sacia. Es uno de los pocos recordatorios de que esto es un trabajo y no un castigo eterno diseñado específicamente para él.

Cuando termina, vuelve a la fragua. Extrae agua de los manantiales, pule las herramientas de metal de los artesanos, barre otra vez y se dedica a llevar comida de un lado a otro. Agua. Madera. Ceniza. Lo repite todo hasta que llega la hora de la cena, y luego otra vez hasta que el cielo se tiñe de negro y se cubre de estrellas, hasta que Aleksander está tan cansado que incluso le cuesta pensar con claridad.

Y luego una y otra vez. Se ha pasado un año viviendo así. Una desgracia interminable e implacable.

¿Qué es si no es un académico? Aquí tiene su respuesta: nada.

Así fue hasta el día en que Penelope lo convocó en los jardines del acantilado que rodean la torre de los académicos. Acudió con el estómago revuelto, con náuseas, aun cuando aún no había probado bocado. Hacía meses que no veía a Penelope; ni soñar con hablar con ella. ¿Qué iba a hacer su maestra con una espada destrozada sin remedio?

Penelope se volvió hacia el con los ojos anegados de tristeza y a Aleksander le dieron ganas de arrodillarse ante ella. Penelope le ofreció un trato: «Averigua qué se trae entre manos Violet Everly. Obsérvala con atención. Y vuelve con nosotros. Vuelve a casa».

Violet Everly… Cada vez que escucha ese nombre piensa en café, en la luz del sol derramándosele por los hombros, en una curiosidad que arde como un incendio. Una maldición, una llave, una habitación oscura.

No se ha pasado un año odiándola, pero quizá habría sido mejor que lo hubiera hecho.

En Nueva York, la observó mientras deambulaba furtivamente por el Museo Metropolitano de Arte y se detenía en una exposición. No era de ningún artista que Aleksander conociera (Penelope nunca consideró que el arte fuera una de las áreas de estudio dignas de su atención), pero, al ver la intensidad con la que Violet observaba el retrato de una mujer vestida de negro, le habría gustado conocerlo. Por primera vez en mucho tiempo, le dieron ganas de saludarla, de hacer que se girara y que ella lo prendiera con su curiosidad.

Tampoco es como si hubiera podido, pero le habría gustado...

En Viena la encontró pronto, justo cuando salía de un tren, con sueño y asombro ante la ciudad que se desplegaba ante ella. Esperó a las puertas del Kunthistorisches Museum sin dejar de pensar en ella, con el corazón en la garganta. Penelope le ordenó que hallara respuestas, de modo que le formularía preguntas.

Estaba tan concentrado en aquel trocito de ventana que no se fijó en que bajaba por las escaleras con actitud desafiante bajo la lluvia. Y el modo en que Violet pronunció su nombre... como si fuera una pregunta.

Solo cuando le preguntó por los académicos sintió aquel núcleo de resentimiento que lo había estado esperando. ¿Dónde estaban las cicatrices de Violet? ¿Cómo era posible que ella no viera aquellos cambios inexorables que lo miraban de vuelta cada vez que él se observaba en el espejo? ¿Cómo había logrado escapar de todo aquello ilesa cuando él no había hallado el modo de hacerlo?

La furia se alzó como la marea y lo engulló todo.

Jamás debería haber ido a Praga.

En la fragua, trabaja hasta que le duelen los huesos, hasta que se agota y ve chispas cada vez que cierra los ojos. Martillea las láminas de metal. Arroja leña al fuego. Barre hasta que el suelo queda impoluto. Su jergón permanece inalterable, con las sábanas dobladas con precisión. Finalmente, la maestra forjadora le quita la escoba de las manos y le ordena que descanse.

Obediente (porque esto es en lo que se ha convertido, en un hombre reducido a una orden que aún no le han dado), yace en la cama, y los sonidos de la forja suenan cada vez más lejos. La oscuridad acecha en su mente, las sombras lo acorralan. Yury ruge en una jaula y mete las manos en unas llamas, listo para prenderle fuego al mundo. La sangre dorada cubre el rostro de Violet, que abre unos ojos acusatorios de par en par. Ha causado tanto daño a su paso que no cree que llegue a compensarlo nunca.

A solas en su cuarto, llora.

Ambrose sabe cuándo llega Gabriel porque de repente la casa se llena con el sonido de unos portazos. Lo espera en la biblioteca, aguardando a que la tormenta lo alcance. Gabriel abre las puertas de par en par y entra en la estancia, con una mirada ardiente oculta por unas gafas de sol. Listo para la guerra.

—Gabriel… —le dice Ambrose.

—Marianne se ha ido. Lo sabía. Hemos perdido todo este tiempo por su culpa.

Ambrose hace todo lo posible por mantener la calma, pero el tono de Gabriel lo saca de quicio.

—No sé qué es lo que ha pasado, pero…

—Sabemos de sobra lo que ha pasado.

Ambrose cierra los ojos.

—Como ya he dicho…

—Sigues sin entenderlo. Marianne no va a volver —lo interrumpe Gabriel, marcando cada una de las sílabas—. En cuanto se dio cuenta de que todo esto no era más que una causa perdida, ¡se largó! Y venga con toda esa mierda sobre las llaves y la gente de las estrellas. Siempre ha tenido la cabeza en las nubes.

—¿Habrías preferido que se hubiera marchado con Penelope? —suelta Ambrose—. ¿Habrías preferido que muriera?

—Preferiría que nos hubiera contado la verdad, joder. Que la gran e infalible Marianne había fracasado. ¡Así no nos habríamos pasado los últimos diez años buscándola en vano! —añade, y le arrea un puñetazo a la pared con el que se sacuden varios libros.

Ambrose lo observa con el ceño fruncido debido al cansancio. Su parte más lógica sabe que tenían muy pocas posibilidades de ganar. Nadie ha logrado escapar nunca, ¿por qué iba a ser distinto en el caso de Violet? Sin embargo, incluso en sus pesadillas, jamás se imaginaba que sería algo así: el temor previo a la derrota y sus implicaciones, que la casa se convertiría en una tumba para un luto profético. La ausencia de Marianne, tan grande como un abismo. Incluso en sus pesadillas, siempre se imaginaba que Marianne estaría allí con ellos.

—Y ahora, por su culpa... Por nuestra culpa...

Gabriel observa a Ambrose. Las ganas de pelear lo han abandonado. Alza las manos, desamparado... Gabriel, que jamás se ha sentido desamparado, ni siquiera cuando se adentró en aquella noche tormentosa hace diez años, dispuesto a hacer lo que fuera para proteger a su sobrina.

Ambrose jamás ha visto a su hermano mayor tan perdido.

Gabriel se deja caer sobre una silla y se lleva las manos a la cabeza.

—¿Qué hacemos ahora?

CAPÍTULO
TREINTA Y NUEVE

Violet consigue evitar a sus tíos durante dos días enteros. Impresionante. Dos días preciados, pero preciados porque el tiempo se le escapa entre los dedos como si fuera agua volviendo al océano. No sabe qué decirles. Lleva tanto tiempo enfadada que no tiene muy claro cómo perdonarlos. Además, puede que ellos también se hayan enfadado con ella. A fin de cuentas, se largó de casa y no respondió a sus mensajes ni a sus llamadas. Su venganza pasiva fue dejar que se preocuparan, aunque ahora entiende todo lo que quizás hayan tenido que sacrificar por ella.

Quizás haya una línea imperdonable que no puede volver a cruzar.

Por la tarde, sale por la ventana y trepa por la cañería del tejado. Se pasaba horas aquí arriba, anhelando el mundo que quedaba tras la delgada línea del horizonte y a una madre que estaba por ahí, perdida en alguna parte; a Marianne Everly, que bien podría haber estado en este mundo, en otro o incluso muerta, y Violet jamás habría tenido forma de saberlo.

Aprieta los puños. Marianne Everly fue incapaz de tomarse la molestia de revelarle a nadie a dónde iba ni de contar qué preciado secreto había descubierto que la hizo partir sin dudar. La voz de Johannes Braun brota en su mente: «No le preocupaba demasiado caerle bien a la gente».

Se arranca las pulseras de su madre y las lanza hacia el campo, tan lejos como puede. Emiten un único destello en el aire y, entonces, desaparecen entre la hierba alta. Siente las muñecas más ligeras. Más vacías. Se acaricia la franja de piel pálida donde estaban.

Varios segundos más tarde, Violet baja corriendo las escaleras y cruza la puerta trasera, con el arrepentimiento quemándole el fondo de la garganta.

Tras varias horas de búsqueda, solo encuentra una, y el lustre de la pulsera queda oculto bajo una capa de barro. La limpia con el jersey y vuelve a ponérsela en la muñeca, donde vuelve a sentir su peso. Sabe que debería librarse de ella, pero no puede.

La tercera noche, al fin se atreve a recorrer el resto de la casa. Tiene demasiada hambre, se nota demasiado inquieta como para enjaularse más tiempo en su cuarto; y fuera hace demasiado frío como para ponerse a dar vueltas por el tejado. La cocina permanece vacía mientras ella se prepara una cena en condiciones (la primera que se hace desde hace varios días), pero la casa parece latir a su alrededor, como a la espera. Saborea cada bocado, lo friega todo y lava las encimeras hasta que todo queda reluciente. Después, lo único que le queda por hacer es ir a buscar a sus tíos.

Encuentra a Ambrose sentado en su sillón preferido en la tercera sala de estar, con el fuego de la chimenea ardiendo alegre contra el frío otoñal. No soporta la idea de tener que decírselo, pero le debe la verdad: que ha fracasado.

—He vuelto —dice con voz queda.

Ambrose suspira al verla y luego le indica que se siente en su segundo sillón preferido dando unas palmaditas sobre él. Violet se encoge y se sienta sobre las piernas. Gabriel siempre le decía que parecía un gato y ella siempre respondía sacando la lengua. Se mira las manos y desearía que fueran garras.

—¿Qué ha pasado? —le pregunta Ambrose.

Y no le dice «¿cómo has podido?» ni «¿cómo te atreves?».

Violet cierra los ojos y lo recuerda todo de nuevo. De toda la gente a la que no quería defraudar...

Se lo cuenta todo.

—No debería haberme fiado de Aleksander. Es todo culpa mía. —Se enjuga una lágrima cargada de furia, y luego otra—. Lo siento muchísimo, Ambrose.

Ambrose contempla las llamas con gesto meditabundo. El fuego proyecta sombras sobre su rostro.

—Yo tenía unos pocos años más que tú cuando tu madre te dejó a mi cargo —dice pasado un tiempo—. Recuerdo que entré en pánico. ¿Cómo iba a cuidar de una niña? —Sonríe para sí mismo—. Pero Marianne me lo suplicó. Sabía que no podía llevarte con ella, pero tampoco podía quedarse. Quería luchar por ti; por todos, en realidad. De modo que accedí.

Violet recuerda las primeras semanas tras la partida de su madre. Los días parecían huecos, y el tiempo se estiraba como si fuera un chicle. Y ahí estaba Ambrose, preguntándole, incomodísimo, si le apetecía jugar a las muñecas, qué comida le gustaba, si quería ser su amiga. Y ella, que no se dignaba a responder.

Pero, entonces, Ambrose le hizo la pregunta mágica y los ojos se le encendieron como estrellas.

«¿Quieres que te cuente una historia?».

—¿Qué te crees? —pregunta entonces Ambrose, juntando los dedos—. ¿Que yo no he cometido errores durante todos estos años? Cuando Gabriel me advirtió sobre Penelope, pensamos en huir, ¿sabes? Quizá no hubiéramos llegado demasiado lejos, pero podríamos haberlo intentado. Podríamos habernos mudado a otro país y habernos cambiado el nombre.

—Penelope nos habría encontrado de todos modos —responde Violet.

—Eso no podemos saberlo —contesta él—. Quizá lo hubiéramos logrado. Ahora mismo podríamos estar viviendo en una isla tropical, ganduleando en la playa. Viviríamos rodeados de cocos.

A su pesar, Violet se ríe por la nariz.

—Bueno, a ver, vamos a calmarnos un poquito, ¿eh, Robinson Crusoe?

—O puede que no. Por aquel entonces, parecía algo imposible. Y seguíamos contando con Marianne. —Se le desvanece la sonrisa—. Quizá debería haber permitido que Gabriel te llevara con él. Así, cuando Penelope hubiera llegado hasta aquí, tú ya haría tiempo que te habrías largado.

Violet empalidece al imaginárselo.

—Te habría matado.

—Pero tú estarías a salvo. Es algo a lo que no dejo de darle vueltas, ¿sabes? A qué estaba dispuesto a sacrificar y a qué no. —Suspira—. Debería haberte contado la verdad. En su momento, creí estar haciendo lo correcto.

Violet intenta imaginarse a Gabriel conduciendo hacia el amanecer, con ella en el asiento del copiloto, mirando con el ceño fruncido el coche naranja neón. Intenta imaginarse una infancia en la que una maldición no era otra historia más, sino algo inmenso y terrible que pendería sobre ella durante el resto de su vida.

—Adelia Verne se ofreció a llevarte consigo en una ocasión para que vivieras entre los académicos de su familia. Supongo que no lo sabías —le cuenta Ambrose.

—¿De veras?

Una vida distinta. Magia, académicos, ensoñadorita… Fidelis. En otra época, Violet habría accedido sin pensárselo dos veces porque estaba desesperada por contemplar un mundo que se le había negado. Y hay una parte de ella que aún siente el fantasma de ese anhelo tan particular.

—No es tan poco frecuente como te puedas imaginar. Marianne fue con ella. —Ambrose tamborilea los dedos sobre el reposabrazos—. Esa fue otra decisión que hubo que tomar. ¿Habrías sido más feliz en Fidelis, en el lugar que naciste, el hogar de Marianne? —reflexiona para sí mismo—. ¿O habrías sufrido bajo el yugo de los académicos, igual que tu amigo?

—Aleksander no se merece tu compasión —responde ella, anegada de rabia.

—¿No te da pena? —le pregunta Ambrose, mirándola con curiosidad.

Aleksander le mintió en Viena, y luego otra vez en Praga. Un montón de mentiras que fueron haciéndose más grandes hasta que se convirtieron en una traición. Y ella lo sabía; sabía que ese nuevo Aleksander, tan escurridizo, no era lo que aparentaba, que le habían salido colmillos durante ese año en el que no lo había visto. Intentó encandilarla como un mago de tres al cuarto, dirigiendo su atención hacia fruslerías con las que mantenerla entretenida aun cuando las cartas que revelaban sus intenciones se le estaban cayendo del bolsillo. Y ella lo permitió. Se moría de ganas de creer al hombre que le había sonreído mientras tomaba un café, al hombre que le había mostrado un atisbo tentador de todo lo que podía llegar a ser el mundo si se atrevía a buscarlo.

¿Y qué habría pasado si la hubiera mirado con angustia? ¿Y si, durante un instante, su fachada se hubiera resquebrajado?

—Deberías haberte librado de mí —dice Violet, anegada en pesar—. Deberías haberte olvidado de mí para ser libre. No me creo que quisieras esta vida.

Ambrose la toma de las manos y le sonríe. Se le forman arruguitas en los ojos.

—Puede que no haya sido la vida que habría elegido, pero ha sido un privilegio verte crecer.

Ambos se pasan un buen rato observando las llamas, que acaban reducidas a cenizas sobre la rejilla. Bajo la luz brumosa, el crepitar le recuerda al báculo de Erriel y al resplandor de sus ojos dorados.

Qué cerca estuvo de la puerta. Si no hubiera esperado ese segundo de más, si hubiera tomado la mano de Erriel y hubiera aceptado el trato, a lo mejor ahora podría estar con Marianne. O a lo mejor seguiría persiguiendo a un fantasma, a una mujer que no quiere que la encuentren.

«Quería marcharse».

—Marianne no luchó por nosotros —dice Violet súbitamente—. Ni siquiera regresó para advertirnos. En cuanto supo que no podía detener a Penelope se... se marchó.

—Ay, Violet...

—¡Tú te quedaste! ¡Y Gabriel también! —añade Violet a toda prisa—. «Marianne Everly era dura como una roca. Marianne Everly era más terca que una mula. Marianne Everly era más lista que el hambre». Pues, si era tan dura, tan terca y tan lista, ¿por qué no volvió?

Las comisuras de los ojos se le anegan de lágrimas ardientes, lo cual la enfada aún más. Se suponía que este dolor agotador ya había cesado, al igual que la humillación y la angustia de ser la hija por la que no merecía la pena quedarse. Ha pasado más de una década desde que Marianne se marchó, pero ha dejado tal vacío en la vida de Violet que es como si estuviera aquí mismo, observando las llamas con ellos. No deja de infligir daño.

—Tenía miedo —la defiende Ambrose.

Violet se muerde el labio tan fuerte que se hace sangre. Se aprieta los ojos con las palmas de las manos y respira honda y entrecortadamente.

No puede hacerlo. No puede.

Se oyen los muelles cuando Ambrose se levanta del sillón y la envuelve con sus brazos cálidos.

—Siento mucho que Marianne se fuera —se disculpa Ambrose—. Siento mucho que no te contáramos la verdad. De verdad, lo siento.

Algo se rompe en el interior de Violet.

Más tarde, después de que las lágrimas se hayan secado sobre el jersey de Ambrose y de que del fuego no queden más que cenizas, Ambrose se marcha un instante y regresa con una taza de té. Violet la toma e inhala profundamente antes de beber.

No es que sea el mejor remedio para un corazón roto, pero lo acepta.

Dos días más tarde, Aleksander empaqueta sus exiguas pertenencias en la fragua bajo la atenta mirada de Penelope. Los forjadores la observan con una mezcla de veneración y miedo. La famosa Penelope, aquí, en su fragua.

—¿A dónde vas? —le pregunta un niño con voz tímida.

Penelope se agacha para quedar a la misma altura que el aprendiz.

—Vuelve a donde pertenece, mi pequeño soñador. —Se vuelve hacia Aleksander—. ¿No es así?

Él agacha la cabeza, incapaz de mantener el contacto visual.

—Sí, maestra.

Ascienden en silencio por la colina. Penelope se abre paso entre la multitud con facilidad; es como si dejaran pasar a un ser divino que camina entre ellos. Sin embargo, Aleksander siente todas las miradas clavadas en la nuca. El ayudante caído en desgracia que regresa a la catedral del conocimiento. Incluso a él le parece un desafío a la santidad.

Penelope se detiene frente a la torre de los académicos.

—Ha pasado mucho tiempo, ¿no? No pasa nada, puedes decirlo.

—Sí, maestra —responde, tragándose un nudo repentino que se le ha formado en la garganta.

Un año de exilio, de adversidades. Ha pagado con su sangre, con un castigo de dolor, con la confianza de Violet y la humanidad de Yury. No obstante, aparta ese pensamiento con la misma celeridad con la que aparece.

Además, ¿acaso no se lo merece? Su futuro, un océano de posibilidades, vuelve a extenderse ante él. El arco de los académicos se cierne sobre él.

Penelope sonríe y, por primera vez en toda su vida, se hace a un lado para que Aleksander entre primero.

—Bienvenido a casa.

Le entregan una habitación nueva, en un piso más alto que la vez anterior. Es la habitación de un académico, no la de un aprendiz, aun cuando aún tiene que superar la prueba que separa ambos rangos. En vez de paredes de piedra y suelos desnudos, las paredes están cubiertas de madera y el suelo, con una alfombra lujosa. Dispone de una cama mullida y de almohadas blandas y esponjosas. Tiene hasta baño propio, con agua que asciende desde las termas. Ahí están todos sus preciados libros, alineados en una estantería de verdad.

Es todo lo que siempre ha querido.

Bueno, no todo. Como tiene el pelo corto y un cuerpo musculoso después del tiempo que ha pasado en la forja, Aleksander llama la atención a donde quiera que vaya. Hasta los académicos lo evitan. Las miradas se les van a su antebrazo, donde debería estar el tatuaje de ensoñadorita que lo marca como académico, y las conversaciones mueren cada vez que él se acerca, como si los cotilleos fueran algo sagrado que sus oídos no deben oír. Empieza a llevar manga larga y a comer en la cantina a horas extrañas, cuando solo está el personal de cocina, que lo observa de reojo y habla entre murmullos mientras se prepara para el resto de la jornada.

Antes, como ayudante de Penelope, ya soportaba toda clase de rumores (que en realidad era un hijo secreto, que Penelope había aceptado un soborno para hacerse cargo de él o incluso que sus padres, a quienes nadie conoce, tenían alguna especie de control sobre Penelope) y los soportaba porque era su ayudante. Su elegido. Incluso en las forjas logró soportar las miradas sospechosas y los susurros. Sin embargo, lo que siente ahora es distinto, como más afilado.

Combate contra la sensación de culpabilidad volcándose en el trabajo, pasando largas horas entre los archivos. Empieza a buscar toda la información posible sobre los astrales; al principio lo hace de forma inconsciente, pero luego hace un esfuerzo deliberado por no pensar en el porqué de sus actos. La mayoría de los documentos están incompletos o escritos en un idioma tan antiguo que apenas puede leerlo; la caligrafía enmarañada se extiende por hojas y hojas marcadas con los dientes de escarabajos. Presta atención a palabras aisladas, a párrafos que quizás, en otra época, pertenecían a ensayos completos: «longevidad», «gracia», «guerra», «calamidad».

En más de una ocasión extiende la mano hacia la estantería y se encuentra con un hueco cubierto de polvo del tamaño de un dedo. A veces los libros se pierden, aun cuando existe un catálogo de tarjetas y un ejército de archivistas con ojos de lince. A veces los dejan en otra estantería, otras los abandonan en un escritorio. De vez en cuando los roba alguien codicioso para leerlos en la comodidad de sus aposentos. En ocasiones, aunque no abundan, los destruye alguien con sed de venganza o alguien que tiene las manos de mantequilla y a quien le gustan las bebidas calientes.

Aun con estos posibles percances, no es frecuente que un documento desaparezca sin dejar rastro de las estantería, sobre todo si estamos hablando de varios documentos sobre un mismo tema. Los archivistas se encogen de hombros cuando Aleksander los informa de las dos primeras desapariciones; a la tercera, lo miran con recelo. Deja de informarlos, pero, en el fondo de su mente, no olvida esas desapariciones.

En ningún momento se permite pensar en qué está buscando; tan solo se limita a sentir una profunda inquietud. Aun así, sigue buscando, se adentra en los archivos, deja atrás las estanterías bien iluminadas y penetra en los túneles serpenteantes de la ladera de la montaña. Lee hasta que se desploma sobre el escritorio y sucumbe a un sueño en el que no sueña. Despierta en mitad de la noche con el rostro contra el libro. Solo.

CAPÍTULO

CUARENTA

Al día siguiente, Violet sigue a Gabriel hasta su estudio, con un nudo de terror en el estómago. El cielo está pintado de un gris uniforme; el invierno se apodera del tiempo. La lluvia golpetea las ventanas y la casa se infesta de goteras, de heridas antiguas que inician una sinfonía incongruente de agua que cae en los cubos con un *ploc, ploc, ploc*. Gabriel está sospechosamente callado desde que ha llegado. Aunque no tiene forma de demostrarlo, Violet está convencida de que su tío ha viajado a Fidelis. Aunque no sabe para qué. Hasta donde ella sabe, no hay nada que puedan hacer ya.

Ha tratado de armarse de valor para hablar con él (para admitirle que ha sido tontísima), pero Gabriel se le adelanta cuando llama a la puerta a una mañana, demasiado temprano.

—Venga, enana. Tenemos que hablar.

En el pasillo, Gabriel se detiene ante la extensión que ocupan los retratos de los Everly y suspira. A Violet siempre le han parecido como afligidos de un modo abstracto, pero ahora que es consciente de la perdición inminente ve en ellos valentía, desafío y resignación. Aunque, al fin y al cabo, tampoco importa demasiado qué expresión adoptaran sus rostros.

—Demasiados Everly —comenta Gabriel, pensando en alto—. No tenían ni una sola posibilidad…

Violet sabe que su tío está pensando en Ambrose. ¿En qué podría haberse convertido Ambrose sin el peso de una maldición y de una niña a la que han abandonado? *En alguien más feliz*, piensa con amargura.

¿Y qué podría haber sido ella? No tiene un retrato que la sustituya, no hay nada que recuerde a los próximos Everly los peligros que los aguardan. Pero entonces recuerda que no habrá más Everly y se da la vuelta.

Violet se espera que Gabriel la regañe en cuanto se cierran las puertas del estudio. O, peor aún, que la fulmine con la mirada, sumido en un silencio reprobatorio. No obstante, su tío se sienta tras el escritorio y la silla de cuero cruje bajo su peso. Parece agotado y vulnerable sin sus gafas de sol y su típica sonrisa sarcástica; está de lo más extraño.

—Se acabó, enana —le dice con aire apesadumbrado—. Así que dime: ¿qué quieres que hagamos?

Violet ladea la cabeza. La ha tomado por sorpresa.

—¿Cómo?

—Aún nos quedan un par de opciones. Puede que no parezcan muchas, pero... —Extiende las manos sobre la mesa—. Ahí están.

Gabriel abre un cajón y extrae varios pasaportes, certificados de nacimiento, carnés de conducir... Todos falsos.

—Ambrose y yo no podemos irnos. Llamaríamos demasiado la atención. Pero tú aún puedes marcharte.

Violet toma un pasaporte y lo abre. En la página de identidad viene su foto, pero en el nombre pone «Emma Blythe» y la fecha y el lugar de nacimiento no son los suyos. Otro pasaporte es español; la fotografía es la misma, pero el nombre es otro.

—Hay un experto en falsificaciones en Skye —explica Gabriel—. Puede conseguirte cualquier cosa que le pidas. Me debía unos cuantos favores, así que me los cobré.

Violet vuelve a observar los pasaportes, pruebas de unas vidas que jamás ha llegado a vivir. Sin embargo, no le cuesta imaginárselo. Viajaría de ciudad en ciudad, sin quedarse demasiado tiempo en un mismo sitio. Podría ir a cualquier parte.

—Si quisiera huir... —dice.

—No podrías volver jamás —le advierte Gabriel—. Penelope te atraparía y sabría que te hemos ayudado. —Se pasa la mano por el pelo y observa a través de la ventana, con la mirada perdida—. No sería una vida fácil. Si en algún momento quisieras ser madre o formar una familia o incluso tener un hogar fijo... Bueno, ya has visto lo que pasaría.

La vida imaginada se desvanece al instante. Viajaría y sería libre, sí..., pero no sería libre de verdad. Siempre tendría que estar cubriéndose las espaldas, a la espera de que Penelope o alguno de sus aliados la encontraran. No podría forjar vínculos, no podría tener amigos. Además, la situación no cambiaría nunca. Y tampoco podría volver a casa.

—No sería una gran vida —responde Violet.

—Pero vivirías.

Juguetea con los certificados de nacimiento y observa los distintos nombres. Ninguno de ellos viene acompañado del apellido Everly.

Gabriel prosigue enumerando las opciones que se le han ocurrido: viajar a Fidelis, pero la ciudad es demasiado pequeña como para que pueda esconderse durante mucho tiempo; racionar toda una existencia en una casa segura específica...

Pero Violet ya no le presta atención y, llena de rabia, piensa.

Su madre huiría. Su madre huyó.

Violet vuelve a adueñarse de los pasaportes, piensa en todas las vidas que podría vivir, en todas las mujeres que podría ser, y vuelve a dejarlos sobre la mesa.

—No nos quedan más opciones, ¿verdad? —pregunta.

—Me temo que no, enana.

Violet asiente para sí misma.

—Pues entonces me quedo. Voy a luchar. En nombre de todos.

Varios días más tarde, Aleksander llama a la puerta de Penelope, dispuesto a que los nervios no lo traicionen. Ha repetido el gesto tantas veces a lo largo de su vida que no debería darle tantas vueltas, pero el último día que estuvo aquí fue la vez que intentó robar la llave. El día en que su vida se vino abajo. El corazón le palpita con rabia, tan fuerte que hasta lo siente en los oídos.

—Pasa —responde Penelope.

Cuando entra, el olor familiar de la vainilla y el cedro, mezclado con ese tenue olor metálico, lo embriaga. En la chimenea arde un fuego intenso.

Penelope se ha sentado frente a la mesa, sobre la que se encuentran los restos habituales de libros y cartas. Aleksander aparta la mirada; es otra de las lecciones que aprendió de niño. Sin embargo, Penelope llama su atención. Tiene ojeras y, con esta luz, su piel parece casi translúcida. Jamás ha enfermado, ni un solo día en toda su vida. Pero es evidente que está enferma. Abre la boca para preguntarle si se encuentra bien, pero vuelve a cerrarla.

Tras un año en la fragua, donde no había preguntas estúpidas ni maestros demasiado ocupados como para responder, Aleksander está olvidando sus lecciones.

—Aleksander —exclama Penelope con tono cortante.

Aunque su mente va de un lado a otro, las manos actúan por su cuenta y, sin pensarlo, abre los armarios y saca una botella de vino, unas galletas y varios quesos duros. Encuentra dos copas ligeramente cubiertas de polvo por el desuso y las limpia con un trapo fino. Cuando lo coloca todo, Penelope observa la mesa con una sonrisa de satisfacción.

—Ahora todo es tal y como debería ser —dice—. Uy, espera un momento, Aleksander.

En un abrir y cerrar de ojos, desaparece en una de las habitaciones adyacentes y vuelve con una botella del tamaño de su puño que contiene un líquido negro y resplandeciente. La gira bajo la luz, le quita el tapón y sirve el contenido en las dos copas.

—Hacía mucho tiempo que lo tenía guardado —le explica—. Se trata de una cosecha muy muy especial. Pero esta noche vamos a celebrarlo.

Aleksander tiende la mano hacia la copa, pero Penelope lo detiene.

—Todavía no, ayudante mío.

Toma un cuchillo y, con un movimiento diestro, se lo hunde en la yema del dedo índice. Una gota de sangre teñida de dorado brota en la piel.

Aleksander se encoge.

—Maestra...

—No has recorrido un camino fácil —dice Penelope—. Has tenido que superar más pruebas que cualquier otro ayudante, y quizá no haya sido del todo culpa tuya. Sin embargo, has perseverado, lo cual es digno de elogio. —Deja que la gota caiga en la copa de Aleksander—. Sabemos recompensar a los nuestros, Aleksander, así que permíteme que te entregue esto.

Aleksander examina la copa, roja como una joya y vistosa. Solo da para un par de tragos. Hace días que no come por los nervios, pero al ver la copa se da cuenta de que no tiene nada de hambre.

Penelope alza la copa.

—Por el hogar. Por el destino. Por nuestro futuro.

Y entonces se bebe el contenido de un solo trago. Aleksander bebe a toda prisa y contiene una mueca de asco cuando el sabor metálico y aceitoso le roza la lengua. Observa de reojo a Penelope, pero a ella se le ensancha la sonrisa, así que se bebe la copa tan rápido como puede y el líquido le quema el fondo de la garganta.

Y puede que sean imaginaciones suyas (puede que no sea nada de nada), pero siente como una corriente eléctrica recorriéndole el cuerpo y encendiéndole las yemas de los dedos. El dolor punzante de la zona lumbar, que ha aparecido por la falta de costumbre de estar sentado ante un escritorio, se evapora de forma súbita. Alza la mirada y observa a Penelope, pero ella se limpia las manos con un servilleta, con la mirada en otra parte. Piensa en la lectura del astaros de Praga, en Illios... Aleksander bebiéndose un vial, las cartas desparramándose, el cuerpo de Violet en sus brazos, la senda que ha recorrido con rapidez hasta llegar tan lejos...

—Dime, asistente mío, ¿en qué has empleado tu libertad? —le pregunta Penelope.

Aleksander intenta volver al presente.

—He estado leyendo, trabajando... —Se toquetea los puños de la túnica—. Cuesta... cuesta acostumbrarse de nuevo a todo esto.

—Rabia me ha comentado que pasas mucho tiempo en los archivos.

—Sí —responde después de tragar saliva—. Quería volver a familiarizarme con algunos de los textos.

Examina el cuchillo que descansa sobre la mesa, aguardando a que Penelope mencione a los astrales. Ha borrado sus huellas lo mejor que ha podido; ha escogido horas discretas durante las que estudiar, cuando los archivistas están más agobiados que nunca y nadie se fija en un académico vagabundeando en los archivos.

—Imagino que no habrás olvidado todo cuanto te enseñé, ¿no? —pregunta Penelope.

—No, maestra —responde él—. Solo quería prepararme, por si...

A ella le brillan los ojos al comprenderlo.

—Quieres saber más cosas sobre la prueba.

Y a él lo inunda el alivio.

—Exacto. La prueba.

Lo que sea con tal de dejar el tema de los archivos o para que deje de revolvérsele la tripa.

Penelope lo mira con gesto pensativo y pasa el dedo por el borde de la copa. Con la luz de la chimenea, las sombras de su alrededor se alargan. Es la primera vez que parece mayor; se le han formado arrugas en la piel y tiene reflejos grises en el pelo. Es una imagen imposible; hasta hora, siempre había parecido inmutable. *¿Y a qué te crees que se debe?*, le pregunta una voz mordaz desde el fondo de su mente.

—Aleksander, si dependiera de mí, no tendrías ni que pasar por ella. Me has demostrado tu lealtad de sobra —le dice Penelope—. Ojalá fuera así. Sin embargo, creo que estás más que preparado para la tarea. —Entonces se levanta—. ¿Estás listo?

—¿Ahora mismo? —pregunta él, sorprendido.

—Hay que aprovechar el presente —responde ella con una sonrisa.

—No... no me he preparado. No he estudiado...

Pero ella lo calla con una mirada.

—Aleksander, llevas toda tu vida estudiando para este momento.

Penelope se saca una llave del bolsillo y él, al comprender a dónde quiere que vayan, comienza a quitarse la túnica. Ella lo detiene.

—No nos van a ver —le dice.

Aleksander la sigue hasta la sala de los viajes, donde la nieve se acumula frente al arco y el aliento se le condensa mientras se estremece.

La prueba de los académicos. ¿Cuánto tiempo lleva aguardando a que le invitaran a participar en ella? Ha oído rumores sobre alquimia enrevesada y exámenes interminables durante los que los iniciados sudan la gota gorda con cada palabra que escogen. No obstante, si van a cruzar al otro mundo, no van a pedirle que redacte nada. Quizá lo suelten en una ciudad que no conoce y le pidan que lleve a cabo alguna tarea imposible.

El viento. Una caída libre. Un fogonazo de luz azul.

Abre los ojos en una habitación oscura. Hay dos hileras de cama contra las paredes. El resplandor de la luna se refleja en los postes de metal. En cada uno de los lechos, duerme un niño cuyos párpados se agitan mientras sueña.

Aleksander se gira hacia Penelope, asustado. Debe de tratarse de un error, deben de haber viajado con un propósito equívoco; si no...

Pero Penelope nunca comete errores.

—Bienvenido a la prueba —le dice—. Quiero que me encuentres a un soñador.

Aleksander frunce el ceño. ¿Y ya está? Debe de haberlo hecho cientos de veces bajo la mirada de su maestra, en calles ajetreadas en las que hay un millón de distracciones más para dificultarle la tarea. Se traslada mentalmente a ese lugar gris en el que puede concentrarse con facilidad y luego observa a los niños durmientes. Las chispas doradas aparecen al momento.

—La cuarta cama contando desde la ventana —responde, seguro de sí mismo.

Penelope asiente. Ya debía de saberlo. Sin embargo, no lo felicita ni tampoco saca la llave para volver a casa. Lo observa con una mirada acerada y firme que logra que se le caiga el alma a los pies.

—Vas a tomar de la mano a ese niño y vas a marcharte de aquí —le explica—. Y vas a volver a Fidelis.

Aleksander se queda de piedra. Ha debido de oír mal.

—¿Maestra? —pregunta.

Pero ella permanece inmóvil.

—Esta es la prueba.

—¿La prueba es secuestrar a un niño? —exclama, demasiado alto. Uno de los niños gime en sueños y se da la vuelta—. ¿Un niño?

Lo repite, como si así fuera a averiguar una verdad mayor. Porque debe de haberla. Seguro que esto es parte de la prueba. Penelope le está pidiendo que piense más, que sea más listo, que entienda por qué le está pidiendo que saque a un niño de la cama. Porque es imposible que sea eso lo que le está pidiendo. No es posible.

—La prueba es esto, Aleksander.

Él da un paso atrás.

—No lo entiendo.

—Los niños poseen talento y, por tanto, pertenecen a Fidelis —responde Penelope, sonriendo—. A fin de cuentas, ¿cómo crees que te escogí?

CAPÍTULO

CUARENTA Y UNO

A Violet le queda una semana. Solo una semana para acabar con una maldición centenaria. Solo una tonta se tomaría tantas molestias, pero tiene que intentarlo.

En la biblioteca, Ambrose la obliga a sentarse frente a una pila de libros y otros documentos: mapas, ilustraciones, páginas arrancadas de diarios.

—Esto es toda la información que hemos recopilado a lo largo de los años —le explica—. No es mucho, pero es que, para empezar, no había mucho que encontrar. Penelope ha borrado sus huellas con esmero.

Violet se lanza de cabeza a investigar.

Los libros siempre fueron una vía de escape cuando no podía salir de casa, cuando nadie respondía a sus preguntas, cuando se sentía solísima en el mundo. En el pasado ya le ofrecieron un modo de huir; quizá puedan volver a ofrecérselo.

Lee sin parar. Cuando anochece, enciende la lámpara de aceite y la biblioteca queda bañada por un tenue resplandor. Cada poco tiempo, uno de sus tíos le lleva un sándwich o una taza de café y retira los platos que ha dejado a medias y las tazas que no se ha terminado, cubiertas por una película de humedad. Cuando no le llevan comida, le llevan sus propios apuntes, décadas de investigación que han recopilado minuciosamente. A Violet comienza a dolerle la cabeza. Bosteza, se frota los ojos y sigue.

En su mente, une frases de libros distintos, escritas por manos distintas, y sigue hilos a través de la historia y de traducciones caóticas. Los temas no tienen nada que ver entre sí: teología, geografía, fábulas y leyendas de ambos mundos, una biografía de un pintor del siglo dieciséis, una nota redactada por una maestra forjadora. Sin embargo, a medida que sigue leyendo, comienza a hacerse una idea de lo que son los astrales.

Según algunas fuentes, crean a los seres humanos con arcilla y polvo estelar y después se rompen en pedazos para concederles el don del talento. Según otras, caminan entre los mortales y conceden clemencias o castigos como si fueran jueces divinos. Violet no reconoce a estos seres infalibles y misteriosos; este altruismo abstracto no encaja con el hecho de que Tamriel intentara devorarla ni tampoco con la apatía que mostró Erriel ante el aprieto de Violet.

Las historias que más la fascinan son las más oscuras y también son las que más anotaciones tienen. Susurros de criaturas que tornan el cielo de color negro, que acechan los mundos y que devoran ciudades una a una. Juegan a ser mortales, ponen patas arriba las vidas de las personas y destrozan las comunidades. Aun así, esas historias también parecen cuentos; es como si la verdad fuera demasiado dolorosa como para ponerla por escrito.

Al final, los astrales siempre regresan a su hogar y dejan a su paso la destrucción o la salvación. Pero siempre se marchan. Entonces, ¿por qué sigue aquí Penelope?

Una tarde Ambrose entra en el estudio mientras Violet da vueltas de un lado a otro, dándose golpecitos en la mano con un lápiz.

—Marianne hacía lo mismo cuando trataba de resolver un problema —comenta su tío.

Violet frena en seco y aprieta el lápiz con fuerza.

Dos días seguidos se queda dormida en uno de los sillones, acurrucada de un modo que lamentará cuando despierte con el cuerpo dolorido. Tiene sueños fragmentados, horribles, llenos de sangre, fuego, luz cegadora y sonrisas tan dulces como la miel. Penelope le susurra al oído: «Ya casi ha llegado la hora». Despierta varias veces en mitad de la noche, convencida de que las sombras que la rodean tiran de ella.

El cuarto día, va a por una pila de documentos y saca un libro bien gordo. No es un volumen antiguo, pero no ha soportado bien el paso de los años, porque está magullado y chamuscado. El dorado del libro casi ha desaparecido, pero aún se puede leer el título, grabado en relieve: *Un compendio sobrenatural: cuentos de los astrales*.

El lomo mohoso cruje al abrir el libro, y Violet pasa con cuidado las hojas de papel biblia. El libro se divide en varias secciones, cada una de ellas dedicada a un astral. Entre las hojas encuentra cintas deshilachadas y notas quebradizas. También halla facsímiles de ilustraciones modernistas grabadas a buril de cada astral que no se parecen en nada a la realidad de la que Violet ha sido testigo.

Con cuidado, pasa las páginas hasta que llega a la de Astriade. Una mujer con un vestido diáfano la observa sujetando dos espadas gemelas contra los costados. Y puede que haya cierto parecido en el gesto orgulloso de la barbilla o en la nariz afilada, pero no es fácil de decir. Algún lector con muy mala suerte tuvo que hacerse un corte en el pulgar, porque la página está llena de huellas del color del óxido. Pasa la página y...

«Hace mucho tiempo, había un hombre que era capaz de crear cualquier cosa que quisiera. Sin embargo, nadie lo había amado nunca. Hasta que un día una estrella entró en su tienda y le ofreció un intercambio».

Conoce algunos de los detalles: el artesano, la estrella, el pacto. Otros, sin embargo, no encajan con la versión que recuerda de su infancia. En esta, el hombre le clava la espada nupcial a su amada durante la última noche, con lo que ambos mueren. La siguiente historia es más de lo mismo y, sin embargo, también es distinta. En esta, una jaula de metal divino protege al hombre hasta el amanecer, hasta que la estrella se marcha. En otra, la estrella muere sin haber cumplido su promesa, y el hombre se pasa el resto de la eternidad vagando por el mundo, desconsolado.

No son más que historias y, sin embargo, hay un parecido entre ellas que hace que los pensamientos de Violet se pongan en marcha.

Horas más tarde, Violet se tambalea en lo alto de una escalera mientras descuelga la antigua espada familiar de los ganchos de la pared y la deja con cuidado sobre el suelo. Examina esa reliquia en mal estado, rodeada por todas las notas que ha tomado. La espada lleva veinte años colgada en la biblioteca, como un objeto de segunda mano que ha ido pasando de un ancestro a otro. Hay tantas cosas curiosas en casa de los Everly que casi se había olvidado de ella.

Al examinarla de cerca, Violet se fija en que el metal no está demasiado pulido; tiene crestitas y un brillo verdoso que salpica el color ónice. El cuero de la empuñadura casi se ha desprendido y el pomo de plata está deslustrado. Tiene el mismo aspecto de siempre, pero ahora sabe qué es lo que tiene ante sus ojos: una espada con una hoja de ensoñadorita, aunque sea una hoja deslustrada y frágil.

Cierra los ojos y se concentra. Coloca las manos sobre el filo y apoya los dedos en el metal. Hace años sostuvo una canica en la mano y deseó que se produjera un milagro. Y solo comprendió que el problema no estaba en sus manos, sino en que no tenía el material adecuado con el que trabajar, cuando Aleksander le habló del talento y del metal de los dioses. Por aquel entonces no tenía ensoñadorita con la que hacer la prueba, pero ¿se habría atrevido? ¿Aun si hubiera tenido suficiente metal sin templar? No sabe casi nada sobre cómo empuñarlo, pero ya no tiene nada que perder.

Ya lo ha perdido todo.

Algo chispea bajo sus párpados. Cuando abre los ojos, le parece que la hoja posee un brillo dorado nuevo. Cuando aparta las manos, la huella del pulgar queda marcada sobre la hoja.

No es una canica ni, desde luego, una galaxia, pero se supone que esto es lo que la diferencia del resto del mundo, lo que hace que su sangre le pareciera tan dulce a Erriel, lo que la condena a sufrir la ira de Penelope. Es el talento al que no pudo renunciar, ni siquiera para encontrar a su madre.

La manipulación de la ensoñadorita. El metal divino. El metal de las estrellas.

La habilidad de desplazarse entre los mundos sin ataduras.

Aunque pueden vivir para siempre, los astrales no son invulnerables. Violet piensa en Erriel, en la esquirla de ensoñadorita que le perforó el cuello. En las cadenas de la prisión de Tamriel.

¿Acaso existe algo mejor que una creación divina para enfrentarse a un dios?

A pesar de todas las promesas que se ha hecho a sí misma, siente una ligera chispa de esperanza.

CAPÍTULO

CUARENTA Y DOS

C aspian Verne vaguea en un yate frente a la costa sur de Italia, oculto del resto de la fiesta. No es ni su yate ni su fiesta, y la copa que tiene al lado es más hielo que alcohol, pero su abuela le ha ordenado que acuda hasta aquí para representar a la familia; y a la abuela, aunque tenga noventa y tres años, se la obedece. Agradece la distracción que le ofrece la llamada de teléfono, y más aún cuando se percata de quién lo está llamando.

—¿Has visto a algún asteria en pelotas últimamente? —pregunta.

—Hola, Caspian —responde Violet Everly.

Durante varios minutos, Caspian escucha en absoluto silencio mientras Violet le describe la magnitud del lío en el que está metida. Su historia tiene más agujeros que un colador, pero él finge creérselo todo, como si estuviera contándole la verdad.

—No entiendo por qué no se lo pides a tus tíos —responde.

—Es una sorpresa, un regalo de cumpleaños ancestral. ¿Puedes conseguirlo en tres días?

Caspian observa la costa italiana, toda acantilados escarpados y verdes cálidos. Podría acostumbrarse a esto.

—Voy a tener que tirar de algunos favores que me deben, pero ¿qué rayos? ¿Para qué los voy a usar si no?

Para bastantes cosas, en realidad, ahora que se para a pensarlo.

—Eres muy amable para ser académico —responde Violet.

—No soy académico —contesta él—, ni tampoco soy amable. Me debes una, Violet.

—Puedo vivir con ello —responde ella, y Caspian oye la sonrisa que esboza.

A Caspian no suelen gustarle los mentirosos (aun cuando él es un mentiroso experto), ni tampoco suele ejercer su considerable influencia a cambio de nada. Pero Violet Everly tiene algo que hace que le den ganas de saltarse todas sus normas.

—¿Qué querían? —le pregunta la mujer que tiene recostada al lado en cuanto cuelga.

Caspian le da varias vueltas a la copa.

—Kat, ¿te acuerdas de cuando me pediste aquel texto para la beca Etallantia, te lo robé, y luego me repetías una y otra vez que ibas a pagarme pero al final no lo hacías nunca?

La mueca seria que pone la académica sugiere que sí, que se acuerda, pero que esperaba qué él se hubiera olvidado del tema.

—Bueno, pues ha llegado la hora de pagar. Y sé exactamente qué clase de cobro necesito.

Yulan Liu se está poniendo al día con el papeleo de la librería cuando recibe una llamada de su académica. Antes de cerrar la puerta de su despacho, le echa un vistazo a los clientes que se apelotonan para conseguir el último *best-seller* que se ha publicado.

—Katherine, cielo —la saluda con un tono que solo emplea en la intimidad de su relación privada.

—Cariño, estoy metida en un apuro y necesito que me hagas un favor. ¿Te acuerdas de aquel restaurador?

Doce horas más tarde, Goro Matsuda abre la puerta y se encuentra con un paquete con forma de espada frente al lujoso umbral. No hay ni rastro del mensajero, pero el paquete viene acompañado de una nota escrita con un tono ominoso que reconocería en cualquier parte.

Goro:

Me lo debes por lo del solsticio de verano. El mensajero vendrá a recogerla dentro de dos días. Espero que sea tiempo suficiente.

Y. L.

Entrecierra los ojos y mira a lo lejos, pero el mensajero ya ha desaparecido.

—Mierda —exclama en voz baja.

CAPÍTULO

CUARENTA Y TRES

Ya ha llegado la cosecha de ensoñadorita. Durante una semana, desde el amanecer hasta el anochecer, los forjadores extienden redes de metal entre los acantilados y las dejan bastante sueltas. En cada uno de los tejados colocan una capa protectora y resistente. Se apagan las velas y se reduce la potencia de la luz de las farolas, de modo que la noche cubre la ciudad y se extreman las precauciones al caminar junto a los acantilados. La cosecha de ensoñadorita no es un festival ni un juego, es trabajo. Sin embargo, se montan puestos llenos de salchichas calientes, tazones en los que se sirve sopa de invierno picante con un cucharón y un chocolate tan espeso como para que la cuchara se quede clavada en la taza.

Los primeros agujeritos de luz, más brillantes e intensos que cualquier estrella, aparecen entre las nubes en cuanto el sol se esconde tras el horizonte. La ensoñadorita llega en forma de meteoritos del tamaño de un puño. Caen como lluvia rutilante y dejan tras de sí un reguero incandescente; es como si las estrellas estuvieran extendiendo los dedos. «Aquí tenéis nuestro regalo para quienes antaño no erais más que nuestros sueños».

Se oyen muchas palabrotas cuando los forjadores, vestidos con cuero grueso y cascos protectores, se queman los dedos al trepar por las redes para recolectar las ofrendas abrasadoras de las estrellas. Pero también ríen y cantan y sueltan gritos de júbilo ante los trozos más grandes de ensoñadorita y aplauden cuando uno de ellos atrapa su primera pieza.

Aleksander no disfruta de nada.

Se ha sentado a solas en un banco y observa a un forjador ágil que se arroja entre los huecos de las redes. Aunque esto sucede todos los años y todos están más que familiarizados con las alturas, los espectadores aún contienen el aliento cuando un forjador cuelga del acantilado con una sola mano y trata de reunir fuerzas para balancearse y volver a tierra. La maestra forjadora se encuentra debajo, alternando órdenes y palabras de ánimo.

Aleksander trepó por las redes el año pasado. No sentía los dedos por el frío, y el corazón le latía desbocado por el glorioso terror. Ahora su lugar ya no está aquí. Solo es un espectador.

Porque va a convertirse en académico.

Ha secuestrado a un niño.

Pero será académico.

Has secuestrado a un niño, Aleksander.

Normalmente tendría que esperar otro año para que se celebrara la Bendición de Illios y que lo nombraran académico junto a los demás elegidos, pero Penelope ha insistido en que lo hagan esta noche, a modo de recompensa por prestar un servicio ejemplar no solo a los académicos, sino a toda Fidelis. Y, bueno, ¿quién se atreve a llevarle la contraria a Penelope, sobre todo cuando lo expresa con esas palabras?

«Por ti, ayudante mío, haremos que todo sea posible», le dijo.

Hace solos unas semanas habría dado todo cuanto posee por oírla decir algo así.

Aleksander se mira las manos. Lo tatuarán a medianoche. No es una hora habitual para llevar a cabo los ritos de los académicos, pero, teniendo en cuenta lo importante que es la cosecha, tiene suerte de que los vayan a celebrar siquiera.

Solo queda media hora. Y entonces será académico, con todo lo que ello implica.

Siempre se ha considerado vinculado a los académicos. Siempre. Al principio su lealtad era inquebrantable; los académicos lo aceptaron entre ellos cuando nadie más lo había hecho y le habían dado un propósito. Luego comenzó a disfrutar de intentar resolver problemas complejos, de desmenuzar textos antiguos para descifrar sus secretos, aun cuando se trataba de algo tan mundano como la receta de un estofado de verduras. No todos los académicos adoran los archivos como él, y aún son menos los que poseen la paciencia y la tenacidad para pasarse horas meditando sobre los mismos textos, uniendo fragmentos para dilucidar la gran verdad de lo que han heredado en este hogar fracturado en la ladera de la montaña, de lo que quizá se hayan traído de Elandriel.

A él se le da muy bien rebuscar entre los archivos para hallar la verdad. Y resulta que esa verdad es un nombre. Un único nombre.

Astriade. Eso fue lo que oyó que decía Violet mientras las puertas de la iglesia de Praga se cerraban. Le pareció imposible, como es evidente. Pero todo el viaje de Violet ha estado envuelto en un aura mítica, como si esa chica estuviera forjándose su propia leyenda. Y la convicción que había en su voz…

De modo que empezó a buscar por todos los archivos. Y menuda verdad ha desenterrado…

Por eso Penelope le advirtió que no hiciera preguntas, por eso se ha convertido en una espada tan buena para ella. Porque, ahora que posee el conocimiento, odia las respuestas que ha obtenido. Odia tener que tomar una decisión.

Qué fácil sería permanecer como la espada de Penelope y dejar que este conocimiento recién adquirido se pierda en el olvido. Sería el único que lo sabría.

Se mete las manos en el bolsillo para protegerlas del frío y, sin querer, roza la esquina de una tarjeta de fidelización. La saca y la observa, aunque está tan oscuro que no ve casi nada. Diez sellos: una promesa que no se ha cumplido.

Cuando solo faltan quince minutos para la medianoche, los forjadores terminan su trabajo y, faltos de aliento y sonrientes, hacen una reverencia ante un aplauso estruendoso. Los fuegos artificiales estallan en el cielo al tiempo que un día da paso a otro. No hay ni rastro de Aleksander.

Ya casi es medianoche. Ya casi ha llegado la hora.

Penelope emerge de las ruinas de la ladera de la montaña, indiferente al frío. Hace milenios que no siente frío; ni calor, ya puestos. Solo la ausencia acusada del canto de sus hermanos, de su propio poder vibrándole en las venas, de su hogar.

Dicen que, para un dios, cien años no son más que un parpadeo; que los mortales se desprenden de sus vidas como las polillas, que viven y mueren entre inhalaciones y exhalaciones.

No es verdad.

Penelope ha sentido hasta el último segundo de su exilio y todo el dolor de la pérdida. Ya ha pagado su penitencia.

Ha llegado la hora de volver.

Si esto no funciona, esta será la última medianoche de Violet. Decide pasarla en el tejado de su casa, aun cuando las temperaturas han descendido drásticamente. Mejor morirse de frío que ver a sus tíos intercambiar miradas, cada vez más desesperados, como si aún les quedara tiempo para convencerla de que se marche.

Las nubes surcan el cielo y cubren la luna. Ve Orión, con su cinturón brillante, las Pléyades, el ojo de Tauro… Es muy posible que estén vagando por la tierra de otro mundo, que ya no sean un baile de componentes químicos, sino que porten rostros mortales y sean libres para vivir, amar… y destruir.

Quizá no le duela. Quizá se apiade de ella y, para cuando se dé cuenta de lo que está ocurriendo, ya haya acabado todo. Sin embargo, conociendo a Penelope, sabe que está pecando de optimista.

Al menos ha averiguado la verdad, aunque le gustaría poder reescribirla. Tras pasarse años preguntándose si Marianne estaba muerta, atrapada o si aún seguía «viviendo aventuras», saber que su madre la abandonó mucho antes de que Violet pusiera un pie en el mundo de los académicos es un premio de consolación amargo.

La espada de ensoñadorita descansa sobre el escritorio de su cuarto, en un nido de plástico de burbujas y cuerda de paquetería. El metal, que ya no está quebradizo ni corroído por el óxido, brilla como laca aceitosa, afilado y mortal. Violet confía en no tener que usarla jamás.

Pero, si tiene que hacerlo, confía en que funcione.

Las extremidades le duelen del frío, así que se levanta. Aunque aún quedan unos pocos minutos para la medianoche, quiera zanjar los sentimientos encontrados que tiene sobre la eficacia de esa estúpida espada. Con todo lo que hay en juego, se siente idiota por considerar siquiera que un puñado de cuentos pueden ser ciertos o, como mínimo, lo bastante ciertos como para mantener a raya a Penelope. Metal divino para contener a una diosa.

En realidad, necesita un milagro.

Tras echarle un último vistazo a la luna, Violet entra en su cuarto... y se choca con Aleksander.

CAPÍTULO

CUARENTA Y CUATRO

ay un instante, un milisegundo entre la cara de sorpresa y el impacto, durante el que Violet cree estar soñando. Entonces chocan, sus cabezas impactan y Violet ve las estrellas. Esto no es un sueño... Aleksander está aquí, en su cuarto.

La rabia le tiñe la visión de rojo.

—Asqueroso de mierda —le gruñe—. Eres lo peor.

Apenas han transcurrido dos semanas desde que estuvieron en aquella iglesia de Praga, pero Aleksander parece distinto, aunque no sabría decir qué es todo lo que ha cambiado. Ha perdido parte de su chulería molesta; el pelo rapado le crece a toda prisa y le suaviza los ángulos, tan afilados como cuchillas.

Pero ya la ha engañado demasiadas veces como para creerse nada de lo que le diga ese rostro.

—¿Te ha enviado Penelope? —pregunta—. ¿Es una alguna especie de ritual previo de mierda?

Él pone una mueca de disgusto.

—Violet, lo...

—Vete. —Señala la puerta—. Ahora mismo.

—Tenemos que hablar. —Entonces posa la vista en el escritorio y su determinación se tambalea—. ¿Eso es una espada?

A Violet casi se le escapa una carcajada de incredulidad. Aquí está ella, a tan solo unos instantes de enfrentarse a una calamidad, y de repente llega Aleksander a su cuarto para jugar a los académicos. Qué poca vergüenza...

—Tenías razón —le dice él, sin apartar la mirada de la espada—. No hay que confiar en los académicos. Ni en mí.

¿Cómo se atreve a decirle algo que ya sabe? ¿Cómo se atreve a confesar su traición sin aceptar la culpa con sinceridad? Para él es facilísimo, porque ni siquiera lo siente de veras.

Violet se cruza de brazos.

—Si te crees que puedes entrar aquí solo para quedarte con la conciencia tranquila...

—He secuestrado a un niño —le suelta de golpe.

Violet frena en seco.

—¿Qué?

—Que he secuestrado a un niño. No... no sé en qué estaba pensando, pero es lo que me pidió. Esa era la prueba. —Duda—. Y lo hice. Que Dios se apiade de mí, porque lo hice.

Empieza a dar vueltas por la habitación con una mano apretada contra la frente, como si así pudiera borrar el recuerdo. Violet sigue procesando lo que acaba de confesarle.

—Penelope te pidió que secuestraras a un niño —repite ella.

Aleksander la mira con el ceño fruncido y el corazón roto, y Violet pone nombre a esa extraña emoción que no lograba discernir: desesperación.

—Querrás decir Astriade —responde él.

A Violet se le cae el alma a los pies.

—Así que lo sabes.

—Debería haberlo sabido —responde Aleksander, que se detiene—. No tengo excusa —añade, y luego se ríe, sin un ápice de humor—. Habrías sido una académica estupenda. Mucho mejor que yo.

Sin pretenderlo, Violet se sienta en la cama.

—¿Qué ha pasado?

Aleksander le resume lo que ocurrió durante la prueba de los académicos y cómo averiguó quién es Penelope en realidad. No entra en detalles y, por su mirada esquiva, Violet sospecha que ha omitido varios detalles. O puede que solo le resulte complicado admitir la verdad.

—¿Dónde está el niño? —pregunta Violet.

—Lo llevé de vuelta —responde Aleksander, y entonces abre mucho los ojos, como si acabara de acordarse de algo—. Amenacé a uno de los académicos para poder entrar en los cuartos de los aprendices. Ay, Señor... Le robé la llave. Pero Penelope lo habría matado. Jamás podría haberme imaginado... todo lo que ha hecho Penelope...

Violet se da cuenta de que a Aleksander no se le ha pasado por la cabeza que los demás académicos también estén en el ajo. A pesar de que algunos de ellos deben conocer la auténtica identidad de Penelope. El hecho de que no envejezca ya es una pista clarísima. Johannes lo sabía; lo sabe por el modo en que hablaba del veneno. Sin embargo, Aleksander no tenía ni idea.

Mientras que ella, por su parte, siempre ha sabido que donde hay magia también hay monstruos.

De repente se le hiela la sangre. Penelope llegará en cualquier momento. Si no fuera buena persona (si fuera académica), dejaría que Aleksander se quedara, ajeno a lo que se avecina, tan solo por el deleite de ver qué ocurre. Que vea lo que se siente cuando te traicionan. Que le duela.

Pero Violet no es académica. Nunca lo será.

Se levanta de un bote.

—Tienes que irte.

—Violet, no...

—No lo entiendes —lo interrumpe ella—. No puedes estar aquí. Ahora no.

Lo empuja hacia la puerta justo cuando un espantoso brillo azul ilumina el patio.

—Mierda —maldice.

Aleksander la mira; se ha quedado blanco como la tiza.

—Me han encontrado.

Violet deja de empujarlo. Va al escritorio y se apodera de la espada, esa espada terrible e inútil con la que debería haber estado practicando en vez de haber discutido con Aleksander. Ahora ya no hay tiempo.

—Por el amor de… No vienen a por ti.

—¿Y a por quién vienen? —Aleksander observa la espada—. ¿Qué has hecho?

El timbre suena en la planta inferior. Violet no tiene tiempo para esto.

—Quédate aquí, vete, pero, hagas lo que hagas, no bajes por las escaleras. —Lo aparta de un empujón—. Yo te sugiero que te largues.

Cierra de un portazo, con el corazón a punto de salírsele por la boca. La espada pesa una tonelada y, como le sudan las manos, le da la impresión de que pesa aún más que cuando la sostuvo por primera vez en la biblioteca. Pero Violet no es un caballero errante, y no va a enfrentarse al dragón de un cuento.

Va a morir aquí, y va a hacerlo de un modo sorprendentemente estúpido.

Abajo, Ambrose discute a en voz alta y emplea ese tono que siempre tomaba por sorpresa a Violet de pequeña y con el que lograba que lo obedeciera. Sabe muy bien con quién está discutiendo.

Al pie de las escaleras se choca con Gabriel. Él la mira (la espada, los nudillos blancos en torno a la empuñadura, los labios ensangrentados por pasarse tres días mordiéndoselos) y alza una mano para detenerla.

—¿Se te ha ido la puta cabeza? —le sisea—. Sube ahora mismo. Llévate mi llave y…

—No pienso dejaros solos —responde Violet.

Gabriel la agarra del brazo, tan fuerte que hasta le hace daño.

—No estamos negociando. Podemos conseguirte un poco de tiempo, pero tienes que irte. ¡Ahora mismo!

—Os dije que me quedaría para pelear, y lo dije en serio. —Se desembaraza de él—. «Los Everly siempre permanecen juntos», ¿no?

Reajusta la sujeción de la espada, pasa junto a su tío y recorre el pasillo hasta llegar a la puerta. Durante una milésima de segundo, nadie repara en ella. La discusión se ha convertido en un griterío. Ambrose bloquea la entrada como bien puede. Y ahí está Penelope, serena incluso cuando da otro paso hacia el interior de la casa.

—Hicimos un trato, Ambrose. Diez años exactos. He cumplido con mi parte y ahora tenéis que cumplir con la vuestra. —Se le ilumina la mirada al ver a Violet—. Ha llegado la hora, mi pequeña soñadora.

Ambrose se distrae y mira tras de sí. En ese instante, Penelope lo aparta de un empujón, como si fuera de papel. Pasa por su lado y entra en la casa. Las sombras se alargan tras ella.

—Ven —le dice, tendiéndole la mano—. Así será más fácil.

Violet no se mueve. *Sé valiente.*

—No hice ningún trato contigo. No voy a ir a ninguna parte.

Alza la espada para que Penelope la vea, aun cuando ya le duelen los brazos del esfuerzo. Ve un atisbo de su reflejo en la hoja; ve a una tonta con la esperanza de una tonta. Quizá siempre lo haya sido. Pero tiene que intentarlo.

Y entonces… le fallan las manos y la empuñadura se le resbala. Corre a agarrar la hoja, aunque sabe que no debería, pero esta se le escurre entre los dedos.

La espada cae al suelo con un *clanc*, y el silencio lo invade todo a continuación.

Penelope no se ríe, pero arquea la boca como si estuviera disfrutando.

—Ay, mi pequeña soñadora, siempre te ha gustado jugar a ser lo que no eres. —Se agacha para adueñarse de la espada y, súbitamente, el rostro se le tiñe de rabia—. ¡Esto no es tuyo!

—Que te jodan —responde Violet, porque ya no le queda nada más.

—Muy bien —contesta Penelope con la mirada afilada.

Y se transforma. Las alas brotan de su espalda con una explosión de humo y chispas. Le crecen las garras. Unas pupilas negras como la tinta le cubren los ojos enteros. Violet corre para recuperar la espada, pero Penelope pisa la hoja.

Violet intercambia una mirada de pánico con Ambrose.

—¡Vete, Vi! —le grita.

Violet mira a su espalda para correr, pero alguien le bloquea el paso: Aleksander, que aún tiene un pie apoyado en el último escalón, como si hubiera bajado sin querer. Sin embargo, su boca es una línea muy fina y sombría que da a entender que sabía perfectamente qué era lo que iba a presenciar al bajar.

Penelope y lo mira y, durante un instante (solo un instante), su imagen sombría desaparece. Quizá sea sorpresa, o incluso dolor, lo que le cruza el rostro, pero desaparece con tanta rapidez que Violet se pregunta si no se lo habrá imaginado.

—Mi incontrolable aprendiz... —le dice, y él se encoge—. Ya te enseñaré yo cuál es tu sitio.

Penelope se abalanza hacia Violet, pero Ambrose se interpone en su camino.

—No eres bienvenida en esta casa, Astriade.

Penelope levanta la mano y lo aparta de un golpe. Se oye un *crac* espantoso cuando Ambrose impacta contra la pared. No se levanta.

—¡Ambrose! —grita Violet.

Corre a su lado, pero Gabriel llega primero y levanta a su hermano. A Ambrose se le agitan los párpados y, durante un segundo, a Violet se le destensa el cuerpo.

Está vivo.

Intercambia una mirada desesperada con Gabriel. Debería quedarse. Debería asegurarse de que Ambrose está bien. Debería entregarse a Penelope si con ello logra poner a salvo a su familia.

—¡Vete, Violet! —le ordena Gabriel.

Y echa a correr.

Penelope ataca, letal, pero Violet es más rápida que ella y esquiva los zarcillos negros que brotan desde el torbellino de sombras que nace bajo sus pies. Aleksander se aparta de enmedio justo a tiempo y ella pasa a toda prisa por su lado y sube los escalones de dos en dos. Algo se rompe tras ella y Gabriel suelta una palabrota.

Violet corre hasta el rellano con el corazón en la garganta. Si consigue llegar a la salita, podrá escapar por la ventana que da al tejado.

¿Y luego qué? Ya no tiene la espada. Y sus tíos (*No pienses en Ambrose...*) están ocupados. Nadie va a salvarla, y puede que salvarse por sí misma ni siquiera fuera una opción.

Qué idiota por soltar la espada. Qué idiota por creer que tenía alguna oportunidad. Cada uno de los planes que ha trazado queda reducido al pulso de los latidos de su corazón y la adrenalina que le recorre el cuerpo, veloz como un rayo, a causa del pánico. Todas sus decisiones se centran en su próxima respiración, en el siguiente paso para huir de las sombras que se agitan tras ella.

Llega a la ventana, la abre de un empujón...

Y algo le tira del talón. Cuando mira hacia atrás, ve un zarcillo negro retorciéndose en torno a su tobillo. Intenta liberarse, pero otro se le enrosca en las manos, tira de ella hacia atrás y la aprisiona contra la pared. Penelope aparece desde el pasillo, mitad mujer y mitad astral. Una criatura de destrucción.

—Tu ancestro me traicionó. Tu madre huyó. Pero tú... no vas a ir a ninguna parte —sisea Penelope con los ojos entrecerrados—. Oiré cantar a mis hermanos, Violet Everly.

Extiende las garras hacia el pecho de Violet, y ella intenta liberarse las muñecas, desesperada. Las manos le cuelgan inútiles, apresadas por esa oscuridad abrasadora. Si pudiera liberarse...

Aleksander entra derrapando en la habitación. Gabriel va tras él armado con una silla. Aleksander retrocede, con los ojos abiertos como platos, horrorizado. Gabriel no duda: le lanza la silla a Penelope, a la espalda, y estalla en mil pedazos.

Penelope se inclina hacia ellos como una serpiente y las cuerdas que sostienen a Violet se aflojan. Violet se separa de la pared con todas sus fuerzas, choca contra Penelope y, durante un segundo, la vista se le nubla de oscuridad. Inhala cenizas y llamas, se ahoga con el humo. Penelope agarra a Violet con fuerza y le clava las garras en la espalda.

—Nos vamos juntas —le dice Penelope con dulzura.

Con el rostro surcado de lágrimas, Violet ve el destello de la espada en las manos de Aleksander. Él mira el arma y luego la mira a ella, atrapada en los brazos de Penelope, separados por un mar de sombras oscuras y venenosas.

Duda.

Pero Gabriel no. Le arranca la espada de las manos y la arroja hacia el otro extremo de la habitación.

Violet se lanza a por ella y siente el roce abrasador de las garras de Penelope al escapar. Penelope se gira, rápida como el rayo… pero no lo bastante rápida. Violet se adueña de la empuñadura de cuero. Y lanza un tajo ascendente. La espada forma un arco de chispas doradas. Atraviesa algo carnoso. La sangre le salpica la cara.

Penelope toma aire y observa la escena que tiene delante. Sus alas etéreas se estremecen y, una vez más, Violet ve dos imágenes superpuestas: a la mujer y al monstruo. El pelo rubio se le pega al cráneo y la piel se le tensa demasiado sobre los huesos. Es como si hubiera envejecido en cuestión de un instante.

—Sabes quién soy, Violet Everly —sisea Penelope—. Obtendré lo que me pertenece y ninguna traición podrá salvarte.

Recoge las alas y le prende fuego a la moqueta. A través de la nube de humo, Violet ve el destello de una llave y una maraña de luz azul…

Penelope desaparece.

A Aleksander aún le late el corazón desbocado contra las costillas. Se deja caer contra la pared del pasillo e intenta procesar lo que acaba de ver. Lo que acaba de hacer.

Si ya creía que devolver al niño a su mundo fue una ofensa por la que no lo perdonaría jamás, lo que acaba de hacer es algo por lo que jamás podrá redimirse. El pánico se apodera de él. Las paredes lo aprisionan y el mundo se estrecha hasta que no es más que el pequeño punto de oscuridad que tienen ante él. Sin pensar en lo que hace, se agarra de la camisa, como si la tela misma pesara demasiado.

Camina por el pasillo hacia un cuarto. Lo único que existe es este abismo negro y el dolor. Muchísimo dolor.

Estás en casa de Violet Everly. Estás apoyado contra una pared cubierta por un papel feísimo.

Respira con fuerza. El corazón le va a estallar. Le arde la piel.

Estás en casa de Violet.

Si estuvieras allí, Violet no estaría contigo.

Poco a poco, el pánico cesa y encuentra las fuerzas para respirar hondo una vez y luego otra. Logra llegar a la cocina siguiendo el sonido de las voces.

Los tíos de Violet se han abalanzado sobre ella y la acribillan a preguntas. Sus manos revolotean a su alrededor: una sobre el hombro para tranquilizarla, otra para conducirla con gentileza hacia una silla. Le brota sangre de un corte en el nacimiento del pelo y tiene los ojos abiertos de par en par, con la mirada perdida de alguien que ha sufrido una conmoción. Aún se aferra a la espada, envolviendo la hoja desenfundada con los brazos, aun cuando debe de dolerle al sujetarla con tanta fuerza.

Sus tíos no tienen mucho mejor aspecto. Están heridos y cojean junto a su sobrina. El más alto (ese a quien Penelope ha arrojado contra la pared como si nada) no deja de frotarse el cogote y poner muecas de dolor. Sin embargo, toda su atención va dirigida hacia Violet.

Parecen haberse olvidado por completo de él.

Observa la escena con una sensación extraña en el estómago. No es culpa ni tampoco odio, sino algo intermedio. Envidia. De repente, no soporta seguir mirándolos. Baja la mirada hacia las baldosas agrietadas del suelo, desgastadas por todos los años durante los que los Everly las han pisado.

Siempre será un extraño, esté donde esté. Nunca será nadie, por más que se haya esforzado en convertirse en alguien digno de ser amado.

Y ahora que sabe lo que es Penelope, aunque es incapaz de pensar en ella como Astriade (aun cuando la ha visto en forma de astral), aunque le ha pedido que secuestre a un niño...

—Aleksander. —Alza la mirada y se encuentra con la de Violet. La conmoción va desapareciendo—. ¿Estás bien?

Se traga el nudo de resentimiento y asiente.

—¿Y tú?

El tío que da miedo, el que lleva chaqueta de cuero, se levanta arrastrando la silla y se pone entre Violet y él. El cristal izquierdo de las gafas se le ha agrietado.

—¿A ti qué te parece? —le increpa—. ¿Cómo te atreves a volver? No tienes ningún derecho a estar aquí, joder.

—No empieces, Gabe —le dice el otro, sin apenas energía.

—Que te calles, Ambrose —responde Gabriel, cortante, antes de volverse hacia Aleksander—. Tenías la espada en las manos. Dime, ¿qué es lo que has hecho con ella?

—Gabriel, por favor...

—Absolutamente nada, hostia, eso es lo que...

—¡Ya está bien! —exclama Violet, y ambos guardan silencio.

Gabriel fulmina con la mirada a Aleksander, pero se coloca detrás de Violet, como si fuera un guardaespaldas especialmente furioso. En ese momento, se da cuenta de que se parecen mucho, ahí, con la barbilla alta, sin miedo, o al menos haciendo todo lo posible para que no se les note. Vuelve a encogérsele el corazón.

—Tenemos que ir tras ella —prosigue Violet—. Si no, acabará volviendo y vendrá a por todos.

Gabriel la mira como si le hubiera crecido una segunda cabeza.

—Tú no vas a ninguna parte.

—Aún estamos a tiempo de irnos a la casa segura —comenta Ambrose a toda prisa—. La he mantenido abastecida por si cambiabas de idea.

—Perfecto —exclama Gabriel.

—Ni de coña —responde Violet al mismo tiempo.

—Mira, Violet —le dice Gabriel, con el ceño fruncido—, te juro que te saco de aquí en volandas si es preciso.

Violet intenta levantarse, hace una mueca de dolor y vuelve a sentarse.

—Me gustaría ver cómo lo intentas. ¿Ambrose?

—Lo siento, Vi, pero estoy de acuerdo con Gabriel.

—No se detendrá ante nada —interviene Aleksander.

Los tres se giran hacia él. Por algún motivo inexplicable, comienzan a sudarle las manos.

—Está débil y puede que por eso la espada haya funcionado, pero Penelope siempre obtiene lo que quiere —prosigue—. Siempre. —Duda; teme formular la pregunta que lo ha atormentado desde el instante en el que vio a Penelope en el pasillo—. ¿Por qué te quiere a ti?

—Como si no lo supieras —responde Gabriel con sorna.

Pero Violet lo observa con detenimiento y con una expresión de lo más curiosa. No es confianza. Sabe que no podrá volver a ganársela después de todo lo que le ha hecho, que no recuperará ese regalo tan preciado que no supo que poseía hasta que se deshizo de él.

Violet se levanta y esta vez, aunque se le escapa un gesto de dolor, no vuelve a sentarse.

—Quiero hablar con Aleksander. A solas —añade al ver la cara que ponen sus tíos—. De todos modos, tengo que cambiarme.

Tiene la camisa manchada con la sangre de Penelope, y él también, ahora que se fija. No es roja ni dorada, como la de los otros astrales, sino negra. Como algo corrosivo.

—Voy a cambiarme y voy a hablar con Aleksander. Luego voy a tomarme un analgésico y vamos a ir a buscar a Penelope —sentencia.

—Pues menudo plan —comenta Ambrose.

—No tenemos otro —responde ella.

Los tres intercambian miradas (de desesperación, amor y algo más que Aleksander no reconoce) sin pronunciar palabra y luego Ambrose suspira y vuelve a sentarse en la silla. Y así, como si nada, Violet ha ganado la discusión.

—Ten cuidado —le dice.

En cuando se alejan lo bastante de la cocina como para que no oigan nada, Violet se apoya en la pared y se lleva la mano a la mandíbula con gesto de dolor. Tiene el pelo revuelto por delante de la cara y Aleksander siente el impulso absurdo de extender la mano para re-colocárselo, pero, en cambio, las esconde tras la espalda.

—¿Seguro que quieres hacerlo? —le pregunta él.

Violet respira hondo y cierra los ojos. Luego los abre.

—No tengo elección —responde, abriendo los ojos—. Ya sabes cómo es Penelope. Ya sabes lo que nos hará.

Para él supone un alivio que siga llamando a Penelope por el nombre con el que siempre la ha conocido y no con el que el creía que pertenecía al panteón mitológico. «Astriade». Aún no le parece que esa criatura sea real.

Qué estúpido ha sido al volcar toda su ira y su resentimiento hacia Violet.

—Déjame ayudar —le dice.

Pero ella estira todo el cuerpo e ignora que le ha tendido la mano de forma deliberada.

—No.

Aleksander caer la mano hasta el costado. Normal. No puede cul-parla.

Tardan el doble en llegar hasta el dormitorio de ella, en la última planta de la casa. En cada uno de los rellanos, Violet se ve obligada a parar, sacude las extremidades magulladas e intenta hallar algo de ali-vio antes de proseguir. Él no vuelve a ofrecerle la mano, y ella no se la pide. Un silencio cargado de dolor se extiende entre ambos. Él quiere decirle muchas cosas: que es maravilloso verla, aun con lo horrible que ha sido este último instante y todo lo que ha ocurrido antes; que ha sido increíble ver cómo se encaraba a Penelope; que es más va-liente que cualquier académico a quien haya conocido; que lo siente muchísimo por... por todo. Pero, ahora mismo, cualquier tipo de disculpa llega tarde y no valdría más que para consolarse a sí mismo.

Apenas merece mirarla. De modo que no la mira.

Al final Violet llega a la última planta de la casa. Abre la puerta de una buhardilla destartalada que, sin embargo, desprende la calidez propia de un lugar en el que ha vivido alguien. Antes solo la ha visto de pasada, mientras ella volvía a entrar por la ventana desde el tejado, pero incluso durante ese vistazo ha sabido de sobra en la habitación de quién estaba. Hay pilas de libros por todas partes, pero también mapas desgastados, clavados con chinchetas en las paredes, en los que hay marcadas rutas de viaje en rojo; ilustraciones de hadas victorianas que ha arrancado de revistas, y montones de notas del puño y letra de Violet repartidas sin orden ni concierto por toda la habitación. La estantería de encima del escritorio está repleta de muñecas con trajes hechos a mano: hadas, caballeros, princesas...

Se pregunta qué pensaría ella de su infancia en el caso de que conservara suficientes recuerdos como para decorar una habitación, claro.

Violet escucha al otro lado de la puerta y, tras asentir para sí misma, la cierra.

—Me has preguntado qué quiere Penelope de mí. Bueno, en realidad, de todos los Everly.

—Sí —responde Aleksander, mirándose las manos.

Lleva mucho tiempo preguntándose qué ha pintado él en todo esto. Si Violet se lo cuenta, quizás al fin comprenda los daños que ha causado.

—Hace mucho tiempo —comienza a narrar ella en voz baja—, hubo un hombre muy listo.

CAPÍTULO

CUARENTA Y CINCO

leksander se sienta en la cama de Violet y lo mira todo menos a ella.

Es cierto que no sabía nada. Después de tantos años, Violet esperaba que Aleksander hubiera ido recabando las pistas que Penelope pudiera haber dejado caer, o también las que ha ido dejando ella. Sin embargo, cuando le cuenta la historia de Ever Everly y el pacto que hizo con el diablo, se percata de lo quieto y callado que permanece mientras asimila toda la información. Y, en esta ocasión, Violet cuenta con mucha más información de la que disponía cuando le contó en la cafetería, hace ya tantísimo tiempo, el cuento que le había contado Ambrose.

Cuando estaba allí, sentada delante de él, ¿se imaginaba dónde acabarían?

—Así que resulta que es todo cierto. Estamos malditos —concluye con muy pocos ánimos.

Como si se pudiera llamar «maldición» a la venganza de una mujer inmortal contra toda una familia.

Cuando más tiempo pasa él sin decir nada, más nerviosa se pone ella.

—¿Aleksander? —le pregunta.

—Gracias por contármelo —responde él al fin, alzando la mirada.

No le dice «me lo podrías haber dicho antes». Ella no tiene motivos para sentirse culpable, sobre todo después de lo que ocurrió en

Praga, pero, aun así, siente una punzada de culpabilidad. Es un secreto terrible que ocultarle a nadie. Pero entonces la furia se apodera de ella cuando recuerda que Aleksander ha dudado cuando tenía la espada en la mano, aun cuando Violet estaba a punto de desaparecer justo ante sus narices. Aun teniendo la verdad ante él, ha dudado.

Pero también ha vuelto a buscarla.

Su mirada pasa de ella y se posa sobre un destello plateado del alféizar de la ventana.

—Te quedaste con el pájaro —comenta, sorprendido.

Ella no lo mira y se pone a rebuscar en el cajón un jersey que no esté cubierto de sangre. Se quita la camisa y revela una camisola sin manchas. Por el rabillo del ojo, se percata de que, de repente, Aleksander parece interesadísimo en los libros que cubren el suelo. La piel le arde al recordar sus manos.

Busca una camisa y se la lanza con lo que podría considerar cierto exceso de hostilidad.

—Era de Ambrose —le dice secamente—. Debería valerte.

Aleksander observa la prenda y luego posa la vista en Violet durante un buen rato, con la expresión imperturbable. Después algo cambia en su mirada y comienza a desabrocharse la camisa. Ella se gira al momento para concederle la misma cortesía que él le ha otorgado a ella.

Y, aunque no era su intención, observa el espejo de reojo, donde se reflejan las líneas duras del torso de Aleksander, un trozo de piel infinito que va desde la parte superior del hombro hasta el pliegue de la cadera. Aunque no era su intención, ve la curvatura de la zona lumbar, donde debería ver una superficie lisa de músculo. Aunque no era su intención, ve las cicatrices.

Aleksander se gira al mismo tiempo que ella y sus miradas se encuentran durante un instante eterno y aterrador.

«¿No te da pena?», le preguntó Ambrose.

—No —le pide él—. Por favor.

—No me debes ninguna explicación —responde ella a toda prisa.

Tras una milésima de segundo, él se pone la camisa de Ambrose, como si no hubiera ocurrido nada. Pero Violet no puede dejar de ver las cicatrices rojas e intensas que le cruzan toda la espalda, de omoplato a omoplato, como si le hubieran caído varios rayos encima. Piensa en que Aleksander se encoge de miedo ante lugares estrechos y oscuros. Ser consciente del motivo le revuelve el estómago.

Aún está enfadada con él, pero, de repente, le cuesta mucho más mantener esa rabia al rojo vivo y que arda con su pureza.

—Será mejor que nos vayamos —comenta él como si nada—. Tus tíos nos estarán esperando.

En esta ocasión, Aleksander no le ofrece el brazo, aunque se tensa cada vez que Violet tropieza. Al final del rellano, ella se masajea el tobillo izquierdo y pone una mueca cuando se oye un crujido debajo del calcetín. Está segura de que solo es un esguince, aunque le duele todo.

—Estábamos a punto de mandar un equipo de rescate a buscaros —comenta Ambrose cuando vuelven a la cocina.

Violet es incapaz de mirar a Aleksander.

—Nos vamos. Sé que no os parece bien y lo siento.

Pero no va a detenerse ante nada.

—¿Y si os separáis? —pregunta Ambrose, e intenta levantarse de la silla—. Vamos con vosotros.

Gabriel observa a su hermano, que al final se rinde y vuelve a sentarse.

—Tú no estás para ir a ningún lado, joder. —Luego se gira hacia Violet—. Iría con vosotros, pero...

—No —lo corta Violet.

No va a volver a poner a sus tíos en peligro. Esa milésima de segundo durante la que su tío no se levantaba del suelo... No le quedan fuerzas con las que sobreponerse a una imagen tan espantosa.

—Pues llévate mi llave —le dice Gabriel.

Se desengancha una cadena de plata del cuello y se la entrega a Violet. La llave cuelga de uno de los extremos; el tallo es retorcido y tiene grabada una hiedra de lo más peculiar. La nota pesada en la mano. Se ha pasado años queriendo viajar entre los mundos. Se ha imaginado con todo lujo de detalles cómo se sentiría cuando al fin fuera dueña de una de las llaves que se lo permitirían. Sus ensoñaciones le dijeron que ese instante tendría un regusto de victoria, que sería como si sostuviera una galaxia entre las manos.

Pero ahora solo ve las cicatrices de la espalda de Aleksander, las alas de Penelope que han estallado en una nube de humo y llamas.

—No podremos seguiros sin ella —le advierte Gabriel—. Si os pasa algo...

—Lidiaré con ello —lo interrumpe Violet.

No le dice que no le pasará nada ni que estará bien. No va a mentirles, no ahora.

—Por los clavos de Cristo, enana. No piensas escoger la opción fácil, ¿no? —le dice, y suena exasperado y orgulloso al mismo tiempo.

Su tío le da un abrazo que parece que va a partirle los huesos y que la deja un tanto mareada. Después llega el turno de Ambrose. La abraza con fuerza y huele ligeramente a cera de velas y libro viejo, como siempre. Huele a hogar.

—Ten cuidado, Vi —murmura—. Recuerda a quién le es leal.

Violet tarda un instante en percatarse de que se refiere a Aleksander, pero entonces Ambrose la suelta y le da un último apretoncito en el brazo. Gabriel se cruza de brazos.

Aleksander al fin la mira a los ojos.

—¿Lista?

Jamás ha estado tan lista en toda su vida.

No está lista en absoluto.

Aleksander se engancha a ella con el brazo y se saca la llave del cuello. La introduce en la puerta de la cocina (la misma puerta que Violet ha atravesado casi todos los días de su vida), y Violet siente que la presión cambia a su alrededor. El hielo cruje en la puerta. Varias chispas doradas danzan en el aire. Violet cierra los ojos y una ráfaga desconocida de aire los agita. El estómago se le pone del revés mientras cae al vacío.

La nieve, las montañas, el cielo.

La luz de las estrellas.

Penelope entra tambaleándose en su cuarto, con la mano aferrada al pecho. Aún le gotea sangre de las manos, pero las garras vuelven a ser uñas. La piel se le pega a los huesos como si fuera papel, y sus alas (sus preciosas y delicadas alas) caen tras ella, corpóreas, no como humo, sino como cuero y tendones. Toma una bocanada de aire entrecortado.

Violet Everly le ha hecho esto.

Los Everly siempre son su ruina. Los Everly siempre son su perdición.

Penelope abre las puertas de una embestida. Garras, manos, garras y luego otra vez manos. Ha perdido demasiada sangre y ahora está perdiendo el control sobre sí misma. Su fuerza mengua con demasiada rapidez; ha tardado un milenio, pero, después de tanto tiempo, se ha quedado sin tiempo.

Bajo ella, la torre está sumida en un frenesí de actividad. Cientos de académicos siguen con su día a día, ajenos al caos que se ha desatado en la planta superior. Cientos de soñadores cuyas vidas son chispas brillantes de energía. Son como abejas obreras decididas, sumidas en un zumbido inconsciente.

Su talento (su sangre vital) la llama con una canción, y el estómago le ruge a modo de protesta.

Se juró a sí misma que no lo haría nunca, que sería un desperdicio deshacer todos sus esfuerzos por restaurar su legado fracturado. Pero se imagina su sabor con todo lujo de detalles. A luz del sol y a tierra, a ensoñadorita y a polvo de estrellas. Todas las delicias del mundo, listas para que las tome. No es el sacrificio que habría escogido para conmemorar semejante ocasión, pero está más que acostumbrada a ceder.

Ya tendrá ocasión de beber del cadáver de Violet Everly hasta dejarlo seco. Ya habrá tiempo de disciplinar a su aprendiz, porque esta es la última vez que la decepciona. Ya habrá tiempo para reconstruir lo que debe destruir.

Es Astriade, la portadora divina de las espadas gemelas de la misericordia y la justicia. Es la gloria. Es la destrucción.

Y tiene hambre...

CAPÍTULO

CUARENTA Y SEIS

Una blancura infinita. Un escalofrío que le llega a los huesos. Cuando Violet toma una bocanada de aire, casi se atraganta con el frío.

Han aparecido en un acantilado, pero, por culpa de la nieve, cuesta saber dónde termina el borde y empieza el cielo. Tras ella se eleva la mitad de un arco rodeado de ruinas de edificios de piedra. En algún lugar lejano, las montañas retumban, graves y espeluznantes, cuando el hielo se desprende de ellas.

—He pensado que sería mejor que nos apareciéramos aquí, para no llamar la atención... Y también por las vistas. —Aleksander le dedica una sonrisita y, durante un instante, ahí está el joven que le hablaba de polvo de estrellas y sueños—. Bienvenida a Fidelis, Violet Everly.

Fidelis.

Violet vuelve a contemplar el paisaje cubierto de nieve. La de veces que ha soñado con venir aquí. Literalmente. La mente se le plagaba de imágenes de una ciudad fantasiosa, a juego con los nombres fantasiosos de las calles. Un lugar repleto de magia, académicos y secretos.

—Te has traído la espada... —comenta Aleksander, lo cual incrementa la sensación de Violet de que acaba de caer en mitad de un cuento.

Violet se mira los puños, que sostienen el peso de la espada.

—Supongo que sí…

Aleksander la conduce por una escalera peligrosa cubierta por una capa de hielo. Llegan a un callejón y cruzan unos arbustos descuidados que cubren la entrada. Al principio lo único que ve Violet son las paredes verticales de los edificios que los rodean, cuyas sombras caen sobre ellos. La nieve cruje bajo sus pies y se acumula, aterciopelada, sobre sus hombros. Un viento tonificante se les cuela por la ropa, y a Violet se le escapa un grito ahogado por el frío. Sigue a Aleksander, salen del callejón y llegan a un patio amplio, envuelto en una noche congelada. En ese instante, tiene que volver a detenerse.

Las cimas de las montaña sobresalen hacia el cielo como trozos de cristal que resplandecen a causa de la nieve. Debajo, el mundo se desdibuja en hileras de casas serpenteantes pegadas a la ladera de la montaña. En el valle la luz ámbar cubre la niebla que se posa en la línea de los árboles. Y hay estrellas. Constelaciones con formas que le resultan ligeramente conocidas tras haberlas visto en una ocasión desperdigadas sobre la mesa de la cocina.

—Es precioso, ¿verdad? —comenta Aleksander en voz baja.

Violet no puede dejar de observar el otro extremo del valle, solemne y oscuro, bajo un cielo aún más oscuro.

—Jamás me imaginé que pudiera ser tan real.

—Tan real como la vida misma —responde él.

—Si viviera aquí, no me marcharía jamás —dice ella.

—Casi nadie se va —contesta Aleksander—. Pero, si no te vas nunca, jamás descubres cómo es el resto del mundo ni cómo son los otros mundos. No podrías apreciar lo impresionante que es Fidelis.

Pero entonces su mirada se posa en el horizonte y la sonrisa se le desvanece.

—La luz de la torre de los académicos se ha extinguido —dice.

Empieza a ascender por la ladera de la montaña, hacia ella, y deja atrás las hileras de casas de tejados altos, que se alzan bien juntas entre sí.

Violet corre tras él.

—¿Aleksander?

—Debe de haber alguna explicación —responde, más para sí mismo que para Violet—. Debe haberla.

Violet lo sigue a través de caminos de mosaicos y apenas le da tiempo a procesar la belleza de la ciudad. Atisba pasarelas que sobresalen de los acantilados, invernaderos repletos de flores tras cristales empañados, casas redondas y encaladas con tejados de terracota que resplandecen naranjas bajo la luz de la luna. Debería ser hermoso. Lo es. Pero el silencio es inquietante, y la mayoría de las luces están apagadas o brillan tras cortinas muy bien cerradas. La sombra oscura de la torre de los académicos se cierne sobre todo.

Llegan a la entrada, una mezcla austera de roca de montaña y faroles de hierro cubiertos de nieve. En general, el suelo que pisan está despejado por cientos de leves pisadas que han quedado sobre la aguanieve.

Aleksander se quita la capa y se la tiende a Violet.

—No pueden saber que vienes de fuera; si no…

—No lo sabrán —responde ella, y suena más confiada que como se siente en realidad.

Violet se coloca la capa sobre los hombros. Tiene el cuello cubierto de pelo y huele a Aleksander: a leña quemada y al aroma de libro viejo. Se sube la capucha y se cubre el rostro por si acaso alguien la reconoce como lo que no es.

Sin embargo, Aleksander no le presta atención. Escucha con atención antes de abrir las gruesas puertas de roble e indicarle que entre a toda prisa. En el interior un gran escalera domina el centro de la estancia, mientras que el techo se eleva tan alto que Violet es incapaz de ver dónde termina. De la escalera cuelgan varias cuerdas gruesas y poleas que sostienen palés medio llenos que se balancean. Decenas de ganchos bordean las paredes de la entrada con sendos zapateros debajo. La cotidianidad del lugar es lo que más sorprende a Violet, que los académicos necesiten un lugar en el que dejar las botas de invierno y la capa.

La luz es tenue y reina un silencio sepulcral.

—Algo no va bien —dice Aleksander.

Ahora que han entrado, ella también lo percibe, aunque no logra averiguar el motivo de esta sensación. Aunque no debería ser capaz de hacerlo, ¿no? Al instante, cae en ello: se oye el eco de sus pasos y también su respiración.

Aun en mitad de la noche, hay demasiado silencio.

Aleksander se asoma a la barandilla; mira hacia arriba y luego hacia abajo, donde la escalera prosigue hacia una oscuridad glacial.

—Las poleas no se mueven. Siempre están activas. No... Espera. Veo algo.

Sube los escalones de dos en dos, y Violet corre para no quedarse atrás. Se fija en los retratos bañados en oro que cubren las paredes y las placas que hay debajo, pero sin prestar demasiada atención. Imagina que se trata de académicos famosos, retratados en distintos grados de seriedad. Es una tontería mirar (como si Penelope fuera a ponerle una placa a un Everly), pero se descubre a sí misma buscando un par de ojos castaños, una barbilla altiva...

Aleksander se detiene de forma súbita y ella casi choca con él.

—Quédate atrás —la advierte, pero ya es demasiado tarde.

Un cadáver envuelto en la túnica de académico yace en una posición extraña sobre las escaleras. La sangre oscura baña los escalones de alrededor de la cabeza.

—Dios mío —susurra ella.

No va a haber forma de quitar las manchas de sangre del mármol, piensa, lo cual es una tontería. Aleksander le da un empujoncito al cadáver, con delicadeza y, aunque ella no tiene ni idea de quién es, él debe de reconocerlo, porque parece que le han arrebatado el aire de los pulmones. Se trata de un anciano con una barba canosa que se encuentra en un ángulo extraño. Le han torcido el cuello con un solo movimiento. Observa el techo sin ver nada.

—Lo odiaba —confiesa Aleksander, aturdido—. Siempre me obligaba a llevarle cosas porque no le gustaba que fuera el ayudante de Penelope. Pero él también le tenía miedo. —Se queda mirando el cuerpo—. Debe de haberse caído y partido el cuello. ¿Por qué no se lo ha llevado nadie? No lo entiendo...

Violet mira hacia delante, hacia la escalera, y le da un vuelco el estómago. Más cuerpos, más sangre. Coloca una mano sobre el hombro de Aleksander a modo de advertencia.

—No mires —le advierte, pero la mirada de él sigue la de ella.

—Hay... Hay más.

Pasa por su lado, como aturdido, y se arrodilla ante todos los cuerpos. Mientras ascienden, los encuentran agrupados. Algunos portan puñales en las manos, como si supieran lo que se les venía. Otros lucen expresiones congeladas de conmoción. La sangre cubre las túnicas oscuras, como si un animal las hubiera rasgado.

—¿Quién ha podido hacer esto? —dice Aleksander una y otra vez, como si creyera que puede haberlo hecho cualquier otra persona que no sea ella.

Violet aprieta los labios con fuerza, pero recuerda las garras de Penelope y lo mortales que parecían.

—Puede que alguno se haya escondido —dice él, y hasta a Violet le da la impresión de que suena como un iluso—. Tenemos que comprobarlo. Vamos.

Ella duda.

—Aleksander...

Él se da la vuelta y le dedica una mirada firme.

—Aquí hay aprendices. Niños y niñas. Alguien tiene que rescatarlos y decirles que no pasa nada.

Gira bruscamente hacia la izquierda y se mete por uno de los pasillos estrechos. Violet va tras él con el corazón desbocado. Puede que Penelope tan solo bajara por la torre y se marchara. Quizá haya supervivientes que se han escondido.

Pero no es propio de Penelope dejar el trabajo a medias.

Pasan junto a más cadáveres y al final se encuentran una montaña de cuerpos frente a una puerta. Aleksander aprieta los puños con fuerza y tiene el rostro blanco como la tiza.

—No sería capaz de venir hasta aquí —dice, como ausente—. No sería capaz de... Todos esos niños...

—No lo hagas, Aleksander —le pide Violet, pero él ya está abriéndose paso entre los cuerpos hacia la habitación que se halla al otro lado de la puerta.

Ella lo sigue, con el terror formándole nudos en el estómago.

La habitación está oscura como boca de lobo y, al principio, cree que no hay nadie dentro. Pero entonces ve el montón en un rincón. Son demasiado pequeños como para ser adultos y están envueltos en túnicas que les vienen grandes. De no ser por esa insoportable ausencia de movimientos, parecería que duermen.

—Violet... Ay, dioses...

Aleksander cae al suelo de rodillas y vomita hasta que no le queda nada en el estómago. Le tiemblan los hombros mientras llora en silencio.

—Eran niños —repite una y otra vez—. No eran más que niños.

No eran más que niños. Pero se interpusieron en el camino de Penelope.

Violet consigue sacar a Aleksander de la habitación y bajan las escaleras. Pasan junto a cuerpos que no soporta mirar, aun cuando para ella solo son extraños. Sin embargo, en vez de detenerse en la entrada de la torre para marcharse (o para dar la voz de alarma), Aleksander continúa descendiendo por las escaleras, siguiendo el rastro de sangre. No se detiene ante la primera verja abierta que bordea la escalera ni tampoco ante la segunda.

Aún hay partes del rastro en el que la sangre es viscosa y resbaladiza, como si Penelope hubiera arrastrado un cuerpo tras otro por las escaleras. Todas las verjas están abiertas de par en par. Pero lo peor de todo no es encontrárselas abiertas, sino que nadie les detiene el paso. Algunas miden más de tres metros, tienen la superficie aceitosa y no hay forma de escalarlas. Aleksander apoya la mano en una con expresión de incredulidad.

Tan solo se detiene cuando llega al último tramo iluminado de la escalera. Los retratos elegantes y las ventanas cubiertas por cortinas de seda han quedado atrás y han dado paso a una fachada austera que a Violet le recuerda a la de una fortaleza o la de una prisión.

—Aquí no puede bajar nadie —susurra Aleksander—. Jamás he... Salvo cuando...

Entonces cierra la boca de golpe e inspira hondo, como para tranquilizarse.

—Tenemos que seguir —le dice ella.

Sin embargo, todos sus sentidos la advierten de que dé media vuelta, suba por las escaleras y se aleje todo lo posible de este lugar. Está bastante segura de que Penelope sigue ahí abajo, aunque no sabe qué forma habrá adoptado. Estará reuniendo fuerzas. Preparándose para cumplir su venganza bíblica contra los Everly. Violet no puede permitirlo.

Aleksander empalidece.

—Violet...

—Tenemos que hacerlo —responde ella—. Lo siento.

—No lo entiendes. No puedo.

La mira del mismo modo en que la miró en las escaleras de Praga. Está aterrado de un modo completamente irracional.

«¿Qué es lo que te pasó?», quiere preguntarle, pero no puede hacerlo.

Recuerda que Aleksander dudó al empuñar la espada. Conoce algunas cicatrices del chico, pero no todas. Quizá es mejor que vaya sola. Para que no interfiera.

Pero tampoco habrá nadie para salvarte, le susurra una parte chiquitita de ella.

—Ya voy yo —le dice—. Quédate aquí.

Aleksander baja los hombros, aliviado, pero no parece del todo convencido.

—Puede que esté ahí bajo.

Violet no necesita preguntarle a quién se refiere.

—No pasa nada —responde, negando con la cabeza.

Le dedica una sonrisa que espera que sea tranquilizadora, pero parece más bien que pone una mueca. Luego, esquivando la sangre bajo los pies, cruza la puerta y deja a Aleksander detrás. Desciende, dobla una esquina y deja de verlo.

Las paredes brillan por la condensación y, a medida que desciende, la luz se desvanece. Cada vez el frío es más intenso, de modo que flexiona los dedos para recuperar un poco de calor. Nota la empuñadura de la espada resbaladiza, pero la sujeta aún más fuerte. No hay ninguna voz que la anime a descender, pero, aun así, siente la misma atracción que se apoderó de ella en el sótano de Tamriel. La piel de la nuca se le eriza, anticipando el terror.

La pared de ladrillo ordenada da paso a las rocas de la montaña. Está muy oscuro, no ve casi nada, y los escalones resbalan tanto que hasta es peligroso. Encuentra la última verja abierta, igual que todas las demás, pero la han abierto con tanta fuerza que ha quedado incrustada en la roca. No tiene modo de saber quién es el responsable, pero posee una fuerza sobrehumana.

Ya no hay más escalones. Se encuentra con un arco estrecho en el techo y una sola lámpara de aceite parpadeante que ilumina la estancia que se abre ante ella, de la que emana el olor dulzón y nauseabundo de la muerte. Sujeta bien la espada (aunque no sabe muy bien de qué le va a servir) y entra.

Hay… muchísima sangre.

Menos mal que ha bajado sola, Aleksander se habría quedado de una pieza. De repente le dan arcadas y tiene que cubrirse la nariz y la boca con la capa hasta que se le calma el estómago. Penelope no está, pero sí su rastro. En un lado de la estancia hay académicos muertos, unos encima de otros, como si fueran un naufragio junto a una marea de sangre. No sabe de qué color era el suelo, pero ahora está cubierto de carmesí. El aroma es tan denso que hasta puede saborear el cobre que se respira en el ambiente.

Y en mitad de la sala hay una puerta.

Es la misma clase de puerta que Violet ha visto en sueños, una de esas puertas que se imaginaba que aparecerían en el armario de su biblioteca. Se alza ante ella, dobla su altura y la baña el resplandor aceitoso de la ensoñadorita. La superficie de metal está cubierta de escrituras antiguas que pertenecen a un alfabeto que no ha visto jamás. Al otro lado no hay nada; solo un espacio vacío hacia el que se abre la puerta. No hay cerradura; solo dos manos de ensoñadorita extendidas, cubiertas de sangre.

Violet se acerca y contiene la respiración en ese ambiente viciado para aguzar el oído. Podría ser cualquier cosa (el metal que cruje por el frío, los cuerpos que exhalan sus últimas perogrulladas; por todos los demonios, podría ser hasta Aleksander respirando demasiado fuerte en las escaleras), pero Violet está segura de que no es ninguna de ellas. Suena como si alguien... cantara.

Violet se muerde el labio con fuerza y, dudando, tira de las manos. No ocurre nada de nada. La puerta sigue cerrada a cal y canto.

Se queda mirando la puerta durante unos cinco minutos muy largos. Intenta abrirla de todos los modos que se le ocurren: vuelve a tirar de esas manos grotescas, empuja, luego va al otro lado y vuelve a empujar. Pero la puerta no cede. Si Caspian estuviera aquí, habría descubierto el mecanismo de apertura en cuestión de segundos, pero ella ha acabado con las manos manchadas de una sangre que no le pertenece.

Y entonces, en las profundidades de su mente, se enciende una bombilla.

Se prepara mentalmente para el dolor y pasa la mano por el borde afilado de la puerta. La piel se le abre y se agita, y la sangre roja brota de un corte en la palma. La puerta parece estremecerse y varias chispas doradas aparecen en su campo de visión. Una brisa ligera le tira del dobladillo de los pantalones.

¿De verdad es tan fácil?

Ve la masacre que la rodea, la sangre que se acumula junto a la puerta, las huellas de manos que se ven con claridad sobre las paredes. Se trata de un gesto sencillo especialmente condenatorio, pero un gesto con el que Violet ya se ha familiarizado.

Solo un poco de carne. Solo un poco de sangre.

«El precio para cruzar una puerta siempre es un sacrificio». Y nadie más que ella puede ofrecerlo.

La espada.

Violet se adueña de ella y agarra con fuerza la empuñadura.

En sus cuentos preferidos, los héroes luchaban hasta que se veían acorralados, sin sus armas, cerrándose las heridas con las manos cubiertas de sangre. El enemigo acecha. La derrota es inminente. Y entonces, con sus últimas fuerzas, contraatacan. Un último golpe capaz de acabar con todo.

En realidad, una maldición no es más que un contrato.

Con un movimiento ágil, gira la hoja del arma hacia ella. *Sé valiente.*

Detrás de ella, suena la voz de Aleksander:

—Violet, espera…

Y se atraviesa el corazón con la espada.

PARTE
CINCO

UN COMIENZO

Al principio, no es el hombre lo que la atrae, sino la multitud: una cola infinita que serpentea ante la puerta desde el amanecer hasta el anochecer (salvo durante la hora del almuerzo, cuando la tienda cierra). Cuando la gente entra, se muerde los labios para contener la sonrisa y luego sale con paquetes de diversos tamaños envueltos con delicadeza y con un lazo. Sus sonrisas tan solo flaquean cuando ven a la astral, que los observa al salir.

Aún es joven e inmadura en comparación a sus hermanos, que son mayores y más sabios. Sin embargo, para los habitantes de la ciudad, es una estrella cegadora y misteriosa. Un terror maravilloso o una maravilla aterradora. De modo que deja de pasarse por allí, aun cuando su curiosidad no deja de crecer.

No obstante, durante los paseos insomnes que da a medianoche, no puede resistirse y se acerca a la tienda. Observa a través de las ventanas y sus alas iluminan los artilugios del interior y lo tiñen todo de dorado. Carruseles minúsculos envueltos en terciopelo arrugado mariposas iridiscentes de papel y alambre que cuelgan del techo, medallones de plata y llaves con forma de corazones, joyeros con gemas incrustadas. Se tratan de exquisiteces preciosas que desatan una sensación extraña justo bajo las costillas, como si alguien tirara de un hilo que lleva anudado tras el corazón.

Durante una semana, todas las noches pasa junto a la tienda, mira a través de la ventana y se pregunta qué clase de persona es capaz de cautivar a toda una ciudad repleta de artesanos en la que hay maravillas en todas las esquinas. Se imagina a alguien poderoso, empapado de sangre de astral, magia y a saber qué más. Alguien que fabrica maravillas como quien respira. Quizá sea un astral, quizá sea una criatura completamente distinta.

La séptima noche, mientras vuelve a examinar el expositor con las manos en las caderas, la puerta se abre. Una luz cálida cubre los ladrillos. Ella hace amago de tomar las espadas gemelas que lleva en los costados, pero entonces recuerda que la intrusa es ella.

Es un hombre. No es más que un hombre.

Tiene la nariz un poco torcida, los ojos de color castaño oscuro, los hombros anchos y la robustez de alguien que se gana la vida con las manos. No es guapo (de hecho, más bien todo lo contrario); sin embargo, hay algo en él que hace que la astral se detenga.

Vuelve a notar esa misma sensación tras el corazón.

—Me dijeron que habías dejado de venir por aquí de día —le dice él, con una voz que recuerda al crepitar de la madera, al agua que se evapora tras derramarse sobre el carbón.

El hombre sabe que la astral se ha detenido todas las noches ante su ventana. La vergüenza se apodera de ella y, para disimularlo, se yergue cuan larga es y sus alas sueltan chispas. Supone que esto es culpa suya, por dejar que la curiosidad gane.

—No quería asustar a la clientela —responde ella, un poco altiva.

Él se encoge de hombros.

—Hace falta algo más para que se asusten.

Durante un largo instante, mortal y estrella se observan. Aún hay tiempo de que todo cambie, aún hay tiempo para que un futuro distinto se despliegue ante ella. Aún está a tiempo de cortar este hilo y esquivar un futuro de lamentos y angustia, una ciudad cubierta de cenizas. Aún está a tiempo de detener todo lo que ocurre después.

Pero entonces él le tiende la mano (firme, llena de callos y cubierta de pecas) y le sonríe.

—Ever Everly —le dice, presentándose.

—Astriade, hija de Nemetor —responde ella.

Es la sonrisa lo que la conquista.

—¿Te gustaría entrar? —le pregunta.

Ella lo toma de la mano.

CAPÍTULO

CUARENTA Y SIETE

Un mundo muerto jamás muere del todo. Ni siquiera cuando las estrellas se desvanecen durante su gran éxodo y dejan tras de sí una noche negra como la tinta que engulle el cielo. Ni siquiera cuando el terrible sonido del silencio cubre una ciudad que antaño bullía de ruido.

Sin embargo, no es un silencio absoluto, ¿no? Hay pájaros que se elevan sobre las vigas descubiertas de los tejados; garcillas, grajillas y pajarillos marrones desaliñados que poseen una multitud de nombres y que se llaman, alegres, entre sí. Hay animales nocturnos cuyas garras arañan los adoquines, que alzan la mirada hacia las dos lunas pálidas del cielo violeta. Hay árboles sin podar y lánguidos que se alzan desde patios cubiertos de hojas y que se extienden con elegancia entre los balcones y los senderos. Bajo ellos hay helechos que se abren en la oscuridad, rincones húmedos en los que puede que aún haya baldosas agrietadas de colores desgastados o listones de madera esponjosa marcados por un cincel.

La vida, insistente y con la cabezonería que se espera de ella, prosigue. Cierra los ojos, y puede que las estrellas ya no canten en esta ciudad silenciosa de polvo y sueños, pero siguen cantando, a pesar de todo.

Aun cuando puede que solo quede una voz.

Violet despierta con un leve dolor atravesándole el pecho. Abre los ojos y se encuentra ante un techo que se derrumba y que da cobijo a una gran variedad de plantas verdes. La luz que cae sobre las hojas es violeta, clara; puede que entre a través de un cristal tintado. Se encuentra sobre una superficie firme que podría ser una cama, pero también el suelo.

Se levanta con cuidado, consciente de las vendas que le cubren el torso y de la tirantez que siente en el pecho con cada inhalación. Le duele como si hiciera semanas que se hubiera herido.

¿Lo ha logrado? ¿Consiguió cruzar la puerta?

La puerta se abre de golpe y Violet se encoge. Durante un instante ve humo que se arremolina y alas, y se le para el corazón. Luego las sombras se asientan contra el fondo cuando un hombre cruza la puerta con un libro abierto en una mano y un lápiz mordisqueado en la otra.

El hombre es tan alto que casi roza el techo con la cabeza. Y, aunque Violet no diría que es guapo, tiene los brazos musculosos. Entra con una elegancia leonina, con unas zancadas calculadas que se tragan la distancia. Un anillo dorado le bordea los ojos, que poseen un brillo sobrenatural. *Es un astral*, piensa Violet, e intenta alejarse, pero entonces el dolor del pecho la atraviesa y suelta un grito ahogado.

—No te muevas —le ordena el hombre—. No se te va a reabrir la herida, pero te va a doler.

Salvo por los ojos, no hay ningún otro indicio de que sea un astral. Sin embargo, sus rasgos tienen algo que hace que Violet lo examine con detenimiento. Un anillo de plata deslustrado que tiene una inscripción en la cara interna cuelga de una cadena que le rodea el cuello. El anillo titila cuando el hombre se agacha para examinarle las vendas y chasquea la lengua.

—Ya hay que ser tonta —comenta—. No hacía falta que derramaras tanta.

—¿Quién eres? —le pregunta Violet—. Tengo que saberlo...
¿Dónde...?

El hombre la manda callar y se dedica a palparle las heridas. La somete a un largo examen tras el que debe de quedar satisfecho, porque, cuando acaba, le tiende una camisa deshilachada que tiene tantos colores como remiendos. Cuando Violet se la pone, cae de repente en que no tiene frío. El aire está cargado de humedad y del aroma de las plantas. De no ser por el extraño tono violeta de la luz, podría convencerse fácilmente de que ha aparecido en un paraíso tropical.

El hombre se entretiene barriendo y ordenando la habitación mientas murmura y canta. Violet aprovecha la ocasión y examina la situación. Por el aspecto de la habitación, deduce que se encuentra en una especie de taller, repleto de mesas largas que parecen más adecuadas como bancos de trabajo que como una mesa de operaciones improvisada. Del techo cuelgan manojos de hierbas, y hay una pared entera cubierta por estanterías repletas de tarros de todas las formas y tamaños posibles. Aunque algunos están vacíos, otros contienen rarezas: una sola hoja, cientos de esferas de cristal, un líquido dorado resplandeciente que parece moverse solo. Varios están manchados, por lo que no hay forma de saber qué es lo que contienen. Y todo esta bañado por ese tinte de amatista, aunque Violet sigue sin ser capaz de discernir de dónde proviene.

Observa al hombre con detenimiento. Ahora que está segura de que no es un astral, se fija en que sus movimientos le recuerdan a alguien. Entrecierra los ojos y, al verlo desdibujado, reconoce a quién está viendo: a Ambrose. Caminan prácticamente igual, paso a paso, con una elegancia que no encaja con su estatura.

Intenta levantarse de la mesa.

—Perdona —le dice, intentando levantarse de la mesa—, pero ¿quién eres?

—Un fantasma, un espectro... nada más —responde él con desdén.

—No, que cómo te llamas —insiste ella.

El hombre se gira hacia ella con la mirada encendida.

—¿Y quién eres tú para exigirme mi nombre?

El hombre se planta a su lado con dos zancadas. Le aprieta el pulgar contra un corte que tiene en la frente del que aún brota sangre y se lo chupa. Violet está demasiado conmocionada para horrorizarse. El hombre se examina el pulgar con indiferencia y luego vuelve a mirar a Violet.

—Sangre de astral. Sí. ¿No? —Pega el rostro al suyo, hasta que sus narices casi se encuentran—. ¿Quién era tu madre?

—No era astral —responde ella al momento.

Él se da la vuelta.

—¿Y tu padre?

En esta ocasión, no sabe qué responder. Pese a todas las preguntas que se ha hecho sobre su madre, lleva años sin pensar en su hipotético padre, desde que Ambrose se convirtió en una figura fija en su vida. Siempre había dado por hecho que era alguien a quien Marianne había escogido en Fidelis.

Pero ¿un astral?

—El linaje se ha reforzado. Cuánto talento. —El hombre examina su expresión—. Son cosas que pasan. No nos vemos limitados por aquellos a quienes amamos. —Y entonces se lleva la mano al anillo de plata que le cuelga del cuello—. Sin embargo, no es muy buena idea amar a un astral —añade.

Violet lo observa con atención. De nuevo, tiene la sensación de que algo encaja en su sitio, aun cuando es del todo consciente de que se trata de algo imposible.

«Qué nombre tan bobo».

—¿Quién eres? —insiste.

Él se queda mirándola con esos iris castaños envueltos en un aro dorado.

—Ever Everly. Pero aquí lo que de verdad importa es quién eres tú.

Violet lo observa. No puede creérselo.

Él la mira con esos iris envueltos en oro.

—Te he hecho una pregunta.

Se supone que estás muerto, piensa Violet, justo en el mismo instante en que Aleksander entra a trompicones en la habitación. Sus miradas se encuentran. Tiene los ojos inyectados en sangre, como si llevara días sin dormir. Sin previo aviso, la envuelve en un abrazo que hace que todos los nervios de su pecho chisporroteen de dolor.

—Al fin —exclama con la voz ahogada contra el hombro de Violet—. Creía que te habías muerto... Bajé a buscarte, pero...

Violet suelta un chillido que parece un resuello y él la suelta al instante. Recuerda levemente haber tomado la decisión de clavarse la espada en el pecho (lo cual, ahora que se para a pensarlo, le parece una locura), el grito de Aleksander justo antes de la explosión de dolor. El resto de los recuerdos no son más que un borrón, y eso solo cuando recuerda algo: la sensación de que la llevaban en brazos; la sangre que le corría entre los dedos, que bien podría ser suya, bien podría ser de cualquier otro; la voz de Aleksander, una letanía de súplicas urgentes cargada de pánico.

Y luego no hay más que un sueño eterno y profundo que la aterroriza por lo definitivo que parecía.

—Viniste a buscarme —le dice, sorprendida—. Pero las escaleras...

—Hacía mucho rato que te habías ido —responde él, apartando la mirada—. Estaba preocupado.

Por el modo en que se tensa, es más que evidente que le costó sangre y sudor bajar tras ella, hacia la oscuridad. Y, aunque sabe que no debería fiarse de él (ni tampoco perdonarlo), descubre que se siente inmensamente agradecida de que fuera a buscarla sin saber qué horrores podían aguardarlo.

—Aún no has respondido a mi pregunta, desconocida —insiste Ever.

—Me llamo Violet —responde, y luego duda.

¿Cómo le explica quién es a un ancestro que no debería ser más que polvo en el suelo? Ninguno de los cuentos que ha leído la ha preparado para algo así.

—No es eso a lo que me refería —responde él.

Ever le tiende un objeto voluminoso y Violet tarda un instante en darse cuenta de que es la espada. La hoja está sorprendentemente limpia y brilla aún más que cuando abrió el paquete que le envió el misterioso benefactor de Caspian. El rostro de Ever se refleja en la hoja cuando se acerca a ella.

Examina la espada y murmura para sí mismo. Violet admira la destreza con la que mueve las manos sobre el metal, con una confianza que da a entender que se ha pasado décadas observando únicamente espadas. Sin previo aviso, la apunta con la espada. Dos plumas grabadas en la hoja destellan.

—Esta es mi marca —le explica Ever—. Así que dime, desconocida, ¿de dónde la has sacado?

De repente agarra a Violet y la levanta de la cama. Aleksander hace amago de detenerlo, pero Ever lo empuja con una sola mano. Luego agarra a Violet de la camisa, con una fuerza inhumana en cada uno de los dedos.

—¿Quién eres? —sisea—. ¿Quién te envía?

A Violet se le ocurren un millón de respuestas. Sus tíos. Su madre. Penelope. Un libro antiguo de cuentos y la llamada, como el canto de una sirena, que proviene de otro mundo.

Sin embargo, alza la barbilla, desafiante, y responde:

—Me llamo Violet Everly y he venido a romper la maldición de nuestra familia.

Ambos se hacen un sinfín de preguntas.

Ever pasa la mayor parte del tiempo en silencio mientras Violet se lo explica todo. Como era de esperar, el nombre de Penelope no le suena de nada, pero, en cuanto menciona a Astriade, se le tensa el cuerpo entero.

—Has traído contigo una calamidad terrible —le dice, con los ojos dorados ensombrecidos—. Nos has matado a todos.

—¿Una calamidad? No, no lo entiendes… Mira…

Violet intenta volver a explicarle la maldición y el juramento de Penelope, pero cuando da un paso al frente la habitación entera se tambalea. Aleksander la sostiene con el brazo y a ella no le quedan fuerzas como para negarse a ello.

—Necesita descansar —dice entonces.

Violet no puede llevarle la contraria; le duele la espalda de estar tumbada en la mesa y nota un agujero en la boca del estómago que le da a entender que necesita un buen plato de comida. Ever asiente a regañadientes y luego vuelve a centrarse en la espada, que acapara toda su atención.

Aleksander la conduce por el pasillo hasta que llegan a una habitación tranquila en la que encuentran dos camas improvisadas. En cuanto cierra la puerta, se tumba, agotado. Violet se muerde el labio.

—Aleksand… —le dice.

—No —responde él, con los ojos cerrados—. No tengo derecho a enfadarme contigo… —Los abre de nuevo y mira hacia todas partes, menos a ella—. Te moriste, Violet. Te moriste en mis brazos en cuanto llegamos. No sé qué es lo que te ha hecho ni cómo lo ha hecho, pero te resucitó. Había muchísima sangre…

Habla en voz baja, pero Violet se encoge. Ha hecho un esfuerzo expreso por no pensar en la hoja hundiéndose en su pecho, en que fue como si se apretara fuego líquido contra la piel. Ni siquiera está segura de si habría sobrevivido de no haber sido por que Aleksander estaba allí.

La culpa se apodera de ella, y luego la rabia. A fin de cuentas, él no tiene ningún derecho a pedirle que se mantenga a salvo. No cuando sostuvo la espada (su vida entera) en las manos y dudó. De modo que se traga la disculpa que ya estaba formando con los labios.

—Bueno, ya estamos aquí —dice—. Elandriel. Imagino que es la ciudad de Penelope.

Que está esperando a que Violet salga de la casa.

—No nos hará nada —responde Aleksander con una confianza que contradice la situación en la que se encuentran—. Pero creo que deberías ver esto —añade con pesar.

Violet sale al patio amurallado que se halla en el centro del edificio. Al principio no es capaz de entender qué es lo que está viendo. Pero entonces lo observa bien y al fin comprende por qué la luz posee un color morado tan hermoso y extraño.

Una cúpula violeta cubre el cielo entero. Es tan grande que resulta imposible saber dónde empieza y dónde acaba. Desde aquí, parece tan grande como el mundo entero. Pero Violet relaja la vista, tal y como le enseñó Gabriel a regañadientes hace solo unos días, y el mundo entero estalla en un resplandor dorado. Parpadea, se frota los ojos para que la imagen desaparezca y un leve dolor de cabeza le trepa por el cráneo.

Una capa protectora de ensoñadorita. Una jaula de metal divino. Conoce muy bien esta parte de la historia.

Aleksander sigue hablando en voz baja, demasiado deprisa como para que a ella le dé tiempo a entenderlo todo.

—Era una trampa. Penelope no estaba al otro lado de la puerta; seguía en la torre, esperando a que abrieras la puerta. Vino detrás de nosotros, así que tuve que agarrarte en brazos y salir corriendo. Ever nos dejó entrar en la jaula y no me quedó otra que entrar. Pero tienes que entender que la puerta para volver a casa está al otro lado.

Con Penelope. Violet lo entiende al momento.

Están atrapados.

CAPÍTULO

CUARENTA Y OCHO

V iolet no tarda en descubrir que es imposible hablar con Ever Everly, pero no porque él no hable.

Habla para sí mismo mientras va de un lado a otro del taller. A veces se pone a cantar y los sorprende a ambos, y luego para al cabo de unos pocos compases solo para repetir el mismo fragmento de melodía una y otra vez. Hay momentos en los que rompe a llorar (en principio parece que por nada; por una hebra que se ha movido de sitio, un rayo de sol que se desvanece...), con unos jadeos tan intensos que se le sacude todo el cuerpo. La mayor parte del tiempo no parece ser consciente de que no está solo. En ocasiones, mantiene conversaciones como si se dirigiera a una multitud que se ha reunido en el taller. Pero, incluso en los momentos de mayor lucidez, parece reacio a responder a cualquiera de las preguntas, cada vez más acuciantes, que formula Violet.

Para las que sí obtiene respuestas son para aquellas que apenas necesitan explicación. La barrera de ensoñadorita, por ejemplo. Una mañana, Violet sigue a Everly hasta lo que debió de ser un vecindario con la esperanza de averiguar algo más sobre lo nefasta que es la situación. No se esconde, pero Ever no se dirige a ella en ningún momento y se dedica a arrastrar un saco de objetos variopintos tras él con la mirada fija en la calle. El brillante muro de ensoñadorita no tarda en alzarse ante ellos.

Ever suelta el saco sobre el suelo y Violet se fija en que todos los objetos contienen ensoñadorita. Apenas le da tiempo a admirar la gran variedad que hay: copas con los bordes bañados en ensoñadorita, gafas con varias lentes de aumento, media decena de trozos de metal que puede que fueran dagas o puñales. Los ojos bordeados de dorado de Ever resplandecen con la luz del sol mientras toma un objeto tras otro. Arranca la ensoñadorita de la copa, las gafas y el metal directamente con los dedos, como si fuera masilla. Violet lo observa con una mezcla de fascinación y horror al ver cómo trata unos objetos que, seguramente, sean muy importantes.

La tira de ensoñadorita que sostiene en la mano se convierte al instante en una esfera, en una roca dura que parece estremecerse a causa de una luz sobrenatural cada vez que Violet la mira. Ever tiene la frente perlada de sudor, pero manipula el metal como si fuera mantequilla; trabaja con rapidez y eficacia. Cuando la bolsa queda vacía, suelta un largo suspiro.

De repente se saca un cuchillo y se corta la palma de la mano. Violet se encoge, pero Ever ni se inmuta; es como si lo hubiera hecho un millón de veces. Aprieta el puño y la sangre cubre la ensoñadorita, resbaladiza y resplandeciente.

A Ever le tiemblan los músculos cuando hunde los puños en el panel. La luz y la cúpula se estremecen. Y entonces se mueve. Solo unos milímetros, apenas supone una gran diferencia. Pero unos poco milímetros durante cien, mil años…

Por lo visto, esto es lo que hace falta para mantener alejada a Penelope. Sangre, un propósito y ensoñadorita con la que expandir una jaula que ya ha exigido mucho.

Violet lo sigue hasta el taller; no deja de darle vueltas a algo. Así es como su ancestro ha pasado todo este tiempo. Mil años construyéndose una jaula. Durante el camino de vuelta intenta averiguar más, pero Ever canta a grito pelado y ahoga sus preguntas.

Cuando Ever comienza a gritarle a su propio reflejo en el taller, Violet decide salir a tomar el aire. Encuentra a Aleksander en las habitaciones polvorientas inferiores, rebuscando entre una pila de libros y de hojas sueltas. Al verlo en su salsa, siente algo complicado en el corazón, un sentimiento que oculta al momento tras varias capas de sentido común.

Quizá volviera a por ella, pero eso no significa que no lleve a Penelope grabada bajo la piel, que no intente abrirse paso a través de él a zarpazos. Violet recuerda que dudó cuando tuvo la espada en las manos. Recuerda Praga. De modo que insiste en recordarlo, en no ceder y en olvidarse de la curvatura de sus omoplatos, que forman líneas bajo la camiseta.

Se sienta a su lado y, con cuidado, toma uno de los libros. La cubierta le deja un mancha de polvo rojo en los dedos.

—¿No lo aguantabas más? —le pregunta Aleksander.

Violet se encoge de hombros con pesar. Ver a su ancestro loco, gritándole a los fantasmas y a los reflejos, acabaría con la paciencia de cualquiera pasados dos días.

—¿Cuánto tiempo crees que lleva solo?

—Demasiado. Parece que vive en el pasado.

Violet no es capaz de imaginarse cómo tiene que haber sido su vida, atrapado y solo durante tantos años en el cadáver de una ciudad. La soledad insoportable, la oscuridad asfixiante del cielo nocturno, esos detalles son otra verdad que arrancaron de las páginas de la leyenda. Se necesita una mente muy concreta para sobrevivir a ello. Si es que a esto se lo puede llamar sobrevivir.

—No dejo de darle vueltas a cuando cruzamos a este mundo —dice Violet—. No entiendo por qué Penelope esperó a que yo abriera la puerta. —Se muerde el labio—. Para empezar, ni siquiera debería haber podido abrirla.

Aleksander la observa durante un instante.

—Hace unos años, se propuso llevar a cabo un experimento que consistía en inyectarle ensoñadorita a quienes más talento poseían para convertirlos en llaves de carne y hueso. Sería como rehacer desde cero a las Manos de Illios, los primeros académicos auténticos. Podría haber funcionado; a fin de cuentas, la ensoñadorita es el metal de los dioses. Al final se decidió que era demasiado complicado y se puso fin al experimento. —Entonces guarda silencio—. Bueno, no del todo.

—Yury —dice Violet, y él asiente.

—Pero hay otras formas de unir los linajes. —Duda, y Violet se da cuenta de que a Aleksander le está costando hallar las palabras adecuadas—. Sé que no tengo ningún derecho a decírtelo, pero… puede que tu madre intentara asegurarse de que tuvieras un modo de huir antes de nacer siquiera.

Violet se mira las manos, cubiertas de arañazos y callos tras la lucha frenética de estos últimos días. Son las manos de un Everly; tienen la misma forma que las de Gabriel y solo son un poco más menudas que las de Ambrose. Las conoce tan bien como el resto de su cuerpo. Pero la sangre que fluye por sus venas es la de una desconocida.

—Yo creo que lo que quería Marianne era una forma de poder huir —responde ella con amargura.

Por lo visto, es otra cualidad de los Everly.

Aleksander se levanta y se limpia el polvo de los pantalones.

—La verdad es que me vendría bien tomarme un descanso. Además, aún me queda mucha ciudad por explorar. ¿Te apuntas?

Violet duda. Debería pensar modos de sonsacarle la verdad a Ever o averiguar cómo romper la maldición ahora que han llegado al lugar en el que comenzó todo. A fin de cuentas, este debía de ser el plan de su madre antes de rendirse. Además, la arena del reloj sigue corriendo.

Pero está aquí, en otro mundo. Y quiere acompañar a Aleksander. Lo quiere del mismo modo en que el fuego ansía el oxígeno, como si hubiera estado ahogándose todo este tiempo y le acabaran de ofrecer su primera y deliciosa bocanada de aire. Está cansada de tener que decir que no.

Aleksander le tiende la mano.

Y Violet la toma.

El taller de Ever se encuentra en el borde de un lago que se encauza en canales que serpentean por el resto de la ciudad, más allá de la barrera de ensoñadorita. Como es evidente, no van a cruzarla, pero Violet busca sin descanso una sombra alada tras la cúpula. La orilla del lago es un cementerio de madera desmigajada, pero Aleksander encuentra fácilmente un bote en buen estado; seguramente pertenezca a Ever. La pintura está descascarillada y se desprende a causa del calor, pero Violet atisba lo que debían ser las letras de un nombre, aun cuando ya no se pueden leer.

Ella sube primero y el bote se mece bajo ella. Aleksander se sube después. El lago no es demasiado profundo y el agua es tan clara que se ve el lecho, cubierto de caracolas rotas y los restos fantasmagóricos de botes hundidos.

El sol cae sobre ellos y Aleksander se arremanga hasta los codos para remar. Bajo los tatuajes brillantes, los brazos están cubiertos de cicatrices plateadas. Algunas no son más grandes que una uña. Él se percata de que lo está observando, y Violet tiene la elegancia de no fingir que no estaba mirando.

—Me las hice en la fragua —le explica él—. A veces se producen accidentes.

Lo dice como si nada, pero Violet sabe que ambos están pensando en las cicatrices profundas que le cubren la espalda y en que él no ha dicho nada sobre ellas para intentar explicárselas.

El agua los lleva a través del lago y bajo las sombras alargadas de lo que antaño debió de ser un pasaje abovedado cerrado que conduce al laberinto de canales de la ciudad. Para sorpresa de ambos, aún quedan un par de paneles de cristal en el techo, que proyectan sus reflejos hacia abajo. Varios rostros de piedra (o lo que queda de ellos) los observan desde las alturas, barbudos y solemnes, o sonrientes tras sus cuellos altos. Unas enredaderas talladas se enroscan en torno a los soportes vacíos en los que otrora debió haber faroles.

Veinte minutos más tarde, el bote se detiene frente a unas escaleras. De las paredes cuelgan, en intervalos precisos, anillos de hierro corroídos. Violet sale con cuidado de la embarcación.

Ante ellos se alzan las ruinas de unos edificios de mármol y arenisca. En las casas quedan trazos de murales elaborados y de frescos que, como encajes, bordean los tejados derruidos. Los tallos muertos serpentean alrededor de los enrejados y hace tiempo que las hojas se desintegraron. El suelo que pisan se ha vuelto oscuro por todo el polvo que se ha acumulado con el transcurso de los siglos, pero Violet lo aparta con el pie y encuentra un mosaico de azulejos. Al mirarlo de cerca, el mármol no es blanco, sino de un color tornasolado bajo la luz del sol matinal. Un color crema pálido, un color melocotón, pero también un jade verde y un ocre oscuro cubierto de vetas y manchitas de oro.

La ciudad es hermosa, como sacada de un cuadro. Pero también está sumida en un silencio absoluto.

Pasan la tarde deambulando por la ciudad junto a los estrechos canales que parecen arterias y por calles que, en el pasado, debían de estar repletas de gente y de vida. La mayor parte de los edificios se ha desplomado de un modo u otro porque ha sucumbido al paso del tiempo y al deterioro y un verde esplendoroso florece desde el interior de estos cascarones vacíos. Unas aves inmensas que recuerdan a grullas con plumas de color celeste recorren las calles y no le prestan la más mínima atención a los intrusos humanos. Cuando el sol se halla en su cénit, se sientan a la sombra de un árbol crecidísimo, junto a la orilla del canal, y meten los pies en el agua.

A veces resulta tan fácil creer que el resto de los habitantes de la ciudad están escondidos. Pero entonces Violet alza la mirada (para ver una bandada de pájaros, una ventana en concreto que es muy bonita o una nube que pasa por encima de ellos) y se encuentra con la barrera de ensoñadorita. Y entonces recuerda por qué está aquí y también quién la está esperando al otro lado de la cúpula.

Al mismo tiempo, se descubre que está muy pendiente de Aleksander. De cada vez que se aparta el pelo de la cara, de cada vez que enarca una ceja (lo cual significa que ha visto algo interesante), de la luz que le cae sobre los antebrazos descubiertos y que revela las cicatrices plateadas bajo los tatuajes negros. De cada vez que la mira y, al momento, aparta la vista corriendo. Se sumen en un silencio amistoso, pero Violet no deja de pensar en formas de romperlo. Necesita hacerle algunas preguntas. Sobre Praga, sobre el motivo por el que regresó.

Sobre lo que hará una vez se hayan enfrentado a Penelope.

Sin embargo, el calor es agradable en la piel y Violet se recoge el pelo en una coleta que le cae sobre la nuca. Junto al agua, escucha a las ranas croar y el zumbido impreciso de los insectos. Aleksander le sonríe, libre, expuesto. Violet decide que puede conformarse con esto, con un día en el que puede fingir que ella aún es la chica que trabajaba en la cafetería y que él es el chico de antes, con el que paseaba junto a la orilla de un río.

Cuando el sol empieza a ponerse, ascienden hasta la parte alta de la ciudad por unas escaleras largas y sinuosas que dividen la ciudad en varios niveles. Ninguno de ellos menciona que luego tendrán que volver a tientas hasta el taller de Ever sumidos en la oscuridad más absoluta. Violet quiere que la magia de este día dure tanto como sea posible y aferrarse al sentimiento que se extiende entre ambos y que parece tan frágil como una pompa de jabón.

Puede que en el último nivel de Elandriel se alzaran edificios grandiosos, un jardín, un anfiteatro... o cualquier otra cosa. Pero han allanado las ruinas y ahora no queda más que un disco de tierra pálida y firme. Sin embargo, alrededor del borde, divididos por grandes pilares, se encuentran los restos de unos arcos que, en comparación con el resto de la decoración de la ciudad, son bastante austeros. Varias chispas doradas cubren su campo visual.

Puertas.

Aleksander se detiene y contiene el aliento.

—No me lo creo.

Pero Violet sí. Siempre se lo ha creído. Y ya ha visto una puerta que se parece mucho a estas, en Praga. Recuerda las palabras de Caspian sobre las posibilidades que se les escapan a los académicos y el precio que él se ha negado a pagar. En aquella ocasión, hasta ella pudo ver lo ingenua que resultaba aquella confianza. Cómo se reiría Caspian ahora...

Aún quedan restos de la ensoñadorita de las puertas y los clavos desgastados de las bisagras rotas esparcidos por el suelo. Cada una de las astillas tiene alguna clase de detalle en relieve, pero son demasiadas como para saber si formaban una palabra, un diseño o, sencillamente, un dibujo.

Aleksander camina junto a los arcos y toca cada uno de los pilares con asombro reverencial.

—Qué raro que no quede ni una sola en pie —dice, medio para sí mismo.

Violet también conoce el motivo. Bueno, al menos está casi segura de ello ahora que ha visto el miedo en los ojos dorados de Ever. Sin embargo, decirlo en alto implica poner fin a esta alegría infinita. Cierra los ojos y se empapa de la sensación una vez más.

—Lo hizo Ever —dice, y Aleksander se gira hacia ella—. Para impedir que nadie pudiera atravesarlas.

—Por los astrales —responde él, y la sonrisa se le desvanece.

Violet asiente.

Tanto desperdicio y ruina por el bien de un solo hombre.

El sol se esconde tras el horizonte, y el oscuro cielo nocturno regresa.

Tras ese día, Aleksander vuelve en varias ocasiones a las puertas. No puede evitarlo: lo atraen como si alguien estuviera llamándolo desde un lugar al que no puede acceder. Mientras Violet discute con su ancestro en el taller, Aleksander se monta en bote, cruza el lago y sube por las escaleras antes de que el sol arda con fuerza en el cielo. No sabe si la cúpula de ensoñadorita amplifica el calor, pero siempre llega sudando a lo alto.

Durante las primeras horas, se limita a sentarse junto a las puertas e intenta imaginarse lo que los artesanos debieron sentir antes de embarcarse en esta misión. Tiene claro que es obra de los artesanos, no de los astrales; se ven las marcas delicadas del cincel sobre la roca y también unas motas que sabe que son huellas dactilares por manipular la ensoñadorita. Hay marcas en cada uno de los bloques de piedra que, antaño, indicaban quién era el maestro que había trabajado en ellos. Trae consigo una libreta para dibujarlas y añadir anotaciones, y lo hace con meticulosidad.

Pero también apoya las manos contra las ruinas para ver si queda algo que le indique a dónde conducían estas puertas y si es posible que vuelvan a conducir hasta allí. Intenta imaginarse a los artesanos: gente de carne y hueso, tan inteligentes como para crear el viaje entre los mundos y tan soberbios como para creer que sería un regalo para la ciudad. ¿Acaso sabían para quién estaban creando las puertas?

¿Alguno de ellos tenía la intuición de que sería el comienzo de todo, pero también el fin?

Siendo sinceros, a veces no contempla las puertas. A veces pasa las tardes calurosas bajo la sombra fresca de los árboles nudosos que han trepado desde el nivel inferior y que extienden sus hojas como manos en gesto de bienvenida.

En Fidelis nunca ha estado solo; siempre estaba rodeado de académicos o forjadores. Siempre había otra tarea en la que concentrarse, algo por lo que castigarse o algo que practicar hasta que le sangraban las manos. Se ha pasado la vida persiguiendo un único objetivo: convertirse en académico. Llevar en la piel la prueba de que es alguien digno.

Pero falló la prueba. Y ahora nunca será académico.

De modo que, cuando sube a lo más alto de la ciudad, carga con el terrible peso del anhelo, para hurgar en él y examinarlo como no podría haberlo hecho en la torre de los académicos, donde el proceso habría resultado demasiado doloroso mientras miraba a todo el mundo con ese mismo anhelo amargo. Pese a todo lo que ha aprendido, las mentiras y los secretos, las crueldades condenatorias que habría tenido que cometer para convertirse en académico y en algo superior… Jamás lamentará haber devuelto a ese niño a su sitio, pero sí lamenta todo lo que ha perdido, lo que los académicos podrían haber hecho de él si hubieran estado a la altura de la imagen que dan de sí mismos.

También piensa en Violet y se pregunta si alguna vez será capaz de reunir el valor de compartir con ella el alcance de su vergüenza; aunque no tiene del todo claro si sería un acto de valor o de egoísmo. A fin de cuentas, él sigue siendo un peligro para ella.

«¿Qué quieres de mí, Aleksander?». «Todo», debería haberle respondido.

Cuando Aleksander decide recoger sus cosas, el sol se está poniendo y varios prismas de luz se proyectan a través de la barrera de ensoñadorita. Se inclina hacia atrás y pega un buen trago de agua.

—Hola, Aleksander.

Aleksander no se gira al instante, aun cuando todas las fibras de su cuerpo se lo exigen. En cambio, termina de beber, inspira hondo y se da la vuelta.

Penelope se encuentra al otro lado de la barrera de ensoñadorita y su figura queda desdibujada tras ella. Parece sorprendentemente pequeña al compararla con todo cuanto la rodea, pero no cabe duda de que es ella, tal y como Aleksander la ha conocido siempre. Sin alas sombrías ni garras. Espera que le grite o, peor aún, que le dedique esa mirada gélida y furiosa que promete un castigo por sus errores. Sin embargo, Penelope le sonríe con gentileza.

—Son magníficas, ¿verdad? Miles de años de conocimiento y artesanía, juntos en una impresionante construcción unificadora.

Aleksander traga saliva. Aunque acababa de beberse una botella entera de agua, nota la boca seca.

—Maestra —la saluda.

Ni siquiera ahora es capaz de llamarla de otro modo.

—Era extraordinario —prosigue ella—. Las multitudes, los comerciantes, el intercambio de idiomas y culturas. Creo que es justo decir que no teníamos parangón. —Se da la vuelta y señala tras ella, a una amplia expansión de desierto que se encuentra tras los límites de la ciudad—. Ahí es donde se alzaba la torre de los académicos. Fue lo único que pudimos salvar.

Penelope camina junto a la barrera, como si deambulara por un paseo marítimo. Como si pudiera atravesarla si decidiera hacerlo. Él sí puede hacerlo. Solo tardó un par de días en comprender cómo funcionaba: con una sencilla pero eficaz infusión de ensoñadorita y propósito alimentada con sangre y una fuerza de voluntad centenaria. Sin embargo, él no está atado a esa voluntad.

Podría dejarla entrar si se lo pidiera.

—Acércate, Aleksander. Quiero verte la cara.

Camina hacia ella sin pensárselo dos veces. Solo cuando ya ha recorrido la mitad de la distancia que los separa repara en lo que está haciendo y ya es demasiado tarde para detenerse. Está tan cerca de la barrera que hasta oye el crujido de la energía vital que vive en la ensoñadorita. Aun con el resplandor violeta, Penelope tiene exactamente el mismo aspecto que ha tenido durante todos los días de su vida; no hay arrugas de expresión ni canas que resplandezcan en el pelo rubio. El desgaste del mundo no la afecta.

—Esto no estaba aquí cuando me marché —comenta, y casi roza el muro de ensoñadorita—. Es una abominación.

—¿Acaso puedes culparlo? —pregunta él en voz baja.

Aleksander creía conocer el miedo, pero la barrera es la manifestación física de un siglo de terror profundo e implacable. Intenta imaginar qué podría convertirlo en una persona tan desesperada. *Si entraras en esa habitación fría y oscura y no salieras jamás...*

—Escondes una atrocidad tras estos muros y vas a tener que tomar una decisión, mi asistente —le dice, y le dedica una sonrisa tan cálida que se pregunta si le traicionan los oídos, si es posible que estén hablando de algo completamente distinto.

—Podrías dejar que nos marcháramos —responde él, aunque, en cuanto lo dice, se da cuenta de lo estúpido que suena.

—Ay, Aleksander —responde ella con voz tenue—. Entre nosotros hay un vínculo irrompible. Fui yo, y solo yo, la que vio el gran hombre en el que podías convertirte. Nadie más fue capaz de apreciar tu talento. Nadie más creyó en tu potencial.

Resulta complicado llevarle la contraria porque tiene razón. Recuerda la primera vez que Penelope lo llevó a sus aposentos y le sirvió una taza de té y un plato de comida caliente. Recuerda que lo guio a través del famoso y complejo sistema de archivos, que lo protegió de la ira de los demás académicos. Recuerda todos los gestos amables, cada instante en el que sentía el calor de su aprobación.

—¿De verdad quieres volver a no ser nadie? ¿Por una chica?

Una fisura se abre en su mente y lo engulle.

—Me mentiste —responde él, y se le rompe la voz—. Habría hecho lo que fuera por ti, habría sido lo que fuera por ti...

Se avergüenza de pensarlo siquiera, pero hubo un tiempo en el que, si le hubiera pedido que secuestrara a un niño, lo habría hecho sin preguntarle nada y sin pensárselo dos veces. Se habría manchado las manos de sangre, se habría bebido el vial y habría seguido los pasos de Yury si Penelope se lo hubiera pedido. Por ella. Habría hecho cualquier cosa…, pero no puede hacerse a un lado y permitir que Penelope se lleve a Violet.

Para esto no puede ni quiere ser su espada.

—Te lo di todo, Aleksander —responde ella, enfadada—. No eras más que un huérfano sin familia ni futuro. Yo te di uno. Yo te convertí en lo que eres.

Casi se lo cree. Casi.

Es posible que no hubiera llegado a ser nadie. Quizá Penelope tenga razón y hubiera tenido una vida corta repleta de miserias. Pero puede que hubiera prosperado. Y ahora jamás sabrá cómo habría sido ese Aleksander, si habría cometido tantísimos pecados por un futuro que ansiaba con desesperación.

Si habría sido feliz con un lienzo en blanco ante él.

—Mantengo mis promesas —prosigue Penelope—. Siempre. Y, aun así, me acusas de haberte engañado. ¿Sabes que Ambrose Everly hizo un trato conmigo hace diez años? ¿Y que Ever Everly hizo lo mismo hace siglos?

Echa a andar junto a la barrera, y Aleksander va tras ella, con la sensación de que algo monstruoso se le ha colado entre las costillas. Violet mencionó algo de pasada sobre Ambrose y también le contó la historia del gran Ever Everly y de los orígenes de la maldición familiar. Sin embargo, jamás había pensado en ello como una deuda, como si hubiera forma de calcular el valor de un alma.

—Lo único que quiero es entenderlo —le dice.

Y odia que suene como si se lo estuviera suplicando, pero es que es lo que está haciendo. Si existiera la posibilidad de que todo esto no fuera más que un grave error, un problema que resolver o una venganza contra la persona incorrecta…

Prefería cualquier motivo, cualquier excusa, a tener que afrontar esta crueldad.

—Ya estás en Elandriel. Puedes volver a casa —le dice él—. ¿Puedo ayudarte? Quizá ya no sea tu ayudante… —se ahoga al pronunciar la palabra—…, pero sigo siendo… Lo haría por ti.

—Aleksander, eso no es lo que te he enseñado. ¿Ves esa puerta? —Señala la más grande, una cuyas ruinas apenas son capaces de contener el eco de lo que fue antaño—. En cuanto la reconstruya, ahí es donde estará mi hogar. Y lleva milenios cerrada por culpa de la sangre de los Everly.

Penelope se detiene al borde de la plataforma, donde el suelo se precipita hacia la nada. Desde aquí, se ve perfectamente el taller de Ever y el lago cristalino que queda detrás.

—Sabía que seguía con vida. Porque le di mi palabra. Un alma a cambio de... todo. —Contempla el taller, y Aleksander tiene la sensación de que está recorriendo el pasado con la mirada, una historia que él no conoce—. Pero mira esta patética barrera. Mira cómo se esconde en su caparazón. ¿Quién crees que es el culpable de todo esto?

Aleksander aprieta los puños con tanta fuerza que siente una punzada en las palmas cuando se hace sangre con las uñas.

—Quieres saber la verdad, asistente mío. Así que te la contaré.

De repente, ya no quiere saberla. Preferiría haberle preguntado cualquier otra cosa. Pero Penelope prosigue, implacable:

—Sin el alma de un Everly, jamás podré volver a mi hogar. Es lo que se me debe y es lo que hay que pagarme. —Contempla el cielo que se oscurece—. A fin de cuentas, soy una astral. Y, si quieren que sea la destrucción, que así sea.

CAPÍTULO

CINCUENTA

Transcurre un día y luego otro. Y otro.

El sol sale y se pone sobre un cielo teñido permanentemente. Ever Everly llora y despotrica en su taller con la furia frustrada de un *poltergeist*. Cuando llueve, el agua se cuela en todas partes y se forman gotitas en las paredes porosas. Pasa muchas horas cuidando de la granja improvisada que ha prosperado sobre la tierra abandonada o recogiendo agua del pozo del patio. Al otro lado de la barrera de ensoñadorita, una sombra examina el perímetro en busca de una grieta en la armadura impenetrable.

Están a salvo. Están atrapados.

Violet está perdiendo la cabeza.

Hoy Violet se ha despertado y está en el taller antes de que amanezca. No piensa pasarse otra semana aquí esperando lo peor.

—Tienes que ponerle fin a esto —le dice a Ever en cuanto entra por la puerta—. Tienes que romper la maldición.

Ever la ignora, pero la conversación que mantiene consigo mismo sube de volumen, lo cual significa que la ha oído. Violet lo sigue mientras él se dedica a sus tareas, a medio paso de distancia. Se pasa casi todo el tiempo reorganizando las botellas cubiertas de roña de las estanterías, moviéndolas de un lado a otro, como si lo que contienen fuera a notar la diferencia.

Pasada media hora, Violet ya no puede más. Se adueña del vial que le queda más cerca y lo arroja contra el suelo. Qué satisfacción le produce oír el cristal romperse.

—Eso eran unas hierbas doradas muy extrañas —la reprende Ever.

—No pienso irme a ninguna parte —le responde ella, fulminándolo con la mirada—. Ni yo ni Penelope, o Astriade... o como quieras llamarla, joder. Tenemos que hablar. Tenemos que trazar un plan.

Violet ha negociado con académicos, se ha infiltrado en tiendas y ha destapado sus mentiras. Se ha recorrido el mundo entero para hablar con dioses y resolver sus enigmas. Ha logrado huir de la muerte y de resultar herida más veces de las que le gustaría admitir. Si Ever se cree que va a desaparecer solo porque así lo quiere él, está a punto de descubrir lo cabezota que puede llegar a ser su descendiente.

—No nos quiere a nosotros —prosigue Violet—. Te quiere a ti. No sé qué es lo que le hiciste, pero deshazlo. Si quiere marcharse, ¡que se marche!

—Aquí estamos a salvo —responde él, tranquilo.

—No podemos pasarnos el resto de la vida viviendo en... ¡en una jaula! —responde Violet, desesperada—. No va a detenerse ante nada. ¿Es que no lo entiendes?

—Pero ¡estamos a salvo! —repite.

Violet se queda muy callada durante un minuto y luego le dice:

—Mis tíos solían contarme historias sobre ti. El gran Ever Everly, el héroe que intentó salvarlos. Pero no lo intentaste, ¿verdad? Todas las leyendas en las que creía... Todas las mentiras...

—Los héroes no existen —responde Ever, encogiéndose de hombros—. Solo existe la gente que sobrevive y la que no. El pacto no se puede romper, de modo que no pienso moverme de aquí.

Y así condena a Violet.

Asqueada, alza la mano para arrojar al suelo una estantería entera. Si su ancestro no es capaz de comprender lo que se siente al perder algo preciado, lo obligará a entenderlo. Sin embargo, en el último instante, se detiene. Ever ya está hablando consigo mismo, agitado, gesticulando con las manos, lo cual da a entender que se trata de una conversación importante. Es tan probable que se la quede mirando sin expresión alguna como que se enfade con aquella por haberle roto los preciados viales.

Quizá este fuera el motivo por el que Marianne cruzó la puerta sin mirar atrás. Quizá fuera la más lista de las dos al huir y Violet la más tonta por quedarse.

Baja las escaleras, atraviesa el patio y se dirige al lago, con el sol quemándole los hombros. Aleksander se encuentra en la orilla, arreglando una fuga diminuta del bote. Se frota la nuca y, aunque sonríe al verla, se le nota en la mirada que algo lo perturba.

—Supongo que la conversación seria con Ever no ha ido como esperabas —le dice.

Violet se quita los zapatos con los pies y se sienta en la orilla. Piensa en meterse, sin quitarse la ropa ni nada, pero se conforma con meter los pies, y el agua fría le lame la piel.

—He hablado con Penelope —le dice Aleksander con cautela.

Violet se queda helada. Sospechaba que Penelope buscaría a Aleksander y que mantendría con él una conversación llena de posibilidades.

—No se marchará hasta que obtenga el alma de un Everly —prosigue él.

—Y no va a ser la de Ever —responde ella con amargura.

Y entonces se muerde el labio y la culpa la anega. Puede que Ever sellara el pacto, y puede que los Everly estén malditos, pero no puede pedirle que muera por ella. A fin de cuentas, eso es lo que le estaría pidiendo. Eso es lo que está en juego. Aun cuando siempre ha sabido que era su vida la que estaba en juego, ser consciente de ello de repente es como si le hubieran dado un martillazo.

En esta ocasión, no hay escapatoria.

—Violet, no puedes hacerlo —le dice Aleksander.

—No, pero... ¿y mis tíos? ¿Y si va a por Ambrose? ¿O a por Gabriel? —El pánico comienza a apoderarse de ella—. La puerta está en el lado en que se encuentra ella.

Penelope puede atravesarla en cuanto quiera. Quizás haya estado esperando a que Violet se diera cuenta de la posición tan vulnerable en la que se encuentran.

—Si me voy... Si forjo un pacto con ella...

—No lo hagas. —Aleksander la agarra del brazo—. Por favor.

—Pero mis tíos...

—Si vas, te matará —le dice con tono urgente.

—¿Y qué hago? ¿Dejo que mueran ellos? Que tú traiciones a la gente cuando te conviene no significa que yo vaya a hacer lo mismo...

Aleksander se encoge y la suelta. Violet se cruza de brazos y aparta la mirada. Intenta inspirar hondo, calmar el pánico, pero solo puede pensar en sus tíos y en la decisión que debe tomar. Ha intentado detener a Penelope en muchas ocasiones y siempre ha fracasado. Ahora están en su ciudad y no podrían tener menos ventaja.

—Todos tenemos deudas pendientes —comenta él entonces en voz baja.

—¡Tú no! ¡No le debes nada! Sobre todo después de lo que te ha hecho, y ni se te ocurra decirme que no fue ella —responde Violet con rabia—. No me digas que te lo merecías.

Las cicatrices de la espalda. El terror paralizante que vio en su rostro cuando estuvieron en la torre de los académicos porque ansiaba un poco de luz.

Él se encoge de hombros, pero ella se da cuenta de que hasta ese gesto tan nimio le supone un esfuerzo.

—¿Y tú te mereces esto?

El silencio se extiende entre ambos.

Violet clava la mirada en el suelo y se obliga a no llorar ni gritar. Sabe que no está siendo nada justa con Aleksander. No es culpa suya que se hallen en esta situación; sus acciones pasadas no importan. Tampoco es culpa de ella, pero sigue siendo su problema.

Cuando termina de arreglar la fuga, Aleksander empuja el bote hasta el agua y se monta en él. La madera cruje, y las olas besan el casco.

—Ahora mismo mataría por una taza de café —le dice ella.

Aleksander da unas palmaditas sobre el asiento del bote. Tras un instante, ella se sube y la embarcación se hunde bajo su peso. Sus rodillas chocan con las de él cuando se acomoda.

Él rebusca en el bolsillo y se saca algo un poco húmedo y desgastado por el uso; luego se lo tiende. Una tarjeta con la tinta corrida, que casi se cae a pedazos, marcada con diez sellos. Uno por cada semana en la que Aleksander le mostró un mundo entero, sentado a la mesa de la cafetería.

—Invito yo —le dice él.

Ella le da vueltas. Cuánto ha viajado esta tarjeta para llegar hasta aquí.

—Te dije que no me debías ninguna explicación sobre tus cicatrices —le recuerda ella.

Es lo más parecido a una disculpa que le sale. Y no basta, pero él le da un empujoncito con el codo, como diciéndole que la perdona.

—Y no te la debo —coincide él—. Pero, si no te importa, me gustaría explicártelo.

CAPÍTULO
CINCUENTA Y UNO

A leksander inspira hondo y se esfuerza por mantener las manos inmóviles y la voz serena. Qué fácil resulta estirar la mano hacia atrás y tirar de los hilos de la memoria, porque la puerta siempre está ahí, esperando a que alguien la abra.

Este es el día en que el mundo de Aleksander se vino abajo. El instante en que su vida se dividió en un antes y un después, como si la partiera un rayo. Lo cuenta como si le hubiera ocurrido a otra persona y, en cierto modo, no se equivoca al hacerlo.

Durante un largo rato desciende por unas escaleras acompañado por los asistentes nocturnos, de rostro ceñudo, que portan aros cargados de llaves y votos de silencio cosidos a mano. Se abren verjas y se encienden lámparas, porque bajar hasta aquí implica lanzarse a un vacío del que hay pocas oportunidades de regresar. El aire sabe a metal y a sangre.

Aleksander escucha su veredicto con la boca seca y un peso terrible en los hombros. No es una espada que vuelven a afilar. Es una espada que han descartado, que ya no sirve para su propósito.

Penelope le dice que no es nadie, de modo que se convierte en nadie.

No pelea cuando los asistentes nocturnos le atan las muñecas a un marco de metal, aun cuando se le tensa todo el cuerpo al oír los preparativos que se llevan a cabo a su espalda. Al oír el látigo deslizándose por el suelo, toma aire. El látigo lame el aire. Aterriza en su objetivo.

Y entonces llega el dolor. Nada más que dolor.

Pasa el tiempo. El sonido del cerrojo en la oscuridad le produce un terror que jamás será capaz de describir. A veces son los asistentes nocturnos, que le traen comida. Otras es el siseo del cuero, que viene a dispensar más justicia.

No sabe cuánto tiempo pasa ahí abajo; solo que, cuando al fin lo obligan a levantarse, la luz le impide abrir los ojos y, aun así, los destellos le duelen tras los párpados. No hay una mano firme que lo guíe, ni nadie que le diga dónde está, ni tampoco cuánta gente lo observa mientras lo conducen hacia el exterior de la torre de los académicos. Para siempre.

Espera un milagro. Espera la muerte.

Pero vive, y su cuerpo vuelve a modelarse de acuerdo con unas circunstancias distintas, aun cuando mentalmente no deja de volver a la torre de los académicos. Trabaja en las forjas, a donde lo han llevado a regañadientes, porque el talento de un paria sigue siendo útil. Más tarde se corta los largos rizos, al igual que los demás forjadores. La carne sana, el dolor desaparece, pero las cicatrices se quedan.

Y entonces Penelope lo llama a la torre para ofrecerle su perdón. Y el resto... Bueno, Violet ya lo sabe de sobra.

En el bote, Aleksander observa las ondas del agua, que forman olas en la orilla opuesta del lago. La oye respirar, oye el estremecimiento que le brota del pecho.

—Ya lo sabes todo —le dice.

No lo absuelve de todo lo que ha hecho. El antiguo Aleksander, el que creía que no había un futuro peor que pasarse toda la vida siendo un ayudante, ya no existe. Sin embargo, tras haberle confesado lo peor a Violet, se siente más ligero, por imposible que parezca.

Se levanta y el bote se mece peligrosamente. Antes de que le dé tiempo a pensárselo mejor, se quita la camisa y se lanza de cabeza al lago. El agua, pura y dulce, se cierra sobre él.

Violet permanece en la orilla del lago durante el resto del día. Observa a Aleksander mientras este le da los últimos retoques al bote, y se maravilla ante la destreza de sus manos. Aún le cae agua del cuerpo tras lanzarse al lago de forma inesperada, y la camisa se le pega a la espalda.

Ojalá lo hubiera sabido antes. Habría sido más amable con él. No le habría exigido tanto. Habría peleado por él en la iglesia.

Cuando duerme, Violet sueña cosas espantosas, con habitaciones oscuras y con la espantosa sonrisa de Penelope.

En mitad de otra secuencia de horrores innombrables, alguien la despierta sacudiéndola. Violet se incorpora despacio, con las manos de Aleksander sobre los hombros.

—Quiero que veas una cosa —le dice—. ¿Te apetece dar un paso nocturno a medianoche?

A Violet le encantaría quedarse en la cama, pero asiente. Cinco minutos más tarde, ambos se encuentran en el bote, y Aleksander navega con delicadeza hacia la ciudad.

Tras las ventanas de las casas no hay luz, y las sombras manchan las paredes. En vez de ascender hasta el nivel superior, Aleksander gira hacia la izquierda y se mete en una sucesión de callejones estrechos. El último parece un callejón sin salida, pero Violet se fija en un hueco casi imperceptible que hay entre dos helechos gigantes, tras los que se encuentra un largo pasillo oscuro. Mira a Aleksander, pero esta vez no parece asustado ante el largo corredor oscuro como boca de lobo.

—Venga, ya casi hemos llegado.

El corredor es estrecho y hace frío, pero al final del todo ven un ligero haz de luz. Alguien ha tallado una cúpula inmensa en la que resuenan todas las palabras. Aunque la mitad de la estructura se ha derrumbado, Violet ve finos hilos de luz lunar que se cuelan por unos agujeros taladrados con precisión en el techo. Cuando parpadea, ve estrellas.

Aleksander ilumina la sala con su linterna y la ensoñadorita resplandece. Brota desde el suelo del centro de la habitación como una salpicadura solidificada que casi llega al techo. Violet jamás ha visto tanta ensoñadorita junta.

—¿Te acuerdas de cuando nos conocimos? —le pregunta él.

—Sí —responde ella en voz baja.

Aunque le parece que han transcurrido varias vidas desde aquel día, jamás ha olvidado al chico del cuello desgastado y de los ojos grises como el cristal marino. Ni tampoco la galaxia que hizo aparecer en su cocina.

Aleksander coloca una canica oscura en el centro de la sala, justo en el centro de la salpicadura. En cuanto entra en contacto con la ensoñadorita, se ilumina y los deslumbra. Violet se cubre la cara con la mano y espera a que se le ajuste la vista.

Cuando se le ajusta, deja escapar un grito ahogado.

—Madre mía, Aleksander... —le dice.

La canica proyecta agujeritos de luz en la cúpula que se alinean a la perfección con el cielo pintado en el techo que no se ha derrumbado. Están todas las estrellas. Las galaxias se agrupan en las alturas y la luz se expande en las constelaciones. Varias chispas doradas caen desde el techo como si fueran estrellas fugaces.

Aleksander le da vueltas a la canica, y entonces los puntos de luz cambian, con lo que revelan un cielo estrellado completamente distinto en el techo. Un cielo con constelaciones distintas. Con mundos distintos.

Violet deambula entre la proyección y toquetea las galaxias de luz, que se arrastran como olas fosforescentes a su paso. Aleksander se apoya contra uno de los pilares de ensoñadorita, lo bastante cerca como para tocar a Violet. A contraluz, el rostro se le ensombrece y su expresión resulta indescifrable.

De repente Violet nota que se le encoge el corazón y se lleva las manos al costado.

—Lo siento —suelta de repente—. Perdona por lo que te dije... No debería... Estaba... Ya sabes lo importantes que son mis tíos para mí...

A Aleksander se le escapa una risa ahogada.

—¿Me estás pidiendo perdón? ¿Tú a mí?

De repente, Aleksander se detiene y cae de rodillas, como si acabara de recibir un golpe. Varias estrellas flotan como luciérnagas a su alrededor.

—Aleksander...

—Traicioné todos tus secretos —la interrumpe él—. Se lo conté todo a Penelope. Te hice creer que éramos amigos, que merecía tu confianza... que merecía algo siquiera. Tenía la puta espada en las manos, ¡Violet! Y, aun así, fui incapaz de actuar. Casi mueres por mi culpa. Todo lo que he hecho... —Aprieta los puños—. Es imperdonable.

Violet se sienta en el suelo, a su lado, con las piernas cruzadas. Con delicadeza, lo obliga a abrir los puños y extiende las manos sobre sus palmas. Sus venas poco definidas parecen las líneas que cubren un atlas, que desaparecen hacia un territorio inexplorado bajo su camisa. Ella le acaricia el hueso de la muñeca con el pulgar y a él se le escapa el aliento entrecortado. Cuando se atreve a alzar la mirada, descubre que la está observando con esos ojos grises como una tormenta.

—¿Cómo va a serlo si ya te he perdonado? —responde ella en un susurro.

Se ha esforzado por odiarlo. Lo ha intentado, madre mía si lo ha intentado.

Pero no puede.

Aleksander le acaricia el rostro a Violet y le entrelaza los dedos en el pelo. Violet pega su boca a la de él y lo besa tan intensamente que se siente embriagada. Él le devuelve el beso, urgente. La anhela sin vergüenza, sin rabia.

Se separan para tomar aire y Aleksander le sonríe y se le forman arruguitas alrededor de los ojos. Las manos de él encajan a la perfección en el contorno del cuerpo de ella. Aleksander nunca le ha parecido tan mono como en este momento.

—Violet… —le dice él en voz baja.

Aleksander le desliza los dedos por su clavícula y los introduce por el borde de la camisa. Se detiene. La mira y formula una pregunta con la mirada. Ella se desabrocha un botón a modo de respuesta y luego otro. Se apresuran para quitarse la ropa, ignorando el frío de la noche. Las cicatrices le cubren la parte superior de la espalda como un sucesión de colinas, pero ella también tiene la suya: la torsión de carne con forma de estrella entre las costillas, que Aleksander besa con una agonía maravillosa.

—Ni te imaginas cuánto te deseaba en Praga —murmura él contra la piel de ella, y Violet se derrite.

Tira de él y recorta la distancia que los separa. Violet le besa el hueco del cuello, la cicatriz con forma de agujero del hombro, las líneas oscuras y definidas de los tatuajes. Justo como llevaba ansiando todo este tiempo. Le aprieta con firmeza los huesos de la cadera, y un calor feroz y anhelante se agita en su interior. Aleksander se introduce en ella lentamente, con anhelo, de un modo que le provoca varias fisuras de deseo por la columna vertebral. Cada caricia es una pregunta que viene seguida de una respuesta: «Sí».

Y luego, aunque solo sea durante un instante, ya no hay preguntas.

CAPÍTULO
CINCUENTA Y TRES

Violet se despierta en su cuarto en mitad de la noche. Aleksander yace a su lado, sumido en un sueño agónico, aferrándose el pecho con una mano, que sube y baja. Tiene la boca suave y sonrojada mientras sueña. Violet se queda observándolo durante un instante, intentando memorizar hasta el último detalle. El aroma adormilado de la lluvia, el *ploc, ploc, ploc* gentil de las gotas al chocar contra la ventana, el modo en que la luz de la luna se cuela y los cubre como si fuera una manta.

Cierra los ojos y vuelve a imaginárselo todo, con todo lujo de detalles.

Después se levanta, se viste y sale del cuarto tan silenciosamente como le resulta posible.

Qué agradable el sonido de la lluvia al impactar contra los adoquines, la orquesta melódica del agua inunda el patio. La luz del taller de Ever parpadea en mitad de la noche oscura, pero no se ve atisbo alguno de movimiento.

Es extraño, en muchos más aspectos de los que se imaginaba. Pese al abismo temporal que los separa, Ever aún guarda cierto parecido con el resto de la familia Everly que queda: los ojos castaños, la mandíbula afilada, la costumbre de encoger la nariz cuando algo lo desconcierta... Con poca luz, podrían confundirlo con uno de sus tíos. Sin embargo, Ever no posee la amabilidad de sus tíos y es frío como el hielo. Le resulta tan extraño como los astrales e igual de egoísta.

No es la primera vez que Violet se pregunta cuál de todas las historias que le han contado es la versión correcta. ¿El amante asustado, el artesano codicioso o el hombre que, sencillamente, se encontraba en el lugar equivocado en el momento equivocado? ¿Es la víctima de Penelope o su carcelero?

Ignora la verdad. Solo sabe que ya no es un héroe.

Violet sale del patio y se adentra en el laberinto de callejuelas hasta llegar a la barrera de ensoñadorita. Se acomoda en el suelo, con las piernas cruzadas, y aguarda. El corazón le late desbocado en el pecho.

Penelope no tarda en aparecer. Al principio, no es más que una sombra desdibujada tras el cristal. La saluda con una sonrisa, pero no es una sonrisa amable. Es como si estuvieran de nuevo en la fiesta de Adelia Verne, ocultando la desconfianza con buenos modales y canapés.

Incluso entonces, Violet sabía que Penelope portaba una máscara. Solo que no sabía qué era lo que se ocultaba tras ella, en lo más hondo.

—¿A qué debo este inesperado placer?

Violet se toma un instante para responder y escoge las palabras con cuidado. Quiere decirle tantas cosas (exigencias, acusaciones... hasta quiere obligarla a que se disculpe), pero le queda poco tiempo. De modo que va directa al grano.

—¿Por qué necesitas nuestra sangre? —pregunta, frotándose la muñeca con el pulgar—. ¿Por qué tiene que ser la de los Everly? ¿Por qué no te vale la de nadie más? ¿Por vengarte? —Como Penelope no responde, prosigue—: He leído todas las historias sobre la estrella y el mortal.

—Pues entonces has estado perdiendo tu preciado tiempo. —Penelope responde como si nada, pero Violet detecta, bajo las palabras, el tono acerado de la rabia—. Las escribieron mentirosos y carroñeros de los recuerdos.

—Entonces dime cuál es la verdad.

Nunca antes se han encontrado cara a cara como ahora, en condiciones iguales. Es la primera vez que Penelope no puede estirar la mano y acabar con ella, de modo que se siente algo libre para poder hacerle preguntas. Aun cuando puede que no le gusten las respuestas.

Durante un segundo, parece que Penelope no va a responder, pero, al final, contesta:

—Existe una puerta ligada a la sangre de los Everly, y no puedo volver a casa sin ella. —La mira fijamente—. Solo puede abrirse con la sangre de un Everly.

—Así que en eso consiste la maldición —responde Violet.

—Es una deuda, Violet Everly. ¿Acaso pido tanto? ¿Acaso soy irracional al pedir lo que se me debe? —Extiende las manos como si fueran la balanza de un juicio—. Y aquí me tienes, con esta elección que se me ha entregado: un sacrificio de lo nuevo y lo viejo. Además, nadie inocente sufriría por esta deuda tuya.

—Pero mataste a toda esa gente.

—No lo hice por ninguna deuda —responde Penelope, alzando la barbilla—. Lo hice para sobrevivir. Seguro que eres capaz de entenderlo.

Pero Violet niega con la cabeza. Aun cuando se encuentra en otro mundo, sigue despertándose en mitad de la noche atormentada por la visión de la sangre, por pesadillas que le aprisionan un grito en la garganta.

—Tú y yo no somos tan distintas —añade Penelope, enarcando una ceja—. Has tratado de negarte a tu destino por todos los medios. Te has juntado con criminales, has robado, te has hecho pasar por otras personas y has sobornado a la gente. Y serías capaz de mucho más. A fin de cuentas, ¿estarías aquí si no?

—Mataste a niños y niñas —la acusa Violet—. No hay modo de justificar esas muertes.

—Johannes Braun está muerto por tu culpa. Y Tamriel. Y Erriel. Aleksander portará sus cicatrices toda la vida porque lo convenciste de que eras demasiado importante como para respetar las normas de mi gente.

Violet se muerde el labio.

—Mira, voy a ofrecerte un trato —continúa Penelope—. Si no te entregas al amanecer, volveré a tu casa. Empezaré con tus tíos. Luego iré a por tus amigos de la cafetería. Después a por todos los académicos que te han ayudado, a por todos los traidores que se encuentran entre nuestras filas. Y sí, lo sé todo sobre Caspian Verne y su panda de renegados.

Violet no muerde el cebo, aun cuando sabe que Penelope no se está marcando ningún farol. La puerta se encuentra en el lado de la ciudad en el que está Penelope, abierta de par en par para que la cruce cuando quiera. Y Violet está aquí, esta noche, justo por ese motivo.

—¿Y qué pasa si me entrego? —pregunta.

Penelope la mira con frialdad.

—No haré nada. Me marcharé sin infligirles ningún daño. Aleksander me reconstruirá la puerta de ensoñadorita, y a ti te sacrificaré en el altar. Volveré a mi hogar. —Cierra los ojos durante un instante—. He estado aguardando mucho tiempo a mis hermanos.

Violet se encoge al escuchar que la va a sacrificar, pero intenta obviarlo.

—Te marcharás para siempre —responde con firmeza—. No volverás a aterrorizar a mi familia.

—¿Aterrorizarla, dices? —Penelope enarca una ceja—. Ten en cuenta que hace años que tu linaje debería haber llegado a su fin. Ten en cuenta que podría haberme vengado, pero que solo me llevé a un Everly de cada generación, solo uno, porque estaba en mi derecho.

Es terrible poseer el sentido de la justicia de un dios, piensa Violet.

—Pero sí —prosigue Penelope—. Me olvidaré de los Everly.

—Y Aleksander tiene que quedarse al margen de todo esto —añade Violet—. Lo dejarás en paz.

—Es él quien tiene que decidir si viene conmigo. Ni siquiera tú puedes controlar las mareas.

—No se irá contigo.

—No eres más que una distracción pasajera —responde Penelope, riéndose—. Solo eres un acto terco de rebelión. Yo puedo ofrecérselo todo a Aleksander. Absolutamente todo. ¿Qué crees que hará cuando ya no tenga con quién distraerse? Nadie lo comprende mejor que yo.

—Aun así, te abandonó.

Penelope esboza una mueca de rabia. Las sombras se agitan a su alrededor. La imagen desaparece al momento, pero Violet tiene que armarse de valor para no retroceder.

—Solo eres una distracción, Violet. Al final volverá conmigo.

—Guarda silencio—. Aun así, por el bien de nuestro trato, no lo obligaré. Te lo prometo.

—¿Todo?

—Siempre cumplo mis promesas. —Penelope sonríe en la oscuridad; los ojos le relucen—. Sobrevivir tiene un precio, Violet Everly. Solo es cuestión de precisarlo.

Aleksander finge no darse cuenta de que Violet sale de la cama en mitad de la noche porque es imposible ignorar la ausencia que siente a su lado. Está empapado de sudor; no está acostumbrado a dormir con otra persona en la misma cama y el calor añadido lo sorprende. Hubo un tiempo en el que creía que la presencia de otro cuerpo lo protegería de las pesadillas. Sin embargo, tan solo ha añadido una nueva dimensión al sinfín de horrores que le muestra la mente en noches como esta.

Siempre son sueños fragmentados, destellos de su vida tan intensos que parecen demasiado reales mientras la tensión le forma nudos en el estómago. Sabe a dónde conducen los sueños. Siempre lo sabe.

Aleksander tiene siete años y entra por primera vez en la torre de los académicos. Penelope le apoya las manos en los hombros y lo conduce hacia delante. Se aferra a la emoción de las posibilidades con sus puñitos.

«Vamos, mi pequeño soñador —le dice ella, firme—. Tengo grandes planes para ti».

Tiene once años, y ya es más rápido, diestro y fuerte que los demás ayudantes. Siempre tiene las manos manchadas de polvo de ensoñadorita. Penelope siempre está presente, observando con atención cada uno de sus progresos en la manipulación del metal.

A los trece se encuentra en una habitación desconocida. Una chica de ojos brillantes lo mira con desconfianza, sin disimular, con un desafío en la mirada. Aunque por entonces no lo sabe, el desafío es este: «¿Te atreves a estar solo en el mundo?».

¿Te atreves a estar en el mundo sin ella?

Veintiuno, y recorre un largo pasillo oscuro hasta llegar a una habitación abisal de dolor. Una habitación que parte su vida en dos, una herida que no sanará nunca.

«No eres nadie sin mí —le dice Penelope, y sus dientes blancos resplandecen en la oscuridad—. Así que te convertiré en nadie».

Violet con la cabeza gacha en una iglesia, como una santa sacrificial. Las sombras rugen hambrientas; la espada de plata se balancea.

Sale de la cama desnudo y, guarecido por las sombras, observa a Violet mientras esta cruza el patio. Violet cree que no sabe que ella está jugando al mismo juego mortal con Penelope. ¿Qué eres capaz de hacer? ¿Qué sacrificarás para salvarte? ¿A quién sacrificarás?

A él nunca se le ha dado bien jugar a este juego, pero conoce las reglas. Y él es una moneda de cambio que Violet puede emplear. Todos lo son. ¿Vale él lo mismo que las vidas de los tíos de Violet? ¿Vale lo mismo que la propia vida de Violet?

«Entrégame a Violet Everly y te perdonaré».

No puede ser su espada. No lo será.

Aleksander observa a Violet mientras esta se adentra en las sombras y entonces toma una decisión.

Violet se refugia en el taller de Ever, donde hay encendida una sola lámpara. La luz de las velas centellea en las botellas y los frascos, en el metal sin rematar. Aquí se reúne el conocimiento de varias vidas y se desaprovecha en las manos de un solo hombre.

Se sienta en el borde del banco y se lleva la cabeza a las manos. No soporta la idea de volver a tumbarse junto a Aleksander y fingir que mañana será un día como otro cualquiera. Mañana se le agotará el tiempo y, de un modo u otro Penelope obtendrá su justicia. Según el modo que decida Violet.

Observa la cera que arde en las velas como arena que cae en un reloj.

—Decían que era un hombre listo —musita Ever.

Se encuentra ante la puerta, como una sombra, salvo por los iris bordeados de oro. No se molesta en fingir que no lleva ya un rato observándola. Pero Violet sabía que estaría aquí, echándole un ojo a su preciado muro y a la astral que se encuentra tras él.

—Decían que era un hombre que caminaba entre dioses —prosigue Ever, sacudiendo la cabeza—. Por aquel entonces, me pareció un castigo adecuado. Ella no podía marcharse a menos que me matara en ese altar.

—¿Y no lo hizo?

Ever le dedica una mirada sombría.

—Cuando llegó el momento, nos odiábamos… Cuánto nos odiábamos. Pero no podíamos matarnos y también nos odiábamos a nosotros mismos por ello.

Ever le voltea la muñeca, de modo que queda en paralelo con la suya. Las mismas venas les recorren las muñecas, la misma línea de la vida les cruza la palma. Violet piensa en todos los Everly que han muerto desangrados en nombre de Ever Everly y su odio.

—Era joven —dice él entonces— y estaba enfadado.

Permanecen sentados en silencio durante un buen rato, acompañados por el canto de los pájaros que inunda la noche. Aquí se halla la verdad que no se encuentra en las historias ni los cuentos: los Everly se maldijeron a sí mismos. Crearon su propia condena.

Durante un instante (un único instante), Violet siente un poco de lástima por Penelope.

—¿Y ahora podrías matarla? —pregunta Violet.

Ever duda.

—Hace mucho tiempo que no veía a mi mujer.

¡Su mujer! Pues claro. De ahí el anillo de plata que le cuelga del cuello.

—Tienes que entender que la quería —le dice Ever—. Más que a nada en el mundo. Aun cuando la odiaba. Puede ser horrible amar con semejante pasión.

Violet le da vueltas a la pulsera que le queda en la muñeca. La ensoñadorita brilla dorada bajo la luz de las velas. Es lo único que le queda, pero cómo pesa. Quizá sea esto lo que define a los Everly: el mismo defecto de aferrarse a los recuerdos del pasado mezclado con su obstinación. Un punto débil letal que se ha transmitido de generación en generación.

—Yo también tuve una hija —dice entonces, y la voz de Ever se tiñe de recuerdo y se le pierde la mirada—. No... no me acuerdo de su nombre. Tenía la sonrisa de su madre, pero tenía mis ojos, antes de que cambiaran. —Se le estremece el cuerpo entero—. No sabía que sobrevivió.

Violet intenta devolverlo al presente.

—Yo seré la última Everly —le dice—. Conmigo termina todo.

—Aquí estarías a salvo —le recuerda Ever.

—Pero mi familia moriría.

Penelope siempre cumple sus promesas. Violet... Sus tíos, Caspian o cualquiera que la haya ayudado. Es una lista infinita de gente a la que proteger. Sería imposible salvarlos a todos de la ira de Penelope.

—¿Qué quieres que haga? —le pregunta Ever.

Y Violet comprende, con el peso aplastante de la verdad, que no puede pedirle a su ancestro que se sacrifique por ella.

Así que solo queda una alternativa.

Desde el mirador de su taller, Ever Everly observa una sombra que cruza el patio. Tarda un segundo (como siempre) en darse cuenta de que la sombra pertenece a alguien real, que no es otro fantasma que lo observa con pesar y lo acecha. Violet cree que los fantasmas solo son producto de la imaginación de Ever; la ha oído hablar entre susurros con su compañero cada vez que él despotrica en su taller.

Pero son reales y, por tanto, más terribles.

Algunos son espectros con forma de humo, poco más que retazos de niebla que podrían confundirse fácilmente con una mancha en la ventana. Otros conservan los rasgos que poseían cuando aún vivían y condenan a Ever a pasar el resto de sus días observando sus rostros: el carnicero del final de la calle, que abría el local justo cuando Ever cerraba el suyo; la profesora que solía llevarse a sus alumnos al lago; el vecino de abajo, que siempre fue especialmente ruidoso y cuyas paredes tuvo que apuntalar con soportes nuevos décadas después de que este desapareciera. Hay muchos que ya no reconoce, aunque ellos sí parecen conocerlo a él. ¿Y acaso no es esa la naturaleza voluble de la memoria? Contemplar el pasado, pero solo a través de un cristal oscuro.

Los espectros se agrupan en torno a él, como la bruma en una noche cubierta de niebla. Le dicen: «No podemos descansar, Everly. No descansaremos, Everly. Everly». Una letanía que conoce demasiado bien. Cuando no queden más que polvo y ruinas (pero ¿acaso no ha llegado ya ese momento?) recordará su nombre porque este coro incansable se lo ha recordado día tras día.

«Te lo suplicamos, Everly. Sabemos que te arrepientes, Everly. Queremos descansar».

Un alma a cambio de un año y un día de amor. Un alma a cambio de un año y un día de conocimiento. Ya no recuerda cuál fue el trato, pero las consecuencias lo envuelven desde entonces.

Oye las palabras de la astral: «Lo hice para sobrevivir». Y entonces Ever suelta un suspiro con todo el cuerpo. Son palabras que ha empleado tantas veces para hallar consuelo, para aplacar a los espíritus, que ya casi ha olvidado lo que significan. Es justo lo que le ha dicho a Violet hace solo unas horas.

Han transcurrido mil años y no han aprendido nada. Han transcurrido mil años y aún tienen muchísimo miedo. No pueden matarse entre ellos... y ahora ni siquiera pueden morir por el otro.

«Everly Everly Everly».

Qué estúpido ha sido.

CAPÍTULO

CINCUENTA Y CUATRO

Después, el tiempo transcurre a toda velocidad.

Violet se halla frente al anillo de arcos derrumbados mientras en el horizonte se atisban los primeros indicios del amanecer. Desde aquí arriba tiene una visión perfecta de toda la ciudad y del desierto que la rodea. El fin de la ciudad. El fin del mundo.

El final le resulta definitivo.

—Ha llegado la hora —dice, aunque solo sea para escuchar el eco de las palabras a su alrededor.

Si le hubieran dicho que acabaría aquí tras pasarse una vida cargada de anhelo demasiado corta y tras haber emprendido un viaje demasiado largo para encontrar a su madre, puede que hubiera vuelto a meterse en el armario. Tanto esfuerzo, tantas preocupaciones, tanto sufrimiento… Sería más fácil dar marcha atrás y ahorrarse tantas molestias.

A una parte de ella le encantaría poder hacerlo. El precio de esta aventura han sido demasiados horrores: Tamriel en el sótano, la transformación de Yury, los cuerpos de la torre.

Sin embargo, también recuerda el glamur seductor e innegable, lo emocionante que era aprender el juego de maquinaciones y poder de los académicos. Caspian Verne con su sonrisa ligera y los susurros de mayores posibilidades. Erriel y su corona de luz. Hasta el asteria que extendió las cartas del asteros ante ella para organizarle un futuro.

Aleksander... Se lleva los dedos a los labios y recuerda el mordisco de su beso y el modo en que sus manos le han recorrido la piel.

Qué vida tan maravillosa y terrible ha vivido. Cómo le gustaría que no tuviera que terminar así. No está preparada. En absoluto.

Podría huir.

A fin de cuentas, existen otras formas de huir de la ciudad y Violet cuenta con la sangre que le corre por las venas, esa llave líquida que le permite abrir las otras puertas. Podría robar provisiones, podría meter varios mapas en una mochila y llevárselos. Y siempre está la aventura, esperándola a medio camino, como un espejismo muy vívido. El bocado de la fruta prohibida que jamás ha llegado a dar.

Marianne huiría.

Pero la rueda seguiría girando. Penelope devoraría a sus tíos, a Aleksander y al mundo entero antes de devorarse a sí misma. No cambiaría nada.

—Violet.

De algún modo, Aleksander la ha encontrado. Debe de haber llegado corriendo, porque le falta el aliento, pero se planta a su lado con unas pocas zancadas.

—Aleksander, no...

—Reconstruiré la puerta —la interrumpe él—. Me iré con ella. Ya lo he decidido.

—Qué conmovedor, ayudante mío.

Penelope se encuentra en el borde de la plataforma. No hay ni rastro de la mujer alta, rubia y modesta que cruzó la puerta del hogar de los Everly para sembrar el caos. Su lugar lo ocupa algo completamente distinto. Sus alas cubren el suelo de humo y caen por el borde de la plataforma. Unas llamas se enroscan en su cabeza como un halo de luz blanca. Sujeta dos espadas ardientes con los puños.

Parece una diosa, una visión terrible.

—Qué admirable que creas que puedes ocupar el lugar de Violet —le dice—, pero solo un Everly...

—¡No hace falta que sea un Everly! No hace falta que sea nadie —responde, y Violet es la que más se sorprende al ver que le alza la voz a Penelope.

—Hay que pagar un precio —sisea Penelope.

—Podrías dejarlos en paz —le suplica—. Por favor.

Penelope le dedica una mirada cargada de peligro.

—Cuando todo esto termine, asistente mío, aprenderás cuál es tu lugar.

Aleksander cierra los ojos e inspira hondo.

—No si haces esto. —Vuelve a abrirlos—. Pero si la dejas vivir... Reconstruiré la puerta. Por ti. Iré a donde me digas. Y, si quieres castigarme —le fallan las palabras; tiene que volver a tomar aire—, lo aceptaré.

Da varios pasos al frente, pero Violet extiende la mano para detenerlo. Él la mira, angustiado y temeroso.

—Sobreviviré —le dice él.

Pero sobrevivir no es vivir. Y Violet ya ha visto el daño que inflige Penelope, las cicatrices que no sanan. Hay una persona que porta el cuerpo de Aleksander que quizá sobreviva a Penelope, pero el Aleksander que ella conoce y al que quiere no lo hará. Ya ha tenido que afrontar demasiadas cosas solo por estar aquí.

—No eres un Everly —le recuerda Violet con gentileza—, pero yo sí.

Aleksander la toma de las manos y, en ese instante, Violet se nota que le tiemblan.

—No te mereces esto. No hiciste ningún trato.

Ni tampoco Gabriel ni Ambrose. Ni su madre.

Violet recuerda las palabras del asteria sobre el sacrificio y la pérdida, sobre la terrible mano que se le había entregado. Incluso entonces esperaba que hubiera alguna clase de indulto de última hora, una forma de huir fácil, sin sangre de por medio. Pero Violet se ha alimentado toda su vida de un festín de cuentos y mitos, y en ellos siempre hay sangre.

Y está muy cansada de las maldiciones.

Se acerca a la barrera de ensoñadorita, y la energía vibra tan fuerte que lo nota incluso en los dientes. Violet aprieta las manos contra la superficie y esta se corre como si fuera una cortina. Penelope la atraviesa, tan gloriosa que hasta resulta horripilante. Horrífica y maravillosa.

—Cumple tu promesa —le advierte Violet—, y yo cumpliré la mía.

—Que así sea —responde Penelope.

Penelope desenvaina las espadas y extiende la mano, expectante. Violet la observa. La de sacrificios que tuvieron que hacer sus tíos para mantenerla a salvo, la de decisiones terribles que tuvieron que tomar para entregarle a ella una vida que mereciera la pena vivir. Porque eso es lo que hacen los Everly por los miembros de su familia. Ojalá no hubiera tardado tanto en darse cuenta de ello. Ahora ha llegado el momento de devolverles el regalo que le hicieron.

No pasará nada. Será rápido. Todo terminará.

—Alguien tiene que irse contigo —dice, intentando levantarse el ánimo.

—Sí —coincide Ever—. Alguien debe irse con ella.

Ever Everly entra en la plataforma con los ojos dorados y relucientes. El amanecer estalla a su espalda como un par de alas y, durante un instante, no hay uno, sino dos astrales. La espada brilla en sus manos, que poseen la confianza de alguien que lleva siglos enarbolando armas. A Violet le falta el aliento. La verdad es que, bajo la luz, sí parece un héroe.

—Iremos juntos —dice Ever.

CAPÍTULO
CINCUENTA Y CINCO

¿Qué es una maldición sino esto?

El amor llevado al extremo y desfigurado hasta perder todo significado.

Astriade y Ever Everly se encuentran el uno frente al otro. Ella ya no es una estrella como tal, y él ya no es un mortal como tal. Sin embargo, ahí está el hilo que los une, trenzado con deseo, odio y el desierto en el que se ha convertido toda una ciudad.

Sin duda ambos han bebido del cáliz envenenado. Y lo lamentan tanto… Y les duele tanto…

Ever Everly le entrega la espada nupcial, otrora un regalo de bodas, a Astriade. Ella la toma y sopesa la hoja. Solo con rozarla ya se ve la destreza y el cariño con el que la ha forjado. La de historias que cantaría si pudiera hacerlo.

—Ever Everly —lo saluda Penelope, saboreando su nombre por vez primera desde hace milenios.

—Astriade, hija de Nemetor —responde él.

Ever extiende la mano, dudoso, para rozarle el rostro. Están muy distintos y, sin embargo, el gesto es de lo más familiar; es un gesto que ya ha ocurrido un millar de veces. Más incluso. Astriade cierra los ojos y lo toma de la mano con la que le queda libre. Durante un instante, son un matrimonio, un hombre y una mujer. No hay nada que los separe salvo la piel.

Entonces bajan las manos y Astriade sujeta la espada con fuerza.

—Nuestro pacto sigue vigente —le recuerda ella—. Ha transcurrido un año y un día y hay una deuda de sangre pendiente.

Un alma a cambio de un año y un día de amor, conocimiento y codicia. ¿Alguna vez habría bastado?

Astriade lo apunta al pecho con la espada.

—Reclamamos nuestra deuda.

Y, con precisión certera, lo apuñala entre la cuarta y la quinta costilla. Los huesos se rompen; se escucha un gruñido que, en realidad, es un grito contenido. Ever se aferra el pecho con una mano y enrosca los dedos alrededor de la hoja. Brota la sangre brillante, lo cual demuestra, sin lugar a dudas, que puede que ya no sea mortal, pero que sigue siendo humano.

Un humano capaz de cometer grandes prodigios y atrocidades.

Los espíritus se agrupan a su alrededor y tiran de él con sus dedos fantasmales.

De repente, agarra el pomo de la espada y se la clava aún más, con lo que tira de Astriade hacia él. La agarra de la cabeza con una mano. La empuñadura choca contra el esternón, pero Ever no la suelta.

—Nos vamos juntos —sisea.

Alza el brazo, donde, bajo la luz, resplandece una daga de ónix.

Justicia divina.

Con un último aliento entrecortado, Ever se la clava a Astriade en el corazón.

Dolor. Sangre mortal. Unas manos manchadas de rojo, no de dorado.

Debería ser dorada. Debería ser dorada como el sol, dorada como los finos anillos que rodean un planeta. Dorada como una supernova.

Zvezda, Estrella, Astra, Estella, Nyeredzi…

Identidades que le arrebatan como las capas de una armadura.

Penelope.

Lleva muchísimo tiempo sin sentir el calor del sol ni el frío de la escarcha, pero ahora lo siente. Un dolor agónico le abrasa la piel y, además, siente un terror desconocido hasta ahora. Astriade es muchas cosas, pero se supone que no es mortal.

Cuánto le duele.

El cielo estalla en llamas. Miles y miles de estrellas. ¿Cómo es posible que no las haya visto hasta ahora?

Cantan por ella, luminosas y perfectas. Una canción cósmica que indica el camino a casa. No pronuncian más que su nombre, un canto repetitivo en la lengua más antigua que conoce.

Astriade.

Y, justo antes de que los huesos se desmenucen en polvo de estrellas, oye un coro de voces:

Te hemos echado de menos, oh, hija de las estrellas.

CAPÍTULO
CINCUENTA Y SEIS

Al atardecer, entierran los cuerpos juntos, al lado del taller de Ever. No hay expresión alguna en el rostro de Aleksander mientras cava en la tierra arenosa. A Violet se le quedan las manos en carne viva cuando terminan de cubrir la tierra. Se ha pasado todo el día buscando flores silvestres y deja un ramo feúcho sobre las tumbas. Cuando deposita un segundo ramo, se imagina una mano brotando de la tierra, a Penelope abriéndose paso a zarpazos, llena de ira y ensangrentada. Pero no pasa nada y los dos ramos yacen juntos.

Por último, Violet toma la espada, ya limpia. La cadena de plata de Ever cuelga de la empuñadura. Tras un leve titubeo, se quita la pulsera de su madre y la coloca en la empuñadura. *Que descanse*, piensa. Y, si su madre llega hasta aquí, si Marianne decide que quiere acabar lo que empezó, bueno... al menos sabrá que Violet estuvo aquí y que se enfrentó a lo que ella no pudo.

Violet alza la espada (la hoja brilla con los restos de la luz del día) y la clava entre las tumbas con todas sus fuerzas.

Violet y Aleksander no se mueven de allí y observan la puesta de sol, que bruñe las tumbas de oro.

Ella lo mira sin saber qué decir. Siente una tristeza extraña tras perder a Ever Everly, el hombre que no era del todo un hombre, pero tampoco un ser superior. Y puede que algún día se permita sentir pena por Penelope. Sin embargo, en general, lo que siente es un alivio inmenso.

Qué rápido terminó todo. A Violet solo le dio a tiempo a soltar un grito ahogado y a Aleksander a echarse atrás. Fue un acto tan veloz que Violet ni siquiera estaba segura de que hubiera ocurrido de verdad, no hasta que vio la sangre abandonando el rostro de Penelope. La cúpula se resquebrajó y una lluvia de esquirlas de ensoñadorita cayó sobre ellos, sin infligirles ningún daño. Una brisa muy fuerte sopló y les tiró de la ropa.

Tras pasar una semana entera bajo distintos tonos de morado, el mundo parece repleto de colores.

Sin embargo, Aleksander…

No llora. No se enfada. Y puede que él también llegue a sentir alivio en el futuro. Violet no lo tiene muy claro. Penelope y él tenían demasiada historia juntos. Ha obtenido su libertad a cambio de un precio demasiado grande.

—¿Ever llegó a contarte lo que ocurrió en realidad? —le pregunta Aleksander en voz baja—. ¿Te dijo qué versión de la historia era la correcta?

Violet sospecha que, en realidad, le está preguntando por Penelope, que quiere saber si existe una posibilidad remota de que en algún momento fuera la mujer que él creía conocer.

Niega con la cabeza.

—Si recordaba la verdad, no creo que me la hubiera confesado.

Y puede que eso sea un indicio en sí mismo de a qué versión de la historia debería darle credibilidad. O puede que Ever hiciera un esfuerzo deliberado para olvidarla porque la angustia era insoportable y tenía el corazón destrozado. A pesar de todo, ella quiere creer que la historia de amor que hubo entre ambos fue auténtica. Que no fue la cobardía de Ever lo que condenó a tantos de sus descendientes. A fin de cuentas, esa versión es la mejor de todas.

¿En qué cree? ¿En el cuento del héroe o en el del monstruo?

Al final, decide abandonar la pregunta junto a las tumbas. Es un precio diminuto que paga a cambio de todo lo demás.

A la mañana siguiente recorren el camino hasta llegar a la puerta que los conduce a casa a través de las distintas partes de la ciudad por las que Aleksander llevó en brazos a Violet. Esta vez no necesitarán tanta sangre; la puerta rebosa poder y, si se encargan de su mantenimiento, quizá la próxima vez solo haga falta una gota.

En este lado, la puerta está mayormente oculta por helechos y arbustos de camelias rosas. Se detienen frente a la puerta, pero ninguno extiende la mano hacia ella. Elandriel es un mundo que se ha quedado sin tiempo, un lugar en el que la vida puede mantenerse en pausa para siempre. No cuesta nada imaginarse que no es el único mundo que ha quedado paralizado.

En cuanto atraviesen la puerta, el tiempo volverá a correr. Y deben tomar una serie de decisiones.

—Ahora puedes ir a donde quieras —le dice Aleksander a Violet, frotándose la nuca quemada por el sol—. ¿Qué vas a hacer?

No le dice: «Podrías quedarte conmigo en Fidelis», aunque debe de habérsele pasado por la mente, igual que a ella. Durante mucho tiempo, Violet creyó que si iba a Fidelis encontraría a su madre. Se imagina que se introduce entre las filas de los académicos, que se convierte en una de las pocas elegidas que puede viajar entre los mundos. Se imagina jugando a su peligroso juego.

Hay una parte de ella que sigue disfrutando de los desafíos, que podría dejarse consumir por los académicos. Sin embargo, existen otras cosas que podrían consumirla.

Se imagina largas noches en la cama de Aleksander, labrándose juntos un futuro. Se imagina despertándose a su lado todas las mañanas, durante un sinfín de mañanas, maravillada por todas las formas en que lo conoce y en todas las que le quedan por conocerlo. Y puede que algún día decidiera marcharse, o que él se marchara. O puede que no. A fin de cuentas, en el mundo que se imagina, tan hermoso y nítido, cabe la confusión.

En ese mundo, Violet le da la espalda a la puerta que le canta, a las historias que le hablan entre susurros sobre otros lugares.

Violet no es Marianne. No va a huir, pero tampoco puede ignorar ese anhelo, ese canto de sirena del que jamás ha logrado desprenderse, aun con todo el tiempo que ha transcurrido.

Responde algo terriblemente egoísta, pero tiene que decirlo, porque es mejor que no decir nada.

—Podrías venir conmigo si quisieras.

Aleksander la mira con sus ojos inescrutables, grises como el cristal, y ella no se lo impide y lo mira embelesada. El pelo rizado ha comenzado a crecerle y empieza a cubrirle la nuca. Algún día, en un futuro no muy lejano, lo tendrá lo bastante largo como para volver a hacerse su estúpido moñito. Violet observa las cicatrices plateadas, las arrugas leves pero prematuras que han provocado el estrés y la pena en su frente, el arco marcado de los labios, el modo en que, inconscientemente, se aprieta el pulso en la muñeca con el pulgar.

Aleksander no responde. Sin embargo, Violet ya conoce la respuesta.

Siguen ahí. Aun cuando la luz del sol comienza a apagarse en el cielo y tienen tantos motivos acuciantes por los que regresar, Aleksander no se anima a cruzar la puerta. Aún no.

Ganan algo de tiempo haciéndose preguntas sobre la calle en que se encuentran. Aunque está cubierta de arbustos que les llegan hasta la cintura y de árboles inmensos como rascacielos, seguro que antaño fue un lugar repleto de actividad. Para sorpresa suya, el suelo que pisan posee una textura especialmente suave a raíz de los miles de pasos que se han dado sobre estas piedras irregulares hasta alisarlas. Aleksander cierra los ojos e intenta imaginarse a la gente que caminaba por aquí antes que ellos. Sin embargo, lo único que oye es a los pájaros piando y a Violet, que lo agarra de la mano con ligereza.

—¿Crees que volverán las estrellas? —pregunta Violet.

—Si Ever abrió la puerta... Puede —responde Aleksander.

Aún no le ha dicho nada a Violet, pero está bastante seguro de que puede reconstruir las puertas. No se ha dedicado a matar el tiempo en Elandriel. Tardará meses, deberá trabajar duro, tendrá que resolver problemas complejos y enfrentarse a los contratiempos. También tendrá que.fracasar. Y luego tendrá que decidir si abre las puertas o no. Existe un motivo por el que es tan complicado desplazarse de un mundo a otro y por el que Elandriel cayó como lo hizo.

Pero también ha leído historias sobre viajeros que recorren los mundos, que cooperan, que entrelazan culturas y comparten conocimientos. Sueña con un mundo que se expande, no que se retrae sobre sí mismo. Y encima ahora sabe que los cuentos son más reales de lo que parece. No es tan optimista como Violet, pero le gustaría intentarlo.

Resulta que el fin de un mundo se parece mucho al comienzo de otro.

La luz se convierte en un crepúsculo tenue. La luna, perezosa, emerge tras las nubes. Se les acaba el tiempo.

—Tú primero —le dice él—. Yo ya iré.

Violet se hace un corte en la yema del dedo. Pega la mano a la puerta y el marco se enciende de dorado. Aleksander la observa marcharse.

Siempre se queda viéndola marcharse. La ve caminando junto a un río, con explosiones de luz a su espalda, caminando por una acera de Praga, cruzando una ciudad muerta, dando cada uno de sus pasos con valentía. Y ahora, con el resplandor de la luna iluminándole el pelo, está guapísima.

Una parte de él se muere por correr tras ella. Sería la opción fácil: seguirla a dondequiera que vaya. Se ha pasado la vida siguiendo los pasos de otras personas. ¿Y quién es Aleksander sin su tatuaje de académico ni su misión ni su maestra? ¿Quién es Aleksander sin Violet Everly?

Nadie, le susurra una voz. Sin embargo, es la primera vez que la palabra suena agradable. Qué curioso. La pronuncia en alto y, aunque nadie lo oye, la pregunta sigue en el aire. De momento decide que puede vivir así mientras aprende a vivir sin todo lo demás.

A fin de cuentas, ser nadie te permite reconstruirte.

CAPÍTULO
CINCUENTA Y SIETE

Durante una mañana helada de primavera, los hermanos Everly salen de su casa destartalada. Gabriel se ajusta las gafas de sol para contrarrestar la luz brillante del sol. Ambrose, mientras tanto, mete una maleta compacta pero pesada en su coche. La ha llenado con todos los libros que no soportaba tener que dejar aquí. Y, aunque jamás se lo confesará a Gabriel, también se lleva las primeras cincuenta páginas de un manuscrito en el que ha estado trabajando desde hace unas pocas semanas.

Hay tantos lugares que conocer que ni siquiera sabe por dónde empezar. Ha trazado una ruta tan larga y detallada como el más exhaustivo de los índices, pero la verdad es que se está planteando olvidarse de ella e ir a visitar a unos viejos amigos. Además, se ha enterado de que en Escocia hay una biblioteca de un coleccionista victoriano con unas propiedades de lo más inusuales...

Bueno, hasta los planes más detallados *blablablá blablablá...*

Gabriel le da una palmadita al capó de su horrible coche naranja con gesto meditabundo.

—Te diría de llevarte, pero...

—Ese trasto es un peligro —responde Ambrose, pero entonces se calla—. Vas a pasarlo genial.

—Ya veremos —responde Gabriel, que no parece muy convencido.

No es un tono que suela emplear el hermano mayor.

Gabriel no habla de muchos temas, pero Ambrose no ha olvidado todas las cartas que han llegado a la casa todos los años con la misma letra escrita en los sobres y la misma dirección en el remitente.

Querido Gabriel:
Sería maravilloso que nos volviéramos a ver.

—Marianne debería haber estado aquí con nosotros —dice Gabriel súbitamente.

Tiene la mirada fija en la casa, pero Ambrose sabe que su hermano está muy lejos, perdido en los recuerdos. Incluso ahora le parece que, si entrecierra los ojos, verá a Marianne saliendo a toda velocidad por la puerta, gritándoles que la esperen. Siempre fue la líder intrépida de este trío. Ambrose no puede sino preguntarse si su hermana habría decidido quedarse si hubiera sabido la pena que dejaba con su marcha.

Aún le cuesta reconocer lo muchísimo que la echa de menos.

—A lo mejor vuelve ahora que Penelope ha desaparecido —comenta, aunque, en el fondo, lo duda.

—Estoy bastante seguro de que ni en un millón de años —responde Gabriel, cortante.

—Ya, seguramente —añade Ambrose con un suspiro.

Sin embargo, le deja una llave de la puerta bajo una maceta y una carta en la alfombra del recibidor. Por si acaso vuelve. Por si acaso.

—¿Ya está todo? —pregunta Gabriel.

Ambrose le echa un último vistazo a la casa. Recuerda la primera vez que regresó a ella con Marianne y Gabriel, cuando las tejas del tejado estaban agrietadas y cubiertas de moho; cuando los arbustos eran monstruos que habían crecido demasiado, sin orden ni concierto. Una ruina abandonada, una línea más en el historial de bienes de la familia Everly. Incluso después de pasarse décadas intentando ponerla en orden, le sigue pareciendo un dragón dormido, indomable, capaz de abrir el techo como un par de alas y echar a volar. En los parterres han comenzado a florecer algunos brotes verdes.

—Ya está todo —confirma.

Gabriel se quita las gafas de sol y se frota los ojos.

—Ay, hermanito, ¿qué voy a hacer sin ti?

—Seguro que toda clase de calamidades —responde Ambrose.

Se abrazan con fuerza. No es una despedida para siempre, no es como la de Marianne. Pero no deja de ser una despedida.

—Violet dice que volverá el año que viene. Espero que así sea —le dice Ambrose, y luego suspira—. Espero que esté a salvo.

—¿Te preocupa? No, hombre, no —responde Gabriel, y él también suspira—. Me pregunto qué estará haciendo.

Ambrose se lo medio imagina. Las brujas del bosque del norte, la ciudad del mar efervescente... O lo que sea que encuentre tras esas puertas.

Pese a la preocupación, sonríe y responde:

—Viviendo aventuras.

Las noticias vuelan a través de la red fracturada de académicos, algo tan inevitable como la marea. Conversan entre ellos mientras comen platos únicos e inigualables en restaurantes exclusivos, en la bodega de un castillo que acaban de restaurar o sobrevolando el Atlántico en *jets* privados. Esta clase de noticias hay que compartirlas cara a cara; de lo contrario, sería muy fácil afirmar que no son más que rumores exagerados. Aun así, la gente se queda boquiabierta al oírlas. «Penelope ha desaparecido».

Desde el balcón de su villa italiana, Adelia Verne le da vueltas a su copa de vino. Pega un trago y sonríe. Perfecto.

Al principio no cambia todo. Aún se celebran fiestas y se organizan bailes de secretos, influencias y favores. Siguen produciéndose amenazas y, de vez en cuando, alguna misteriosa desaparición, sobre todo ahora que nadie los vigila. Algunos de los jugadores más poderosos ponen en marcha planes que trazaron hace mucho mientras pelean por el vacío que ha dejado Penelope.

Y quizá siempre haya sido así. Quizás estén podridos hasta el tuétano.

Tarda bastante en llegar a su destino, sobre todo porque ha tenido que desviarse hasta en dos ocasiones, pero, al final, una carta aterriza en el escritorio de Caspian Verne un mes después de que la enviaran. Caspian lleva obsesionado desde hace un tiempo con un círculo de menhires que se encuentra cerca de un fiordo noruego. Las leyendas locales hablan de elfos que secuestran a cualquiera que sea lo bastante tonto como para acercarse al círculo, y a Caspian aún le quedan algunas teorías que quiere comprobar antes de ponerle fin a la investigación.

Se está quitando las botas de nieve después de haber visitado los menhires cuando repara en la carta del escritorio. La examina sin prestarle demasiada atención porque sigue pensando en las rocas. Pero, entonces, la letra le llama la atención y también la primera frase: «Estoy explorando la tercera alternativa».

Lee la carta, sumido en un silencio absoluto, durante cinco minutos. Y luego la relee.

Una sonrisa le cruza el rostro.

En Fidelis, en el sótano de la torre de los académicos, un puñado de maestros se maravillan ante la puerta de ensoñadorita. A la mayoría acaban de nombrarlos; aún llevan la pena en el rostro y les pican los tatuajes, pruebas de que los tiempos han cambiado. No hay modo de recuperar las vidas que han perdido ni la experiencia que se ha desvanecido con ellas. Jamás lograrán limpiar las manchas de sangre del suelo.

Pero alguien debe convertirse en su líder. Quedan demasiadas preguntas, y no hay nadie pare responderlas. De modo que estos maestros (que se han presentado voluntarios pese a las dudas, o quizá con la esperanza de ofrecer un juicio más justo que el de sus predecesores) se tragan el miedo y observan esa puerta, cargada de dudas y terror. De posibilidades.

Aunque en este sótano siempre es medianoche, fuera amanece mientras, uno a uno, atraviesan la puerta a la ciudad del polvo de estrellas.

En un mundo muy lejano, una mujer que porta una mochila pesada sobre los hombros se detiene para observar el entorno. Tiene el rostro curtido y moreno tras haberse pasado años viajando bajo el sol abrasador. Aunque el pelo se le ha vuelto casi del todo plateado, aún le quedan algunos mechones castaños, a juego con el color de los ojos.

Desde un ángulo en concreto, se parece muchísimo a Marianne Everly.

La mujer observa el paisaje con la mirada perdida. Quizás esté recordando una casa destartalada y a una niña pequeña que la observa desde la ventana de la planta superior. O puede que no. Puede que, sencillamente, esté buscando el próximo destino de su largo viaje. Pero el caso es que se ha detenido.

La mujer que se parece a Marianne Everly ladea la cabeza y escucha un susurro que se ha perseguido a sí mismo por todo el mundo.

EPÍLOGO

Una vez al año, durante un día libre poco frecuente, una mujer pasea por la ribera de un río hasta que llega a una cafetería en la que trabajaba. Ya no conoce a ninguno de los camareros, pero siguen vendiendo las galletas de rosas y violetas, siguen preparando café y buena comida. Siempre se sienta en una mesa en concreto, la que da al río, y puede que, en ocasiones, mire con demasiada atención a la gente que pasea por su lado... pero, bueno, solo lo hace una vez al año, así que se lo permite.

A veces la cafetería cambia, y la mujer viaja a Tokio, a St. George o a Vancouver. Su compañía también es distinta. A veces va con un hombre arisco que lleva gafas de sol y tiene el pelo cano. A veces va con dos hombres y cualquier curioso que los mire ve similitudes entre los tres (los mismos ojos castaños, las mismas manos cuadradas, la misma risa pero en diferentes octavas) hasta que percibe el parecido familiar. A veces aparece con grandes grupos de personas, por lo que tienen que juntar varias sillas alrededor de la mesa. Una mujer con un guardaespaldas, tan grande como un armario, y una novia que lo observa todo con su mirada fría; unos gemelos que visten trajes de colores complementarios; un hombre que exuda encanto del mismo modo que una batería emite energía. Se trata de gente que la mujer, poco a poco, comienza a considerar aliados, por no decir amigos.

A veces es el mundo el que cambia y, en esas ocasiones, la mujer permanece sola bajo un cielo desconocido y unas estrellas desconocidas. Aunque quiere a su familia y a sus amigos y también su hogar, lo que más le gusta es la emocionante sensación de lo desconocido que se encuentra ante ella. Una vida en la que puede ocurrir cualquier cosa, en la que todos los días conoce a gente nueva, en la que aprende nuevos idiomas, en la que hay nuevas formas de vida por comprender. Lo «imposible» es un fragmento de mundo mucho más pequeño de lo que creía en principio.

Y tiene tantísimo tiempo por delante.

Hoy es el único día del año en que vuelve a casa y camina hacia la cafetería con ganas de tomarse un café. Entonces atisba una figura en la ventana y se detiene. Ya hay alguien sentado a su mesa, la que escoge siempre. Un hombre de pelo rizado y oscuro, con ojos grises como el cristal marino y el destello de un tatuaje bajo la camisa. No es justo que sea tan guapo.

Violet recuerda una tarjeta desgastada que lleva en el bolsillo, una tarjeta con diez sellos con la tinta corrida. Ha pasado por tantas cosas que ha quedado casi irreconocible. Espera que aún le valga.

Violet Everly abre la puerta y, en las alturas, canta una infinidad de estrellas.

AGRADECIMIENTOS

¡Madre mía, lo hemos logrado! Y digo «hemos» porque no habría llegado hasta aquí de no ser por el apoyo infinito de mucha gente. Gracias a Robbie Guillory por apostar por mí y por sus brillantes conocimientos y consejos. Gracias a Molly Powell, a Sophie Judge y al equipo de Hodderscape, y también a Nivia Evans y al equipo de Orbit US, por sus poderes mágicos editoriales y por su gran trabajo. ¡Gracias a Micaela Alcaino por esta preciosa cubierta!

Gracias a Nadia Sawar por ser la mejor compañera escritoril, por tu apoyo generoso y entusiasta y por mandarme fotos de Fitz cuando más mono y rechoncho estaba. Gracias a Victoria Hendersen por ser la mejor lectora crítica que podría pedir, por ayudarme con los puntos más espinosos de la trama y por corregirme tras destrozar el ruso. Gracias a Emely Horn por responder a todas mis preguntas quisquillosas y por darle el nombre definitivo a mi álter ego, el cual me muero de ganas de emplear en el futuro.

Gracias a mi grupo de mentoría del BookCamp (Kathryn Whitfield, Imogen Martin, Kate Galley, Katie McDermott, Laura Sweeney, Nicola Jones, Sam Pennington, Joanne Clague, Jon Barton, Adam Cook e Ina Christova) por ser un grupo tan unido y tan maravilloso de personas con las que poder compartir mi esperanza y mis miedos. Nos montamos juntos en aquel barco sin saber dónde íbamos a acabar. ¡Menudo viaje nos hemos pegado! En especial, quiero darle las gracias a Annabel Campbell por su amabilidad y por lo generosa que fue con su tiempo y por escuchar con paciencia todas nuestras penas. Gracias a Freya Marske y a los Word Campers por permitir que me uniera a ellos en sus maravillosas misiones con el objetivo de dominar el mundo y por su amabilidad a la hora de responder mis preguntan tontas y por introducirme en el maravilloso mundo de los *fanfics*. Gracias a mis antiguos compañeros de Pan Mac y Tor por enseñarme todo lo que sé sobre el mundo editorial, por su generosidad y su entusiasmo y por ordenarme que me fuera con semejante estilo. Fue maravilloso trabajar con todos vosotros.

Muchísimas gracias a Roshani Moorjani y a Zainab Dawood por ser la voz de la razón en tiempos de crisis, por ser los mejores compañeros de almuerzo posible y, en general, unas personas increíbles. Gracias a John Brazier-Beckett por ser mi primer lector, por regalarme su entusiasmo infinito en cada paso que he dado en mi carrera como escritora y por leerse aquellas primeras novelas tan espantosas que escribí. Gracias a Bella Pagan, Charlotte Tennant, Lucy Twist, Mairead Loftus, Molly Robinson, Thady Senior y a muchos más por ser amables conmigo, por apoyarme y por sus preciados consejos. Aprovecho para darle las gracias a Imogen Millar por soportar mis sesiones de escritura a la seis de la mañana, por no matarme mientras dormía, aun cuando estaba en su derecho. ¡Te has ganado aparecer aquí!

Un millón de gracias a mi familia por vivir con mi colección de libros, por prestarme atención mientras les hablaba del mundo editorial hasta agotarlos y por dejar que me adueñara del gato. Sobre todo, me gustaría darle las gracias a mi madre por su cariño y su apoyo infinitos. Por ser valiente, decidida e inteligente ante las adversidades. Gracias. Gracias. Gracias.